图书在版编目（CIP）数据

欣慨室西方文艺论集 欣慨室美学散论/朱光潜著.
—增订本.—北京:中华书局,2012.9(2013.6重印)
（朱光潜全集新编增订本）
ISBN 978 – 7 – 101 – 08707 – 9

Ⅰ.欣… Ⅱ.朱… Ⅲ.①文艺评论－西方国家－文
集②美学－文集 Ⅳ.①I106 – 53②B83 – 53

中国版本图书馆 CIP 数据核字（2012）第 111622 号

书　名	欣慨室西方文艺论集　欣慨室美学散论
著　者	朱光潜
丛书名	朱光潜全集(新编增订本)
责任编辑	聂丽娟
出版发行	中华书局
	(北京市丰台区太平桥西里38号　100073)
	http://www.zhbc.com.cn
	E-mail:zhbc@zhbc.com.cn
印　刷	北京市白帆印务有限公司
版　次	2012 年 9 月北京第 1 版
	2013 年 6 月北京第 2 次印刷
规　格	开本/880×1230 毫米　1/32
	印张 12¼　插页 3　字数 290 千字
印　数	3001 – 5000 册
国际书号	ISBN 978 – 7 – 101 – 08707 – 9
定　价	43.00 元

1958 年北大履历表上的照片

第一次全国美学会议留影　一九八〇年六月八日

1980 年 6 月全国第一次美学会议全体代表合影，朱光潜（前排右七）在会上当选为中国美学会会长

《朱光潜全集》(新编增订本)出版说明

　　朱光潜(1897－1986)，安徽桐城人，著名的美学家、文艺理论家、教育家、翻译家，中国现代美学的奠基人和开拓者之一。

　　朱光潜先生幼年饱读诗书，青年时期在桐城中学、武昌高等师范学校学习；1922年香港大学文学院肄业后，任教于上海吴淞中国公学中学部、浙江上虞白马湖春晖中学。曾与叶圣陶、胡愈之、夏衍、夏丏尊、丰子恺等成立立达学会，创办立达学园，进行新型教育的改革试验。1925年考取官费留学，先后肄业于英国爱丁堡大学、伦敦大学，法国巴黎大学、斯特拉斯堡大学，获文学硕士、博士学位。1933年回国，先后在北京大学、四川大学、武汉大学、安徽大学任教。解放后历任全国政协委员、常委，民盟中央委员，中国美学学会会长、名誉会长，中国作协顾问，中国社科院学部委员等。

　　朱光潜先生学贯中西，博通古今，对中西方文化都有很高的造诣，在文学、哲学、心理学、美学诸领域，取得了卓越的成就，是我国现当代最负盛名并赢得崇高国际声誉的美学大师。

　　朱光潜先生将自己的美学思想分为解放前和解放后两个阶段。他的很多著作是在解放前完成并出版的，如《给青年的十二封信》(1929)、《变态心理学派别》(1930)、《谈美》(1932)、《变态心理学》(1933)、《悲剧心理学》(1933)、《文艺心理学》(1936)、《诗论》(1943)、《谈修养》(1943)、《谈文学》(1946)、《克罗齐哲学述评》(1948)，同时翻译出版了［法］柏地耶《愁思丹和绮瑟》(1930)、［意］克罗齐《美学原理》(1947)等。解放后，朱光潜先生开始钻研马列主义，试图以历史唯物主义和辩证唯物主义来探讨一些关键性的美学问题,出版的著作有《西方美学史》上卷(1963)、《西方美学史》下卷(1964)、《谈美书简》(1980)等,并将大量精力放在翻译西方美学论著上,先后将[美]哈拉普《艺术的社会根源》(1951)、[希腊]柏拉图《文艺对话集》(1954)、[英]萧伯纳《英国佬的另一个岛》(1956)、[德]黑格尔《美学》第一卷(1958)第二卷(1979)第三卷(1981)、[德]爱克曼(辑录)《歌德谈话录》(1978)、[德]莱辛《拉奥孔》(1979)、[意]维柯《新科学》(1986)等著作介绍到中国,为推动我国美学事业的发展做出了重要的贡献。

朱光潜先生一生著述和译著丰赡。先生去世后,安徽教育出版社自1987年至1993年陆续出齐了《朱光潜全集》(二十卷)。由于种种原因,有些材料当时未能收入,加之近二十年来,又陆续发现了相当数量的文章,所以,出版《朱光潜全集》增订本已是学术界、读书界的一致希望。为此,中华书局聘请专家组成了新的编委会,在保留原来编委的基础上,根据需要新增了编委,召开了编委会,充分听取编委的意见和建议。此次出版,除了对《全集》内容的增补和修订,重新编排是另一项重要工作,目的是更加清晰地体现朱光潜先生各类著述的情况。兹将新编增订的情况介绍如下:

一、新编。《全集》编为三十册,将朱光潜先生的全部著作按专题重新分卷,各卷均按内容进行归类。每卷内大致按照创作时间的先后为序,个别篇章兼顾相关篇目的内容,前后略有参差。

二、增补。新增文章近百篇,有些是原版《全集》失收的,有些则是从未公开发表过的。新增文章均依内容归入相关各卷。

三、新拟集名。将单篇文章按内容分类,分别编为《欣慨室逻辑学哲学散论》、《欣慨室中国文学论集》、《欣慨室西方文艺论集》、《欣慨室美学散论》、《欣慨室随笔集》、《维科研究》、《欣慨室教育散论》、《欣慨室杂著》、《欣慨室短篇译文集》等。

四、编制索引。各卷均编制人名及书篇名索引。第三十册为总索引,囊括了各卷的人名和书篇名索引。

五、尊重原貌。为保持著作的历史原貌,对文字内容尽量不作改动。原书的译名不做统一处理,将在总索引中对不同译法的译名进行归并,以便查阅。

《朱光潜全集》(新编增订本)的收集、整理、出版工作,得到了学术界、读书界、出版界的支持与关注,在此,谨表示衷心的感谢!由于《全集》卷帙浩繁,内容广泛,写作时间前后跨度逾六十年,且很多著作都有若干版本,所以底本的选择、整理的方式不求统一,可参看各书卷末的《编校后记》。书中编校错误或在所难免,敬请读者批评指正。

中华书局编辑部

2012 年 8 月

目 录

欣慨室西方文艺论集

欣慨室美学散论

欣慨室西方文艺论集

欧洲近代三大批评学者(一)
——圣伯夫(Sainte Beuve)

　　这三篇文章是在一年前读圣伯夫、阿诺德和克罗齐诸人著作时做成的,原拟储为别用,惟近来兴趣渐移到别方面去,从前计划,暂须搁置。因为上列三人可以代表法、英、意三国文艺批评的中心潮流,所以现在介绍给读者。

　　以圣伯夫代表法国批评学者,以克罗齐代表意大利批评学者,大概没有人反对。阿诺德在英国批评界的地位自然也很高,可是拿他来代表英国批评学者,或许不甚妥当。论理,柯尔律治应占优先权。我所以取阿诺德不取柯尔律治者,以阿诺德的主张能超过文学范围而涉及孕育文学的思潮。柯尔律治虽湛深,而他所着眼的偏于英国文学。这并不是他的缺点,只是介绍给中国读者恐怕不生多大影响。

因为同样理由，我没有选德国的莱辛。他在近代文学批评界中所占位置甚重要。只是他所谈的偏重于希腊文艺，也难使一般中国读者发生兴趣的。

我希望读者特别留意最后一篇。克罗齐是现代欧洲美学界的泰斗，凡是研究文学或美术的人没有读过他的著作，总不免是一大缺陷。

孟实附识

十九世纪的初叶，浪漫主义风行于全欧，文学风格遂因之大变。单就法国说，在这个新运动中建树最大：在诗为雨果（Victor Hugo），在小说为巴尔扎克（Balzac），在文学批评为圣伯夫（Sainte Beuve）。这三人在近代法国文学上所产生的影响都不相上下。但就今日说，浪漫主义已流为写实主义，雨果与巴尔扎克的势力可以说是过去了，而圣伯夫依然是欧洲批评界的泰斗。他是近代改进文学批评的始祖。从他起，文学批评才成为专门学问，才与创作并重；从他起，批评才脱离古典主义的羁绊，由评判的，主观的，讲义法的变而为历史的，心理的，欣赏的和表现的。我们可以说，文学批评在十九世纪以前是亚理斯多德（Aristotle）与贺拉斯（Horace）的世界，在十九世纪以后，是柯尔律治（Coleridge）和圣伯夫一般人的世界。但是柯尔律治的《文学传记》（Biographia Literaria）还是偏于谈玄理，到圣伯夫才开始用历史的方法研究个别作品。亚理斯多德的《诗学》（Poetics）以后，批评界最有影响的杰作大约要算是圣伯夫的《星期一谈话》（Couseries du Lundi）了。

圣伯夫的批评著作有五十巨册之多，单是《星期一谈话》也有二十八册。他的位置既如此其重要，而他的著作又如此其浩瀚，如今我来以小篇幅了结偌大一个作者，岂非难事？这却不难。别人对于文学都有门户，都有主义，你须得去理渊源，释同异，圣伯夫博大精深,任何主义他都能了解,任何主义都没有使他为之所囿。他自己说过:"我不让任何学派说我是他们中间的一个。"他所以异乎常人的只是他的训练,他的态度和他的方法。为明了这几点起见,我们须略知他的身世。

圣伯夫生于1804年。他的父亲颇好文学,在他出世先两月就去世了。他的外祖母是英国人。他早受母教,所以爱读英国抒情诗,对于柯珀(Cowper)和华兹华斯(Wordsworth)尤其景仰。他少年时最大的野心是成一个诗人。论天资兴趣,他都最近于文学。但是他知道想在文学方面有成就,科学训练亦断不可少。所以他费去五年的功夫去专门学医,并且在医院里实习过。后来他虽改业从事于文学,而医学的训练仍给不少帮助。他自己后来在议院里说过,他的哲学的精神,锱铢必较的心习,和推阐入微的方法,都是从医学方面得来的。

批评学在法国特别发达,固然由于法国民性锐于审美,而与新闻事业的特性也不无关系。世界各国报章杂志多偏重新闻,而法国报章杂志则特重视文艺。这种风气也从圣伯夫时代才开始。现代欧洲文学杂志推法国《两世界》(Deux Mondes)为第一,圣伯夫就是《两世界》的一个创办人。他替这个杂志做了三十七年的文章。《两世界》所以驰名,就是他的力量。但是他的处女作是在《地球》(Le Globe)发表的。创办《地球》杂志的杜鲍(Dubois)是他的先生。这个杂志本来赞助民主,提倡急进。1830年革命结果,路易·菲力普登王位。保守派与急进派竞争激烈。杜鲍倾向保守,而圣伯夫主张急进。因政见不同,而多年恩爱的师生遂至持枪决斗。(这是中古时代传下来的习惯,意见不合的人诉之于械斗不诉之于法律。决斗时双方均守秘密。)决斗之日适逢大雨。圣伯夫右手持枪,左手执伞。杜鲍反对他用伞,他说:"死我不怕,可是我怕被雨打湿了。"一时传为美谈。

他在《地球》上发表的文章有一篇批评雨果的《诗歌集》(Hugo：Odes et Ballades)。当时古典主义还没有完全消灭，物议多以为雨果诗不典雅。圣伯夫则颇致推崇。雨果与圣伯夫在巴黎居寓仅隔数庐，而彼此却素不相识。圣伯夫的批评出现后，雨果从编辑室里查得他的住址，便登门致谢。适圣伯夫他出，隔几天回来了，便回访雨果。二人一见如故，此后过从甚密。这段文字因缘在圣伯夫的生平发生两大影响。第一个影响是好的。雨果是法国浪漫派的领袖，从结识他以后，圣伯夫遂暂时卷入浪漫的旋涡。浪漫主义鄙弃十八世纪的理智与假古典而回到中古世纪的奇诞想象。圣伯夫在这浪漫派影响之下，做了一部《十六世纪的法国诗》，就是想证明十九世纪的浪漫派作者和十六世纪作者的渊源。

第二个影响可就不幸了。圣伯夫少时行修颇不检点，学生时代所接触的妇女大半是巴黎拉丁区中人。自结识雨果以后，他不幸垂涎禁脔，而钟爱于雨果夫人。雨果夫人待他虽甚殷渥，而他们夫妇恩爱究竟极浓厚，第三者参入，总不免酿成悲剧。圣伯夫乃不免侘傺无聊。在这个时期他著了一部诗叫做《约瑟多浪》(Joseph Delorme)和一部小说叫做《淫逸》(Volupté)，这是借题发挥自己胸中的苦痛。本来在十九世纪的初叶，欧洲有一种所谓"时代病"(Malade du Ciécle)。描写这种时代病的在英有拜伦的《哈罗尔德游记》(Byron：Childe Harold)，在德有歌德的《少年维特之烦恼》(Goethe：Dis Leiden des jungen Werthers)，在法则圣伯夫的《淫逸》和夏多布里昂的《勒内》(Chateaubriand：René)，完成三鼎足。圣伯夫的诗和小说也颇不乏赞美者，但是摆在他的《星期一谈话》一块，就不免相形见绌了。

他同雨果夫妇的十年深交，因有三角纠葛，到 1837 年遂突然中断。圣伯夫固然是惭忿交加，雨果也怀了满腹醋意。雨果此时已经是法兰西学院(French Academy)的四十不朽者之一，论资望，圣伯夫也应得占一席，但是他被举三次，都因为雨果反对，没有入选。后来他再登门谢罪，雨果才捐弃前嫌，让他进了法兰西学院。这是1844年的事。表面上，他们似已言归于好，可是伤裂的友谊从来是不容易弥补还原的。自离开雨果以后，圣伯夫对于浪漫派的因缘也就告一段落。他生性就不近于浪漫主义。不过他因为受了浪漫主义的熏染，后来虽然回头推尊古典，却不能为义法所囿。这是雨果的好影响，他究竟不应该忘记的。

圣伯夫幼时颇虔信天主教，成年时受教于著名的自然科学家拉马克（Lamarck），就变成一个自由思想者。后来他倾倒于雨果夫人，思想言语都无形地受她影响，她的宗教热诚最强烈，他也就变成一个虔敬的信徒。但是有雨果夫人，基督的势力大于拉马克，无雨果夫人，拉马克的势力大于基督；所以绝交以后，他又丢开宗教而信赖经验哲学了。愤激时，他发愿要去当僧侣。当时法国著名女小说家乔治桑（George Sand）对他说："你当了僧侣，我便可以向你忏悔，那再好不过了！"但是圣伯夫哪里是一个当僧侣的人！

1837年恰当圣伯夫有不愿逗留巴黎的苦衷的时候，瑞士洛桑（Lausanne）学院聘他去讲演，他便去当了一年教授。他的演题为《波罗尔（Port-Royal）教派》。这个演讲稿他以后费了二十年的功夫扩充成为一部《波尔·罗亚尔教派史》（Histoire de Port-Royal）。波尔·罗亚尔教派发生于路易十四时代，其宗旨在改革天主教，赞助科学，提倡男女平权。最著名的《思想录》（Pensées）著者帕斯卡尔（Pascal）就是这派领袖。其他教友也大半是当时名宿。他们都住在近巴黎的波尔·罗亚尔寺，所以得名。后来这个教派因主张过新，被罗马教皇和法国政府解散了，圣伯夫在《波尔·罗亚尔教派史》里，不仅研究一种宗教的生灭，而且把十七世纪的文物政俗都尽量描绘出来了。史学家和批评家都推此书为杰作。

圣伯夫本一寒士，平时自奉极刻苦。居巴黎时，赁居楼顶小屋两间,每月租金八九元,而早饭尚包在内,独身无仆从,其清苦可想。1840年,法政府任他为马萨林(Mazarin)图书馆馆员,他的生活才渐较舒适。而最使他称意的莫如饱览图书的机会。他特别请了一位教员习希腊文。后来他对于希腊名著都能从原文研究。他在学校时曾得拉丁文的大奖。英文是从幼就学好的。意大利文与法文相近,他所以也能读得很流畅。这种文字学的准备也是批评家所不可少的;而在圣伯夫时却非易事,比方一代人望的雨果就不能从原文研究莎士比亚,其他可想。

灾祸之来,常出意外。1848年,路易·菲力普政府倒,民主再出现。有人在前政府的度支簿上发见"支圣伯夫一百法郎"一项,仇家遂借此生谣,说他受前政府的贿。其实这只是政府拨给马萨林图书馆修烟突的一笔款。圣伯夫愤而辞图书馆职,应比利时政府的聘请,任李厄西(Leége)大学文学教授。他的演题为《夏多布里昂及其同派》(Chateaubriand et son Groupe)。时人多奉夏多布里昂如神明。圣伯夫早年想献殷勤于列卡米尔夫人(Madame Recamier),也曾作文赞赏夏多布里昂。此时他方从浪漫派的酣梦醒觉,用冷静的态度再去研究夏多布里昂,便不惜暴露其弱点了。

1849年,法政局又变,路易·拿破仑登帝位。当时法国文学家多厌恶帝国而赞助民主。圣伯夫本亦表同情于共和政治,因厌恶连年战争,民不聊生,所以赞助路易·拿破仑政府。时人多议圣伯夫为失节,这时他开始在《宪报》(Constitutionnel)做文章。他每星期作文一篇,介绍古今名著,以星期一日出版,后来这些文章搜集成书,所以叫做《星期一谈话》。在《宪报》作文三年后,他又改到政府机关报《导报》(Le Moniteur)投稿。1854年他被任为法国大学(Collège de la France)文学教授。学生因为他是一个保皇党,上了两课,就把他驱出了。他不得已只好把演讲稿付印行世。演题为《罗马诗人维吉尔研究》(Etude Sur Virgile)。1862年,他又回到

《宪报》，以后所做的文章集成《新星期一谈话》（Nouveux Lundis）。1865年，他被任为上议院议员。当时上议院议员大半依阿取容。圣伯夫独出力为人民争言论自由。议院中有人提议禁止公共图书馆购置伏尔泰（Voltaire），拉伯雷（Rabenais）诸人的著作，他们说这些书有伤风化。圣伯夫反对极力。他因不满意于政府，便不再替政府机关报作文。所做的文章都送到政府反对党的《时报》（Le Temps）发表。马达尔（Mathilde）公主平时同他交谊颇厚，劝他不要替反对党报纸作文，但是他终不为之屈。拿破仑著有《凯撒传》（Vie de César），政府党曾授意圣伯夫作文称赞，也被他拒绝了。这些地方都可以见得大批评家的独立不挠的精神。他晚年颇为士林所景仰。从前闹他的学生们现在也举代表治筵宴他了。可是他的声誉虽一天大似一天，而他的健康也一天坏似一天。到1869年他就长辞人世了。

圣伯夫的一生行迹大要如此。现在说他在文学批评上所占的地位。批评有两难：第一难在了解作者，第二难在避开自己（有人称批评学为 self-cancelling business）。如果作者的思想风格都合你的胃口，你自然不难了解他，但是你去批评他，你难免党同。反之，作者的思想风格都不合你的胃口，你就不免有些隔膜，你去批评他，就难免伐异。比方英国约翰逊说："如果蒲柏（Pope）做的不是诗，你还在哪里去寻得诗？"这就犯了没有避开自己的毛病，他称赞蒲柏，只因为蒲柏和他自己都是假古典主义的拥护者。他又说格雷（Gray）的诗不好，这就犯了没有懂得作者的毛病，格雷是浪漫派的先驱，他诗中赞赏自然的地方不是又近视又重听的约翰逊所能了解的。有了成见，便不易公平；没有成见，又难了解旁人的成见。理想的批评家是从前抱过种种成见而现都已丢开的。从前抱过种种成见，所以能了解某种作家的某种思想。现在这些成见都丢开了，所以不为成见所囿。这种条件在批评家中很少有人能满足，而圣伯夫却完全满足了。在文学方面，他时而皈依古典，时而受浪漫主义的熏染，上自荷马（Homer），维吉尔（Virgil）与但丁（Dante），下至卢梭，歌德与福楼拜，他都是一样地嗜好。在政治方面，他时而醉心民主，时而接近圣西门（Saint Simon）社会主义派，时而赞助帝政，时而替反对政府党报纸做文章。论信仰，他时而天主教徒，时而怀疑者，时而追慕波尔·罗亚尔教派。他好像蜜蜂，任何花卉的精髓他都采来了醖酿成他的满腹经纶。他这样多见多闻，所以能无偏无党。这要算是他第一条卓越常人的特点。

单是这渊博公允，已非一般人所能望尘；而圣伯夫又有阿诺德所称法国人的灵活（flexibility）。学问日日增进，则见解亦必日日变动。但是一般人守旧性太重，往往固执己见，不肯认错。你如果说："今日之我可以与昨日之我宣战"，人就骂你没有节操。其实学问上的节操：在忠实，不在"一与之齐，终身不改"。圣伯夫的第二个特点就在不惮改。他带有女性的锐敏感觉，偶尔新有发见，便不惜把从前辛苦经营所成就的全盘抛弃。他的批评是不断的修改，不断的创造。他自己说过："我没有执过任何文学意见，文学意见在我生平思想中所占的位置极其渺小。我所最关心的只是生命和生命的对象。我对于我所已有的判断常继续不断的置疑，假如我发见我的见解不确，我就立刻修改过来。"因此，他对于同一作者先后批评往往不一致。最显著的是他对于雨果和夏多布里昂的评语。好像做生意，他只零卖，不批发，对于同一作者，今天指一点给你看，明天又指一点给你看，但是永远不托出全形，不作最后的断案。有许多人（类如圣茨伯里 Saintsbury）说，这是圣伯夫的缺点。他们以为他太泛滥没有归宿。但是古今批评家下过许多断案，有几条能算是最后的不可移易的呢？

就这一点说，圣伯夫在文学批评上是一个革命者。从亚理斯多德以后，欧洲文艺批评以判别好坏为唯一任务。本来"批评"一词在西文为 criticism 就只包含判别一个意义。从圣伯夫以后,学者虽仍沿用"批评"(criticism)一词,而其所指的实为"诠述"或"导解",其义相当于西文 interpretation。为清晰界限起见,学者新铸"判断的批评"(judicial criticism)和"诠述的批评"(interpretative criticism)两个名词。批评上有这种分别,就从圣伯夫起。这种分别究竟何在呢? 第一,是态度的分别。判断的批评者好比法官(judge),作者须受他审问,受他评判曲直。诠述的批评者好比律师(advocate),代诉讼人陈述意见,并且含有辩护的口吻。第二,是目的的分别。判断的批评者用意在使读者明白文学上的是非。诠述的批评者用意在使读者彻底了解作者的思想性情和时代环境的关系。第三,是方法的分别。判断的批评者先假定一种标准,用这种标准去测量作品,看看它是长是短。诠述的批评者研究作品,好比自然科学者研究一种生物,用精细的观察与归纳,从遗传环境个性各方面搜罗因果关系,以构成一种生活史。

判断的批评在圣伯夫以前可算是正统派,不过这里又有古典派与浪漫派的分别。古典派和法国布瓦洛(Boileau),英国蒲柏都以古人义法(rules)为标准。他们所谓好不好,换言之,就是合于义法不合于义法。比方他们如果批评《哈姆雷特》(Hamlet),他们用一只眼睛看莎士比亚,另一只眼睛就注视希腊罗马的作者。如果索福克勒斯(Sophicles)的悲剧里没有夹杂喜剧的成分,他们便断定《哈姆雷特》里掘矿一段诙谐为违法,换句话说,莎士比亚便不算得一个大戏剧家。这种批评显然是武断的。古人所谓义法也不外根据古时作品推演出来的。先有作品而后有义法。文学是创造的,是生生不息的,我们如何能以死的义法测量一切创作? 德莱顿(Dryden)说得好,如果亚理斯多德读过近代文学,他的《诗学》一书也许做得另是一样。古典派想以古人之已然,责今人之必然,就不明白这个道理。浪漫派代兴以后,义法的观念虽取消,而批评家仍然没有放弃褒贬大权,不过想另求哲学的根据代义法做判断的标准罢了。比方德国莱辛,英国柯尔律治,就都想寻出一种哲学的根据——如快感想象等等——以为鉴定美恶的标准。这比古典派固较胜一筹,但是在批评方面,离开具体的作品,而空谈哲理,总不免易于误事。托尔斯泰因虔信宗教,便断定一切最上品文艺都要含有宗教的教训,把但丁和莎士比亚都一笔抹煞了,就是一个好例。

判断的批评既如此不可恃,圣伯夫所以极力打破前人窠臼,而另建设文学批评于科学的基础上。凡是文艺作品都是作者的人格的表现。要懂得作品,先要懂得作者的人格。这番话在今日已成老生常谈,但在圣伯夫时还是疑信参半。圣伯夫是第一个人说,你如果不懂得作者的心窍,你决不懂得他的著作;你还没有懂得他的著作,何以就能评判它的好坏?所以他的主张是:读书要从知人入手。他用什么方法去知人呢?他是拉马克的弟子,所以一方面习闻个人与环境关系密切,而另一方面又濡染了许多自然科学者的方法和精神。在批评方面,他的目的全在以自然科学方法研究作者的心理。他自己曾经说过:"我是一个研究心灵的自然科学者。"(Je Suis un Naturaliste des Espirits)。他于所批评的作品大半从四方面研究:

(1)作者必有群性,他和时代环境的关系如何?

(2)作者必有个性,他所得诸遗传的如何?得于习惯的又如何?

(3)作者必表现其人格于其作品,从作品中所看出的作者个性如何?

(4)作者的各种著作必为完整的有机体。参观互较之,其部分与全体的相互关系如何?

这四个问题都解决了,批评者的责任便算了结。至于估定价值,判断美丑,则读者自有权衡,批评者不能以一个人的嗜好,做一切人的标准。他先自己多读，多了解，多欣赏，然后就自己所读的所欣赏的所了解的诠述出来，引诱旁人也去读，去了解，去欣赏。他不是一个审判官，没有权力说："作者应该如此如此。"他只是一个自然科学者，只能说："作者实在如此如此。"这种诠述的批评就是圣伯夫的不二法门。因为这种批评使用自然科学的归纳法，所以它有时又称为自然科学派批评(naturalistic)，归纳的批评(inductive)，或历史的批评(historical)。

圣伯夫的最大工作是《星期一谈话》。（前集十五册，后集十三册。）这些谈话因为要迁就报纸篇幅，都很简短，每篇平均不过七八千字。谈的材料大半是文学家、哲学家或政治家的事迹或著作。比方第一篇谈一本书札，第二篇就接着谈作者的家世或幼年的教育，第三篇又接着谈作者的交游。除《何谓古典》(Qu'est qu'un Critique，《星期一谈话》第三卷里)一篇外，他很少抽象的谈文学主义。从他所做的批评文章看，可以知道他的渊博。关于十六世纪，除着《十六世纪的法国诗》一书以外，他做了十九个人的评传，内含拉伯雷，蒙田(Montaigne)等等。关于十七世纪，除着《波尔·罗亚尔教派史》一书以外，他做了七十四个人的评传，内含帕斯卡尔，圣西门等等。关于十八世纪，他做了七十三个人的评传，内含伏尔泰，卢梭(Rousseau)，罗兰夫人(Madame Roland)等等。关于十九世纪，他做了一百零五个人评传，内含拿破仑，夏多布里昂，福楼拜(Flaubert)等等。而希腊罗马的作者经过他批评的尚不在此列。以一人的精力，成就偌大的工作，在批评史方面找不出第二个人了。不消说得，他是一个最用功的人；他自己说："我没有一天休假，只是在星期一晌午时，抬头呼吸一点钟左右。过后，门再闭起，我又在牢室里住上七天。"翻《星期一谈话》看，每年五十二个礼拜，就有五十二篇文章，简直没有间断。这种精神能不叫现在一般批评家愧死么？

法国人本擅长于散文，而圣伯夫的文章尤其流利生动。尼采说他女性太重，的确不错。他拈取一件琐事，便说得津津有味。他描写一个人，只略举几点细微故事，便叫他跃现目前。法国人本以客气著名。圣伯夫在批评文章里，从来不用谩骂讥嘲。但是仔细读之，他有时在轻言巧语里微露机锋，可就深刻隽永！你只把它当作一种消遣品读，也会不忍释手的。

近代批评学者几无人不受圣伯夫的影响。英国阿诺德（Matthew Arnold）就是私淑圣伯夫的。单讲法国，他的高足弟子为泰纳（Taine）。泰纳以为一切文学家都是种族（race），社会环境（milieu）和时代（moment）三个成分的产品。批评学和植物学相仿佛，只研究个体与种族环境时代的因果关系。他的名著《英国文学史》就用这种眼光著成的。导敦教授（E. Dowden：Studies In Literature）说他太走极端，把作者的个性完全抹煞了。本来浪漫派重视主观抒情，浪漫派流为写实派，文学遂弃主观而偏重客观。泰纳是受这种潮流影响的。圣伯夫推翻持义法为判别好丑的标准的批评。这个消极态度后来衍为印象派批评（impressionistic criticism）。法朗士（A. France）就是这个批评学派的领袖。他以为批评家的任务只是写出自己读过某作品所得的印象。我们不能批评作品是好是丑，只能说我个人欢喜不欢喜这作品。法朗士的《文学生涯》（La Vie Littéraire）一书就是记他自己读书所得的印象。他的文章比《星期一谈话》更加简短，更加漂亮。可是他这种印象的批评颇有人以为过重私人主观，难得公允。布吕纳介（Brunetiére）为着这个问题和法朗士打过许久的笔墨官司。他劝法朗士最好去作系统的介绍，指示后学的途径。法朗士说，向来批评家好比食馆侍女，只托出美肴盛馔让旁人享受，于今他却不愿这样呆笨，他自己也要染指尝尝美味。他所谓印象的批评就是描写他自己所得的味道。赫道生（Hudson）说过，像法朗士那样博学，他的印象固然值得我们听听，可是多数人的好恶究竟不能为批评估价的标准。以记印象为尽批评的能事，也未免走入极端。

从泰纳，法朗士两派看，我们一方面可以见得圣伯夫的影响之大，一方面也可以见他的无偏无党，适得其平，为不可及。说他是亚理斯多德以后的最大批评者，该不算过誉吧。

参考书籍

1. Causeries du Lundi，巴黎 Garnier Frères 出版，英译本有两种，一为 Trenchmann 译，伦敦 George Routledge 出版，一为 Matthews 选译，芝加哥出版。此系研究圣伯夫及法国文学所必读的书。

2. Nouveux Lundis，巴黎 Calmann Lévy 出版，未见英译本。

3. Port-Royal，巴黎 Hachette 出版，未见英译本。

4. English Portraits，此书系选译《星期一谈话》关于英人者。有引论序圣伯夫的生平与著作，颇好。

5. Essays on Men & Women，W. Sharp 编并序。此书选重要批评文十余篇。如不能得《星期一谈话》全书者，可置此书（伦敦 David Stott 出版），或上列之 English Portraits（伦敦 Daily Isbister 出版），或 Saintsbury 的选本（法文的，牛津大学出版）。

6. Michent：Sainte Beuve Avant Les Lundis，这是最好的圣伯夫小传。巴黎出版。

7. G. M. Harper：Sainte Beuve，圣伯夫传英文中只见此一本。

8. Matthew Arnold 做了一篇短传，载在《大英百科全书》。

9. Saintsbury：History of Criticism, Vol. Ⅲ，里面有一章论圣伯夫的批评著作颇详。伦敦出版。

10. G. Brandes：Main Currents In 19th Century Literature，第五卷里有三章论圣伯夫，尚可读。伦敦出版。

（载《东方杂志》第 24 卷第 13 号，1927 年 7 月）

欧洲近代三大批评学者（二）

——阿诺德（Matthew Arnold）

　　关心英国文物习俗的人大概都觉得英国人民稳健，只是因为他们笨重，英国社会安固，只是因为他们沉滞。他们只有一套"文雅人"的衣钵，父传子，子传孙的沿袭下去。社会中仿佛有一种洪炉烈焰，从此中熔铸出来的人简直都是一模一样。你看过洛克（Locke）和休谟（Hume），你便认识无数英国哲学家，孙悟空尽管灵活善变，而变来变去，总是依然站在经验上。你看过边沁（Bentham）和伯克（Burke），你便认识无数英国政治家，学理慢些讲，且问这种政策所生实利如何。你看过约翰逊（Johnson）和丁尼生（Tennyson），你便认识一般所谓英国"文雅人"，人生在世，只要能信上帝，尊英皇，服从中级社会的道德，就算是心满意足了。但在这种沉滞的社会里，偶尔跳出一二个性坚强的人，他的特立独行的胆与识,却又非其他民族所能产出。比方在哲学方面,英国产出洛克,也产出罗素;在政治见解方面,英国产出边沁,也产出卡莱尔(Carlyle);在道德方面英国产出约翰逊,也产出雪莱(Shelley)。雪莱、卡莱尔、罗素一般人都是生物学家所谓"突变"例。在这些"突变"例中,阿诺德也是一个铮铮佼佼的人物。他生在维多利亚后时代,家家都在歌诵太平,以为英国文化好到无以复加了,他却一个人喊着说:"你们都是一般腓力斯人(Philistines)哟!只有自由思想才可以引导你向光明处走,快从迷梦中醒觉罢!"在批评方面,他祖述圣伯夫,但是他又景仰歌德和海涅(Heine),所以他的批评范围甚广,不仅限于文学,凡是有关于人类文化的他都加以讨论。因此,他对于我们,较之其他欧洲批评学者更加重要。中国现在也太"腓力斯"化了,他的言论大可以做我们的暮鼓晨钟咧。

阿诺德(Matthew Arnold)是一个名父之子。他生于 1822 年。他的父亲做过拉格比(Rugby)公学校长,在英国教育史上,是一个重要人物。阿诺德幼时也在拉格比学校肄业,后考得奖学金入牛津大学。当时牛津大学还未改中古制度。课程很简单而学风很宽大,读书的时候少而交际辩论的时候多。阿诺德受牛津影响极深,而生平爱戴牛津也极切。大凡受过大学古典教育的批评家,其长处在有正当训练,眼界广而思路平正,其短处在过信名宿(authority),处置新奇作品过于苛刻。阿诺德就兼有这个优点与缺点。在英国文学家中,除弥尔顿(Milton)以外,他算是最渊博的。古代的希腊、拉丁文学,近代德法文学,他都有很深刻的研究。这种训练一方面固然使他能见出英国人的偏狭,而另一方面,也使他养成许多成见。他私淑圣伯夫,而圣伯夫的灵活与宽大,他却始终没有学到。就事业言,阿诺德是一个教育家。他在拉格比母校教过希腊、拉丁文,在教育部当过三十五年的视学,在牛津大学当过十年的诗学教授,晚年又赴美国公开演讲一次。他对于英国中小学教育革新，贡献极大。他曾赴德、法、瑞士、意大利各国考察教育，著成报告数种，为英国教育改革的借鉴。他是第一个人运动废除以学校考试成绩为政府津贴标准的陋制，他是第一个人提倡强迫普及教育。视学的职分在英国最清苦。他要终年巡视全国学校，制报告，有时还要亲自教课给教员们看，使他们知道改良教授法。从阿诺德给他母亲和妹妹的信札看，他几乎没有一日不为教育琐事忙碌。论事功，他颇类似德国哲学者费希特（Fichte）。

从来忙人很难得成诗人，阿诺德却是一个以忙人而成诗人的。他生当十九世纪中叶，当时浪漫主义的流风余韵还极盛。与他同时的丁尼生和布朗宁（Browning）都受有济慈（Keats）或雪莱的影响。阿诺德寝馈于希腊文学甚久，颇不同情于浪漫主义。他是浪漫时代中唯一的古典诗人。他不像十八世纪的古典派学者，他的诗真能表现若干量的希腊作风，极力于庄严冲淡中流露深情至理。他的短处在理胜于情，往往诗其形而散文其实。他虽反对浪漫主义而却未曾完全脱离浪漫派的影响，比方他极力崇拜华兹华斯和歌德，而这两位大诗人都是浪漫派领袖，虽然比其他浪漫派诗人稍近于古典精神。烦恼是浪漫期的时代病，阿诺德也很受其传染。不过拜伦、歌德和夏多布里昂一般人的烦恼由于恋爱，而阿诺德的烦恼则与恋爱无关，他的婚姻是很满意的，他只是伤时感世。他是一个热情的淑世者，当时功利主义弥漫世界，而生活中最有价值的真善美渐不为世人所注意，大家都只以饱暖为太平，这是他所最感伤的。他知道世界在走错路，而举世皆浊，摧陷廓清，又非他一个人能力所可胜任。所以他的诗中充满着一种不可言喻的哀感。他最擅长挽诗，就是通常叙事言情，也带有挽诗的风韵。他的诗集中最脍炙人口的是《邵莱布和罗斯托》（Johrab and Rustum），《特里斯丹与伊瑟的死别》（Tristram and Iseult），《迷路的欢宴者》（Strayed Reveller），《色希斯》（Thyrsis），《被遗弃的人鱼》（Forsaken

Merman),《学者吉卜赛》(Scholar Gypsy)诸篇。在维多利亚后朝，他的声名为丁尼生所掩盖。现在人才渐渐看破丁尼生的虚华，而读阿诺德的人便逐渐多起来了。

阿诺德在诗的方面，成就固颇可观，而他所以重要，则不在诗而在批评。他的《批评论文集》第一卷在英国要算是柯尔律治的《文学传记》以后的第一杰作，现在文学家都还奉为圭臬。他在批评方面本想追踪圣伯夫，可是两人所用的方法颇不相同。圣伯夫的文章没有一篇讲主义，而阿诺德的文章则几乎没有一篇不讲主义。不过他的主义有时是从圣伯夫的著作中推衍出来的。

他的批评主张在《批评论文集》第一篇里揭出。这篇叫做《批评的任务》(The Function of Criticism)，极为批评史家所重视，所以在这里有撮述的必要。

一般人往往把创作力与批评力划为两事，以为没有创作力的人才去干批评的勾当。创作家尤藐视批评，比方华兹华斯就说，人的精力与其费在批评，不如费在创作，因为创作失败，只白费自家精力，批评失当，就不免贻误他人。这种见解在从前极普遍，从圣伯夫以后，人才逐渐发觉没有创造力，也决不能从事批评。圣伯夫所作文人行状，其所流露的创造力，实无异于写实派小说家。阿诺德辩护批评，则又有一说。天赋才力，各有所偏。能批评而不能创作的人，我们不能叫他丢开批评，睁着眼睛向失败的路走，去勉强创作。约翰逊的《阿林里斯》(Irenes)简直不成为诗，而他的《诗人传记》则人人都承认是杰作。我们定要拉他多做《阿林里斯》一类的诗，还是望他多作《诗人传记》呢？华兹华斯做了许多无味的宗教诗。倘若他节省那副精力去多做像《抒情民歌集序》(Preface to the Lyrical Ballads)一类的论文，不比创作更好么？

批评力较之创作力，高下诚有悬殊。但是没有批评，创作也决难有大成就。要想伟大的创作出现,天才(the power of the man)与时会(the power of the moment)必须互相凑合。所谓时会,便是当时思想潮流(current of ideas)。天才秉诸自然,而时会则须借人力造作;造作时会的人是批评家,不是创作家。创作家只能利用时会,处被动地位,受当时思想潮流之激荡,而后把他所受的时代影响反射到作品上去。假如没有批评家努力传播思想,思想便不能成为潮流;世间纵有天才,也必定因为缺乏营养,缺乏激刺,以至于干枯无成就。这个道理只要拿拜伦和歌德比较,便可见出。这两位诗人都有极大的创作力,而拜伦的成就远不如歌德,就因为拜伦时代的英国思想贫乏,无养育天才的滋料,而歌德时代的德国则正当"狂飙突进",思潮汹涌。好比同样种子,一粒种在肥土里,一粒种在瘠土里,种在肥土里的开花结实,种在瘠土里的因为缺乏营养,没有成熟就枯谢了。不单是拜伦,其他英国浪漫派作者也同样的缺乏时代思潮的营养。连阿诺德所最景仰的华兹华斯,有歌德之深而无歌德之广,也就坏在读书少而思想狭隘。读者也许要问:伊丽莎白后朝,英国也并无壮大思潮可言,莎士比亚也并没有读多少书,何以当时创作却像雨后春笋,欣欣向荣呢?阿诺德说,伊丽莎白后时代,虽没有批评学者预先造成澎湃的思潮,而当时文艺复兴的余风犹存,英国又是新兴,势力正在蓬蓬勃勃的伸张,全国人民有一种烈情狂热,其激荡天才的能力也不亚于思潮。十九世纪的英国既无德国在歌德时代的文风,又无伊丽莎白时代的朝气,所以英国浪漫派的成绩无甚可观。

法国革命也是一种惊天动地的运动。论理,其时应有伟大创作出世,与希腊伯里克理斯(Pericles)时代和文艺复兴时代先后媲美。然而法国革命时代的文学殊使人失望,这是什么缘故呢?为答复这个问题,阿诺德提出一个很重要的学说。凡是一种主义须久经传播,成为思潮,深入人心以后,才能见诸实行。假如这种主义才初露头角，只有少数学者主张，而多数人民则未彻底了解，在这个时机未熟的时候，就想把它拿来实地试验，其结果往往使闻者惊骇而生反动，不惟实行受阻碍，而主义本身也失其易于传播的可能。阿诺德以为法国革命失败，就由于操之过急。他并非反对法国革命，他只是嫌它发生太早。人权民约各种学说在当时还没有成为思潮，很少有人能彻底了解。人是一种贱动物，遇着不懂的东西，总是怀着恶意仇视。所以当时欧洲各国都把法国革命看成大逆不道，群起而攻之，是以至于失败。阿诺德以为在历史历程中，生发期（epoch of expension）与凝集期（epoch of concentration）常相代谢。生发期是新思潮膨胀期，凝集期是思潮停蓄期。伟大创作发生，都在生发期。法国当卢梭、伏尔泰提倡人权民约诸说以后，学者如果让这种学说自由扩张，结果应该造成一种生发期，类似文艺复兴。不幸法国革命成为堕胎药，没有让新思想充分的蔓延，就把它弄到流产了。这个时期没有产生伟大创作，就因为这个缘故。

因此，阿诺德极力主张批评学者应该保持一种"无所为"的精神（disinterestedness）。所谓"无所为"，就是纯讲学理，不粘落实际问题。用现在北京、上海学者的流行语来说，就是所谓"为学问而言学问"。他的批评定义是"心智自由运用于所论各科学问"（a free play of the mind on all subjects which it touches），是"无所为而试求研究及传播世间最好的知识与思想"（A disinterested endeavour to learn and propagate the best that is known and thought in the world）。这种知识与思想传播出去成为一种新潮流以后，静止腐朽的旧思想潮流便会被它激荡，被它清化。久而久之，人的心理便在无形中彻底改变。这时好比水到渠成，理想自然易变为事实了。倘若操之过急，使学理与实行双管齐下，则实行所招的反动必为传播学理的障碍。阿诺德这番话是着眼英国人而对症下药，因为英国人太偏重实行，太藐视学理了。

观此可知阿诺德所谓批评，涵义甚广。凡科学、哲学、政教风俗都在批评范围以内。后来他著了一部《文化与无政府状态》(Culture and Anarchy)，就是专批评英国的政教习俗。他的文化定义大旨是这样："文化目的在趋赴完美，其方法则在求于世间关系人生事项之至理名言都能洞悉周知，然后以其所知，造成新颖自由的思想潮流以清洗吾人成见积习。"(Culture is a persuit of perfection by means of getting to know, on all the matters which most concern us, the best which has been thought and said in the world; and through this knowledge, turning a stream of fresh and free thought upon our stock notions and habits.)这个文化定义差不多和《批评论文集》里的批评定义完全相同。所以在阿诺德看来，批评就是传播文化。文化是从新思潮中所得的"和谐与光明"(sweetness and light)，而此中所需工作就是批评。

批评涵义既如此其广，批评家所应有的修养准备就不是容易事了。依阿诺德说，批评家应该精通希腊文、拉丁文和一种东方古代文字。本国的文学固然应该知道清楚，另外还要至少熟悉一种重要的外国文学。这种外国文学愈与本国不同，愈为有用，因为参观互较，易见优劣。英人具有极强的岛国性，颇轻视他国文化，尤其是在阿诺德的时代。阿诺德生平所汲汲皇皇的就是指出英人的缺点，引诱他们注意外国文化。他说，英国批评学者所应该研究的，应该传播的是外国思潮，至于英国自己的文化，英国人很能"敝帚自珍"，用不着再去铺张扬厉。《批评论文集》第一卷里面的文章尽是介绍外国学者，如海涅(Heine)，斯宾诺莎(Spinoza)，犹伯尔(Jubert)，安东大帝(Marcus Aurelius)等等，其中没有一篇专门讨论英国著作。

他虽是只谈外国文学，而着眼仍在英国文学。他处处留意比较外国文学以映照出英国文学的缺点。比方他在《法兰西学院在文学上的影响》那篇论文里,比较英法两国的国民性与文学优劣,就说得很中肯。法兰西学院成立于十七世纪初,在法国算是最高学府。会员名额限定四十人。在学术上真有建树的人才能被选入院,所以法国学者以入选为最大荣誉。凡是会员著作须经全院会员审定,才出版。凡是书籍一经法兰西学院审定,便声价十倍,所以非会员也往往进呈著作请求审定。此外院中会员又常分工研究古今名著,发行论文。他们对于国语的标准也极力注意厘定。比方最近他们为了 minimum 一个字的复数问题(沿用拉丁文应作 minima,照近代文法,应作 minimums)开全院会议讨论没有解决,就特别组织一个委员会去研究。其审慎可想而知。因此,法兰西学院成为学术界的掌权衡的机关。各种学问都赖他们定标准。他们有左右舆论的能力,无形中一般法国人的文学见解都受法兰西学院指导。学术上因而有真是真非,不像现在中国这样群龙无首,任何人都可以打起学者的冒牌,闹得乌气狼烟,不成体统!阿诺德也是极力主张学术应有中心应有标准的,所以把法兰西学院的制度介绍给英国人知道。但是他又预料这种学院决不能在英国成立,纵使成立,也决难收好效果。何以故呢? 英法两国的国民性根本不同。英国人魄力(energy)有余而智力(intelligence)不足,法国人智力有余而魄力不足。英国人笨滞,法国人灵活。英国人重力行,不欢喜分析学理,法国人对于事理,锐敏精审,锱铢必较,容不住丝毫苟且。英国人只在道德方面有所谓良心(conscience),而法国人则于理智方面亦具良心(intellectual conscience)。因为有理智的良心,法兰西学院所以成立。英国人因魄力强,重视自由,所以不乐有学阀束缚。凡诗尚魄力,散文尚清醒;诗尚自由想象,而散文尚精确推理;诗尚天才,而散文尚规律。学院虽能保存规律,而对于天才则不免约束,法国有学院而英国无学院,所以法国以散文胜,而英国以诗胜。

阿诺德生平最大目的在攻击腓力斯人。"腓力斯人"这个名词是德国诗人海涅创用的,而流行于英文中则从阿诺德起。所谓腓力斯人是愚而好自用的人,是头脑顽钝,新思想不能渗入的人,是一味反对自己所不懂得的学理的人,是道听途说,不穷其究竟的人。阿诺德所下的定义是"光明骄子与思想功臣的仇敌"(the enemy of the chosen children of light, or servants of ideas)。他把英国人分成上中下三级。上级是"蛮方人"(barbarians),安富尊荣以外,别无他求;中级就是腓力斯人,饱食终日,无所用心,以为天地间只有英国的文物政教是好的,用不着再谋进步;下级本也可以叫腓力斯人,为区别起见,阿诺德称他们为庸俗人(populace),他们的特点在"行其所安"(doing as one likes),不顾全局。这三级的公同点是安常守旧,思想不灵活。英国人何以这样缺乏灵活的智力呢?阿诺德归咎于过分的犹太化(Hebraised)。中国学者从来好讨论知与行的关系,这个问题在西方也是一个辩论的焦点。英国人看重行不看重知,阿诺德则看重知不看重行。他把西方文化分成希腊主义(Hellenism)和犹太主义(Hebraism)两个成分。这两个成分根本不同。希腊主义重知,犹太主义重行;希腊主义重学问,犹太主义重道德;希腊主义求识觉之自由生发(spontaneity of consciousness),犹太主义守良心之谨严(strictness of conscience);希腊主义以世间极恶为蒙昧(ignorance),犹太主义以世间极恶为罪过(sin)。总此诸因,犹太主义产生世间极虔诚的宗教,希腊主义产生世间极灿烂的哲学。阿诺德以为文化在趋赴完美,希腊主义与犹太主义不可缺一,缺一则流于畸形发展。盎格鲁—萨克逊民族都偏于犹太化,都缺乏希腊化。英国固然,美国亦复如是。法国学者越兰(Reuan)批评美国说:"像美国一类的国家盛倡普通教育而无郑重的高等教育,将来智力平凡,习俗劣陋,精神肤浅,普遍学问缺乏,必贻无穷之后悔。"(Les pays qui, Comme les

Etats-Unis, out Créé un enseiguement populaire Considérable sans in-struction Suqérieure Sérieuse, Expierout long tempts encore leur faute par leur médiocrité intellectuelle, leur grossièreté de mocurs, leur Esprit Superficiel, leur manque d'intellegence générale.)阿诺德引这段话，谓为知言。一言以蔽之，英美都难免为腓力斯气所征服，除非极力提倡希腊主义。而这种责任就是批评学者的责任。

《批评论文第一集》以 1865 年出版。到 1888 年他又出了一部《批评论文第二集》，第一集所载的是广义的批评，大半讲欧洲思潮和学风，第二集所载的是狭义的批评，专讲文学，其中除《托尔斯泰》和《亚米儿》(Amiel)两篇以外，都是讨论英国诗人，如《弥尔顿》、《格雷》、《济慈》、《华兹华斯》、《拜伦》、《雪莱》等篇。第一篇为《诗学研究》(The Study of Poetry)，最为重要。在这篇文章里阿诺德提出一种衡诗的标准。他说衡诗最难免除两种错误。第一是历史的错误(historic fallacy)。一篇诗在文学发达史所占位置或颇重要，而就诗论诗，不必是一篇杰作。学者往往把历史的重要和诗的本身价值混为一谈，就犯了历史的错误。（比方《柏梁》章开中国联句唱和之始。以历史的眼光去看，这诗很重要；而就诗论诗则实无足取。）第二是私见的错误(personal fallacy)。人人都有偏见和癖性，阿其所好，伐其所异，就犯了私见的错误。比方约翰逊自己是保皇党，论弥尔顿便不免攻击他的革命主张；自己是古典派，论格雷便不免厌恶他的浪漫色彩；大约批评古人最易犯历史的错误，批评近人，最易犯私见的错误。要免除这两种错误，阿诺德提出所谓"试金石主义"(the touchstone theory)。通常试金的质，以试金石摩擦之，看它的痕纹如何。阿诺德以为鉴别诗的优劣也要有一种试金石。这种试金石是什么呢？就是大诗人的名句。他从荷马、但丁、莎士比亚、弥尔顿诸人作品选出几段实例。比方莎士比亚的

《哈姆雷特》里一段：

> If thou didst ever hold me in thy heart,
> Absent thee from felicity awhile,
> And in this harsh world draw thy breath in pain
> To tell my story.
> 如果你的心曾经爱过我，
> 请暂抛开安乐，
> 在这个残酷世界里忍痛引吭
> 传布我的行迹。
> （哈姆雷特临死时告诉友人霍拉旭的话。）

阿诺德以为如此等类的名词记在心头，遇着一首诗就拿来比较，就可以见出高低。所比较的诗尽管风格性质完全不同，但是如果是上品诗，一定都含有同样的"庄严气派"（high seriousness）。他拿这种眼光去评英国诗人，只取莎士比亚和弥尔顿之数人，像乔叟（Chaucer）、德莱顿（Dryden）、彭斯（Burns）一般人都被他指摘了。我在上面说过，阿诺德因受牛津的影响而过信名宿，他的"试金石主义"就是一个例证。这种主义固然含有若干真理，但文学是创造的，新的作品和古的作品总不免各具特殊风格，难得相提并论。古人名句究竟能做衡诗的标准么？我们总不免怀疑。

《批评论文集》和《文化与无政府状态》两书以外，阿诺德尚著有《论翻译荷马》（On Translating Homer）与《凯尔特民族文学研究》（The Study of Celtic Literature）诸书。但在批评学史上的位置，这些宏篇巨制还不如他在1853年做的那一篇寥寥数千言的《诗集序》（Preface to Poems 1853）。在这篇序里他反复推论做诗选择材料的问题。

西方文学史上一个大悬案就是材料(matter)与形式(form)孰为重要。从亚理斯多德至十八世纪,学者都以为伟大作品必有伟大事迹(great action)做材料。这种主张证之文学史的前例也不无根据。从前最好的史诗和悲剧都是叙述伟大人物的伟大事迹。到了十九世纪,浪漫主义风行,诗人乃推翻前说,以为任何材料须经艺术家熔铸,赋以特别形式以后,才成美术。所以美术之所以美在形式不在材料。小题目也可以做出大文章来。比方华兹华斯的《马克尔》(Michael)只是一个贫民家常悲剧,柯尔律治的《古舟子咏》也并非咏英雄奇遇,而就诗论诗,都不失为杰作。

　　阿诺德是一个站在浪漫主义潮流中而崇奉古典的人,以为诗人第一任务就在选择可歌可泣的伟大事迹。人类有几种根深蒂固的基本情感,与生俱来,与生俱去,不随时代变迁,也不随境遇变迁。诗人要能感动这种情感,才有永久性与普遍性。无论古今中外,无论智愚贤不肖,都能领略它,欣赏它。所谓伟大事迹就是能感动基本情感的事迹。希腊大诗人都能抓住伟大事迹,所以他们的著作到现在还是一样惊心动魄。读希腊悲剧或史诗,斟字酌句。不必有何奇特,但他们所生的总印象(total impression)是不可磨灭的。上乘文学作品其佳胜处都在总印象而不在一章一句的精炼。近代文学家不能擒住要点,只于形式方面做雕刻的工夫。所以拆开来看,虽是琳琅满目,美不胜收,而合观其全,则所得的总印象甚为淡薄。比方慈济的《丁香花盆》(Isabella, or, the Pot of Basil)一首短诗里所含佳句比索福克勒斯悲剧全集还要多,而论诗的价值,则索福克勒斯比济慈不啻天壤悬殊。阿诺德说这全是由于古人注意全局(whole),今人注意部分(parts);古人力求伟大事迹,今人力求美丽辞藻;古人目的在激动基本情感,今人目的在满足飘忽的想象。阿诺德力劝初学者多读古人名著。寝馈既久,便自能于无形中吸收其神韵,浸润其风格。近代作品还未经时间淘汰,好比衣服样式只是一时新，过时便沉到败纸堆里去。在这种著作中费时间不特徒劳无补，而且走入迷途，到结局只落得头晕目眩。

阿诺德虽不绝对主张伟大事迹须从历史上搜求，却深信选历史的事迹比选近代的事迹较易抓住永久的普遍的情感，不至于为一时飘忽的风尚所迷惑。选过去史迹作文学材料，难在不易明了古代生活习惯。阿诺德以为这也无妨，因为诗人所描写的是内在的永存的感情，而生活习惯只是外表的常时变化的。

参考书籍

1. Essays in Criticism.（First and Second Series, 版本甚多, Oxford Press 出的可用。）

2. Culture and Anarchy.（伦敦 John Murray 出版。）

3. On Translating Homer.（版本甚多；John Murray 版可用。）

4. Preface to Poems 1853.（见牛津版阿诺德诗集, Saintsbury's Loci Critici 里也选载全文。）

5. Mixed Essays。（John Murray 出版。）

6. The Study of Celtic Literature.（John Murray 版。）

7. 阿诺德遗嘱不愿人替他作传，可是他的传现在已有四五种之多，如 H. W. Paul 著的（麦米伦公司出版，英国文人丛书之一），G. Saintsbury 著的，W. Russell 著的，均可读。

8. Letters of Matthew Arnold.（Russell 编。）

9. Saintsbury：History of Criticism, Vol. Ⅲ.

（载《东方杂志》第 24 卷第 14 号,1927 年 7 月）

欧洲近代三大批评学者(三)
——克罗齐(Benedetto Croce)

  文艺为作者人格与时代精神的产品,所以要研究文艺,不能不了解哲学和历史。历来批评学者大半仅就文艺而言文艺,对于文艺背面的历史与哲学不甚注意,所以往往失之偏狭。以第一流哲学家而从事于文艺批评者,亚理斯多德以后,克罗齐要算首屈一指。他从历史学基础上树起哲学,从哲学基础上树起美学,从美学基础上树起文艺批评,根源深厚,所以他的学说能风靡一世。你对于他关于美学上种种带革命性的见解尽管怀疑,可是你读过他以后,你的脑子决不至于仍旧在种种沿袭的学说之下躲懒,他的书是最能刺激思想的。

  克罗齐(Benedetto Croce)出生于意大利的一个望族,生于1866年。他的祖父曾经在政府里供过要职,他的舅父斯巴凡多

（B. Spavento）是著名的黑格尔派（Hegelian）哲学者。1883 年他的家乡遇大地震，他的全家都死于难。他自己也在灰烬里埋过几点钟才被人救活了。他早年肄业罗马大学，习历史、哲学、文学诸科目。在教员中他受赖贝阿拉（Labriola）的影响最大。赖氏是欧洲第一个人拿马克思唯物史观到大学里去演讲者。他治学极能深思，克罗齐所以无形中吸收他的精神。离开大学以后，他回到那不勒斯（Naples）。这是一个历史上的名城。他费过六年的工夫专搜罗关于这城的文献。这是他研究历史的起点。后由那不勒斯推广至全意大利，由意大利推广至全欧。他遍游德、法、英、西班牙各国，到一处即访图书馆查阅旧籍。所以论学问渊博，现代欧洲中也很少有人能同他媲美。

研究史学，非仅网罗旧闻所可了事。要懂得变迁乘除的因果，必具有哲学眼光。所以他由史学推到哲学。他早年崇拜黑格尔（Hegel），而他的哲学则为黑格尔派哲学的反动，于理智之外特标出直觉；他早年研究马克思（Karl Marx），而他的经济学说则为马克思主义的反动，极力排斥历史可以用唯物观解释之说。他受意大利哲学家维柯（Vico）的影响极大，是一个唯心派的信徒。他著有《美学》（Estetica），《逻辑学》（Logica），《实践活动的哲学》：经济学与伦理学（Filosofia della Practica），《历史学的理论与实践》（Teoria e Storia della horiografia）诸书。这些书在哲学界都是有权威的著作。

《美学》一书更为学者所称道。从来学者对于博学与深思，往往不能兼备。克罗齐颇似柏拉图，一生都费在沉思默索中。他自己说过，著《美学》时，他歇五个月没有读书做事，专躺在椅子上，或者独自在外散步，对于美学上种种问题，加以冥心默索。他每次起稿都在半途中止，因为他发见立言小有不当，便毁稿再写。凡易稿十几次，才成书。在近代忙碌生活中有这样精细审慎的工作，真不能不令人倾倒了。1912 年，他应美国来伊思学院（Rice Institute）

的聘请，做了一部演讲稿，叫做《美学要素》（The Essence of Aesthetic）。这是《美学》的撮要。他的基本学说，都在此中。

1903 年他和秦梯利（Giovanni Gentile）创办一种文哲学杂志，叫做《批评》（La Critica）。这部杂志现在在欧洲文哲学杂志中是数一数二的出版品。里面的文章大半由他和秦梯利两人包办。在欧战中，他和法国罗曼罗兰及英国罗素同为人所嫉视，因为这三位大学者都极力提倡非战。棒喝团未得势以前，他做过一任教育总长。他又是意大利上院的终身议员。现在他还是《批评》杂志的主笔。

近年来他的工夫大半都费在文学批评上。1919 年的《歌德评传》（Goethe），1920 年的《阿里奥斯托、莎士比亚与高乃依》（Ariosto, Shakespeare e Corneille），1921 年的《但丁的诗》（La Poesia di Dante），1922 年的《诗与非诗》（英译 European Literature in the 19th Century），都是文学批评中极好的著作。以一人的精力把欧洲几个大文学家几乎都批评完了，在批评家中也寻不出第二个人来。

他的生平大要如此。现在申述他的美术学说。

克罗齐的全部美学都从"美术即直觉"（Art is intuition）一个定义出发。想明白这个定义的正面意义，最好先解释它的反面意义。

第一，美术既是直觉，所以只是精神的活动而非物理的事实（physical fact）。什么叫做物理的事实呢？向来美术家都把表现美术的工具如文字声音颜色等等误认为美术本身。比方看见一幅画，他们只推原到颜色的匀称；听见一阵音乐，便推原到音波的凑合。好像文字声音颜色等等物理的事实本身有美与不美的分别，所以只须懂得颜色的匀称，便懂得画之所以美；懂得音波的凑合，便懂得声之所以和。现代心理学家大半持此种见解；所以他们所谓实验美术，就只是实验各种颜色声音形式所唤起的快感。克罗齐以为这种见解是根本错误的。物体自身没有美与不美的分别，必须经过心灵的熔铸，才能变成美的。通常所谓美恶，只是用日常生活中的实用标准断定。这种实用标准在美术上是不适用的，比方莎士比亚剧本中的卡里本（Caliban）是一个怪物，歌德的《浮士特》里面的靡非斯特匪勒司（Mephistopheles）是一个恶魔，在实用标准下的怪与恶，拿美术标准来鉴别，便不失其为美。可知美之所以为美，在人心的直觉，不在物体。美术创造通常都经过四层阶级：甲，外界事物所生的印象（the impression）；乙，表现，即美术上的心灵综合作用（the expression, or aesthetic spiritual synthesis）；丙，心灵活动所生的快感与不快感（the feeling of pleasure or pain）；丁，翻译美术的事实于物理的现象（the translation of the aesthetic fact into physical phenomena），这就是把诗写在纸上，把画涂在壁上，把乐谱在琴上。通常人都把（丁）阶级看作表现，看作创造美术。克罗齐以为这个阶级只是把心灵已经造就的美术翻译出来，而实际上创造美术的工作在（乙）阶级就已经成就了。（丁）阶级所成就的工作，比方涂画于壁，谱乐于琴，只是一种物理的事实。我们想辨明美术是否为物理的事实，只要问：美术可以用物理的方法构造成功么（Is it possible to construct art physically）？个个人都知道，堆字积句，不能成介；量形称石，不能成像。如果堆字积句能成诗，排字匠便是诗人；量形称石能成像，运像的搬夫便是雕刻师。这种谬误是显然易见的。物理的现象如文字颜色声音等等只是记载美术经验的符号。时过境迁，无论是美术家自己或旁人，看见这个符号，就唤起创作时的美术经验。同是一幅画，你看过就能直觉一种美术经验，我看过茫无所得，则她对于你能算是美术，对于我却不能算美术。因为一幅画只是物理的事实，而美术是画所代表的心灵活动。美术品可以买卖授受，而美术却不能买卖授受。我尽管用一千万元买得一幅拉斐尔的真迹，倘是我对于画是一个笨伯，我就没有买得拉斐尔的美术。

因为美是心灵的现象而非物理的事实，所以通常所谓自然美，物体美等等，克罗齐也以为其名不正。自然自身无所谓美不美，你说她美，只因为她在你的心灵中唤醒一种直觉，这个美的经验在心而不在物。俗语说"情人眼底出西施"。美术家也好比情人，自然界事物走他的眼底一过，便成了美的景致。通常人说，自然之美比美术之美超过百倍。克罗齐说，"拿自然比美术，便觉自然呆板；如果人不叫自然说话，自然只是一个哑子。"（She is 'Mute', if man does not make her speak.）克罗齐是一个唯心派哲学家，他的美学是从他的全部哲学推演出来的，在此地就可以看出。

第二，美术既为直觉，则与功利作用（utiltarian act）无关。功利作用的归宿则趋赴快感而避免不快感。美术可以发生快感，而快感本身决非美术。比方渴时饮水，倦时偃卧，都能发生快感，而此种快感与美术所发生的快感绝不相同。所以快感之外必另有一种原素可以区别美术的快感与其他快感者。快感之外既另有一种原素为美术所特有，则美术定义应着重此原素，而"美术是可发生快感的（pleasurable）"一个定义便不精当。这种道理本极浅显，但是享乐派美学（hedonistic aesthetic）已有悠久的历史，其深印人心中几牢不可破。十八十九世纪的美术界全为享乐说所弥漫，固不消说。就在今日，享乐说在哲学上心理学上虽都已奄奄垂毙，而在美学上，却还甚风行。现在心理学家谈美学，都还是从"美术是可生快感的"一个基点出发。我们只要打开流行的美学著作看，便可看出克罗齐的主张是一种革命。

第三，美术既是直觉，所以与道德作用（moral act）无涉。这个主张更含有革命的性质了。从希腊以来，学者对于美术有三种不同的见解。一派以为美术含有道德教训，可以陶冶性情。一派以为美术只是供人享乐的，她的最大功用就在发生快感。而第三派则折衷两说，以为美术又是教人道德的，又是供人享乐的。道德披上美术的服装，好比丸药加上糖衣，吃下又甜又受用。这就是通常所谓"糖丸说"（sugar-pill theory）。这三种学说都被克罗齐打翻了。依他说，美和善是分离独立的。凡是道德作用都含有意志（will）。美术是直觉，不含有意志，所以无关道德。这句话并非说，美术是不道德的。美术既非道德的（moral），又非不道德的（immoral），只是超道德的（non-moral）。比方说一个美术的意象（image）只是一个意象，你决不能站在实用的伦理的立脚点批评它是道德的或不道德的。说一个幻想是道德的，一个梦是不道德的，或者说一幅画是道德的，一首诗是不道德的，无异于说一个方形是道德的，一个三角形是不道德的，都是妄言妄听的呓语。

克罗齐这个主张在他的美术学说中是最重要的。在中国，"文以载道"一条金科玉律束缚了二千余年的文艺，固不消说；就是西方，以伦理眼光论艺术也是"自古有之"。柏拉图（Plato）反对诗歌就是因为她的影响是不道德的。近如托尔斯泰，就著一本《艺术论》专门主张艺术应受道德的支配和裁判。现代美学家虽对此种见解多怀疑，而秉有大哲威权明目张胆地宣告"美术超道德"的则从克罗齐始。许多提倡美术的人（比方谈美术化教育者，主张以美术代宗教者），都说美术应该提倡，因为它能够陶冶性情，改正风俗，激扬民气。克罗齐说："美术不能做这些工作，犹如几何学不能做这些工作；但是它的重要并不因此而稍减。"人的精神活动有四方面，美术的，名学的，经济的和伦理的。美术名学两面属于知（knowledge），经济伦理两面属于行（action）。求生活美备，这四种活动都要得满足。所以美术不必以依附伦理而重要。

第四，美术既是直觉，则不但与"善"的问题无关，与"真"的问题也不相涉。真假是非都是概念的知识（conceptual knowledge）。概念的知识属于哲学范围，其目的在判别实在与非实在。直觉乃单纯意象(pure image)，此意象是否实在，非直觉所能判别；若经判别，则直觉已变而为概念。上面说过，克罗齐分知为两种，一为美术的，一为名学的。美术的知就是直觉，名学的知就是概念。直觉的对象是个体(particulars)，概念的对象是共性(universals)。直觉仅在心灵中形成事物的意象，概念则以此意象为主词而加以种种判断。比方心中偶然想到一轮明月，这只是直觉；进一步思索到月是一个行星，距地球若干里路，须若干时运行一周，这便是概念了。克罗齐所谓"直觉"与柏格森的"直觉"含义不同。柏格森的直觉，其能力大于理智，理智所不能发见的概念的知识它能发见。克罗齐的直觉进一步才是理智，它所得的只是单纯意象。美术既只是直觉的结果，所以不含概念作用，善恶固谈不到，是非也是题外话。因此，历来美学所云"美学表现类中之型"(type)一语，克罗齐也以为不真确。美术对象都是个别的，彼此不相同的，所以无所谓"类中之型"。

美术不但是超是非善恶诸概念的，而且与概念作用相冲突。诗的精神(esprit poétigue)及数学精神(espirit mathematic)都是水火不相容；所以像十八世纪理智主义弥漫时代，诗便无可观。不仅如此，美术家一旦变成批评家，美术便立刻消灭。(Art dies in the artist who becomes a critic。)

总观上文，可知"美术即直觉"一个定义打倒四种有悠久历史的学说，美学上的唯物观(materialism)，享乐观(hedonism)，道德观(moralism)和概念观(conceptualism)都不能成立了。现在再看"美术即直觉"的正面意义。

美术仅关意象(image)，然一切意象不都能构成美术。比方看电影，读冒险小说，许多离奇恍惚的意象流转承续，然而我们只把这种玩艺儿当作消遣品，决不把它当作美术。因此，我们对于美术的意象和非美术的意象又要寻出一个分别。克罗齐以为这个分别在单整性(unity)。非美术的意象没有经过美术家的心灵综合作用，只是零落错乱，而美术的意象则经过心灵综合作用，所以于"繁杂之中寓有单整性"(unity in variety)。换句话说，非美术的意象是死的，美术的意象是具有生命的。克罗齐所说的这两种意象的分别和浪漫派学者所说的想象(imagination)与幻想(fancy)的分别大相仿佛。幻想是纷乱的，想象是单整的；幻想只是让纷乱的意象在脑中复现，想象要经过心灵的创造作用把纷乱的意象剪裁综合，成一种有生命的作品。

在心灵的创造作用中，背面的支配力是情感。所以克罗齐又把"美术即直觉"一个定义引申为"美术即抒情的直觉"(lyrical intuition)。换句话说，在美术的直觉中情感与意象融合成一体，这种融合就是所谓"心灵综合"，所谓"创造"，所谓"表现"，总而言之，就是美术。情感的背面又有全人格(personality)在那里阴驱潜率，所以美术是全人格的表现。全人格又受时代文化的影响支配，所以美术又是时代精神的表现。因此，单就本身说，美术是独立的，是不受是非善恶苦乐诸概念支配的，是超现实的；就来源说，美术是人格的产品，是时代的产品，是与宇宙生命的脉搏交感共鸣的。克罗齐以为现代不能产生伟大的哲学与伟大的美术，因为现代的特质，论文化是自然科学的，论实际活动是工艺的(naturalistic in culture, industrial in practice)。他在《美学纲要》第三章里说：

> 现代美术是偏重感官的，其中寓有无餍的享乐欲，杂以假贵族气的希冀，故其目的只是淫佚，骄奢与残暴，对于神明，对于思想，都绝无信仰。它是怀疑的，悲观的，而论表现这种不健康的心灵状况，则又可以说是强烈的。道德家看见这种美术，因而深恶痛疾。但是知道这种文艺的动机与来源，我们须谋补救。补救的方法并不在咒骂摧毁美术，而在极力引导生

活于较康健较深厚的道德的路上去。这种较康健较深厚的道德必为较伟大的美术之母，我并且可以说，必为较伟大的哲学之母。

美术既是抒情的直觉，则历来学者分别文学为叙事（epic），抒情（lyric）两种，自克罗齐看来，是分其所不可分。美术是有生命的，是兼包情感与意象的。所以一切美术作品都是叙事的，一切美术作品也都是抒情的。克罗齐以为如果明白这个道理，则浪漫主义与古典主义的争辩都是废话。浪漫派说，美术如果不能激动情感，纵使富于美丽的意象，到底有何价值？如果能激动情感，意象纵不美，又有何碍？所以浪漫派只求情感强烈，而字句生硬，风格狂肆，意象离奇，都在所不计。古典派说，如果心灵不安息在美的意象上，只求激动情感，亦复何用？如果意象幽美，美的口胃得餍足，纵使情感不激烈，何尝伤于宏旨？吾人生活中到处都可发见情感，何必定须求之于美术呢？所以古典派把平衡，清晰，恬美诸特质看得最重要。他们不求情感之激动，只求心灵之安息（the peace of soul）。这两派争论甚烈。克罗齐说，浪漫主义与古典主义的分离独立，只在第二流以下的美术作品中才可以看出。在第一流作品中意象与情感溶成一气，有古典主义的成分，也有浪漫主义的成分。比方希腊文艺名为古典，而荷马与索福克勒斯诸人的作品中浪漫色彩也很浓厚。后世如但丁如歌德虽都是浪漫派中人，而他们的最佳作品都带有古典的恬静与幽美。浪漫主义与古典主义不可分割，于此可见了。

"何谓美术"一个问题，克罗齐既以"美术即抒情的直觉"一语回答了，他于是站在这个基点上把向来美学上的种种误解一一指出。

第一就是"内容"（content）与"形式"（form）的争执。这个争执在十九世纪把美术分成两派：一为内容美学（Gehalts-aesthetik），一为形式美学（Fonu-aesthetik）。这两派争论的问题是：美术只关内容呢？只关形式呢？还是内容与形式都重要呢？内容派美学家说，美术要素只是内容。内容不充实，形式纵是美丽，也是虚伪的浅薄的作品。所以做诗要选好诗料，雕像要采英雄奇迹，绘画要择幽美的意境。黑格尔派哲学家就是这样主张。形式派美学家说：不然！内容是不关紧要的。你不看同样题目让两个人去做，美术家的作品和非美术家的作品就天壤悬殊么？这个悬殊的地方不在内容而在形式。所以美术家要在和谐，匀称，完整，幽美各方面做工夫。内容好比衣架，只是用来挂美丽的衣服。赫尔巴特（Herbart）派哲学家主张如此。这两派双方都固执己见而双方却又在无形中互相让步。内容派说：内容既美，饰以美的形式，自然更见其美。形式派说：美术本身固然无关内容，可是内容也有时能增减美术所生的影响。一般人的脑中也觉得内容与形式显然是两件事。所以我们常听人说："这个剧本外表很美，可是内容太差了！"或者说："这首诗很有情致，只是没有做得好。别的不说，只是词句就太鄙俚，音律就太生硬了！"我们听惯了这种论调，也颇觉理有固然。克罗齐听着却骂道：这都是无稽之谈！美术的内容与形式是可辨别而不可分割的。单是内容不能成为美术；单是形式，世间就没有无内容的形式。美术之所以美，不在内容，也不在形式，而在内容与形式所发生的关系。美术家在脑中酝酿一种作品，内容成就之一顷刻，即形式成就之一顷刻，并非拿两种东西，一个叫做形式，一个叫做内容，把它们嵌在一块儿，就成了美术。所以内容形式的争执只是误解美术性质才发生的。

　　第二，直觉与表现（expression）的分别也被克罗齐推翻了。中国流行语有一句说："意在言先"。这就把直觉和表现看作两件事：

直觉便是意,表现便是言。照这种分别说,人物山水,悲欢爱恶种种意象与情感,是直觉,是不具体的,是存诸心内的;文字声音色彩等等是具体的,是形于外的,是表现直觉的工具。后者只关手艺(technique),前者才是美术。克罗齐问道:在内的不具体的和在外的具体的既完全不同,在内的不具体的何以能借在外的具体的而表现呢? 直觉与表现既是两件事,谁是第三者来造桥沟通它们呢? 无文字的诗,无声音的乐,无形色的画,其物如何,我们能想象么? 我们只稍加思索,便可见出直觉与表现只是一件事。世间没有无意之言,世间也没有无言之意。意发生的一顷刻便是言发生的一顷刻,和内容成就的一顷刻即形式成就的一顷刻,同是一个理。所以我们不应该说"以言达意",应该说"言就是意,意就是言"。换句话说,直觉便是表现,表现便是直觉(Intuition is identical with expression)。比方说,你在未动笔之先,便有成竹在胸,你所谓成竹,并非一种无形无色的竹,既有形有色,便是已经表现了的竹。当你直觉到某形某色的竹时,你就同时把某形某色创造或表现成就了。你的意中之竹便是你的画中之竹。画中之竹是翻译已表现的意中之竹,并非表现意中之竹。这个道理是浅而易见的。许多人自己以为胸中有无限深情与无穷意象,只是不能表现出来,不然,自己必定是一个大诗家或者大画家。这种见解就生于误分直觉与表现,和没有认清幻想与想象。比方你看见一个美的女子,你心里跳动一下,你便以为这种飘忽的情感就是诗人做爱情诗时候的情感,你就大错特错了。因为你那一般情感只是一种跳动,没有经过直觉创造,表现为意象。再比方你心中偶然想到白云或者秋风,转眼就把它们丢开想到早餐时吃的咸菜,你那"白云"或"秋风"的意象也不是雪莱做《云歌》或《西风歌》时的意象,因为这个意象随来随去,没有激动你的情感,没有撼动你的全人格。情感与意象只是情感与意象,并未表现成诗或者未表现成画。情感与意象成诗成画,是当它们经过心灵综合作用以后。这种综合就是直觉，就是创造，就是表现。在这一顷刻中，情感与意象，意与言，都是同时造就的。所以你以为你的胸中有未表现的诗情画意，你最好只把这话留在肚里暗中安慰自己！

因为直觉就是表现，所以克罗齐以为美术作品不可翻译。翻译的只是从新创造的美术，不是原来被翻译的美术。克罗齐这种学说很可以拿来同但丁与歌德两人的意见相比较。但丁与歌德都是凌迈千古的大诗人，对于翻译都发表过意见，而彼此却不相同。歌德以为凡是真的美术都可以翻译的，但丁以为美术是绝对不可翻译的。克罗齐的见解与但丁的相同。论实际，中外译品能与原文媲美的绝不易得。像菲茨杰拉尔德（Fitzgerld）所译的欧玛尔·海亚姆的《鲁拜集》（Omar Khayyam：Rubaiyat），虽是极大成功，然而实在是一部创作而非翻译。

言既是意，美术上"朴"（naked art）与"华"（ornate art）的分别也不能存在。通常所谓"朴"，是心中有一分话就说一分话，不事修饰；"华"是故意把话说得漂亮些，以求美观。克罗齐以为美术上只有真与伪的分别，没有朴与华的分别。美术之所以美，就在表现到恰如其分，增一分则太多，减一分则太少。因此克罗齐以为修词学只是骗人的。文字只要能"信"，便是"达"，亦便是"雅"，"信"以外无所谓"达""雅"。

第三，克罗齐解释诗与散文的分别，也和历来批评学者所见不同。中国旧说以"有韵为诗，无韵为文"。西方诗不尽有韵，荷马，莎士比亚，但丁，弥尔顿诸大诗人的杰作都大半无韵。但无论有韵无韵，除近代所谓自由诗（vers libres）以外，凡诗都具音律（metre，类似平仄）。所以普通人都以为有音律者为诗，无音律者为散文。这种分别显然不甚精当。比方医方药性用音律文写出，却不能谓之诗。十八世纪的英法国诗，大半都是诗其形而散文其实。反之，许多散文中间也含有最好的诗,柏拉图的《理想国》和《新旧约》固不用说,后世小说杂文有许多也是散文其形而诗其实,克罗齐以为从美术观点说,文学只有诗与非诗的分别(poetry and non-poetry)。至于诗与散文的分别,则为美术与名学,直觉与概念的分别。诗言情,散文说理;诗是直觉,散文述概念判断;诗属于美术,散文属于名学。

第四,美术种类(kinds)的观念也被克罗齐打破了。西方思想重分析,重系统。美学家研究美术品几如自然科学家研究动植矿,条分缕析,不遗余力。美术分而为文学,为图画,为雕刻,为音乐。文学又分为抒情诗,叙事诗,喜剧,悲剧,浪漫故事,小说,书牍等等。图画又分为山水画,人物画,宗教画,静物写生等等。其余以此类推。每类美术又各定出规律。批评家鉴别作品就往往以这种规律为标准。比方说,某悲剧杂有诙谐,不合悲剧体裁;某剧本能遵守时间空间动作之单整律(unities of time, space, and action);某篇散文中有诗的音律,所以非散文的上品。他们又讨论各类美术的身分高低。比方问,画画不如雕刻么? 悲剧的位置比叙事诗的位置较高么? 以莱辛(Lessing)那样大批评家,犹且发出图画只能表现物体的怪论,其他可想而知。可是种类尽管分得密,规律尽管定得严,而批评家与创作家常不免冲突。创作家常常做出作品来,批评家寻不出"类"来收纳它。在这个时候,批评家总是拿规律来排斥,说这种作品不合体裁。后来这种新作品逐渐占势力了,批评家只好别立一类来收纳它。比方批评家最初骂悲喜杂剧(tragic comedy),后来没法子想,只得把它另设一类;最初骂自由诗,后来也只得把它另设一类。克罗齐说,这种排鸽子洞(pigeon-holes)的办法在美术上是绝对不适用的。一种美术就是表现一种心灵状况(state of soul),而心灵状况变动不居,时时是新的,时时是特别的。所以每种作品都是新创的,与其他一切作品都不相同。

比方诗与诗的不同就犹如诗与画的不同。因此,美术作品不能归纳成类。每种作品各自有规律,不能拿其他作品的规律来范围它。所以批评家遇到一种新作品,只应该问这作品本身是否有生命,不能问它合不合某"类"的体裁。关于身分高低问题,克罗齐以为美术纯是心灵活动,不是物理的事实,所以不能拿数量来测度,说雕刻不如图画,或者一首短诗价值小于一本长剧。

克罗齐的美术学说大要如此。他的文艺批评见解就根据他的美术学说。

历来批评家所站的地位不外三种:第一是指导者(pedagogue)的地位。站在这个地位的批评家大半自己抱有某种美术理想而自己却无能力实现之于创作,于是拿这个理想去希望别人,批评他人的著作也就看它是否合乎这个理想以为褒贬。他们欢喜向美术家发号施令,比方说某种材料适于某种体裁,某类作品应用某种方法之类。美术家对于这类批评家往往深恶痛疾,以为这种人是美术的摧残者。克罗齐以为此正不必多虑,从来没有一个批评家能把非美术家变成美术家,或者把美术家变为非美术家。批评家尽管谈主义方法,美术决不会得他们的利益,也决不会受他们的损害。美术家创造全凭自己直觉,不能受他人所指定的方法。所以批评家不是一个指导者。

第二是裁判者(judge)的地位。站在这个地位的批评家说:我不敢告诉美术家应该如此如彼,但是美术家做出来的作品有美有丑,我的责任就在指出美在何处,丑在何处。一般人心目中的批评家大概也都如此。克罗齐说,如果批评家责任在此,我们正可不必劳他们的大驾;因为美术上的裁判者第一是美术家自己,第二是观赏的民众。何以说美术家自己就是裁判者呢?凡所谓美,在表现真纯,让美术家的灵感直觉自由生发流露;凡所谓丑,在表现杂假,在没有抛开泥实的情感，偏见，与功利观念。美术纯关意境，不脱"俗"就因为不脱"实"。美术家当创造时，对于脱实的美与泥实的丑，就自有一种谨严的裁判，无劳批评家越俎。自然，美术家不尽是能表现真纯灵感的，许多创作都不免杂有虚假，披沙拣金的功夫正亦不可少。但是从已往历史看，批评家鉴别美丑反在民众之后。民众对于一种作品都说好，批评家才去跟着说好；民众都说丑，他才去跟着说丑。克罗齐说，这种裁判官式的批评家只能"向死人加刀，向活人吹气"。其实人已死了，又何必劳他加刀，人是活的，又何必劳他吹气？所以批评家不是一个裁判者。

第三是诠释者（interpreter）的地位。站在这个地位的批评家说：我不敢发号施令，我也不敢裁判美丑，我只把作者的性格和作品的意义解剖出来，让读者易于明了。就这派学者说，"批评是教人读书的艺术"（Criticism is the art of teaching to read）。这派人的领袖当然是法国圣伯夫（Sainte-Beuve）。克罗齐也承认这种工作十分重要，但是与其谓之批评，不如谓之导解或诠释（interpretation）。批评家不仅是一个诠释者。

指导，裁判，诠释三种工作仅可算是批评的准备而非批评自身。比方批评一首诗，处指导地位的批评家说：这首诗寓意很深远，可惜缺乏古典的冲和；处裁判者地位的批评家说：这首诗第一句太平泛，第二句描写得很深刻，比某某诗似还不及；处诠释者地位的批评家说：作者是这样一个人，那首诗在某时某地做的，某句是指某件事。这三个人对于了解这首诗虽都不无帮助，却都没有搔着痒处。美术是抒情的直觉，是意象的表现，是灵感的活动。批评家应该设身处地，领会到诗人作诗时的直觉意象及灵感。一般人以为批评无须天才，其实批评是创造的复演，所需天才不亚于创作。你懂一首诗就好比做一首诗，所不同者做诗把直觉翻译成文字，懂诗把文字翻译成直觉；做诗先发见一种意境，后以文字做界石与路标,懂诗则循文字的路标,探访诗人所曾经过的意境。懂诗也是一种直觉作用,至于评诗,又须更进一步,把直觉变成知觉(perception)。直觉只发见意境,知觉则从概念推理断定此意境是否实在(real),是否没有夹杂泥实的情感偏见与功利观念。实在与不实在,在名学上叫做真伪,在经济学上叫做得失,在伦理学上叫做善恶,在美学上叫做美丑。可是美学上的实存与不实在与伦理学上或名学上的实在与不实在不必相同。比方空中楼阁在名学上不实在,而在美学上可以实在;恶魔巨魇在伦理学上虽恶而在美学上则不丑。但丁《神曲》谈哲学的地方在美学上不是实在的意境,所以要算小疵;斯宾塞(Spenser)《仙后》的寓言是传述伊丽莎白时代的宗教信仰,拜伦的诗集中许多是描写虚假情感的,都不是由真纯直觉得来的,所以失其为美。

美学和伦理学的标准既不同,而所根据的心理作用又有直觉与推理的分别,所以美学的人格(aesthetical personality)和伦理学的人格不必相同。批评家虽不可忽视伦理学的人格,而其正当对象则为美学的人格。历来使用历史方法的批评家如圣伯夫等以为只要从作者的身世中窥出他的人格,懂透他的心理,便算尽了批评的能事。克罗齐颇不谓然。因为从寻常实用生活中所窥见的人格只是伦理学上的人格。伦理学上的人格虽亦与美学上的人格有关系,而真正研究美学上的人格,不能不求之于作品本身。克罗齐所著但丁,莎士比亚,歌德诸人的评文,都以美学上的人格为对象。

因为特别注重美学上的人格,所以他对于文学史的见解也与常人不同。历来文学史家都以时代为单位,指出时代的特质与作者中交互的影响。克罗齐以为"历史只能由个性中达到共性"(All history reaches the universal only in and through the individual),换句话说,你如果想懂得某时代的普遍性,你只能从了解该时代中个别的人物入手。所以他研究文学史以个别作者为单位。他所用的方法叫做"专篇法",因为这个方法一方面可指出时代的共性,而另一方面又可描写各作者所特有的美学上的人格。就这一点说,克罗齐颇似圣伯夫,《星期一谈话》中的评文也都是采用"专篇法"的。

参考书籍

1. Aesthetic as the Science of Expression and General Linguistic, Douglas Ainslie 译。

2. The Essence of Aesthetic, 译者同上。(Heinemann)

3. Ariosto, Shakespeare and Corneille, 译者同上

4. Dante, 译者同上。

5. Goethe, 译者同上。

6. European Literature in the Ninteenth Century, Douglas Ainslie 译 (Chapman and Hall)

7. Raffaello Piccoli: Benedetto Croce. (Jonathan Cape)

8. Wildon Carr: The Philosophy of Croce. (Macmilan)

9. Papini: Four and Twenty Minds. (中有一文攻击克罗齐的学说。)

（载《东方杂志》第 24 卷第 15 号,1927 年 8 月）

悲 剧 论
——悲剧与实际人生的距离

上

　　莎士比亚说得好:世界只是一座舞台,生命只是一个可怜的戏角。但是从另一意义说,这种比拟却有不精当处。世界尽管是舞台,舞台却不能是世界。倘若堕楼的是你自己的绿珠,无辜受祸的是你自己的伊菲见丽,你会心寒胆裂。但是她们站在舞台时,你袖手旁观,却眉飞色舞。纵然你也偶一洒同情之泪,骨子里你却觉得开心。有些哲学家说这是人类恶根性的暴露,把"幸灾乐祸"的大罪名加在你的头上。这自然是冤枉,其实你和剧中人物有何仇何恨?

看戏和做人究竟有些不同。杀曹操泄义愤，或是替罗米阿与朱里叶传情书，就做人说，自是一种功德；就看戏说，似未免近于傻瓜。

悲剧是一回事，可怕的凶灾险恶又另是一回事。悲剧中有人生，人生中不必有悲剧。我们的世界中有的是凶灾险恶，可是说这种凶灾险恶是悲剧，只是在修词用比譬，悲剧所描写的固然也不外凶灾险恶，但是悲剧的凶灾险恶是在艺术炉灶中蒸馏过来的。

像一切艺术一样，戏剧要有几分近情理，它要有几分不近情理。它要有几分近情理，否则它和人生没有接触点，兴味索然；它要有几分不近情理，否则你会把舞台真正看成世界，看奥色罗回想到你自己的妻子，或者老实递消息给周瑜：诸葛亮是在演空城计！

"软玉温香抱满怀，春至人间花弄色，露滴牡丹开"，淫词也，而读者在兴酣采烈之际忘其为淫。正因为在实际人生中谈男女间事，话不会说得那样漂亮。伊底泼司弑父娶母，奥色罗听谗杀妻，悲剧也，而读者在兴酣采烈之际亦忘其为悲，正因为在实际人生中天公并未曾濡染大笔，把痛心事描绘成那样惊心动魄的图画。

悲剧和人生之中自有一种不可跨越的距离，你走进舞台，你便须暂时丢开世界。

悲剧都有些古色古香。希腊悲剧流传于人间的几十部之中只有《波斯人》一部是描写当时史实，其余都是写人和神还没有分家时的老故事老传说。莎士比亚并不醉心古典，在这一点他却近于守旧。他的悲剧事迹也大半是代远年淹的。十七世纪法国悲剧也是如此。腊辛在《巴加遮》（Bajiazet）序文里说，"说老实话，如果剧情在哪一国发生，剧本就在哪一国表演，我不劝作家拿这样近代的事迹做悲剧"。他自己用近代的"巴加遮"事迹，因为它发生在土耳其，"国度的辽远可以稍稍补救实践的邻近"。莎士比亚也很明白这个道理。《奥色罗》的事迹比较晚起，他于是把它的场合摆在意大利,用一个来历不明的黑面将军做主角。这是以空间的远救时间的近。他回到本乡本土搜材料时,他心焉向往的是李尔王、马克白一些传说上的人物。这是以时间的远救空间的近。你如果不相信这个道理,让孔明脱去他的八卦衣,丢开他的羽扇,穿西装衔雪茄烟登场!

悲剧和平凡是不相容的,而在实际上不平凡就失人生世相的真面目。所谓"主角"同时有几分"英雄气"。普罗密修司、哈孟列德乃至于无恶不作的埃及皇后克里阿拍屈拉都不是你我们凡人所能望其项背的。你我们凡人没有他们的伟大魄力,却也没有他们的傻劲儿。许多悲剧情境移到我们日常世界中来,都会被妥协酿成一个平凡收场,不至引起轩然大波。如果你我是伊底泼司,要逃弑父娶母的预言,索性不杀人,独身到老,便什么祸事也没有。如果你我是哈孟列德,逞义气,就痛痛快快把仇人杀死,不逞义气,便低首下心称他做父亲,多么干脆!悲剧的产生就由于不平常人睁着大眼睛向我们平常人所易避免的灾祸里闯。悲剧的世界和我们是隔着一层的。

下

这种另一世界的感觉往往因神秘色彩更加浓厚。悲剧压根儿就是一个不可解的谜语,如果能拿理性去解释它的来因去果,便失其为悲剧了。善有善报,恶有恶报,是人类的普遍希望,而事实往往不如人所期望。不能尤人,于是怨天,说一切都是命运。悲剧是不虔敬的,它隐约指示冥冥之中有一个捣乱鬼,但是这个捣乱鬼的面目究竟如何,它却不让我们知道,本来它也无法让我们知道,看悲剧要带几分童心要带几分原始人的观世法。狼在街上走,枭在白天里叫,人在空中飞,父杀子,女骗父,呼风唤雨,这些光怪陆离的幻相，如果拿读《太上感应篇》或是计较油盐柴米的心理去摸索，便失其为神奇了。

艺术往往在不自然中寓自然。一部《红楼梦》所寓的完全是儿女情，作者却要把它摆在"金玉缘"一个神秘的轮廓里。一部《水浒》所写的完全是侠盗生活，作者却要把它的根源埋到伏魔之洞。曲剧在人情物理上笼上一层神秘障，也是惯技。梅特林的《裴列阿司与梅里桑》写叔嫂的爱，本是一部人间性极重的悲剧，作者却把场合的空气渲染得阴森冷寂如地窖，把剧中人的举止言笑描写得如僵尸活鬼，使观者察觉不得它的人间性。邓南遮的《死城》也是如此。别说什么自然主义或是写实主义，易卜生所写的在房子里养野鸭来打的老头儿是我们这个世界里的人物么？

像一切艺术一样，戏剧和人生之中本来要有一种距离，所以免不了几分形式化，免不了几分不自然。人事哪里有恰好成五幕的？谁说情话像张君瑞出口成章？谁打仗只用几十个人马？谁像奥尼尔在《奇遇》里所写的角色当着大众说心中隐事？以此例推，古希腊和中国旧戏的角色戴面具，穿高跟鞋，拉着嗓子唱，以及许多其他不近情理的玩艺儿都未常没有几分情理在里面。它们至少可以在舞台和世界之中劈出一个应有的距离。

悲剧把生的苦恼和死的幻灭通过放大镜射某种距离以外去看。苦闷的呼号变成庄严灿烂的意象，霎时间使人脱开现实的重压而游魂于幻境，这就是尼采所说的"从形相得解脱"（Redemption Through Appearance）。

（上、下部分先后刊于 1934 年 5 月 24 日、25 日上海《民报·民话》）

"创造的批评"

（一）

批评所要做的事究竟是什么呢？就常识说，批评自然是批评作品的好坏。从前多数批评家也是这样想，所以在历史上"判官式的批评"最占势力。专就欧洲说，从罗马鼎盛时代起，一直到十八世纪止，批评家都在孳孳不辍地讲义法，替各种文学定规矩准绳，替创作家开方剂。他们以为做诗写戏剧，好比厨子做菜或是泥水匠盖屋，都有一套父传子子传孙的家法，文学家只要知道这套家法，如法炮制，自然会制出好文章来。所谓文学批评，在他们看，也不过是一部文学上的单方秘诀。这种单方秘诀也并不多，比如"文学要描写普遍的永恒人性"，"文学要带有道德的教训"，"别忘记理性"，"模仿古典"，"戏剧要守三整一律，每剧不能超过五幕"之类是最重要的几条家法。这些家法就是他们的批评的标准。他们遇到新作品就拿这个标准去测量，去评定好坏。他们对于创作家俨然自居立法者和司法者的地位，发号施令，挑剔毛病，丝毫也不客气。

这种"判官式的批评"的流弊是人人知道的。文学是创造的艺术，决非几条死板的规律所能酿成，而且文学家往往不仅创造作品，还要创造欣赏作品的趣味。每种伟大的新作品都是一种新趣味，我们决不能以古人之已然，责后人之必然。批评本来是一件极难的事。莎士比亚的老朋友琼森说得好："只有诗人，而并非一切诗人，只有第一流的诗人，才配有资格去批评诗人。"如果自己没有创作经验，不识其中甘苦，只根据几条死板的规律，称引一点旁人的理论，去说是说非，总不免隔靴搔痒。但是丰富的想象和冷静的思考往往不甚相容，而且趣味偏在创造的人也往往无暇注意到文艺上的学理。因此，理想的批评家虽然是创作家自己，而在事实上创作家往往不肯或是不能去同时做批评家。于是批评这件差事就落到一般自己不能创作而要吃笔墨饭的人们手里去了。这么一来，事情就弄糟了。批评家要议论创作家，而创作家却不服人议论，愈是批评和创作愈隔愈远，结果就成为永世不解的冤家。许多创作家一听到"批评"两个字，就衔恨刺骨。批评的地位于是一天降低一天，尤其是在报纸发达的时代，一般无聊的人把它看成"新闻事业"的一种。一般人就以为批评本来是一件下贱事业，只有自己无力创造而想吃笔墨饭的人们才肯去做。

不过这种判官式的批评只在十八世纪以前"正统"。它闹出许多笑话，所以被人轻视。到了十九世纪以后，批评家就逐渐谦虚起来了。他们第一步从判官的交椅上爬下来，站在创作家和读者中间做一个很勤恳的忠实的介绍人。他们说：我们不敢判断创作家的好坏,因为我们没有这种能力,但是我们能够帮助读者了解和欣赏创作家。这是近代"考据家","传记家","心理分析家"以及"科学的批评家"的态度。后来法朗士和洛麦特一般"印象派批评家"比这种"介绍人式批评家"更加谦虚起来。在他们看,文学的趣味原来是主观的,各人有各人的趣味,彼此不能强同。每个人只要根据自己的趣味去欣赏作品,用不着介绍人。每个聪明一点的读者都是批评家,每个批评家都只能把他自己欣赏作品所得的印象说出来,这种印象记对于旁人只是一部有趣的自传或小说,没有别的用处。印象派的信条是像法朗士所说的:"批评像哲学和历史一样,只是一种给深思好奇者看的小说。精密地说,一切小说都是自传。一切真正的批评家都只叙述他的灵魂在杰作中的冒险。"

从上文看,我们可以见出批评的态度是一天谦虚似一天,"批评"的意义也逐渐在改变。最初"批评"和"判断"是同义字。后来它变为"诠解",再后来它又变为"欣赏"。这几派批评都有一个公同点:就是把批评和创造看成两件事。近代的倾向是要打破这个界限,把批评和创造看成同一艺术活动的不能分开的两阶段。代表这个倾向的有两个人。一个是英国现代诗人艾略特(T. S. Eliot),他着重"创造必寓批评"一层道理,以为最大的创作家必同时是最大的批评家,最有价值的批评是创作家的经验语。另一个人是意大利美学家克罗齐(B. Croce),他着重"批评必寓创造"一层道理,以为批评之先必须有欣赏,欣赏之先必须将所欣赏的作品再造出来。他的美学所酝酿成的批评叫做"创造的批评"。本文先介绍这一派的学理,然后再进一步讨论这种学理是否圆满。

(二)

克罗齐派学者和印象派学者都把批评看成欣赏,不过克罗齐派比印象派更进一步。印象派只说:"批评就是欣赏",克罗齐派补充一句说:"欣赏就是创造",结果自然是"批评就是创造"了。

"创造的批评"的基本信条就是一切美感经验都是形相的直觉。无论是在创造或是欣赏,我们心目中都要见出一种形象或意境,而这种意境都必须有一种情趣饱和在里面。换句话说,无论是艺术或是自然,如果一件事物叫你觉得美,它必定在霎时间能在你心眼中现出一种很具体的境界或是很新鲜的图画,而这种境界或图画必定要在霎时间占住你的意识全部,使你忘去一切,聚精会神地"如鱼得水"地观照它,领略它。在一霎时中间,你完全在直觉,在"想象",不夹杂欲念或抽象的思考。这种单纯的心理活动就是美感经验,创造离不开它,欣赏也离不开它。创造和欣赏都是在心中见到一种情趣饱和的意象,所以它们根本并非两回事。比如"采菊东篱下,悠然见南山"两句诗含有一个情趣饱和的意境。陶渊明在写这两句诗时,必须从自然见到这种意境,感到这种情趣,然后才拿这个字把它传达出来。在见到意境感到情趣的那一顷刻中,他是在创造也是在欣赏。这十个字对于我只是一种符号,如果我不识字,这两句诗对于我就漫无意义,就失去其艺术作品的效用。如果它对于我有艺术作品的效用,我必须从这十个字的符号中也见到一种意境,感到一种情趣。我所见到感到的和陶渊明原来所见到感到的虽不必尽同,但是大体总很近似。在读陶渊明的诗而见到一种意境感到一种情趣时,我是在欣赏也是在创造。我和陶渊明所不同的只是在程序的先后。他的性格中有一种特殊情趣,突然间心中涌现一种意象恰与这种情趣相调和,于是以文字为媒介,把这种情趣和意象融合而成的整个境界传达出来,于是有"采菊东篱下,悠然见南山"两句诗。我则先从文字媒介起,得这十个字的意义,于是从文字见出意象和情趣。陶渊明是由原文翻成译文,我则把译文翻回到原文。

凡是艺术作品都有物质的精神的两方面。物质的方面如文学所用的文字，图画雕刻所用的形色，音乐所用的谱调，以及一般人所认为有形迹可求的作品。精神的方面就是我们所说的情趣和意象融合而成的整个境界。物质的形迹得精神贯注才现出生气。如果你没有见出精神而只见到形迹，则形迹（即所传达出来的作品）对于你仍然是死的。一首诗或是一件艺术品并不像一缸酒，酿成了之后，人人都可以享受。它是有生命的，个个人尽管都看得见它的形迹，但是不一定都能领会到它的精神，而且各个人所领会到的精神彼此也不能一致。它好比一幅自然风景，对于性格经验不同的观众可以引起不同的意象和情趣。比如上文所引的陶渊明的两句诗，你读它所领略到的不能与我所领略到的完全相同，因为每人所能领略到的境界多少是他自己所创造的境界，是他的性格和经验的反照，而性格和经验是人人不同的。不但如此，同是一首诗，你今天读它所领略到的和你明天读它所领略到的也不能完全相同，因为性格和经验是生生不息的。欣赏一首诗就是再造一首诗；每次再造时都要拿当时整个的性格和经验做基础，所以每次再造的都是一首新鲜的诗。艺术品的物质方面，除着受天时和人力的损害以外，大体是固定的。它的精神方面则时时刻刻在变化中，或者说得更精确一点，时时刻刻在"创化"中。创造和欣赏永远不会是复演，真正的艺术的境界永远是新鲜的，永远是每个人凭着自己的性格和经验所创造出来的。

（三）

克罗齐把创造和欣赏都看成形相的直觉，而形相的直觉则为聚精会神的玩索一种意象，同时不能夹杂任何抽象的思考，所以他以为批评的态度和美感的态度如水火不相容。既用批评，就须用思考;既用思考,则思路必须旁迁他涉,不复专注在形相本身上面,直觉便不能存在,心里所有的便是概念而不复是单纯整一的意象。克罗齐说:"诗人死在批评家里面",意思就是指直觉与思考,欣赏创造与批评两不相容。不过这里所谓"批评"是用它的习惯的字义,真正的批评不但与创造不相冲突,而且是创造或欣赏的完成。犹太人的《圣经》说:"上帝看看他所创造的一切,觉得它好得很。"在这个简单的例子中,我们可以看出创造欣赏批评原来是一气贯串的。创造欣赏都是艺术活动,批评则为艺术活动的自觉或反省。不能创造欣赏的人决不能批评,因为他所说的话不是艺术活动的自觉或反省。

克罗齐所谓"创造"、"表现"、"艺术"和一般人所谓"创造"、"表现"、"艺术"意义稍有不同,所以往往引起误会。一般人所谓"创造"包含想象、传达两种活动。想象指心中酝酿出一个具体的情境,就是直觉到一种形相。想象所得的是一种"腹稿",是苏东坡所说的"成竹在胸",我们在上文所说的艺术品的精神方面。传达指选择一种符号把心中的意象外射出来,留一个固定的具体的痕迹,可以传给别人看,这就是把诗写在纸上,把画涂在壁上,把乐谱成调子。这种活动通常又叫做"表现",它的结果就是通常所谓"艺术作品",我们在上文所说的艺术品的物质方面。就常识说,只是心中酝酿出一种意象而没有把它表现出来成为作品,就不能算是创造艺术。克罗齐则以为创造艺术完全是在内的活动。心里直觉到一个形相,就是创造,就是表现。这形相本身就是艺术。至于传达只是把心中酝酿成的艺术用符号翻译出来,只是一种"物理的事实",不能算是艺术的活动。艺术即直觉,一不带抽象的思考,二不带实用的目的。把已在心中完成的艺术翻译为可以使旁人看得见的痕迹,就不免用概念的思考,例如选择媒介及考虑技巧等等;其次它不免带有实用的目的,例如希望别人欣赏,谋名谋利等等。在心中直觉到一种形相，就已尽了艺术的能事。真正艺术家都是自言自语者，没有心思要旁人也见到他所见到的意象。如果他有心要把这意象传达出来给别人看，他便已变为实用人了。克罗齐并不否认传达的重要，但是他否认传达是艺术的活动。

在我们看，这种见解似乎不甚圆满。每个人都能用直觉，都能在心中想见种种意象，但是每个人不都是艺术家。为什么呢？艺术家除着能"想象"（这是一般人也能够做到的）以外，还要能把所想的"象"表现为作品（这是艺术家所特有的本领）。我胸中尽管可以想象出许多很美的"成竹"，但是到我动笔作画时，我的心里的意象不能支配我的筋肉活动，手不从心，无论我如何用力，也不能把它画在纸上，我所画出来的和我心里所想象的完全是两回事。这就因为我不是画家，没有学会传达的技巧，所以不能把我心里所想象的完全传达出来。我们只略读艺术的传记，便可以知道许多艺术家的训练都在传达的技巧方面。如果传达无关于艺术，他们的辛苦就算白费了。

替克罗齐辩护的人们也许说：这番话虽言之成理，但是并不能推翻"创造是直觉的，在内的；传达是实用的，在外的"一个根本分别。不过我们稍加思索，便可发现这种分别也非常勉强。克罗齐完全忽略去一个重要的事实，就是艺术家在心里酝酿意象时常不能离开他所习用的特殊媒介或符号。比如说所想到的意象是一棵竹子，这个意象可写为诗，可绘为画，可雕为像，甚至可表为音乐和跳舞的节奏。从表面看，我们说意象是同一的，因为所用的媒介不同，所以产出不同的作品。其实不同的作品所传达的意象并不能同一。画家想象竹子时要连带线条颜色阴影一起想，诗人想象竹子时要连带字的声音和意义一起想，其余类推。照这样看来，克罗齐所谓直觉或创造和他所谓传达或"物理的事实"在实际上是不能分开的。由创造到传达，并非由甲阶段走到一个与甲完全不同而且不相干的乙阶段,创造一个意象时,心里对于该意象如何传达出去已经多少有些眉目了。这个道理在文学创作中最易见出。文学所用的传达媒介是语言文字,做诗文的人们很少有(也许绝对没有)离开语言文字而运思的。不但如此,传达的媒介往往可以影响未传达以前的"意匠经营"。中国人和欧洲人思想所走的路径不同,做文言文的人和做白话文的人思想所走的路径也不同,这都不完全由于民族性或个性上的分别,传达的媒介也大有关系。

　　克罗齐学说的最大缺点在忽视艺术的社会性。艺术家同时是一种社会动物,他有意无意之间总不免受社会环境影响。有些心理学家以为艺术起于"自炫的本能",固未免言之过甚,但是有些艺术家鄙薄社会,说"没世无闻,不以为悔",也似乎是唱高调。真正的艺术家尽管不求虚名,却很少有不望有知音同情者,尽管鄙视当时社会趣味低,却很少有不悬一种未来的理想的同情者。钟期死后,伯牙不复鼓琴,这真是艺术家的坦白。有些人知道"千秋万岁名,寂寞身后事",所以把作品"藏诸名山,传之其人"。人是社会的动物,没有不需要同情的。同情心最原始的表现是语言,没有传达的需要就不会有语言。艺术本来也是语言的一种,没有传达的需要也就不会有艺术。艺术的风格改变往往起于社会的背景。中世纪何以特重民歌和传奇故事?莎士比亚时代何以特重戏剧?近代何以特重小说?这不都是社会风气酿成的么?从艺术的社会性看,我们尤其不能否认传达可以影响艺术本身。克罗齐没有顾到艺术的社会性,所以把传达一层几乎全抹煞。

(四)

　　现代英国批评家理查兹(I. A. Richards)说:"批评学说所必倚靠的台柱有两个,一个是价值说,一个是传达说。"克罗齐的传达说不甚圆满,已如上述。现在我们来讨论他的价值说。所谓价值就是指好坏美丑。严格地说,克罗齐的美学中不能有价值问题。评判价值时,被评的对象一定是人人看得见觉得着的,在艺术方面,被评判的对象通常是作品。克罗齐否认传达为艺术的活动,否认传达出来的作品是艺术,他所谓艺术完全是在心中酝酿成的意象,那是除作者自己以外没有旁人能看得见的,所以旁人无法可以评判它的好坏美丑。这里我们可以见出克罗齐抹煞传达的另一个毛病,就是既抹煞传达就不能不同时抹煞价值。他着重创造与欣赏的同一,忘记创造者和欣赏者有一个重要的分别。创造者创造意象时所凭借的是自己的切身的经验,欣赏者将原意象再造出来时所凭借的首先是创造者所传达出来的作品。就创造者说,美丑也许可以在意象本身见出;而就欣赏者说,意象的美丑必须于作品的美丑见出。普通所谓"批评"不仅是批评意象本身(这通常叫做内容)的价值,而尤其要紧的是批评该意象如何传达出来(这通常叫做形式)。克罗齐否认传达出来的作品为艺术,批评的对象对于欣赏者就算不存在了。

再进一层说,单论未传达出来的意象,它能否有美丑的分别呢?克罗齐也承认美是艺术的特殊价值。在他看,"美是成功的表现,或者说干脆一点,美就是表现,因为没有成功的表现并非表现"。丑则为"没有成功的表现"。美是绝对的,没有程度的分别。凡是直觉都是表现,都是艺术,也都是美的。大艺术家的直觉和一般人的直觉虽在分量上有差别,在性质上却并无二致。我们不能说这个艺术作品比那一个美。如果《红楼梦》是完美的表现,《桃花源记》也是完美的表现,它们就是同样的美,我们不能说这个比那个伟大,虽然它们的篇幅长短题材广狭都相差很远。

这种说法在事实固不能使人悦服,在名理方面也很多破绽。克罗齐的全部美学总结起来,只有下列一个等式:

直觉＝创造＝欣赏＝表现＝艺术＝美

　　这个等式表面虽承认美的实在，实际则根本推翻美丑的分别。凡是艺术既都是美的，没有成功的表现既不是艺术，那末，丑（＝没有成功的表现）就落在艺术范围之外，既是艺术就不能拿"丑"字来形容了。克罗齐如果彻底，他只能承认艺术与非艺术的分别，而在艺术范围之内不能承认美与丑的分别。这样一来，艺术范围之内便无所谓价值问题了。

（载天津《大公报·文艺副刊》第147期，1935年4月14日）

什么是古典主义?

　　粗略地说,"古典"是"古典时代"(即希腊罗马时代)的杰作。"古典主义"有两种意义:第一,它是古典文学所表现的特殊风格;第二,它是要把这种特殊风格定为文学标准和模范的主张。古典文学所表现的特殊风格究竟是什么呢? 这个问题最难回答。文学和其他艺术一样,有可求之于形迹的一方面,也有不可求之于形迹的一方面,大概我们对于某种文学可以用几句简单的话解释得很清楚的都是有形迹可求的一方面,这就是它的最粗浅的一方面。十七、十八两世纪的学者们想用几句简单的话把古典文学的风格解释得很清楚,他们只抓住形骸,把精神完全失去,所以酿成所谓"假古典主义"。

　　在普通说话中,古典主义是和浪漫主义相对待的。说粗浅一点,古典主义注重形式的和谐完整,浪漫主义注重情感的深刻丰富;古典主义注重纪律,浪漫主义注重自由;古典主义求静穆严肃,浪漫主义求感发兴起。拿一个比喻来说,古典主义是低眉的菩萨,浪漫主义是怒目的金刚。论流弊,古典主义易流于因袭,一失之冷,二失之陈腐;浪漫主义易流于恣肆,一失之粗疏,二失之芜杂。

不过这种分别究竟非常粗浅。古典文学中如荷马的《奥德赛》有很浓厚的浪漫派色彩,浪漫文学中如歌德、济慈诸人的诗有时也很有古典文学的神韵。凡是开风气的伟大作品在当时都是新奇的,破格的,浪漫的;过了些年代,它成立了一种风气,被人家看作标准模范就变为古典的了。Stendhal 说,"给我们高曾祖以最大量快感的叫做古典的,给我们现代人以最大量快感的叫做浪漫的"。其实我们应该说,"在我们高曾祖视为浪漫的,在我们视为古典的"。据意大利美学家克罗齐的意见,只有第二流作品才可以说是浪漫的或古典的,第一流作品不能只是浪漫的,或是只是古典的,它必定同时具有浪漫的和古典的优点,这就是说,它一方面要有真纯的情感(浪漫主义所偏重的),一方面又要有幽美的意象(这是古典主义所偏重的)。

古典本来无主义,古典之有主义,从罗马作家贺拉斯(Horace)起。他写过一封《与庇梭书》讨论诗的原理和法则,被后人误称为《诗艺》。在这封信里他站在导师的地位教人以作诗的方法,处处劝人求"整秩","联贯","严守类型","别信任奇思幻想","在荷马史诗中寻材料","每部戏只应有五幕"和其他类似的话。这封信的影响最大,从纪元后一世纪起一直到第十四世纪止,凡是讨论文学的书大半都直接或间接地受它的影响。它可以说是"假古典主义"的圣经。假古典主义何以侧重贺拉斯和他所代表的拉丁文学呢?这个问题最值得注意。第一,假古典主义注重模仿古典,而拉丁文学自身就是模仿古典的产品。罗马人在政治方面虽推倒希腊,而在文艺方面却处处步希腊的后尘。第二,假古典主义是文艺复兴的流产,文艺复兴起源于意大利,拉丁文学是意大利人的祖传。就广义说,文艺复兴就是古典文学的复兴,但在启蒙时期,它只是拉丁古典文学的复兴。这种古典主义通常叫做"拉丁古典主义"。

希腊古典作品的原稿在中世纪大半都散失去,没人过问。到十三世纪以后它们才逐渐出现,意大利学者们如 Petrach,Boccaccio 诸人于是提倡希腊文学的研究。1453 年土耳其攻陷君士但丁堡,希腊学者们抱着古书逃到意大利去。这是古典主义史中最重要的一页。已在萌芽的文艺复兴运动得到这一批生力军,于是它的气焰就一天高似一天了。

文艺复兴在文学方面最初的结果实在令人失望,因为它只流产为假古典主义。假古典主义有三部"法典",一部是十六世纪意大利人维达(Vida)的《诗艺》,一部是十七世纪法人布瓦洛(Boileau)的《诗艺》,一部是十八世纪英人蒲柏(PoPe)的《批评论》。它们的性质都和贺拉斯的《诗艺》类似,不过作者们口里却说是祖述亚理斯多德,其实他们的精神和亚理斯多德的完全相反。亚理斯多德在他的《诗学》里的态度是科学的,方法是归纳的,他仿佛说,"我看希腊文学在实际上是如此如此"。维达和布瓦洛一班人却换过口吻来说:"我们以为一切文学在原则上都应该如此如此。"这所谓"如此如此"便成为古典主义(在他们自看)或假古典主义(在历史家看)了。他们的信条很简单,"勿走极端!""跟着理性走!""模仿古人!""严守类型!""勿忘纪律!"几点是最重要的。

假古典主义的理论非常肤浅陈腐,所以常被人鄙视。有人因为讨厌假古典主义而讨厌古典主义,尤其是没有脱去浪漫派的偏见的人们。不过离开理论而言事实,我们应该记得欧洲近代文学大部分是从古典脱胎而来的,无论假古典主义如何肤浅,它所引起的争论把古典文学的兴趣维持到几世纪之久,功劳实在不可磨灭。

在中世纪无政府状况的文学界之后，假古典主义提出秩序来救紊乱，也应该值得一字之褒，我们也许可以说，如果没有假古典主义所提倡的纪律和理性，十七世纪的法国戏剧和十八世纪的英国散文能否有那样成就或许是问题。

　　一般人以为浪漫主义是反古典主义的。这是一个大误解。浪漫主义是多方面的，其中很重要的一方面就是超过假古典派的"拉丁古典主义"而逃回到希腊。真正研究古典的工作不在文艺复兴时期，更不在假古典主义时期，而在浪漫主义时期，首开风气的人是德国学者温克尔曼（Winckelmann）。从他起，希腊古典主义才逐渐盛行。浪漫派以后的诗人大半都受希腊古典的影响，歌德是显著的例。佩特（Walter Pater）说浪漫运动是浮士德和海伦的结婚，浮士德是中世纪幻想和热情的结晶，海伦是希腊美的代表，可见古典主义也是浪漫主义中一个重要的成分了。

　　　　（载《文学百题》，傅东华主编，生活书店 1935 年版）

什么是 classics?

classics 的字源是拉丁文的 classici,原义是"第一等的有资产的公民",后来引申为"有价值有地位的作者"。《法兰西学院大字典》第一版(1694 年出版)中 classique 的定义是"一个被称许的在他的本行内为权威的古作家"。在近代流行语中 classics 指希腊拉丁文学作品。据《牛津大字典》这个意义起于 1711 年。现在在牛津剑桥诸大学中,研究 classics 就是研究希腊拉丁文学。《法兰西学院大字典》1835 年的修正版中 classique 的定义是"在任何语文中成为模范的作品都是 classiques"。照这样看,它们并不限于希腊拉丁文学了。法国十九世纪大批评家圣伯夫(Sainte-Beuve)做过一篇文章,题为《何谓古典》(Qu'est-Cequ'un classique)收在 1850 年 10 月 21 日的《星期一日谈话集》里,解释这个字的意义最详明。他说:

一个真正的 classique 是这样的一个作家,他扩充了人类精神,他真正地增广了宝藏,他更前进了一步,他发现了一个很准确的人事上的真理,或是在众见周知的心腔中抓住一种永恒的情绪;他所用来表现他的思想观察或创见的形式,无论它关于哪一种,在他自身总是宏大的、精妙的、有理性的、康健的、幽美的;他所用的风格一方面是他自己所特有的,一方面也是人人共有的;一方面是新颖的,一方面又不是生疏的,它同时是新的又是古的,和任何时代都是同时的。这样一个 Classique 在一时或许是革命的,至少在外表上他是如此,其实不然;他扫除一切,推翻一切阻碍他的东西,都完全为着要替秩序、替美再造出一种平衡来。

这一段话是后来一切讨论 classic 字义的文章(如 Pater 的 Appreciations,Arnold 的《批评论文集》之类)所必根据的。总之 classic 是第一流的作家或作品,不分古今中外。

(载《文学百题》,傅东华主编,生活书店 1935 年版)

我在《春天》里所见到的

——鲍蒂切利杰作《春天》之欣赏

　　这幅画通常叫做《春天》，伯冉生（Berenson）在《佛罗伦萨画家论》里引作《爱神的国度》，似乎比较恰当些，画的趣味中心很显然地在爱神，从构图看，她不但站在中心，而且站的水平线也比旁人都高一层，旁人背后都是橘树，只有她背后是一座杂树丛生的土丘，土丘四围有一半圆形的空隙，好像是一道光圈围着她的头。因此，她的头部在全部光线的焦点；同时，因为土丘阴影的反衬，她的面部越显得光亮。在她头上飞着的库比德也容易把视线引到她的方向去。其次，就情感方面说，她是图中最严肃的一位。只有她一个人衣冠最整齐，最规矩；只有她一个人有孑然独立，与众不即不离的神情。她低着头，伸起右手，眼睛向着她自己的心里看，仿佛猛然听到一种玄奥的启示，举手表示惊奇，同时，告诫人肃静无哗，细心体会一下启示的意蕴。

就全图说，它表现一个游舞队，运动的方向是由右而左。开路先锋是水星神，左手支腰，右手高举，指着空中一个让我们猜测的什么东西，视线很沉着地望着所指的方向。这一点不可捉摸的意蕴令我们想象到此外还有一个更高远的世界。意大利画家向来是斩钉断铁地明显，像这幅画的神秘色彩是不多见的。水星神之后接着就是"三美神"。就意象说，就画法说，她们都是很古典的。像她们的衣裳，她们整个地是透明的，轻盈的，幽闲的。手牵着手，面对着面，她们在爱神面前，像举行宗教仪式似的缓步舞蹈。库比德的箭就向她们瞄准。她们的心被射穿了没有呢？看她们的目光，看她们的面容，爱固然在那里，镇定幽闲固然在那里，但是闲愁幽怨似乎也在那里。女性美和爱的心情原来是富于矛盾性的，谁能够彻底地窥透此中消息呢？

从爱神前面移到爱神后面，我们仿佛从古典世界搬家到浪漫世界。在前面我们觉到仙境的超脱，在后面我们又回到人间的执着了。穿花衣的和几乎裸体的女子究竟谁象征春神，谁象征花神，学者的意见不一致。最后的男孩象征西风则几成定论。把穿花衣的看作春神似乎比较合理。花神被冷酷的西风两手揪住，一方面回头向残暴者瞪着惊慌的眼求饶，一方面用双手揪住春神求卫护。这是一场剧烈的挣扎。线条的运动，颜面的表情，服装的颜色都表现出一种狂放不可节制的生气在那里动荡。不说别的，连这右角的树干也是拳屈的，不像左边的树那样鸦风鹊静地挺立着。这里我们觉到很浓厚的浪漫风味，和右边的静穆的古典风味成一个很鲜明的反称。

这幅画向来被看作"寓言"。它的寓意究竟是什么呢？老实说，我想来想去，不能把全图的九个似相关似不相关的人物联串成一个整体。我有两个疑点：第一，我不明了爱神前面的水星神和三美神在图中有何意义;第二,我怀疑春神和花神近于重复。我看到这幅画就联想到画在 Campo Santo 壁上的另一幅意大利画。那幅画是"死的胜利",这幅画不可以叫做"生的胜利"么？天神的信使——水星神——领导生命的最珍贵的美,春,爱向无终的大路上迈步前进,虽然生命的仇敌——西风——在后面追捕,他们仍旧是勇往直前。这是不是这幅画的寓意呢？

把寓意丢开,专从画本身说,一切都是很容易了解的。爱神是中心,左右人物各形成一组。如果春神组是主体,三美神组在构图上是必有的陪衬,春神和花神在意义上或近于重复,在构图上却似缺一不可,一则浓装与半裸成反衬,一则右边多一形体,和左边相对称,不致嫌轻重悬殊。依我想,鲍蒂切利不是一个文人画家,构图的匀称和谐,在他的心中也许比各部意义的贯串还更为重要。我们看这幅画似乎也应着重它在第一眼所显现出来的运动的节奏和构造的和谐。意义固然也很重要,但是要放在第二层。我所见到的偏重意义和情调方面,因为我既然要忠实地写自己的感想,就不应该勉强把我素来以看诗法去看画的心习丢开。我对于这幅画所特别爱好的是那一副内热而外冷,内狂放而外收敛的风味。在生气蓬勃的春天,在欢欣鼓舞的随着生命的狂澜动荡中,仍能保持几分沉思默玩的冷静,在人生,在艺术,这都是一个极大的成就。

（载天津《大公报·艺术周刊》第 77 期,1936 年 4 月 4 日）

法朗士和布吕纳介的对话

布　碰得真凑巧，我昨天刚读到你给《时报》经理厄布拉先生的信，有一肚子的话要和你谈。

法　好的很。真不料你老先生肯丢下你那个分种类理进化清源流的大工作，出来吸一点新鲜空气。咱们来喝一杯咖啡，别提那封胡说八道的信。它列不进什么种类，进化史是更不必谈。

布　你老兄到处都是灵魂冒险者，连和一个朋友谈话，也老是不着边际。

法　我老早就说："一个人最大的厄运是逃不开他自己。"老实说，布吕纳介先生也永远是布吕纳介先生。

布　我永远认得清你所说的灵魂冒险是一种危险。你是法朗士先生，你有灵魂，所以你能冒险。想想蒙马街上那班吃笔墨饭的可怜虫,以至于在你我们家里扫地抹桌的婢女,读了一部感伤小说或是侦探故事,胡诌出一篇文章来,叫一声好,放一个屁,也说是灵魂冒险,你看我们的文坛上还能有真是非么?

　　法　你的忧虑我也有过。谁敢说谁有特许权配谈文学呢?你和我也许比你所轻视的那般人高一层,——这究竟对不对,我却不敢肯定,——但是如果另外有人比我们更高一层,在他们的眼光之下,我们的话能否代表你所说的真是非,不也成为问题么?天知道,在文学地界里说话,谁也有几分是冒险。

　　布　纵然承认是非是比较的,不是绝对的,它究竟是存在,恐怕连你老兄也不能否认。你不说"灵魂在杰作中的冒险"么?你凭什么标准估定某种作品是"杰作"呢?这杰作的"杰"究竟是一种客观的价值啊!

　　法　你老先生真会挑剔字眼。我的标准就是我的好恶。我所顶喜欢的作品就是我眼中的杰作。我从来不相信文学上有什么"客观的价值"。

　　布　你相信不相信许多人能同时爱好你所爱好的作品呢?

　　法　那是常有的事,正犹如许多人能同时爱好我所爱好的咖啡。

　　布　对呀!天下之口有同嗜。同嗜的条件就是原则,就是法律,就是客观的标准。

　　法　你那同嗜的条件或原则也许是存在,但是对于喝咖啡的人有什么用处呢?咖啡的好味道一定要喝才能知道,喝起来每个人有每个人的味道。每个人自己所尝到的味道才最亲切,最真实。读一千部咖啡经也抵不上啜一口真正的好咖啡。著咖啡经的玩艺儿与我无缘。

　　布　老兄太谦虚了。你那许多部的《文艺生活》不全是咖啡经?或者用你的另外一部书的名称,《爱庇库尔的花园》。你只管谈趣味,你没有想到你把你的趣味在白纸上写成黑字,你多少已经把它抽绎为原理法则。你说你欢喜或讨厌某一部书,你忠实地记下它给你的印象,在无形之中你不就已经显示你的去取究竟有一个标准了么?

法 谁否认标准?不过文字上的标准绝对不是外在的。

布 我不明白这话。

法 比如说,你的标准不能做我的标准;你从读莎士比亚所得的标准不能应用来测量拉辛。每部作品如果真是艺术的创造,都各有它的特殊的生命,它的内在的原则。用莎士比亚去测量拉辛,犹如在非洲女子的皮肤上找欧洲女子的颜色,牛头不对马嘴。一个人有一个人的感觉和胃口,你欢喜荷马那老头儿,要我也同样地欢喜他,犹如骂怕辣的人不和你一样吃辣椒,或者不跟你说辣椒好,这只是专横霸道。不幸的很,自己不爱辣椒而跟人说好的人实在太多了。

布 依你这么说,批评就算完事大吉了。

法 批评的存在理由全在人是一种爱管闲事的动物。自己对于一件事物起爱憎,就很想知道旁人对它怎样感想。所谓"批评"就是吐自己的肚子给人看。要是坦白一点,一个批评家应该说:"诸位,我今天谈我自己对于莎士比亚,对于拉辛,对于帕斯卡尔或歌德。今天机会正好。"

布 你谈你自己,但是读者要知道的是莎士比亚。我看过你的许多文章,全是借题发挥。你离开国家戏院那一夜,向哈姆雷特说,"祝你享良宵,可爱的公子",你说你"昼夜脑子里都充满着他和他的一切思想"。这些与莎士比亚的剧本何干?你是在做散文诗,哈姆雷特对于诗只是种"良辰美景奈何天",触动你做诗的兴致。我很怀疑那算得是批评。

法 是不是批评且莫管,你究竟爱看我这种文章不?

布　说句良心话，要不是把它当做批评，我倒觉得它们很有趣。不过我们要记得，说话的人是法朗士先生，此间能有几位法朗士先生？

法　只要你觉得有趣，那就够了。

布　那对于我却不够。

法　我知道，你还要你那珍贵的"客观的价值"，"客观的标准"。那就要你自己去找了。再见吧。

布　你上哪儿去？

法　我走我的路，各人走各人的路。世界老早就是这样注定的。"祝你享良宵，可爱的批评家！"

（载天津《大公报·文艺》第 328 期，1937 年 4 月 25 日）

欧洲文学的渊源

每一个民族的文学都有它的个性。决定这种个性的因素不外两种，一是现时的环境，一是过去的传统。一个民族的历史愈长久，过去传统的势力也就愈大。这势力不但在因袭上可以见出，就是后一代对于前一代起反抗或革命，激起那反抗或革命的还是过去的传统。有人比譬历史的生展如滚雪球愈滚愈大，现在一刹那包涵无数年代的过去。因此，研究任何一国文学，我们要有"史的意识"，要穷究它的根源，它的传统或"社会的遗产"。有了"史的意识"，我们才知道区区一花一果都承受着悠久年代的风雨滋润与晴光涵煦，也才知道一个文学从古至今有它的联续融贯的生命。在这篇短文里，我们想让读者对于欧洲文学有这么一点"史的意识"，意在启蒙，我们只想画一个轮廓。所以不辞粗疏。

西方文化发祥于古希腊。史前事已渺茫难稽,进了史的门槛,希腊人就已有很高的文化。这个民族在智慧上真是巨人。近代文化各部门几乎没有一门不曾由希腊人奠定了基础。科学,哲学,文学,艺术,政治制度,没有一件他们没有达到时代所可允许的峰顶。他们是南方临海的民族,与海外交通方便,激发心灵的机会多,而且南方的蓝天旭日和温和的气候宜于静想与沉思,这些地理条件也许是他们的文化成因之一。姑单就文学成因来说,他们的成就后来人似还没有超过。约莫在三千年以前,他们就有两部史诗,《伊利亚特》和《奥德塞》,它们是否为荷马作的我们姑且不管,它们的伟大是无可置疑的。论结构,它们比得任何一部近代小说,论词藻的简练而响亮,后世大诗人如但丁,弥尔顿诸人恐怕都还望尘莫及。它们不但给叙事诗,也给叙事文,树立了一个庄严的典型。"西方诗的源泉"一个尊号真不是夸张的。史诗之外,希腊人的最大成就在悲剧。在纪元前五世纪左右,他们接连产生了三个伟大的悲剧作家——埃斯库罗斯,索福克勒斯,欧里庇得斯。他们糅合宗教与人生哲学于文艺,画成一些简单而深刻的形相,壮阔而紧张的场面,望之如雪山临朝日,光辉灿烂而又庄严肃穆,令人见到人生世相的可惊喜的与可悲痛的两方面。他们所表现的处处是人与命运的搏斗,人在失败中愈显出人的尊严,在狂风暴雨的气氛中时时微露观音大士的沉静的微笑。极生动的情感融化于极和谐的形式。有了这样一个完美的典型,后来的欧洲文学不由得不跟着它走。在文艺理论与批评方面,柏拉图和亚理斯多德两大哲学家也替后人开了不少的门径,尤其是亚理斯多德的名著《诗学》从希腊史诗与悲剧中抽绎出一些文学的原理与规则,奠定了所谓"古典"的理想。从中世纪到现代,没有一个重要作家或批评家不直接地或间接地受他影响。希腊文学的鼎盛时代约有七百年(从纪元前十世纪荷马起到纪元前三世纪忒奥克里托斯止），它的黄金时代是在纪元前五世纪左右，即三大悲剧家的时代，在政治上就是伯里克理斯时代。

到了纪元前三世纪，西方文化的中心从希腊移到罗马。罗马人像中国人一样，是一个偏重实用的民族，哲学上的抽象的思想和文艺上的创造的想象都非他们所长。他们的最大的成就在制定法律，建筑公路城墙和水道，建立政治制度。他们征服了近代的法兰西和英格兰，建立了一统的帝国，全世界统于一尊的观念是罗马人传给近代欧洲的。在文艺方面，他们处处模仿希腊人，维吉尔的史诗全是模效荷马，贺拉斯的文艺理论不过是把亚理斯多德的话加以形式化与通俗化。罗马人的法律观念特别浓厚，所以在文艺上他们奠定了所谓"古典"的规律。欧洲人以为文章要有"义法"，得力于罗马人的居多。希腊文学与罗马文学被后人合称为"古典文学"，所谓"古典主义"就是指这两种文学的特殊风格，其实希腊文学与罗马文学迥不相同，也正如两汉文学与唐宋文学，唐宋文学与桐城派文学迥不相同一样。

罗马帝国时代发生了欧洲史上一个最重大的事件，就是耶稣教传到欧洲。经过是逐渐的，耶稣所传道的地方如耶路撒冷以及附近都是罗马统治之下的属土。他的带有共产革命的色彩的教义显然对于罗马政权是一个大威胁。所以初期耶教受尽罗马政权的压迫与摧残。可是由于教徒的势力扩张，不到四百年耶稣教便成为罗马帝国的国教，而天主教会（Catholic church 本义为一统的或普遍的教会）居然与当时统一全欧洲的罗马帝国分庭抗礼。耶稣教本是希伯来文化的结晶，在精神上与希腊文化完全相反。希腊人是看重知识与思想的自由，求多方面的发展，特别流连于现世的享乐。希伯来人却是生来虔信宗教，要求良心上的谨严，不着重学问的探讨，尤其猜疑文艺刺激肉的希冀。他们要节欲苦行，以求来世的解脱。所以耶稣教初传来欧洲时，和本地固有的古典文化发生强烈的冲突。但是耶稣教终于战胜。从纪元后四世纪到十五世纪一千余年中,欧洲全在耶稣教势力支配之下。西罗马帝国于第五世纪崩溃,以后几百年中罗马教皇不但是教会的主脑,而且也是全欧洲政治的主脑。在纷乱时代,天主教会在欧洲成为唯一的力量。从西罗马帝国崩溃到十一世纪,六百年间被史家称为"黑暗时代"。当时一方面有封建制度养成骑士的理想,一方面有僧侣制度养成寺院的虔修。僧侣与骑士之外尽是农奴。这三个阶级中,骑士与农奴一样不能读书识字,只有僧侣是唯一的知识阶级。寺院同时是学校和图书馆。许多古代著作都借僧侣抄写而得留存。但是中世纪耶稣教的特色在苦行禁欲,学问大半限于宗教,研究世俗的文艺被看成一种现世的享乐,所以是一种罪孽。希腊与罗马的文教被斥为"异端",而古典也几乎全被遗忘。在希腊时代,一个野心者的理想是做一个大政治家,大思想家,或大艺术家;在中世纪,一个野心者的理想是做一个会打抱不平的骑士或是一个埋头虔修的僧侣,文学家不成一个阶级。

但是中世纪耶教的苦行主义终于没有能使文艺完全窒息。连在教会里面,僧侣们在宗教典礼中扮演耶稣事迹,无形中养成近代戏剧的雏形;他们在夜饭后说故事,诵诗歌,以求在他们的单调生活中取得一点人生的乐趣,于是做成一些抒情诗。最重要的是当时有两大势力促成后来的精神的解放。一是条顿民族(史称为野蛮民族)的南侵,他们带来一股新生气,使渐就衰颓的老文化逐渐复苏。其次是多次的十字军东征使欧洲各地方民众多互相接触,同时使西方睁开眼睛看世界,从东方带回大量的文学材料与文学趣味。由于这些力量,尽管教会低视文学,文学在中世纪依然繁盛,决定当时文学特质的不是古典的传统而是社会状况。印刷还没有发明,所以书籍都是珍贵的抄本,不是民间所得见的,只有僧侣们才读得到。而且当时公认的写书的语文是拉丁,而拉丁也是僧侣的专利品，老百姓只会各地的方言。但是老百姓们尽管不能读书，不能用拉丁，而创作文学的只有他们。他们所用的语言就是通俗化的拉丁，当时叫做"浪漫"（roman），这种民间拉丁语在十一世纪至十三世纪之间流行于欧洲中南部。他们所用的材料大半是民间传说的故事。他们很少把作品写下来，只是在口头传诵，随传随改，一部作品在流传的时候就是在生展的时候，不像一部近代作品，作者定稿后就一成不变。所以这种作品真是属于民众的，不断生展的。这种作品大半属于两大类。一是"浪漫斯"，原义是用"浪漫"语作的传奇故事。这一类作品有用诗作的，也有用散文作的，内容大半歌咏骑士的战功与奇遇。法国的《罗兰之歌》以及英国的《亚瑟王传奇》都属于这一类。当时有一个职业阶级，就是"行吟诗人"，他们东西游行于权贵之门，借歌诵这种"浪漫斯"，博取衣禄。另一类是民歌，这比"浪漫斯"更平民化。民歌所歌咏的有时是很简单的爱情故事，有时是天灾人祸，有时是草泽英雄的行迹，也有时是迷信鬼神的传说。它们有一定的格律，字句很简朴，音节很和谐，大半可以歌唱。这两类作品是近代小说和抒情叙事诗的祖宗。它们的作者都不尊古典，当然不受古典规律的束缚，所以特色在自由流露，有生气，让情感尽量发泄，想象尽量驰骋。在近代人看，它们有时显得很离奇。就由于这些特色，它们后来促成了浪漫运动。

到了十二三世纪，封建制度开始衰颓，罗马帝国已成过去，近代国家渐露头角，东西交通因十字军东征而逐渐频繁，探险家开始做地理上的新发现，意大利的般洛掠，法国的巴黎，英国的牛津诸地方开始有大学，自由思想与研讨逐渐发达，古希腊的文哲名著由阿拉伯文转译回来，于是酿成所谓"文艺复兴"。就狭义说，文艺复兴是古典学问的复兴，就广义说，它是十三世纪到十六世纪欧洲人的精神解放的大运动。所谓"解放"就是解脱封建制度与僧侣制度所养成的那种风气的束缚。它反对苦行主义,愚民政策以及教会的专横,它要求人性的各方面的完全的谐和的自由的发展。总之,它回到希腊时代的现世主义与人本,它的伸张就是耶教的退屈。但是耶教在一千余年中已深入人心,它的影响是不会完全没落的。文艺复兴酿成了宗教本身的改革,耶教从十六世纪以后又以崭新的面貌出现。我们可以说:纪元二三世纪以前,欧洲的文化主要的是希腊罗马的文化;纪元三四世纪以后,它主要的是耶教的文化;一直到十三世纪以后文艺复兴时代,这两种本来相仇视的文化就开始合流了。复兴后的古典文化不复是希腊罗马时代那样的,而是吸收了耶教文化进去使内容更加深广的文化。

在历史上文艺复兴可以说是由中世纪到近代的桥梁。意大利诗人但丁就是在这桥头走的人物。他的杰作《神曲》就是糅合耶教文化与古典文化于一炉。就他以寓言体来表现中世纪天主教的神学来说,他还是中世纪的人物,就他追随罗马诗人维吉尔(不仅在游地狱与净土,在做诗方面也如此)来说,他是文艺复兴的先导。近代欧洲文化是离奇的混合,正如《神曲》一样。《神曲》是新精神爆发的第一声响,以后文艺复兴渐入高潮,文学在欧洲陡然又放出奇葩异彩。薄伽丘的《十日谈》,乔叟的《坎特伯雷故事集》,塞万提斯的《堂吉诃德》,拉伯雷的《巨人传》,蒙田的《随笔集》,以及莎士比亚的剧本都是在这个新潮流之下产生的。在这些作品里面,我们开始遇见所谓"近代人",以他的独立自由的个人的资格生存,思想,奋斗,不复是一个封建地主或教会的属物。他对于人世的丑拙乖讹方面敢讥嘲抨击,对于人生的悲欢离合的事态肯作深一层的探掘。他生在现世,觉得现世所有一切好东西不是可鄙弃摧残的,而是可欣喜追求的。这种人生态度的改变确是欧洲史上一件大事。

但是这种成就与其说归功于古典学问的复兴,无宁说归功于一般的精神的解放。在文艺复兴时代,欧洲人实在并不曾了解古典学问。他们多数人像但丁一样,只知道一些拉丁作家,对于希腊作家始终是隔膜的。亚理士多德的《诗学》虽是从阿拉伯文翻译回来的,已几经割裂,又被误解,他从希腊文学所抽绎出来的原则被认为金科玉律。因此,到了十六七世纪,对于古典的不完全不正确的知解反成为文学的桎梏。作家们都深信文学必须遵从规律,模仿古人,信任理智与常识,不能凭情感和想象自由发泄。结果于是有所谓"新古典"期。"新古典"实在是"假古典",最光辉灿烂的成就是在法国,像高乃依和拉辛那一班人;他们所模仿的是拉丁古典而不是希腊古典,所谓"取法乎中,仅得其下"。

　　假古典主义是一种假山笼鸟,对于自然加以不自然的歪曲。这种歪曲当然是不能长久的,所以到了十八世纪后半叶,文艺复兴的真精神又重新焕发,成为所谓"浪漫运动"。"浪漫运动"是一种"反抗",就是反抗假古典派的规律;它也是一种"还原",就是还原到中世纪传奇故事与民歌所表现的深挚的情感与丰富的想象,再进一步还原到希腊古典的自由与和谐。英国批评家佩特说浪漫运动是"浮士德与海伦的结婚",实在譬喻得很精妙。浮士德是中世纪的幻想与热情的结晶,而海伦是希腊的形式美的代表。歌德在他的诗剧中让浮士德与海伦结婚,已隐然替浪漫主义下了定义了。如果我们记起历史的绵续性,浪漫运动可以说是文艺复兴的顶点,所以有人称它为"第二文艺复兴"。它有几个特色。第一是重情感与想象而轻理智与常识。第二是富于极端的唯我的色彩,理想高而事实不能凑合,于是悲观的色彩也很浓厚。第三是崇拜自然,想由自然而进到超自然的秘奥,于是采取所谓"泛神观"。在这几个特色上,卢梭都是开风气的人。他的《新爱洛绮丝》赤裸裸地表现热烈的爱,《民约论》极力维护个人的人权,《爱弥儿》首先提出"回到自然"的口号。他直接地掀动十八世纪的法国革命，间接地掀动二十世纪的俄国革命。所以他不但是"浪漫运动的祖宗"，也是近代史的开创者。在这浪漫运动期，欧洲各国文学又达到一个大顶点（欧洲文学大约有四大顶点，一是伯里克理斯时代的希腊，一是奥古斯都时代的罗马，一是文艺复兴时代的意大利、法兰西、西班牙与英格兰，最后就是十九世纪的浪漫期），其中成就最大的是抒情诗与小说。就作家论，成就最大的是歌德。在《浮士德》诗剧中他表现出"近代人"的新人生观，人生要在继续的"活动"中实现。在他以前，柏拉图的最高的人生理想为"静观"，但丁在《神曲》中也还是那样想。他以浪漫主义开始，以古典主义归宿，算是把浪漫诗人的热情与古典诗人的静穆铸于一炉，所以他在欧洲文化上是一个集大成者。

浪漫运动在十九世纪后叶激起一个强烈的反动，就是写实主义。它所标的宗旨是"不动情感"，重"冷静的客观"，"搜集证据来"。在表面上这些信条恰针对浪漫主义而走到相反的极端，其实它和浪漫主义还是同出于一个祖宗，就是文艺复兴运动所要复兴的希腊精神，不过浪漫运动侧重自由表现的一方面，而写实主义则侧重科学的客观态度一方面。这一方面的希腊精神愈伸张，而耶稣教所代表的文化力量也就愈薄弱。但是人终于是有情感爱想象的动物，勉强要情感与想象窒息，而完全信任冷酷的理智，人终不免嗒然若有所丧，近代诗所表现的彷徨不安的神情就起于此。

（载《益世报·文学周刊》第 15 期，1946 年 11 月 16 日）

克罗齐

　　从柏格荪去世以后，欧洲的年纪最高的而且也许成就最大的哲学家要算克罗齐（Benedetto Croce）了。他在 1866 年生在意大利阿奎拉城邦一个望族，今年已 81 岁。他早年肄业罗马大学，学历史，哲学和文学。毕业后他回到那不勒斯，费了 6 年工夫搜集这个历史名城的文献。这是他研究历史的起点。以后他由那不勒斯推广到全意大利，由意大利再推广到全欧洲。他的贡献很多，在史学界最著名的著作是《十九世纪欧洲史》。

　　但是他的最大的成就在哲学。他的舅父斯巴芬陀（B. Spavento）是著名的黑格尔派哲学家，所以他从早年就受黑格尔的影响。他的哲学可以说是由发挥和纠正黑格尔哲学而成的新唯心主义。他的主要的著作是四大部"心灵的哲学"，就是（一）《美学》，（二）《逻辑学》,(三)《实用活动的哲学》,(四)《历史学》。他认为宇宙的进展就是心灵活动的进展,物由心造,心外无物。心灵活动可分四大阶段。最基本的是直觉,即对于个别事物形相的知识,进一层是概念,即对于诸事物的关系的知识,这两种知的活动相当于艺术与哲学,它们所要探求的是美与真,《美学》和《逻辑学》两部书就讨论这两种知的活动。有知才能有行,行是比知进一层的心灵活动。行就是他所谓"实用活动"。这也分两阶段。最基本的实用活动是经济的,目的在追求个人的利益;进一层是道德的,目的在追求公众的利益。这就是益与善两种价值的分别。《实用活动的哲学》就讨论经济与道德两种活动。这四阶段活动——直觉,概念,经济,道德——是一层比一层高。低一层的活动可独立,例如艺术先于哲学,可离哲学而独立;高一层的活动必包含而且依据低一层的活动,例如哲学却不能离艺术而独立。知与行的关系如此,经济与道德的关系也如此。但是知生行,行又生知,因为行供给知的材料。知生行,行又生知,循环无端,这就是心灵活动的生展,也就是真实世界的生展,也就是历史的生展。因此,历史就是哲学。克罗齐的第四部"心灵的哲学"——《历史学》,就讨论这方面问题。他的重要的历史学说是:凡是历史都是现时的,因为任何历史事件都受当时的整个历史情境决定,而当时整个历史情境是整个过去史所形成的。过去还活在现在里。

在现在思想中发生影响最大的是他的《美学》。在一般人看,克罗齐主要地是一个美学家和文艺批评家。从 1903 年起,他创办了一种文史哲方面的刊物,叫做《批评》(La Critica)。这是欧洲的数一数二的权威刊物。克罗齐的许多论文都在这里发表。此外写了许多文学批评的著作,重要的是《但丁的诗》,《莎士比亚》,《歌德》,《诗与非诗》等等。

克罗齐的家境颇宽裕,所以无须借职业谋生活,一生都做学术的工作。在法西斯未上台以前,他做过意大利的教育部长。墨索里尼执政以后,他退休了,而且因为不肯发效忠于法西斯政府的誓,被意大利学院除名了。像一切真正爱好学术的人们一样,他始终拥护自由主义。他是一个彻底理性主义者,对于宗教也始终取仇视的态度。他生得颇丑,可是一向很健康。现在他以八十余龄的老翁还新建立了一个史学研究所,招徕各国学者研究史学与哲学的问题。我们以最虔敬的心情遥祝他在世间多活一些年代,完成他的伟大的工作。

附注 这是一个极简略的介绍。本人曾经写过一部《克罗齐哲学述评》,比较详细,将由中国哲学编辑会出版。

(载《大公报》,1947 年 5 月 21 日)

欧洲书牍示例

　　在另外一篇文章里我已谈过中国书牍（见《文学杂志》三卷一期），原想再写一篇谈西方书牍以资参较，但是把材料搜集起来，真有"一部二十四史从何说起"之感。从罗马时代一直到现在，西方作者以书牍著名的多得简直不可胜数，而且西方人一向看重书牍这个艺术，凡是值得读的信札大半都印行出来了，一个人可以有几厚册之多。这究竟如何谈呢？谈中国书牍，我们不必处处征引原文，读者可以自己依着所谈到的去翻阅原著，至于西方书牍还没有一部好的选译本，读者对于它们是陌生的，只是一些人名书名决不能引起兴趣。但是谈到书牍，西方的又不能置之不谈，它们有许多优点是中国书牍所没有的。中国书牍，像我们已经谈过的，不是取法于六朝骈俪，就是取法于唐宋古文，如踩高跷行路，如拉腔调说话，都难免有几分做作；西方书牍就不然，它们自古就奠定了一种家常亲切的风格，有如好友对面谈天，什么话都可以说，所谓"称心而言"，言无不尽。我们读这种书牍，不但对于所说的事情一目了然，而且对于作者的性格和写信时的兴致都有一个活跃的印象。书牍的功用本来是代替面谈，必须有这种家常亲切的风味才能引人入胜。我们如果多读一些西方杰作，或许可以矫正中国书牍已往那种板面孔拉腔调的习气。所以这题目虽是难谈，却仍不能不谈。既不能原原本本地谈，我想最简便的办法是选择三两篇代表的书牍，就它们略加释评。这虽是以一斑窥全豹，究竟还比凭空立论较能给读者一个具体的印象。我选的三篇是西塞罗写给庇塔斯的，塞维尼夫人写给她的女儿的，和济慈给赫塞的。第一篇代表纪元前一世纪的罗马，第二篇代表十七世纪的法国，第三篇代表十九世纪的英国。时代，国籍，性别以及信的内容都各各不同。为了篇幅限制，长信无法采入。本文的用意只在让读者知道一点西方书牍的风味，因而引起多阅读这类作品的兴趣。

一　西塞罗给庇塔斯的信

据圣茨伯里（Saintsbury）的看法，欧洲书牍达到文艺的地位是从罗马时代起。罗马人特重演说修词，因为在他们的民主政体中，这是获取政权的敲门砖。尤其是在纪元前一世纪左右，罗马在鼎盛时代，文艺的发达登峰造极，书牍的素质也因之提高。当时书牍圣手有两人，一是西塞罗（Cicero），一是普林尼（Pliny），就中西塞罗尤其是首屈一指。西塞罗凭他的演说的才能一跃而为罗马三执政之一，周旋于凯撒与庞培之间，在当时算是一位风云人物。他最为世人所推重的当然是他的演说词和哲学对话，但是他的信札现存的还有八百封之多，在他的作品中也占很重要的地位。现在姑译他写给庇塔斯（Papirius Paetus）的一封为例：

你的信给我双重的欣慰：它不仅叫我顶开心，而且也证明贵恙已康复，才能像你向来那样高兴热闹。你拿我来开玩笑，我倒不怪，本来我屡次向你挑衅，理应惹起你这一次的严酷的讥嘲。我只抱歉我为事所阻，不能如原来所打算的来登门造访，来做尊府的一分子，不仅做一个客，我若是真来了，你会看出我和从前大不相同了，那时候你老是拿败味的点心来塞我。现在我却谨慎地留肚子赴筵席，顶豪气地冲过来到面前的每一盘菜，从打前锋的鸡蛋一直到殿军的烤牛肉。你从前所夸奖的那位节约的不耗费的客人现在已过去了。我对爱国志士的一切忧虑都完全告别，并且和我的过去主张的仇敌合伙了：总之，我已经变成一个十足的享乐派哲学家了。可是你却不要以为我赞成近代宴享的流行风气，只图无抉择的丰盛，我们赏识的是较秀雅的奢豪，像从前你在经济状况较好时所常摆出的，不过当时你的田产也并不比现在多。所以请你准备着依这种情形来款待我，请记起你所款待的那一位不仅有顶大的食量，而且对于"食不厌精"的道理，让我告诉你，也很懂得一点，你明白，凡是晚来才动手研究任何一种艺术的人通常都带有一种特别的自足的神气。所以你不会觉得奇怪，如果我告诉你须把你的那些饼子和甜食扔掉，那些东西在一切时髦的菜单里现在已经完全不适用了。我对于吃的学问确实已很内行，所以常敢请你的那批讲究精致的朋友像 V 和 C 那样雅人来吃饭。还不仅此，我还更大胆，我请过霍提斯（注：当时著名的讲究吃的人）本人来吃晚饭，不过我得承认，我还不曾前进到请他吃孔雀。说句老实话，我的老实的厨夫还没有本领能仿制他的那种盛馔，只能仿制他的烟薰汤。

关于我的生活情状，我可以约略奉告。在早晨头一部分时间我会晤来问候的客人，其中有垂头丧气的爱国志士，也有欢天喜地的胜利者，后一批人待我尤其敬礼有加。这套礼节完了，我就退到我的书房，看书或是写作。这里我往往被一群听众包围着，他们把我看成一位顶有学问的人，也许只是因为我还不像他们自己那样愚昧。此外的时间我都花在与学问无大关系的事情上。我对我的不幸的国家已忧愁够了，我为着国家的苦难太息流涕，还胜过慈母哭独子的夭亡。

因为你想防备你所储藏的酒肴落到我的手里，我请你加意珍卫。我丝毫不客气地抱定了决心，不让你托病拒绝我"揩你的油"。祝你安好。

这是一封敲朋友竹杠要他请客的信。我们要记起西塞罗已经当过罗马执政，文学声誉满天下，而且是年近老迈的人，看他的那副诙谐口吻简直像一个血气方刚的热心于酒食游戏相征逐的少年。罗马人讲究生活安逸的风气，友朋宴享的情形，以及西塞罗自己的性格，他的自足和自恃，他对于文艺的勤勉以及他对于政治的灰心，在这封短简里都表现得很明显。最难得的是他不扮面孔，不摆架子，不打官话，自己站在一个平常人的地位，把对方也当作一个平常人，和他不拘形迹地谈家常话，读之如闻其语，如见其人。西塞罗的时代是纪元前一世纪，约当于中国西汉武昭时代。我们把西汉书牍和他的书牍相较，他的就"近代的"多，第一是他的话不那样简约，其次是他的口吻不那样古板正经。他比较富于"人气"，也比较富于现实性。我们觉得他不是另一个圈子中人，和我们平常人比较接近。他替欧洲书牍奠定了亲切家常的正轨，一直到现在，欧洲书牍作者从来没有抛弃这个正轨，走到类似中国骈俪或古文的那种弯曲的途径。

二　塞维尼夫人给她的女儿的信

如果一国书牍只推出一个选手，在任何国家这都不易办到，可是在法国推出塞维尼夫人（Madame De Sevigne）大概不会引起异议。她没有旁的著作，她写过四十多年的信，而这些信在法国书牍中是一座最高的纪念坊，有许多条件使她成为书牍圣手：她生在路易十四时代，那是文学风气最盛的时代；她生在贵族，受过很理想的教育，会写文章，也熟悉她所写的材料——当时朝廷中的轶闻；写信代替面谈，擅长谈话的人往往也擅长书牍，十七八世纪欧洲人最讲究谈话的艺术，尤其是"沙龙"中的贵妇；塞维尼夫人有一个最宠爱的女儿嫁到法国一个偏僻的城市，当时报章未发达，她须天天把巴黎的新闻传给爱女。有了这些因缘她于是在高乃依，拉辛，莫里哀诸人所照耀的文坛分得一席，现在就她给女儿的信中摘译一封最为人所熟知的：

> 女儿，许多年以前的今天，有一个人来到这世间，注定了要爱你甚于爱一切，请你不用左猜想，右猜想，那人就是我自己（注：这封信是 1674 年 2 月 5 日写的，正逢塞维尼夫人的生辰）。过去三年，我受尽生平最大的痛苦：你离开我到普罗温斯，现在你还留在那里。如果我要历陈别来一切的苦楚，我的信就会很长。……今天我提笔给你写信，比平日稍早一点。C先生和 M 小姐在这里，我请他们吃了饭，我要去听摩利的一部小歌剧……
>
> 冉恩的主教昨天由圣觉曼地方回来，走得顶快，简直像一阵旋风，他自以为是一个了不起的大人物，他的随从们更以为他是这样。他们通过浪特尔（注：巴黎赛因河区），鞳拉，鞳拉，

鞈拉！他们碰着一个人骑着马，卡达，卡达（注：鞈拉状车轮声，卡达状马蹄声）！这位可怜的家伙想让路，可是他的马不肯；结果车子和六匹马把那单人单马撞倒，就从人马身上滚过，人马正在车下，弄得那车子翻来复去，在这时候那单人单马不想拿被碾断肢体来开心，奇巧得很，爬了起来，人骑上马，一溜烟似地尽往前跑，主教的仆人和车夫，连主教自己，都大声号喊："站住，让这王八蛋站住，打他一百鞭！"主教谈起这件事，还说："若是我抓住这个坏东西，我一定砍断他的胳膊，割去他的耳朵"……

以后是一些普通问讯的话。这封信与西塞罗的信在家常亲切上又进了一步。西塞罗还有意做文章，把许多话故意说得俏皮；塞维尼夫人写就恰如谈话，像一个多话的老太婆谈话，只要是她觉得有趣的，无论大事小事，都拉杂地扯在一起，说得唠叨不休。可是她也是一个有训练的谈话家，尽管无意做文章，而文章仍是写得干净而生动。看她叙述主教车撞翻人马那一段，用很简单的几句话把一幕喜剧以及剧中人物写得多么活灵活现！同时她对于主教的讽刺既委婉而又尖锐，我们可以想象到她的微笑，她的活泼伶俐的贵妇的面孔，以及那副面孔所表现的心灵。通常人写信如罗列文字，总是苦于无话可说；真正会写信的人会发现到处都是可说的话，俯拾即是：甚至不值得说的话他们也会说得津津有味。塞维尼夫人的信就是如此。女人的感觉通常都比较细腻，女人的话通常也比较唠叨琐碎，这种特点最宜于家常亲切的书牍，所以西方有许多有名的书牍家都是女人。

三 济慈给赫塞的信

依一般见解,英国书牍的鼎盛时代是十八世纪,一则因为那是英国散文的黄金时代,一则因为当时谈话与写信都是很流行的消遣,作家对此都很讲究。有名的书牍家如蒙特遴夫人,蒲伯,斯威夫特,格雷,华尔浦尔,柯珀诸人的作品都是一般人所爱读的。我们在这里不在十八世纪选代表,因为当时英国书牍像一般文学一样,受法国的影响很深,他们的特点与优点在塞维尼夫人所代表的那种风格中都已经见出,那就是轻便活跃,偏重浮面的人事的描写与叙述。我们想说明欧洲书牍的一个较新的方向,就是主观的,内省的,沉思的那个方向(在近代小说,诗,日记乃至于戏剧各种体裁中都有这种倾向),所以选择诗人济慈(Keats)给赫塞的一封。济慈的长诗《月神曲》出版以后,大受守旧派批评家攻击,有人公布两信替他辩护,他的好友赫塞(Hessey)把这些信寄给他看,他回了这封信:

> 我对替辩护的那些先生们不能不感激,此外咧,我对自己的短长得失已开始有一点认识。——若是一个人对于美有不分彼此的爱好,使他对于他自己的作品成为严厉的批评者,世间毁誉对于他就只能如过眼云烟。我的自我批评所给我的苦痛是远非《黑树》和《季刊》(注:攻击济慈的两个杂志)的攻击所能比拟的。——也就为着这个缘故,我如果觉得自己对,旁人赞赏也不能给我像我私自欣赏真正好的东西时所感到的那种快慰,某君关于不修边幅的《月神曲》的话全是对的。它是如此,却不是我的过错。不是! 这话听起来虽然有一点离奇。我的能力只能做到那样好——单凭我自己来做。——如果我

勉强求它完美,因而请人指教,战战兢兢地写每一页,它就不会写成;因为暗中摸路并不是我的本性——我要独立自主地写作。已往我独立自主地无审辨地写作,此后我可能独立自主地有审辨地写作。诗的精灵必须在一个人身上找到它自己的解救。它所借以成熟的不是法律和教条,而是感觉和醒觉本身。——是创造的东西就须创造它本身。在《月神曲》里我抱头直跳进大海,因此我摸熟了其中的深浅,流沙和礁石;如果我停留在青葱的海岸上,吹一支空洞的笛子,喝茶,采纳舒适的忠告,我就不能摸熟这些,我从来不怕失败:我宁愿失败,不愿不厕身于最伟大的作者之林。但是我一说话近于说大话了,罢了,请致意 T 与 W 诸君。

拜伦曾经散播了一种谣言,说济慈是被批评家们气死的。读了这封信,我们就知道那些是谣言,也就知道济慈是怎样坦白,镇定,谨严,冥心孤往,只知效忠于诗而不顾忌世人的毁誉。他要冒险深入,宁愿失败而不愿做些看来没有毛病而实肤浅轻巧的作品来博好评。在这短短的一封信里我们可以看出他的心的光与力以及他的独立不倚的诗艺主张。他不作态——有意谦虚或是有意骄傲——他只坦率地恰如其分地说明他的见地,同时也显出他的心境,而那心境是与杜甫写"文章千古事,得失寸心知"两句时的心境略相仿佛。济慈对于诗下过极刻苦的工夫,他在这里是以过来人的资格自道甘苦,所以看来虽是冷淡,却仍极亲切。拿这种语言来比较中国许多谈诗文的书牍,我们就会觉得那些皇皇大文常不免有"门面语"。

以上寥寥三例在欧洲书牍中只是太仓一粟,但是欧洲书牍的风味于此可略见一斑。它们的特色,像我们已经一再指出的,是家常亲切,平易近人。这特色的成因大抵有两种:第一是欧洲文与语的界限不像在中国那样清楚,写的和说的比较接近,所以自然流露的意味比较多;其次是欧洲人的性格比中国人较直率坦白,没有那么重的"头巾气",有话就说,说就说一个畅快,不那么吞吞吐吐,装模作样的。这种作品对于史学家往往是很可宝贵的文献,对于心理学家也是了解个性所必依据的资料。不仅是对于爱好文艺者是一种富于兴趣的读品,它们的性质与日记最相近;像日记一样,它们的形式常为小说家所利用。欧洲有几部极著名的小说都是用书信体裁写成的,卢梭的《新爱洛绮丝》,理查逊的《克拉丽莎》(Clarisa Harlowe),以及歌德的《少年维特之烦恼》都是著例。

不过欧洲书牍的黄金时代似已过去。这有几种原因:近代生活忙迫,没有那么多的闲暇谈不关重要的话;报章发达,许多新闻用不着借私信传递;邮电工具进步,近地方可以通电话,远地方可以打电报,写信的必要就去了一多半,而且近代人面前都有一座打字机,对着打字机写信总不免有几分"公事"意味,信笔直书的那种情调和气氛那就荡然无余了,这当然也叫书信减色不少,在近代文明中许多人情味道深厚的东西都逐渐衰谢或冲淡,书牍即其一端。

(载《天津民国日报》,1948 年 6 月 14 日)

补充的意见

——在剧协召开的座谈会上的发言

我对戏剧是外行,不但没演过戏,看的也不多。

《狄德罗的〈谈演员的矛盾〉》这篇文章的发表经过是这样的:我在学校教书,给一些青年教师上文艺理论课,写讲稿写到启蒙运动时期的狄德罗,其中有一部分牵涉到演员问题。恰好《人民日报》来要稿子,手头没有稿子,就把这一段挖出来给他们发表了。事先没想到戏剧界有这么大的反应,我很为戏剧界对理论问题的严肃态度所感动。

今天来,主要是学习。因为我一向在书房里搞理论,脱离实践,刚才听了一些名演员的发言得到了教育,启发很大。

对刚才大家提的意见还没有很好地消化。觉得大家的主张是演员的表演不能全靠理智,还要靠情感。事实上,狄德罗的意见和大家所谈的,并不见得相差很远。如果大家认为相差很远的话,那么过错不在狄德罗,而在于我这个介绍人身上。我对狄德罗的介绍有片面的地方,借这个机会,也想解释一下。

先谈翻译上的两个问题。

法文 paradoxe 的原意很难翻译,它既有似是而非的意思,又有似非而是的意思,当时想来想去,只想到"矛盾"这个词。这样翻译是不忠实的,可是直到今天也还想不出更妥当的译法。

另外,刚才方珪德同志提出"分享"的问题。外文 participate 可译"分享",也可译"参与",意思是说演员亲身经历到角色的感情生活,比如他哀我也哀,他喜我也喜。这可算是体验派吧!这与唯美派享乐主义无关。

刚才大家的发言集中到一点上,就是演员表演时不能全靠理智,必须要有内心生活,即所谓"诚于中,而后形于外"。关于这一点,我在文章结论中所表示的意见,和大家基本上是相同的,我对狄德罗的意见也不太满意。不过,狄德罗是把排练和表演分成两个过程的。狄德罗所说的不依靠感情,用理性控制来表演是指演出过程而言,因为这时人物已基本定型了,"理想的范本"已经塑造出来了,就可以一次次地"复演"。而在排练过程中,狄德罗是重视感情的,他主张要下很大功夫,去亲身体验角色的内心生活,经过仔细琢磨后才把范本定下来。狄德罗在文艺思想方面是非常强调情感的,启蒙运动的领袖们一般是强调情感重要性的。不过,他在重视情感中也有这样的看法,他说人在激烈的感情中不可能产生艺术,比如看见所亲爱的人死去的时候,心里很悲痛,这时不可能写诗挽他。要等到感情逐渐平静下来之后,经过回味,才可能产生艺术,这也可以说是"痛定思痛"。这看法是否对,是另外的问题,但从此可看出他并不抹煞情感的。这是要交代的一点。

其次是生活问题。狄德罗的整个思想是非常重视生活的。早在十八世纪他就很明确地提出戏剧演员和一般文艺工作者要下乡，和农民一起过活。这种主张在过去是很少见的。所以在创造人物形象必须有生活基础这一点上，他的意见和大家的距离也并不远。关于以上两点，我在《光明日报》上介绍狄德罗对于自然与艺术的看法一文里说得比较详细，所以在《狄德罗的〈谈演员的矛盾〉》里就没有谈。

值得讨论的是狄德罗把情感和生活的作用摆在排练过程中，放在塑造理想的范本的过程中，不是在整个表演过程中，他的缺点是把理智的控制作用绝对化了，片面化了。但这主张是否也有部分真理呢？我觉得还可再讨论一下。今天大家多从创作实践方面谈了许多意见，这很可宝贵。我只想提一个问题，是否所有的演员都是一个类型？就我从书本中的记载来看，有一些演员的表演和狄德罗的理论还是相近的，当然也未必完全一样。总之，我觉得在演出中演员适当地控制自己的感情是否还有它对的一面，还值得讨论。

我感谢大家提了许多宝贵的意见，这些意见都是从实践中来的，可以帮助我纠正错误的看法。

（载《戏剧报》第七、八期合刊，1961 年 4 月）

文学的比较研究①

　　做一切科学工作,都免不了要比较,或者相关的问题比较,或者发现了问题来比较。说比较,不外是两个方面:纵的,文化遗产有什么,哪些是应该继承的;横的,各民族的相互影响,接受了什么外来的东西。我想,真正的研究一定要看这纵的传统和横的影响。这样,比较文学的范围就应当非常宽,不能狭窄。我过去在国外,搞过"拜伦在希腊"这个题目,就是用比较的方法,研究拜伦给希腊什么影响,他本人又受到什么影响。

---

　　① 为促进比较文学研究并交流学术思想,《读书》编辑部和北京大学比较文学研究会于 1982 年 6 月 28 日邀请北京部分教授和研究工作者召开座谈会,1982 年 9 月,《读书》第九期发表了部分与会者座谈发言,题为《比较文学的理论与实践》。这是作者在会上的发言,标题为原安徽教育出版社《全集》编者所加。——编者注

我们既要对自己的文化传统多下功夫，又要睁开眼睛看世界，通过比较文学的研究，我相信，一定会对我们的文学发展产生很大的影响。

（载《读书》第九期，1982 年 9 月）

欣慨室美学散论

两种美

　　自然界事事物物都是理式的象征，都是共相的殊相，像柏拉图所比拟的，都是背后堤上的行人射在面前墙壁上的幻影。科学家、哲学家和美术家都想揭开自然之秘，在殊相中见出共相，但是他们的出发点不同，目的不同，因而在同一殊相中所见得的共相也不一致。

　　比如走进一个园子里，你抬头看见一只老鹰坐在苍劲的古松上向你瞪着雄纠纠的眼，回头又看见池边旖旎的柳枝上有一只娇滴滴的黄莺在那儿临风弄舌，这些不同的物件在你胸中所引起的情感是什样的呢？依科学家看，松和柳同具"树"的共相，鹰和莺同具"鸟"的共相，然而在情感方面，老鹰却和古松同调，娇莺却和嫩柳同调；借用名学的术语在美术上来说，鹰和松同具一个美的共相,莺和柳又同具一个美的共相,它们所象征的全然不同。倘若莺飞上松顶,鹰栖在柳枝,你登时就会发生不调和的感觉,虽然为变化出奇起见,这种不伦不类的配合有时也为美术家所许可的。

自然界有两种美:老鹰古松是一种,娇莺嫩柳又是一种。倘若你细心体会,凡是配用"美"字形容的事物,不属于老鹰古松的一类,就属于娇莺嫩柳的一类,否则就是两类的混和。从前人有两句六言诗说:"骏马秋风冀北,杏花春雨江南。"这两句诗每句都只提起三个殊相,然而可象征一切美。你遇到任何美的事物,都可以拿它们做标准来分类。比如说峻崖,悬瀑,狂风,暴雨,沉寂的夜或是无垠的沙漠,垓下哀歌的项羽或是床头捉刀的曹操,你可以说这是"骏马秋风冀北"的美;比如说清风,皓月,暗香,疏影,青螺似的山光,媚眼似的湖水,葬花的林黛玉或是"侧帽饮水"的纳兰,你可以说这是"杏花春雨江南"的美。因为这两句诗每句都象征一种美的共相。

这两种美的共相是什么呢? 定义正名向来是难事,但是形容词是容易找的。我说"骏马秋风冀北"时,你会想到"雄浑","劲健",我说"杏花春雨江南"时,你会想到"秀丽","纤秾";前者是"气概",后者是"神韵";前者是刚性美,后者是柔性美。

刚性美是动的,柔性美是静的。动如醉,静如梦。尼采在《悲剧之起源》里说艺术有两种,一种是醉的产品,音乐和跳舞是最显著的例;一种是梦的产品,一切造形的艺术如诗如雕刻都属这一类。他拿光神阿波罗和酒神狄俄倪索斯来象征这两种艺术。你看阿波罗的光辉那样热烈么? 其实他的面孔比渴睡汉还更恬静,世界一切色相得他的光才呈现,所以都是他在那儿梦出来的。诗人和雕刻家的任务也和阿波罗一样,全是在造色相,换句话说,全是在做梦。狄俄倪索斯就完全相反,他要图刹那间的尽量的欢乐。在青葱茂密的葡萄丛里,看蝶在翩翩的飞,蜂在嗡嗡的响,他不由自主的把自己投在生命的狂澜里，放着嗓子狂歌，提着足尖乱舞。他固然没有造出阿波罗所造的那些恬静幽美的幻梦，那些光怪陆离的色相，可是他的歌和天地间生气相出息，他的舞和大自然的脉搏共起落，也是发泄，也是表现，总而言之，也是人生不可少的一种艺术。在尼采看，这两种相反的美熔于一炉，才产出希腊的悲剧。

尼采所谓狄俄倪索斯的艺术是刚性的，阿波罗的艺术是柔性的，其实在同一种艺术之中也有刚柔之别。比如说音乐，贝多芬的第三合奏曲和《热情曲》固然像狂风暴雨，极沉雄悲壮之致，而《月光曲》和第六合奏曲则温柔委婉，如悲如诉，与其谓为"醉"，不如谓为"梦"了。

艺术是自然和人生的返照，创作家往往因性格的偏向，而作品也因而畸刚或畸柔。米开朗琪罗在性格上和艺术上都是刚性美的极端的代表。你看他的"摩西"！火焰有比他的目光更烈的么？钢铁有比他的须鬓更硬的么？你看他的"大卫"！他那副脑里怕藏着比亚力山大的更惊心动魄的雄图吧？他那只庞大的右臂迟一会儿怕要拔起喜马拉雅山去撞碎哪一个星球吧？亚当是上帝首创的人，可是要结识世界第一个理想的伟男子，你须得到罗马西斯丁教寺的顶壁上去物色，这一幅大气磅礴的创世纪记，没有一个面孔不露着超人的意志，没有一条筋肉不鼓出海格立斯的气力。对这些原始时代的巨人，我们这些退化的侏儒只得自惭形秽，吐舌惊赞。可是凡是娘养的儿子也都不免感到一件缺憾——你看除"德尔斐仙"（Delphic Sibyl）以外，简直没有一个人像女子！你说那位是夏娃么？那位是马妥娜么？假如世界女子们都像那样犷悍，除着独身终身的米开朗琪罗以外的男子们还得把头馨低些呵！

雷阿那多·达·芬奇恰好替米开朗琪罗做一个反衬。假如"亚当"是男性美的象征，女性美的象征从"密罗斯爱神"以后，就不得不推《蒙娜丽莎》了。那庄重中寓着妩媚的眼，那轻盈而神秘的笑,那丰润而灵活的手,艺术家们已摸索了不知几许年代,到达·芬奇才算寻出,这是多么大的一个成功! 米开朗琪罗画"夏娃"和"圣母",像他画"亚当"一样,都是用他雕"大卫"和"摩西"的那一副手腕,始终脱不去那种峥嵘巍峨的气象。达·芬奇的天才是比较的多方面的,他的世界中固然也有些魁梧奇伟的男子,可是他的特长确为佩特所说的,全在"能勾魂"(fascinating),而他所以"能勾魂",则全在能摄取女性中最令人留恋的特质表现在幕布上。藏在日内瓦的那幅《圣约翰授洗者》活像女子化身固不用说,连藏在卢佛尔宫的那幅《酒神》也只是一位带醉的《蒙娜丽莎》。再看《最后的晚餐》中的耶稣! 他披着发,低着眉,在慈祥的面孔中现出悲哀和恻隐,而同时又毫没有失望的神采,除着抚慰病儿的慈母以外,你在哪里能寻出他的"模特儿"呢?

　　中国古代哲人观察宇宙似乎都全从美术家的观点出发,所以他们在万殊中所见得的共相为"阴"与"阳"。《易经》和后来纬学家把万事万物都归原到两仪四象,其所用标准,就是我们把老鹰配古松,娇莺配嫩柳所用的标准,这种观念在一般人脑里印得很深,所以历来艺术家对于刚柔两种美分得很严。在诗方面有李、杜与王、韦之别,在词方面有苏、辛与温、李之别,在画方面有石涛、八大与六如、十洲之别,在书法方面有颜、柳与褚、赵之别。这种分别常与地域有关系,大约北人偏刚,南人偏柔,所以艺术上的南北派已成为柔性派与刚性派的别名。清朝阳湖派和桐城派对于文章的争执也就在对于刚柔的嗜好不同。姚姬传《复鲁絜非书》是讨论刚柔两种美的文字中最好的一篇,他说:

　　　　自诸子而降,其为文无有弗偏者。其得于阳与刚之美者,则其文如霆如电,如长风之出谷,如崇山峻崖,如决大河,如奔骐骥;其光也如杲日,如火,如金镠铁,其于人也如凭高视远,如君而朝万众，如鼓万勇士而战之。其得于阴与柔之美者，则其文如升初日，如清风，如云，如霞，如烟，如幽林曲涧，如沦，如漾，如珠玉之辉，如鸿鹄之鸣而入寥阔；其于人也漻乎其如叹，邈乎其如有思，暖乎其如喜，愀乎其如悲。观其文，讽其音，则为文者之性情形状举以殊焉。

统观全局，中国的艺术是偏于柔性美的。中国诗人的理想境界大半是清风皓月疏林幽谷之类。环境越静越好，生活也越闲越好。他们很少肯跳出那"方宅十余亩，草屋八九间"的宇宙，而凭视八荒，遥听诸星奏乐者。他们以"乐天安命"为极大智慧，随贝雅特里奇上窥华严世界，已嫌多事，至于为着毕尝人生欢娱，穷探地狱秘奥，不惜同恶魔定卖魂约，更讥不安分守己了。因此，他们的诗也大半是微风般的荡漾，轻燕般的呢喃。过激烈的颜色，过激烈的声音，和过激烈的情感都是使他们畏避的。他们描写月的时候百倍于描写日；纵使描写日，也只能烘染朝曦九照，遇着盛夏正午烈火似的太阳，可就要逃到北窗下高卧，做他的羲皇上人了。司空图《二十四诗品》中只有"雄浑"，"劲健"，"豪放"，"悲慨"四品算是刚性美，其余二十品都偏于阴柔。我读《旧约·约伯记》，莎士比亚的《哈姆雷特》，弥尔顿的《失乐园》诸作，才懂得西方批评学者所谓"宇宙的情感"（cosmic emotion），回头在中国文学中寻实例，除着《逍遥游》，《齐物论》，《论语》"子在川上"章，陈子昂《幽州台怀古》，李白《日出东方隈》诸作以外，简直想不出其他具有"宇宙的情感"的文字。西方批评学者向以 sublime 为最上品的刚性美，而这个字不特很难应用来说中国诗，连一个恰当的译词也不易得。"雄浑"，"劲健"，"庄严"诸词都只能得其片面的意义。中国艺术缺乏刚性美在音乐方面尤易见出，比如弹七弦琴，尽管你意在高山，意在流水，它都是一样单调。

抽象立论时,常容易把分别说得过于清楚。刚柔虽是两种相反的美,有时也可以混合调和,在实际上,老鹰有栖柳枝的时候,娇莺有栖古松的时候,也犹如男子中之有杨六郎,女子中之有麦克白夫人,西子湖滨之有两高峰,西伯利亚荒原之有明媚的贝加尔。说李太白专以雄奇擅长么?他的《闺怨》,《长相思》,《清平调》诸作之艳丽微婉,亦何减于《金筌》,《浣花》?说陶渊明专从朴茂清幽入胜么?"纵浪大化中,不喜亦不惧",又是何等气概?西方古典主义的理想向重和谐匀称,庄严中寓纤丽,才称上乘,到浪漫派才肯畸刚畸柔,中国向来论文的人也赞扬"柔亦不茹,刚亦不吐",所以姚姬传说,"唯圣人之言统二气之会而弗偏"。比如书法,汉魏六朝人的最上作品如《夏承碑》,《瘗鹤铭》,《石门铭》诸碑,都能于气势中寓姿韵,亦雄浑,亦秀逸,后来偏刚者为柳公权之脱皮露骨,偏柔者如赵孟𫖯之弄态作媚,已渐流入下乘了。

> 十八年,六月,写于巴黎近郊玫瑰村
> (载《一般》第 8 卷第 4 期,1928 年 8 月)

文学批评与美学①

一　欧洲文学批评的两种倾向

欧洲的文学批评，可以分为三个时期：最初当为希腊时期，时在纪元前四五世纪。当时极盛辩论，故有"苏菲斯"派，注意如何修辞。至今犹存者，仅为亚理斯多德的《修词学》，柏拉图的《理想国》第十卷，谓诗人多说谎，故于理想国中不将诗人列入，遂致引起诗学方面的探讨。在希腊时代的文学批评，有两种倾向，即（一）亚理斯多德的修词学（Rhetoric），教人如何说话，如何作文章；（二）诗学的倾向。上自纪元前三世纪，下至纪元后十八世纪，二千余年间，

---

① 本文是作者 1935 年 3 月上旬在北平师范大学作的一次讲演的记录稿。记录人涂靖南。——编者。

均存在着上述两种的倾向,例如十八世纪以前的许多文学家,目的为实用,以为了解工具可作很好的文章,理论方面不甚注意,但亦仍常提到亚氏的《修词学》,所谓"文学批评"完全是承继亚氏的《修词学》。

二　近代美学与哲学的关系

十八世纪以后,浪漫主义兴起,同时哲学家,文学家,科学家并出,立场较前为高,方法较前为进步,其中最重要的当推美学。有人谓文学批评已经变成美学。近代美学最著名的为德国唯心主义者,其代表人物如尼采,黑格尔等。关于美学与哲学的关系,美学是由近代哲学而产生,于此当须一述"知"的问题。据哲学家的研究,"知"可分为三种:(一)直觉的知,(二)知觉的知,(三)概念的知。婴儿的"知"和成人的"知"不同,初生婴儿只知形相(form),即为直觉,不知其中意义。至于知觉,即因见形相,更见意义。概念为最后的一步。例如一张桌,初生婴儿只能见桌子之形相,及其稍长,又知其父亲就桌上书写等等,再进而一见许多不同的桌子即知为桌子,这就是由直觉而知觉而概念的例子。实际上这种种的"知",仍然常混在一起。比方见不着形相,即想不到意义,若无知觉,亦无概念。在理论上亦为先有具体形相,然后始得概念。故近代哲学,只承认知有两种:即(一)直觉的知——个别的本身的知,(二)名理的知或逻辑的知——中间事物的关系的知。故直觉的知在美学内,名理的知在逻辑内。aesthetic 一字有直觉的意义,故与其译为美学,不若译为直觉学。美学根本的问题,不在注意如何是美,而在分析美感的经验。

三　近代美学的基本定律

美觉即是直觉,美感的经验即是形相的直觉,无论一件什么东西觉得美的时候,都能引起一种意象（image）,并且用全副精力去欣赏。美感经验中仅是直觉,在美感经验中有:（一）我——以直觉去代表,（二）物——以形相去代表。当自然,艺术,美的事物都在心中现出来一种意象,图画或形相,这种意象在霎时间霸占了意识,使人聚精会神忘怀一切。心所以接物的是直觉,不是概念的思考,不是意志和欲望。物所以呈现在心的不是本质,不是在因,不是效用,也不是关系价值等等意义,而是形相。例如看梅花,可有三种态度:（一）实用的——效用——意志欲望,（二）科学的——意义——概念的思考,（三）美感的——形相——直觉,所以在于一事物知道的愈多,所能看见的愈少,即愈难见形相本身。这正如老子所说的"为学日益,为道日损",经验愈丰富,愈无直觉经验,因美感经验忘去一切关系,专注意形相本身。所谓欣赏须了解,了解须概念的思考,这是一种误解。其实美感经验与概念知识,不能同时存在,至美感经验中,物与我的界限须是暂时离开,在这一刹那不能渗入逻辑的知,这时心中只有一个意象——物我两忘——物我同一——物我交注。例如看人赛跑时,自己也无意的模仿会动起脚来;又如看山,仿佛看山在起来,山的骄傲等等的时候便是人成山,山成人了。阅读《水浒》的武松打虎,自己便很为他提心吊胆,以至于模仿他打虎时的一举一动。这种种现象,极其普通,在近代美学上,称为"移情作用"（empathy）。在这种移情作用之中,人情与物理打成一片——物的形相是人的情趣的返照,物的意蕴深浅,和人的性分深浅成正比。同是一棵花,各人见之所感不同,看多看少,看深看浅,均因各人的性格而不同,有的见它在笑,有的见它在愁,这多少是"我"所造成的,不完全是由外物所给予的。

由是,移情作用可得两个结论:

(一)欣赏寓于创造,至少我们可以说简单的欣赏多少有创造性质,自然风景与观者的心情相因变化,所谓"即景生情",就是欣赏,"因情生景",便是创造。景等于形相,等于意象,亦即等于境界。欣赏与创造,二者实为相互为用。Amiel谓"一幅自然风景,就是一种心情",各人所欣赏的世界,都是他自己所创造出来的世界,Hegel亦谓"艺术最大任务,在使人在外物中寻回自我"。

(二)一切直觉或艺术都是抒情的,一切的艺术所造出来的意象(image)都是抒情的,因情生景,这景就是意象,就是艺术,亦即是性格和情趣的返照,在物的"景",恰能表现在我的心情——意象的情趣化,即为艺术,亦即表现,古典派偏于"景",浪漫派重于"情",Pater谓"一切艺术都以音乐为指归",情景混化无迹,即实质形式混化无迹。

四 近代美学应用于文学批评

美学应用于文学批评方面甚多,今天只从用于创造的批评去讲。文学批评就常识的解说,是在批评作品的好坏,历史上的判官式的批评(judicial criticism),内心最先存有一种标准,一种成见。比方说文学要有道德教育等等,如遇有新作品,即以此等标准去批评。其实批评最为困难,英国诗人琼森(Ben Jonson)谓:"诗人才能批评诗人",可是因为真正的诗人,不常注意批评工作,于是批评遂落于不能创造而好空谈文学的人们手里,创造者与批评者遂免不了结下一种仇恨。不过判官式的批评,仅限于十八世纪以前,十九世纪以来,批评家的态度逐渐谦虚:(一)批评家已不是从前的判官,而为作者与读者中的介绍人或传译人(interpretation),(二)更谦虚的更降低身分的批评家,连介绍人亦不敢自居。只能说自己欣赏,于是由介绍人再变为欣赏者,——趣味主观,不能强同,——印象主义(appreciation),(三)最进步的是美学——欣赏等于创造,批评等于欣赏,所以批评等于创造,这就是创造的批评。

基本信条是:创造与欣赏都是形象的直觉——造成情趣化的意象,例如姜白石的"数峰清苦,商略黄昏雨"句,实有一边创造,一边欣赏;创造是表现情趣于意象,可以说是情趣的意象化;欣赏是因意象而见情趣,可以说是意象的情趣化。艺术有死的,有活的,死的是形迹的——作品,活的是精神的——意境情趣,死的形迹因有精神贯注而得生气,所以见形迹而不见精神是死的,因形迹而见精神是活的,艺术像对一幅自然风景——不同观众——产生不同意境,就拿"数峰清苦,商略黄昏雨"之句来说,各人所见不同,是因为性情和经验不同,同是一个人,昨日,今日,明日所见不会相同,因为性情和经验生生不息。欣赏一首诗,不仅单单是接受,并且可以说就是再造一首诗,每次再造,都根据性格,每次是新诗,艺术作品的精神方面,时时在"创化"中,创造欣赏都不是复演。

五 克罗齐派的缺点

我上面所讲的,多半是根据于克罗齐(Croce)的说法,最后我可以把他的缺点指示出来。艺术的活动,普通可以分为四方面:(一)创造——造成意象,如所谓"腹稿","成竹在胸",(二)传达——媒介或符号,翻译在内的意境为在外的作品,(三)欣赏——因作品而见意象,了解亦包括在内,(四)批评——估价,美丑,价值问题。克罗齐派学者忽略了:(一)传达,(二)批评上的价值问题,克罗齐把创造认为一事,把传达又另外认为是一回事,以为创造等于表现,等于造成意象,即等于想象,以为传达等于物理的事实,不是艺术的,克氏的表现,仅为在心理上的,而非指文学上的,应当是创造等于表现,等于传达,亦即译意象为作品。还有两点可疑,即:(一)艺术家不能无作品,(二)艺术家想象不能离所用的媒介或符号。困难亦有两点,即:(一)克氏所谓内心的想象不能看见,(二)价值的标准只有美丑,美丑中间当有高低不同之程度,克氏把它忽略了,自然对于批评是一种困难。

(载《中央日报·副刊》第 199 期,1935 年 3 月 27 日)

美学的最低限度的必读书籍

有好些年轻的朋友们因为我欢喜美学,常来问我"美学是什么一回事? 怎样学? 应该读哪些书?"平时回答他们的话不免散漫不得要领,现在《读书周刊》来征稿,就趁这个机会为初学美学的人拟一个简要的课程。

对于任何学问,如果不是真正地感觉到兴趣,最好把它暂时丢开,等到兴趣来了再说。对于一种学问感觉到兴趣,原因不外两种。一种是它和学者的职业有关系,学了它就有实用,例如儿童教师特别觉到儿童心理学的趣味。另一种是它虽没有直接的实用,它的问题却易引起好奇心,我们要穷究它,好比小孩子要钻进迷径里去寻出路,只因为这事本身有趣。

美学也是如此。在外行看,它比任何学问都较干燥,所以如果你没有感觉到它的趣味,你最好莫去学它。但是我相信:如果你对于任何事物能感到若干兴趣——尤其是对于文学或其它艺术——你终必有一天会要思量到美学上的问题,比如说:在感觉到一件事物有趣(这其实就是欣赏)时,我们心理状况何如? 你说一件事物美,我说它不美,究竟什么才算是美? 它有没有客观的标准? 做诗文或是画画,内容重要,还是形式重要? 文学和艺术对于人生究竟有什么关系? 它们应该忠实地模仿自然,如写实派所主张的? 还是要参杂主观的理想的成分,如理想派所主张的? 你思量到这些问题时,你便已走到美学的领域里了。

　　如果你允许,我不妨稍说个人的经验,从前我决没有想到我有一天要走到美学的路上去。我进过四、五个大学,学过许多不相干的功课,解剖过鲨鱼,制过染色切片,用过薰烟鼓和电气反应表测验心理反应,读过建筑史,学过符号名学,可是我从来没有上过一次美学课。我原来的兴趣中心第一是文学,其次是心理学,第三是哲学。因为欢喜文学,我被逼到研究批评的标准和艺术与人生、艺术与自然、内容与形式、语文与思想,种种问题;因为欢喜心理学,我被逼到研究想象与情感的关系、创造与欣赏的心理活动以及趣味上的个别的差异;因为欢喜哲学,我被逼到研究康德、黑格尔和克罗齐诸人讨论美学的书籍,这么一来,美学成为我所欢喜的几种学问的联络线索。我于是由与文学、心理学和哲学有关的美学问题走到美学自身的貌似不切实用的问题如"什么叫做美""什么叫做艺术"之类。

　　我不敢说凡是学美学的人都要沿这个路线走,但是我相信,如果对于文学、艺术、心理学、哲学诸科没有兴趣,对于美学不但感觉不到兴趣,而且也缺乏研究美学所应有的基础。

　　我说这番话的用意,是在劝一部分人不要学美学。其次我要劝对于文学、艺术、心理学、哲学有研究的人们应该进一步学美学。

哲学家和心理学家们也许用不着劝,因为哲学重要的一部分是知识论,要明白知识论,不能不研究创造和欣赏所根据的直觉;心理学的职务在研究一切心理现象,美感经验是心理现象中最有趣的部分。我所要劝告的尤其是从事于文艺批评的人们。他们不能不研究美学,因为他们所说的是价值,而美学则为关于文艺的价值论。如果你不明白艺术的本质,你就不应该说这件作品是艺术,那件作品不是艺术;如果你没有决定什么样才是美,你就不应该说这幅画或是这首诗比那幅画或是那首诗美。此间自然也有许多不研究美学而批评文艺的人们,但是那犹如水手说天文,看护说医药,全凭粗疏的经验,没有严密的有系统的学理做根据。严格地说,文艺批评应该就是应用美学。

假定学者对于文学和艺术感觉到理论上的兴趣,并且对于心理学和哲学有坚固的基础,他要研究美学,入门应该读哪些书籍呢?

每种学问都有权威的原著,同时也有几部最好的通俗的课本。现在一般教育偏重通俗课本,这种教育最易开浅薄不求甚解的风气。不过为初学起见,通俗课本也不可少,它们的好处在面面俱到,坏处在没有一面说得彻底。初学者对于所学科目首先应该看到它各方面的问题,从一两部通俗课本入手,这是捷径;知道它的大概了,然后多读原著。美学的通俗课本极多,但是大半是捕风捉影,我所知道的只有两部书最便初学:

(1)Vernon Lee:The Beautiful.

(2)Langfield:The Aesthetic Attitude.

法文中的 Chalaye:L'art et la beaute.

(1)书已很老,但是写得浅鲜有趣,尤其是关于谈"移情作用"的一部分,作者自具特见。(2)为美国的一种通俗课本,各方的问题都谈到,对于近代各家学说也略有介绍,它的好处简洁明了,此外法文中的 Chalaye:L'art et la beaute 分论美学原理与艺术各论,也是一部比较完善的课本。

略知美学大概以后，作进一步研究，便须认清派别门径。粗略地说，美学原来是哲学的一部分，在近代已渐自成一种独立科学。依历史的次序，应该先研究哲学家对于美学的见解；但是这部分比较难，比较干燥，初学者最好把哲学的美学研究放在后面，先着重科学的美学研究。先从客观的事实和具体的问题入手，然后建设原理，在方法上也比较稳妥。就美学为科学而论，它和心理学的关系最密切。近代科学的美学家大半同时是心理学家。这方面的书有（甲）泛论各问题的，也有（乙）专论某问题的。

（甲）类书不必多读，下列四部书可以代表梗概：

（3）Santayana：The Sense of Beauty.

（4）Puffer：The Psychology of Beauty.

（5）Delacroix：Psychologie de L'art.

（6）Münsterberg：Principles of Art Education.

（乙）类书甚多。最重要的是关于"移情作用"的。这方面的书以德国学者 Lipps 所著的最为重要。他的书如 Raumaesthetik，Aesthetische Einfühlung 都未见英译本，但是他的学说在：

（7）Vernon Lee and Thomson：Beauty and Ugliness 的节译里可见大概。与 Lipps 同时而意见大致相似的有 K. Groos，他的书对于艺术起源和游戏的关系尤其透辟：

（8）K. Groos：The Play of Animals.

（9）K. Groos：The Play of Men.

关于创造与想象的书以下列二书为最好：

（10）Ribot：Essai Sur l'imagination Creatrice.

（11）Paunham：Psychologie de l'invention.

此外有下列二书亦可供参考：

（12）Downey：Creative Imagination.

(13)Richards：Coleridge on Imagination.

前书稿嫌破碎支离,但所引事实与实验结果颇有价值。后书则偏重浪漫时代关于诗的想象一个重要的学说。

创造与想象和隐意识的关系,弗洛伊德说得最详。他的书多,现在介绍他自己的一部,和两部应用他的学说于美学的书：

(14)Freud：The Psychology of Dreams.

(15)Prescott：The Poetic Mind.

(16)Parker：The Analysis of Art.

近代心理学派美学家颇注意思想与语文的关系以及传达和价值两个问题。这方面有下列二书可读：

(17)Ogden, Richards and Wood：Foundation of Aesthetics.

(18)Richards：Principles of Literary Criticism.

在中文里李安宅的《美学》大半根据这两部书,也可供参考。

从 Fechner 以来,美学家颇注重实验。此项材料甚多,大半数见于英美各国心理学杂志。如果想知道大概,可读：

(19)Valentine：Psychology of Beauty.

以及他的参考书籍目录。我自己在《大公报·艺术副刊》发表的《近代实验美学》三篇(将附在拙著《文艺心理学》里出版)也可供参考。

对于科学的美学打好基础以后,我们可以再进一步研究几部有权威的哲学的美学名著。哲学的美学派别也很多,但是最重要的一派是德国唯心派哲学所酿成的,通常叫做形式派美学。它的开山祖是康德,发挥光大者有席勒、叔本华、黑格尔、尼采诸人,集大成者为现代意大利美学家克罗齐,现在举他们的代表作如下：

(20)Kant：Critique of Judgment(Meredith 译本).

参看 Basch：L'esthetique de Kant.

(21)Schiller：Letters on Aesthetic Education.

(22)Schopenhauer：The World as Will and Idea, Part Ⅲ.

(23)Nietzsche:The Birth of Tragedy.

(24)Hegel:The Philosophy of Art(Osmaston 译本).

参看 Stace:The Philosophy of Hegel.

(25)Croce:Aesthetic.

Croce:The Essence of Aesthetic.

参看 Widon Carr:The Philosophy of Croce.

以上五书是研究美学者的必读之书。文艺批评家根据形式派美学所发挥的理论以：

(26)Clive Bell:Art 一书为最雄辩,最易引起兴趣。

此外重要著作尚多,恐非初学者所能遍读,最好用下列选本：

(27)Carritt:The Philosophies of Beauty.

此书选康德以前的美学名著述略,康德以后的名著较详。我没有列入托尔斯泰的《艺术论》。他的学说大要在本书所选译的几节中可以见出。

读哲学的美学名著时最好同时参看一部美学史和一两种批评各家学说的著作：

(28)Bosanquet:The History of Aesthetics.

(29)Carritt:The Theory of Beauty.

如果兴趣偏于文学批评者则下列一书为最好：

(30)Scott James:The Making of Literature.

以上三十部书为美学的最低限度的必读书籍。此外还有许多名著未列入,或是因为它们并不如一般人所称赞的那样重要,或是因为读过上列诸书的学者不用介绍自知去寻找的。美学的坏书甚多,我相信初学者就上列诸书下工夫,把其它书籍一齐暂时丢开,不至于遭重大的损失,或是走上错路。

（载天津《益世报·读书周刊》第 31 期,1939 年 1 月 9 日）

关于美感问题

蔡仪、丁进两先生在《文艺报》三期里讨论美学问题,涉及我的《谈美》和《文艺心理学》,《文艺报》来信约我对这方面发表一点意见,我很愿趁这个机会,简略地答复一些批评。

《谈美》和《文艺心理学》是靠近二十年前我当学生时代写的。当时我对英法文的美学著作中重要的都涉猎过,只是没有机会读过马列主义的美学著作(如果当时已经有)。我的见解大半是融合当时流行的多数美学家公认的见解而成的,现在从马列主义的观点看,有许多地方是错误的或过偏的(二十年前的书有几部能免这些毛病呢),这一点我愿坦白地承认。一切学说思想都有它的历史环境的背景,我们读任何书,都要还它一个历史的本来面目。历史环境变了,硬要墨守成规,说它完全是对的;或是执今责古,说它完全要不得,这两种态度都未免缺乏历史发展的认识和批判的精神。我在《谈美》里开场就郑重警告过读者:"我不敢勉强要你全盘接收……我所说的是一种看法,你不妨有你自己的看法。"我原来没有预料到我的两本幼稚的书居然得到广大的读者群,而且使他们"染了毒"。我固然要负传毒的罪过,染毒的人们也应负缺乏批判的责任。

我对于美学的工作大半是介绍的性质。《谈美》和《文艺心理学》的美学看法大体上是欧洲从希腊以来的一个传统的而且相当普遍的看法。凡是涉猎过美学史和美学古典著作的人们都会明白这一点。我援用旁人的学说,向来不敢掠美,在《文艺心理学》的序文里我说明过我如何受过去人的影响,并且在每一章里都注明过每一学说的来源。批评我的人们仿佛以为那些学说全是我的创见,"移情说"和"距离说"就是"朱光潜的移情说和距离说"。这无异于我曾经介绍过黑格尔的辩证法,读者硬要以为那是我创的辩证法而加以攻击。治任何一种学问都应知道它的历史的发展,知道问题是怎样起来的,从前人对这问题如何思想过,如何辩论过,才可以免走一些冤枉路。批评的人们对于这一方面未免太忽略了,这很使我怅惘。

任何书籍都难免有错误,我承认我的两本幼稚的书不能例外,或是我所介绍的学者们就已经错误,或是我把他们介绍错误了。承认了可能有错误,是否就等于承认全都错误了呢? 这是一个较广大的问题中的一个小个例,就是:在无产阶级革命的今日,过去传统的学术思想是否都要全盘打到九层地狱中去呢? 还是历史的发展寓有历史的联续性,辩证过程的较高阶段尽管是否定了后面的较低阶段,而却同时融会了保留了一些那较低阶段的东西呢? 蒸汽水电是资本社会的产物,在社会主义的社会里并不因此消失它们的生产的效用;太阳光是红的,冰雪是冷的,原始社会奴隶社会以及封建社会和资本社会的人们都认为这些是真理,在社会主义的社会里也不因此失去它们的真实性。我想过去的许多美学原理也许有一部分是如此。比如"移情说"和"距离说"是否可以经过批判而融会于新美学呢?我愿意在对于马列主义多加学习之后,再对美学作一点批判融贯的工作,现在还不敢冒昧有所陈述。建立新美学是一件重大的工作,我们需要更谦虚的学习和更严谨的批判。我们需要学习马列主义,学习新时代的现实情况,也需要学习美学古典和美学史的发展,认清我们所应该否定的和所应该接受的。

最后,我回答蔡仪先生对我的一个主要的批评,他说:

> 朱光潜的说法,美感对象是孤立绝缘的,和外物的关系,也就是对人生的意义是一刀截断的。

如果我确实如此说,我就坠入"为文艺而文艺"那一个魔障,自然罪该万死。但是我的说法并不如此。在《文艺心理学》的"作者自白"里我说我的见解的变迁有这样一段:

> 从前我受康德到克罗齐一线相传的形式派美学的束缚,以为美感经验纯粹地是形象的直觉,在聚精会神中我们观赏一个孤立绝缘的意象,不旁迁他涉,所以抽象的思考,联想,道德观念等等都是美感范围以外的事。现在,我察觉人生是有机体;科学的伦理的和美感的种种活动在理论上虽可分辨,在事实上却不可分割开来,使彼此互相绝缘。(一至二页)

这番道理我在该书第六、七、八、十一诸章里反复说明过,在第八章里我提出这样几个问题:

但是根本问题是：我们应否把美感经验划为独立区域，不问它的前因后果呢？美感经验能否赅括艺术活动全体呢？艺术与人生的关系能否在美感经验的小范围里决定呢？形式派美学的根本错误就在忽略这些重要问题。（一一八至一一九页）

我自己检讨这些问题所下的结论全是否定的，其中有这样一段很明白的话：

我们固然可以在整个心理活动中指出"科学的"，"伦理的"，"美感的"种种分别，但是不能把这三种不同的活动分割开来，让每种孤立绝缘。在实际上"美感的人"同时也还是"科学的人"和"伦理的人"。文艺与道德不能无关，因为"美感的人"和"伦理的人"公有一个生命。（一二八页）

我不明白蔡仪先生从何看出我否认艺术与人生的关系？断章取义呢？还是由于我的表达意思的能力不够，没有能让他懂得我的意思呢？我对于美感经验，跟着一般哲学家和心理学家们作抽象的学理的分析时，确曾指出它是观照孤立绝缘的意象，不过我一再说明过（上引几段可证），这种抽象的学理的分析不能等于事实上的分割，正如化学分析水为 H_2O 在理论上是确凿的而水里 H_2O 在事实上却不能分离独立是一个道理。蔡仪先生的误解是：看见我承认美感经验在理论上可分析，便断定我肯定它可从整个实际人生中分割出来。

一切问题都有它的历史的背景。欧洲美学家们何以逼得要对美感经验作抽象的理论的分析呢？问题在：是否有一种特别的感觉叫做"美感"？如果有，它的特别性何在？它与一般快感（如吃肉晒太阳所得的)有什么分别？从康德以来多数哲学家和心理学家们所得的答案是：美感经验中的心理活动是直觉（直觉是先于思考的活动），直觉的对象是一个完整的孤立绝缘的意象。这里所谓"孤立绝缘"是着重艺术品的完整性以及美感经验的完整性。说得简单一点，美感是聚精会神去观照一个对象时的感觉。这种聚精会神的状态通常是不长久存在的，可是我们不能否认它的存在。什么对象才能引起一个人聚精会神呢？要解答这问题；要看那"对象"如何，也要看那"人"如何。说阶级性有决定性，道理就在某一阶级"人"对于某种"对象"有接受的条件，有聚精会神的可能。这里所谓"条件"包括政治道德等观点和教育，天资以及艺术修养等等即整个人生在内。依这个看法，美感经验为形象观照说并不一定能与马列主义的观点相融洽。不过这只是一个不成熟的摸索，在这里约略提及，请马列主义学者们想一想。

（载《文艺报》一卷八期，1950 年 1 月）

把美学建设得更美!

　　自从党提出了百家争鸣的政策以来,在国内科学技术的各个领域里都掀起了轰轰烈烈的大辩论,出现了空前活跃的情况。从此学术走出了书斋,走到群众中去,走到现实中去,由少数专家的思想游戏和猎取名位的工具,变成由人民,为人民,属于人民的认识现实和改造现实的工具,为社会主义建设事业服务。这几年争鸣的成绩是巨大的,它体现于无数水库,发电厂,炼钢炉等等工程的设计和施工,体现于人民公社中各种农业技术的革新以及许多规章制度的建立,体现于无数剧本,影片,诗歌小说以及学术的专著和报刊上的论文。科学技术上的百家争鸣是和建国十年以来各个战线上的伟大成就分不开的。

　　姑举我个人接触较多的美学讨论来说,有哪些成就可以肯定呢？

首先，科学的任务在发现问题和解决问题，所谓发现问题就是把有关的矛盾弄清楚，这是解决问题的先决条件，所以在科学上把问题提得明确是第一步的重要工作。在讨论开始，许多人对于美学究竟要干些什么，要解决些什么问题，认识都还很模糊。经过讨论，美学上一些待解决的问题比较明确地提出来了。例如美学对象的问题，它究竟应否以文学艺术为主要对象？美的本质问题，它是主观的，客观的，还是主客观的统一？有没有所谓"自然美"？我们对这些问题都还不能说已经得到了解决，也还不能说美学上主要的问题都已经提出来了，但是我们究竟提出了一些，这就可以作为进一步研究的起点。

其次，参加美学讨论的都讲了自己的看法，就必然要受到群众的检验，要引起批评和讨论。这个过程会起纠正作用和激发作用。例如在讨论开始，各人各有一套看法，都自以为是；经过一番讨论之后，每个人的看法都有一些改变，把自己的看法放弃了一些，从旁人吸收了一些，这就是说，他得到了纠正，向前进了一步。所谓激发作用是说辩论逼得你非进一步深入思考不可，把自己的看法弄得更明确些。例如我自己的主客观统一的看法原来是比较模糊的，经过讨论，现在我的思想就比较明确了。许多人尽管不赞同我的看法，但是他们对于我的这种看法的明确化却起了激发作用。

第三，经过这几年的讨论，美学界涌现了一批新生力量。已经发表的论文由《文艺报》载成四册，有好几百万字，其中大多数作者都是年轻人。听说几个有关的刊物还收到成堆的讨论美学问题的稿件，没有能发表。我自己就经常得到读者的来信或文稿，其中有从工厂来的，有从农村来的，有从供销合作社来的。这就说明了美学已经走进了群众，引起了广大群众的浓厚兴趣，使许多人认识到美学问题是每个人的切身问题，每个人都能参加讨论的问题。这些人就是将来建立新美学的种子。这是一个非常可喜的现象。

最后,也许也是最重要的,我们在讨论中发现到自己的不足,这就使我们认识到单是空口讨论而不结合艰苦的研究,我们就不能走得很远。今年我有机会读到 1958 年苏联出版的几部重要的美学著作,才恍然大悟我们所讨论的一些问题苏联也在讨论。我们的一些意见在苏联早已遭到批判了(趁便说起,我在 1957 年所提出的主客观统一的看法在苏联现在是个占上风的看法),我们许多人还在坚持不放。我深切地感觉到苏联美学最近的发展和转变在我们美学讨论中没有得到反映,是一个大欠缺。我们现在建设美学,必须从马列主义哲学的基础出发;而从马列主义哲学基础出发,必须以苏联为师。我们参加美学讨论的人还不是每个人对此都已有足够的认识。我们要向前进,就须认识到自己的不足,认识到不足在哪里。尽管不是每个人都已认识到自己的不足,美学的讨论却已清清楚楚地把我们的不足作为一个客观事实摆在那里,客观事实会终于逼得人要认识它。这是一件好事。

总之,边讨论,边学习,边建立,这是我们今后美学工作的道路。

(载《文汇报》,1959 年 10 月 1 日)

美学研究些什么？怎样研究美学？

    这里提出的就是美学的对象和美学的方法论的问题，它们是密切相关的。

    研究一门科学，首先就要界定它的对象，它的研究范围，它所要解决的问题，这样才能有的放矢。如果要解决的究竟是什么问题还没有弄清楚，当然就谈不上解决它。一些历史较久的科学，特别是自然科学比较地有一般公认的研究对象，这也只能说是"比较地"，因为随着具体历史情境的变迁和科学的进展，新的问题会不断发生，而原有的问题的提法也须改变。至于一些历史较短的科学就比较难界定对象，学者对所研究的对象可能有很多的分歧的意见。近来国内对心理学的对象的讨论可以为证。

    美学的对象恐怕更难界定，一则因为美学和一些其他科学如哲学、各别艺术理论、文艺史、心理学等密切相关,有些问题是美学和这些相关的科学都要牵涉到的;二则对于美学上一些基本问题的看法势必影响到对于美学对象的看法,而对于美学上一些基本问题的看法现在还不很一致;三则在方法论上有人可能侧重从直观观点出发,有人可能侧重从实践观点出发,有人可能侧重逻辑的方法,有人可能侧重历史的方法,这种方法论上的分歧也势必导致对美学对象看法的分歧。这种分歧在目前是一个客观存在的事实。

1956年苏联《哲学问题》杂志编辑部举行过关于马克思列宁主义美学对象的讨论①,当时主要有两派看法:一派以涅多希文为代表,他说:"美学对象既包括艺术,也包括人对现实世界的审美关系。"但是他把重点摆在艺术上,他给美学下的定义是:"美学是研究人对现实的审美关系,特别是研究艺术。"这就是说,美学不只是艺术理论(因为它还要研究"人对现实的审美关系"),但是主要地是艺术理论。另一派以普齐斯为代表,他认为美学不能与艺术理论合流,他所举的理由是"审美的东西"和"艺术的东西"不相等,它还要涉及实用艺术(手工艺之类)以及"一般广大生活领域中的各种现象的美",他所得的结论是:"美学是一门关于审美能力、审美趣味和美的规律的独立科学。"

这两派展开讨论之后,《哲学问题》杂志编辑部作了一个总结,基本上赞成涅多希文的看法。总结说:"毫无疑问,美学的中心问题是艺术及其实质和一般规律性。美学这门科学的全部历史已经证明了这一点。美学是关于对现实的艺术把握的科学,是关于广

---

① 讨论记录见苏联《哲学问题》1956年第三期。《学习译丛》1956年第十期刊有译文。译文把 эстетичекий 一律译为"美学的",大部分应译为"审美的"(本文在引用时已改正)。

义的艺术创作的科学。"把美学看成研究美或美的欣赏等等,就"会使美学离开自己的中心问题"即"离开艺术创作的理论和实践问题",就是"从美学的多种多样的问题只抽出了一个问题,尽管是极其重要的问题"。

从近三年的苏联美学发展的趋势看,赞成美学以艺术为中心对象的占绝对多数。1958 年苏联艺术学院编辑的《马克思列宁主义美学概论》在序论里说:"美学是研究人用艺术的方式掌握他的周围世界这种活动的规律,研究艺术对现实的关系,研究艺术的发展规律以及其社会改造功用的科学。"1958 年苏联科学院哲学研究所编辑的《美学问题》里所载苏瓦洛夫的《论界定美学作为科学的对象》替美学所下的定义是:"美学是研究人用艺术方式掌握现实过程的一般规律的科学,因为艺术掌握的最高的发达的形式是艺术,艺术以'提升了的'形式(即经过辩证的发展到高一级后所具的形式——引者)包含艺术掌握的一切丰富财产,所以美学主要是研究艺术基本规律的科学。"

在国内美学界,美学对象是一个尚待解决的问题。从过去几年美学讨论看,大家都纠缠在"美"这个概念上。可以说,多数人(特别是在"自然美"这个问题上纠缠不清的人们)似乎还有意或无意地坚持"美学就是研究美的科学"那个传统的看法。所以关于这个问题有进一步讨论的必要。

首先应该肯定的是,马克思在 1857 年至 1858 年《经济学手稿》(《〈政治经济学批判〉导言》)中所说的不同于用科学方式掌握世界的那种"用艺术方式掌握世界"一语所含的内容是极其丰富的。概括地说,它包括三类因素:首先是创造性的劳动,例如手工艺的活动;其次是专门性的艺术,例如音乐、舞蹈、图画等等;第三是对现实生活(自然、社会生活)起审美活动。可以说,艺术掌握涉及人在生产斗争与阶级斗争中的一切活动,涉及与人有关的一切现实现象,决不仅限于艺术。美学作为科学,既然以研究"用艺术方式掌握世界"这种过程的规律,为什么说它的中心问题是艺术呢?

我们可以从下列几个观点来看这问题:

一、从美学史看,美学这门科学命名为"埃斯特惕克"(Aesthetica),是从1750年德国理性派哲学家鲍姆嘉通开始的。他从认识论出发,认为人类认识有两种:一种是明晰的认识(如判断、推理等),已有逻辑学在研究;另外还有一种是朦胧的认识(如感觉、想象等),应该也有一门独立的学科去研究,他建议把这门学科叫做"埃斯特惕克"。这个词原义是"感觉学",后来人因它研究的对象涉及美,就把它理解为"美学"。从此可见,美学在初建立和定名时,它的研究对象一方面比艺术理论较宽,它涉及一般感觉想象方面的认识;从另一方面看,它也比艺术理论较窄,因为它研究的主要是感觉和想象的主观心理活动,不把艺术作为一种客观存在来研究。这就注定了后来德国古典美学特别是康德派的美学,走上了侧重审美心理活动的主观唯心主义的道路。鲍姆嘉通是偏重理智主义的,后来他所"建立"的美学受到浪漫运动的影响,就转到侧重情感方面的审美活动。在十九世纪后期弥漫于德国以及英美各国的"移情说",以及克罗齐的直觉表现说都是这样起来的。这派总的特点是从审美活动或美感经验的分析,去寻求美的特质。就对于艺术的看法来说,他们认为艺术不是为了别的,就是为了美的享受。这样美学观点是资产阶级末期的形式主义、唯美主义、"为艺术而艺术"的颓废主义的艺术实践在理论上的反映。资产阶级的美学书籍几乎毫无例外地从分析审美的主观心理活动去寻求美的本质,结果是言人人殊,把美的概念愈弄愈糊涂。这是理所当然的,因为美的本质只有在弄清艺术的本质之后才能弄清,脱离艺术实践而去抽象地寻求美,美是永远寻不到的。历史已经证明这是美学的死胡同。我们要建立马克思列宁主义的美学,没有任何理由再去走这条死胡同。

还须指出:美学的命名虽迟在十八世纪后期,而这门科学的存在却与人类文艺史一样久远。从古希腊起一直到俄国革命民主党人,许多思想家、艺术家和文学家都一直在讨论美学上的问题,而他们讨论这些问题也一直是主要地从文学艺术出发的。车尔尼雪夫斯基说得很明白:"美学到底是什么呢?可不就是一般艺术、特别是诗的原则的体系吗?"①黑格尔就很明确地把美学看作艺术哲学。总的说来,把美学和文艺理论密切联系起来的传统是比较进步的传统。正如苏瓦洛夫所指出的,狄德罗的美学思想的转变很可以说明这个问题。狄德罗早期是把美学看作专门研究美的,到了晚期他就转到了以艺术为中心来研究美学②。

二、从社会功用看,文学艺术是用艺术方式掌握现实的最高度发达的方式,是人类的一种极其普遍的精神活动,对人民群众可以发生极深刻的教育影响,美学放弃这样重要的对象不去研究,还研究什么呢?有些美学家会答道:还有自然美呀!苏瓦洛夫对这帮人说过:"如果把美学对象转到只是对于自然美的研究,那么请问:这种研究究竟有什么用处呢?这种研究在理论上的无根据以及在实践上的无效用,黑格尔在《美学讲义》里早就强调指出了。"③

三、从方法论看,事物的发展都是由低级到高级,由不甚完备的形式到比较完备的形式,高级的东西总是既包括而又超越低级的东西原有的一些特性和发展规律,所以在科学研究中,把较高级

---

① 《美学论文选》第一二五页,人民文学出版社 1957 年版。

② 参见苏联科学院哲学研究所编辑的《美学问题》俄文版第四四至四六页。

③ 苏联科学院哲学研究所编辑的《美学问题》俄文版第六五页。黑格尔关于反对单独研究自然美的话,见他的《美学》第一卷,第三页,人民文学出版社 1958 年版。

形式的比较完备的东西先认识清楚,然后再回看较低级形式的比较不完备的东西,这样就容易得到更周全、更精确的认识。马克思说过,人的解剖使我们有可能去理解猴子的解剖。这句话就启示了一种很精湛的方法论。就拿马克思自己对于货币和资本的研究来说,货币和资本在古希腊时代就已具有低级的不完备的形式,亚理斯多德也谈到过,但是他没有看到它们的高级的发展完备的形式,就无法认清它们的本质和规律。马克思从近代工商业制度下的货币和资本的最充分发展的形式去看过去各时代的货币和资本的各种初级形式,对它们就能得到周全精确的认识①。同理,批判现实主义要从社会主义现实主义的高度去看,过去学术思想要从马克思列宁主义的高度去看,才能看得清楚。美学以艺术为中心的道理也正在此,因为艺术是人类艺术掌握的最集中最高度发展的形式,只有先把艺术认识清楚,然后才能认识一般现实生活中的审美的性质。

现在国内多数参加美学讨论的人在这个问题上大概都还很难想得通,原因就在他们对于艺术,对于美,都还坚持着形而上学的看法,以为自然本身原来就已有美这个属性,艺术只是反映这种"自然美",摹本总不如原本,所以自然美总是高于艺术美。根据苏联最近一些美学家的看法,离开"用艺术方式掌握世界",离开人的认识和实践活动,不能有所谓美,自然美也好,艺术美也好,它总是主观与客观的辩证的统一,纯粹主观的美和纯粹客观的美都不存在。所谓"自然美"是在历史发展上很晚才出现的概念,人通过艺术的眼光,见到自然揭示出它对人的关系和意义,才能见出自然美,自然美和艺术美是同样具有社会性的,但是艺术是美的最高度

---

① 参见保加利亚美学家巴甫洛夫院士写的《美学中一些方法论上的问题》,载苏联科学院哲学研究所编辑的《美学问题》俄文版第三三至三五页。

集中的表现。如果仍然坚持上述形而上学的看法，就会反对艺术是艺术掌握的最高形式，就会不承认解决了艺术美的问题同时也就基本上解决了自然美的问题。

关于这一点，我们再介绍一下苏瓦洛夫的看法，他说："美学把注意力导向艺术掌握的研究，它首先要研究的是艺术掌握的发达的、集中的也是最高的形式，那就是艺术；只有通过艺术的媒介，美学才研究现实现象中的审美性质。"①

对这个看法，应该注意到两点：第一，说美学的中心对象应该是艺术，并不是在美学与一般艺术理论之间画等号，只是强调艺术是艺术掌握的最高形式，也是最足以见出艺术掌握的本质和规律的形式。其次，这个看法并非否定艺术掌握的另外两种形式（即征服自然方面的生产劳动实践和对一般现实社会生活或自然作审美的活动），只是认为它们作为美学对象来说，不应该摆在一个不恰当的地位，和艺术并列甚至对立起来。

巴甫洛夫院士在他的《美学中一些方法论上的问题》中，着重地讨论了一般与特殊的辩证矛盾统一关系。其实这个问题不仅是方法论的问题，同时也是美学对象的问题。美学是处在哲学和各别艺术理论之间的一门科学。就对上的关系来说，它是哲学的一个部门，哲学所研究的是一般，是意识反映存在或人掌握现实的普遍规律；而美学所研究的是这一般下面的特殊，是关于人用艺术方式掌握现实的规律。就对下的关系来说，美学又是各别艺术理论的共同基础，它所研究的是一般，即各种形式的艺术掌握的普遍规律，而各别艺术理论（例如音乐理论、文学理论）则研究各自的特殊规律。这里界线本是很分明的。但是从辩证观点看问题，一般包

---

① 苏联科学院哲学研究所编《美学问题》俄文版第六四页。

含特殊，特殊见出一般，所以在科学的定义中既要给类性（一般），又要给种差（特殊）。这里所说的"种差"即本种范围以内的差别，不可能无穷无尽地逐级下推，替分种找种差。例如动物学只能找出对一般生物来说为种差的动物类性（即生物类性下的动物种差），不能往下推移去找应该经昆虫学去寻找的昆虫类性（即动物类性下的昆虫种差）。应用这番道理于美学，我们可以得出两条结论：

第一，美学朝上看，必以哲学为基础，必须从一般出发，即从马克思列宁主义哲学的认识论和实践论出发。但是美学不能终止于哲学上的一般原则，它的特殊任务是对它的特殊对象找出种差，找出艺术掌握现实的方式之所以不同于其他掌握现实的方式，不能以哲学代替美学。

第二，美学朝下看，必须找到各种形式的艺术掌握的一般规律，替各别艺术理论做基础。但是找各别艺术的种差却是各别艺术理论的任务，美学不必越俎代庖。换句话说，美学不能代替音乐理论、文学理论等等，而这些各别艺术的理论也不能代替美学。

这两条原则本来是容易理解的，但是要贯彻执行，却不是那么容易。过去大都没有认真贯彻执行这两条原则。比较常见的是让美学停留在哲学阶段，停留在一般哲学原则，如艺术反映现实，艺术是一种意识形态，艺术是形象思维之类，没有足够地重视艺术之所以为艺术的特殊性。最近三四年以来，苏联美学的一个重要的发展与转变就是要求找出艺术的特殊性的呼声是强烈而普遍的，其中主要的代表人物是布洛夫。他的《论艺术的审美本质》（1956年），尽管个别论点还在引起争论，但"找特点"的要求却已博得美学界的一致赞同，并已显示出深刻的影响。

另一种是违反上面第二条原则，把美学降为各别艺术理论。据苏瓦洛夫说："企图把美学变成艺术引论或文艺批评，就是用其他科学的对象来代替美学所特有的对象。"例如要求美学解决"苏联歌曲的音乐语言的发展,苏联音乐种类的发展,新的音乐形式的形成"之类问题,并且研究苏联一些新近音乐的作品的"风格特点"。

指出这些偏向,对于我们美学界是有特殊意义的。在美学讨论中停留于一般哲学原则的偏向我认为是存在的。例如我在《美是主客观的统一》里强调科学掌握世界与艺术掌握世界的分别,就有人责备我割裂科学和艺术,割裂真和美。国内一般人对美学讨论的指责是抽象而不结合现实,其实也就是说美学讨论还停留在一般哲学原则上,这是正确的。但是对于"结合现实"也应有正确的理解,即理论应根据事实,理性认识必须以感性认识为基础;研究美学的人应有丰富的艺术史和文学史的知识,对文艺的感性接触,最好还要有文艺创造的亲身经验;但这不应理解为作为研究艺术掌握的一般规律的美学应解决音乐、戏剧、电影等等各别艺术中的特殊问题,如技巧、风格、种类等等。不过这种要求我们却不只一次地听到过。此外,在充分根据事实的前提下,任何科学都必须进行分析与综合,进行抽象化与概括化,从个别现象中找出一般规律,即所谓"概念"。任何理论性的探讨都离不开抽象概念,即离不开原则,尽管它不应只是在概念里兜圈子。对于科学来说,事实重要,逻辑也同样重要,它应该是在事实中发现本质与规律的工具。这里说的"逻辑"包括起码的形式逻辑和更高更广更重要的辩证逻辑。马克思列宁主义对于科学,从来都是运用唯物辩证法全面考察对象方面的事实,找出它们的本质和发展规律,这就是找出"概念"或原则。忽视原则,一味在经验事实里兜圈子,就会陷入经验主义,而经验主义必然把美学引到死胡同里去,资产阶级的"实验美学"可以为证。

马克思列宁主义的美学在中国还是开始在建立,它所应该做的是什么,我们先要弄清楚。应该由它做的我们就要责成它做,不应该由它做的就不必要它兼差,就应该责成专责所在的科学去做。目标既正确而又明确,就可以不绕弯路而很快地达到。

（载《新建设》三月号,1960 年 3 月）

生产劳动与人对世界的艺术掌握

——马克思主义美学的实践观点

马克思在《费尔巴哈论纲》第一条中提到从前唯物主义的缺点"在于把事物、现实、感性(指感性世界——引者)只是从客观方面或从直观方面加以理解,而不是理解为人的感性的活动,不是理解为实践,不是从主观方面加以理解",至于"能动的方面",却被唯心主义"抽象地发展"了①。这段话指出了马克思主义哲学不同于过去形形色色的哲学的关键所在,也就是指出了马克思主义美学不同于过去形形色色的美学的关键所在。懂透这段话的深广的含义,这应该是学习马克思主义美学的第一课。

这段话指出两种形而上学的片面的理解现实的方式:机械唯

---

① 《马克思恩格斯文选》第二卷,第四○一页。"从客观方面或从直观方面"原文作"就客观的形式或直观的形式"。

物主义片面地就客观方面所现的,直观所得的形式去理解现实,唯心主义片面地从主观的能动的方面去理解现实。这两种方式都是与马克思主义即辩证唯物主义相对立的。马克思主义理解现实,既要从客观方面去看,又要从主观方面去看。客观世界和主观能动性统一于实践。所以在美学上和在一般哲学上一样,马克思主义所用的是实践观点,和它相对立的是直观观点。直观观点把现实世界看作单纯的认识的对象,只看到事物的片面的静止面,不是像实践观点那样就主客观的统一来看在实践中人与物互相因依、互相改变的全面发展过程。就这个意义来说,不仅是机械唯物论用的是直观观点,而"抽象地发展能动性方面"的唯心主义用的也还是直观观点。实践观点是马克思主义以前所没有的,是马克思主义所特有的[①]。

　　举一个美学范围里的实例来说明这两种观点的基本分歧。比如说茶壶,一把茶壶是现实世界中的一个对象。如果从直观观点去看它,它只是一件现成的、孤立的、只现静止面的客观事物,只是一个单纯的认识的对象。持直观观点的美学家要求认识它,所提的问题不外是:它是否美? 如果说它美,它的美究竟在哪里? 在主观方面还是在客观方面? 有哪些属性和形式凑合起来才是美? 人对它何以起美感? 美感是天生的还是后天培养的? 如此等等。无论是茶壶还是其他任何一件客观事物,本来不是一件现成的、孤立的、只现静止面的东西,而直观观点却把它看成是这样的东西,所以对它就不能得到全面的正确的认识。实践观点却不然,它就是从全面、从发展看问题的唯物辩证观点出发的。从实践观点去看茶壶,我们首先就要把它看作人的一种用具,一件有社会意义的东

---

　　① 实践观点在黑格尔美学中虽然已露萌芽,但是它是不可能在唯心主义的基础上得到发展的。

西，一件人创造出来的东西；而人创造这件东西，无论在主观认识和主观能力方面，还是在客观物质条件和社会条件方面，都有人类生活的悠久的具体的历史条件在起决定作用。所以持实践观点的美学家要认识这把茶壶，所提的问题就会是：人在改变自然从而改变自己的长久的生产实践过程中，为什么要生产这件东西，怎样生产它？在长久的生产过程中，人怎样开始感觉事物美？人对客观世界的审美的关系是怎样的一种关系？这关系取决于哪些历史的、社会的、物质的、个人的等等因素？它是怎样随历史发展而发展的？这就是把茶壶摆在社会历史发展过程和具体历史条件的大轮廓里去看，不仅把它看作单纯的认识的对象，尤其重要的是把它看作实践的对象，而认识也不是孤立的，也是要与实践过程联系起来的。这样看来，美就不是孤立物的静止面的一种属性，而是人在生产实践过程中既改变世界又从而改变自己的一种结果。发现事物美是人对世界的一种关系，即审美的关系。

苏联美学史家阿斯木斯曾指出希腊哲学家的美学观点都是直观观点[1]。这是在苏联美学文献中较早提出直观观点与实践观点区别的。阿斯木斯的看法当然是正确的。但是在马克思主义出现以前，西方美学家所持的一直是直观观点，不仅是希腊哲学家。因此，马克思主义的实践观点对于美学起了根本变革的作用。

为了说明实践观点的意义和重要性，我们就马克思主义的经典著作，特别是马克思的 1844 年的《经济学—哲学手稿》涉及这方面的理论，结合近来苏联美学家们的阐述，作一些初步的介绍和分析。

---

[1]　参见《古代思想家论艺术》序论，1938 年莫斯科版。

先从"用艺术方式掌握世界"①这个概念说起。这是马克思在1857 至 1858 年《经济学手稿》(《〈政治经济学批判〉导言》)里初次提出来的。他在这里指出两种不同的掌握世界的方式,科学的理论性的掌握方式和艺术的实践精神的掌握方式。他是从政治经济学所用的科学方法说起的,说这种科学方法从分析个别具体现象入手,加以抽象化,然后再把抽象概念综合起来,建立起一个整体,这种整体不是原来客观世界现实存在的具体的整体而是思维的产品。趁便他提到这种科学的理论性的掌握世界的方式和艺术的掌握世界的方式不同。原文是这样的:

> 呈现于人脑的整体,思维到的整体,是运用思维的人脑的产品,这运用思维的人脑只能用它所能用的唯一方式去掌握世界,这种掌握方式不同于对这个世界的艺术的,宗教的,实践精神的掌握方式。②

这段话的要义在于科学用构成抽象概念("思维到的整体")的方式去掌握世界,这种概念或思维到的整体不是原来具体事物的整体。艺术的实践精神的掌握方式之所以不同于科学的掌握方式,正在于它所对待的恰是现实世界的具体事物的整体。③ 马克思在这里所指出的分别也就是抽象思维与形象思维的分别。

这段话的重要还不仅在于明确指出科学掌握方式和艺术掌握方式的分别,尤其重要的是在明确指出艺术掌握方式与实践精神

---

① "掌握"(освоéние)的含义比"认识"较广,还含有在实践中能"应付"或"驾驭"的意义。

② 据《马克思恩格斯论文学》所选的俄译。

③ 这一解释参考了涅多希文在《审美本质问题》中的论述,参见苏联艺术史研究所编《美学问题》第三七至四三页。

掌握方式的联系。这是马克思的美学观点的中心思想。早在 1844
年《经济学—哲学手稿》里他分析劳动和劳动的异化时，就已建立
了艺术审美活动起于劳动或生产实践这个基本原则。

　　人从开始劳动起，才算真正揭开了人类历史的第一页。在这
以前，人处在所谓"自然状态"，只是一种高级动物，他的生活方式
以及他对自然的关系基本上是和一般动物一致的。像一般动物一
样，他的生活目的只在个体生存与种族生存，受盲目的本能冲动的
支配，去进行一些单凭肢体的活动，以满足肉体的直接需要，例如
捕食、营巢、传种、逃避危险等等。他只是本能地利用自然，还不能
自觉地支配自然和改造自然，使它更好地为自己个体和为全种族
服务。人开始劳动，就是开始自觉地改造自然，使它更好地为自己
个体和为全种族服务。例如原始人拾起一块石头去打走兽，这已
在开始利用石头为工具，比一般动物单凭自己的肢体去活动进了
一步，但是毕竟还只是利用自然，还不能算进行生产劳动。生产劳
动是从制造工具开始的。例如原始人在天然的石头上加工，把它
打磨成适合他的需要的石刀或石斧，这就是改造自然了。在这种
改造自然的过程中，人同时也在改造自己，提高自己对自然的认识
和支配自然的能力。像制造石刀这种原始的劳动生产是人类生活
中第一个大转折点，它的意义之大是无可比拟的。让我们来仔细
分析一下。

　　本来人与石头同处在自然状态中，人还不能意识到自己与石
头处于主体与客体（对象）的对立。到了他能通过生产劳动去改造
石头而制造石刀时，他在意识中就已认识到自己是制造的主体，而
石刀是他所制造的对象，是他的劳动的产品。用马克思的话来说：
"人自由地面对着他的产品。"这也就是说，在劳动过程中人就由
"浑沌"状态变成有自我意识的。有了自我意识，同时也就有自己
与旁人关系的意识，即社会意识，人开始认识到生产不仅是满足自

己的需要,也可以满足旁人的需要,他的手只有他自己能使用,他所制成的石刀旁人却可以一样地使用。他从此认识到自己与旁人有共同的需要,共同的制造石刀的能力乃至其他只有人才有的共同点。所以人一旦变成了一种有自我意识的存在,同时也就变成了一种"种族的存在"或"社会的存在"①。马克思在《经济学—哲学手稿》里是这样说的:

> 动物和它的生活活动完全相同。它并不把自己和自己的生活活动分辨开来,它就是它的生活活动。人却把他的生活活动变成他的意志与意识的对象。人的生活活动是有意识的(或自觉的)。这个定性(自觉性——引者)也不是人生来就有的。人之所以有别于动物的生活活动,就全在于这种有意识的生活活动。正由于这个道理,人是一种种族的存在,这就是说,他自己的生命对于他是一个目的。……在用实际活动去创造对象世界之中,在改造无机自然之中,人证实他自己是一种有意识的种族的存在,这种存在对待种族如同对待自己的本质,或是对待自己如同对待种族的存在。②

在制造像石刀这样的工具时,人便逐渐从动物状态中得到了解放。首先他的活动可以借工具去进行,不像动物的活动那样受身体组织的决定和限制,因而他的活动范围逐渐大,以至于整个自然。其次,他的生产劳动的范围既逐渐扩大,他的产品无论在生产方面还是在使用方面也都逐渐带有社会的性质,他就逐渐摆脱肉体的直

---

① "存在"是一个哲学术语,用通常话来说,就是"物"或"东西",人的"种族的存在"即"人"这个种族所不同于动物的存在。

② 本篇引用马克思著作的地方,凡不另注出处的都引自《经济学—哲学手稿》。译文是作者根据俄译参照英译译出的。

接需要的限制,进行广泛的物质生产乃至于精神生产。接着上段话,马克思继续说明人与动物在生产上的分别:

> 动物固然也生产。它们营造巢穴居所,例如蜜蜂,海狸,蚂蚁等等。但是动物生产,只供自己或子女的直接需要;它们只是片面地生产,而人却普遍地生产。动物只有在受直接的肉体需要的支配时才生产,而人却能离开肉体需要而生产,而且他也只有在能离开肉体需要时才算真正地生产。动物只造成它们自己,而人却再造整个自然;动物的产品直接属于它的肉体,而人却自由地面对着他的产品。动物只按照它所属的那个种族的特有标准和需要去制造事物,而人却会按照每一种族的标准去制造事物,并且还会到处运用对象的内在的标准。所以人还能按照美的规律去制造事物。

这段话特别值得注意的是最后几句,因为它把"每一种族的标准"和"对象的内在的标准"与"美的规律"联系在一起来说。首先,种族的标准在于是否符合种族的需要,动物各自按照它所属的那个种族的需要进行生产,例如鸟营巢,兽却穿穴,需要不同,标准也就不同。人却不仅能为自己建筑房屋,而且还可以制鸟巢,造兽穴,在不同的种族需要之下,就按照不同的种族标准去进行。这正是"人却普遍地生产"一语所含的深刻的意义。

其次,生产实践不仅要依据主观方面的需要,还要依据对客观事物的认识,例如制造石刀就要认识石头的一些性质、内在规律或"内在的标准"。人为着更好地生活,感到天然的石头不够锋利,不能应付他和他的种族的日益提高的需要。根据这种需要,结合到他对石头的客观属性的认识,人开始进行生产石刀的劳动,这正是根据"种族的标准"和"对象的内在标准",也就是"按照美的规律"

来制造事物。

所谓根据需要与认识来进行劳动生产，还有一个深刻的意义，就是在生产之前，生产者在心中已悬有一个确定的目的。他还未动手制石刀，心中已有制成石刀这个目的。为了达到这个目的，他就开始进行打磨石头的劳动。所以人的生产劳动是一种有目的性的自觉的活动。关于这一点，马克思在《资本论》第一卷第五章里说过这样一段精辟的话：

> 我们的前提是：劳动是人所特有的一种形式，蜘蛛能做一些令人想起织工的操作，蜜蜂用蜡营巢，可以比拟建筑师。但是本领最坏的建筑师和本领最好的蜜蜂从一开始就有所不同，这就在于人在用蜡制造蜂巢之前，先已在头脑里把蜂巢制造好。劳动所要达到的结果先以观念的形式存在于劳动者的想象里。劳动者之所以不同于蜜蜂，不仅在于他改变了自然物的形式，而且在于他同时实现了他自己的自觉的目的，这种目的作为法律而支配着他的行动的方式和性质，他并且要使自己的意志服从这种目的。①

人能自觉地通过劳动去创造，所以他所创造成的东西，例如石刀，就体现了他的需要和愿望、他的情感和思想以及他的驾驭自然的力量。因此，这种对象已不是生糙的自然，例如天然的石头，而是人的劳动的产品，用马克思的话来说，它是"人化的自然"，"人的本质力量的对象化"。石刀不但具有物质的性质，而且还具有人的精神的性质。人在这把石刀里可以看出自己的"本质力量"，认识到自己，肯定自己是一种"种族的存在"；它其实就是创造者自己的

---

① 《资本论》，据《马克思恩格斯论文学》所选的俄译。

"复现"。用马克思的话来说：

> 通过他的生产而且由于他的生产，自然现为人的作品，人的现实。所以劳动的对象就是人的种族存在的对象化：因为人不仅在认识里以理智的方式复现自己（即意识到自己——引者），而且还在实际生活中以行动的方式复现自己，他就在自己所创造的世界里观照自己。①

这段话的意义是非常丰富而深刻的。第一，它说明了人在劳动生产过程中改变了自然，自然经过了"人化"，"对象化"了"人的本质力量"，因而具有人的意义，即社会的意义。其次，这段话说明了人在劳动生产过程中也改变了自己，使自己成为社会的人（"种族的存在"），发挥了自己的"本质力量"，在对象中肯定自己，观照自己，认识自己，因而丰富了自己的物质生活和精神生活。因此，不断的劳动生产过程就是人与自然不断地互相影响、互相改变的过程。人与自然、主体与对象（客观）在历史发展中处于不断的矛盾与统一的反复轮转中。把这两方面看成始终对立的而且彼此可以孤立的，就是一种形而上学的看法，也就是根据直观观点的看法，而不是根据实践观点的看法。

对美学特别有意义的是人"在自己所创造的世界里观照自己"这句话。这正是"用艺术方式掌握世界"，说明了劳动创造正是一种艺术创造。无论是劳动创造，还是艺术创造，基本原则都只有一

---

① 这个在对象中复现自己、认识自己的原则，在黑格尔《美学》里已露萌芽（参见该书第一卷，第三六至三七页，人民文学出版社 1958 年版）。马克思用物质劳动生产来说明这个原则，就在辩证唯物主义的基础上纠正了而且发挥了黑格尔的理论。

个：“自然的人化”或“人的本质力量的对象化”。基本的感受也只有一种：认识到对象是自己的“作品”，体现了人作为社会人的本质，见出了人的“本质力量”，因而感到喜悦和快慰。马克思把这种“在自己所创造的世界里观照自己”时的情感活动叫做“欣赏”，在著作中屡次提到它。这“欣赏”正是我们一般人所说的“美感”。从马克思主义的实践观点看，“美感”起于劳动生产中的喜悦，起于人从自己的产品中看出自己的本质力量的那种喜悦。劳动生产是人对世界的实践精神的掌握，同时也就是人对世界的艺术的掌握。在劳动生产中人对世界建立了实践的关系，同时也就建立了人对世界的审美的关系。一切创造性的劳动（包括物质生产与艺术创造）都可以使人起美感。人对世界的艺术掌握是从劳动生产开始的。关于这个基本原则，马克思还说过一段极重要的话：

　　假定我们作为人而生产，我们每个人在他的生产过程中就会双重地既肯定他自己，也肯定旁人。在这种情形之下：

　　一、我在我的生产过程中就会把我的个性和它的特点加以对象化，因此，在活动过程本身中我就会欣赏这次个人的生活显现，而且在观照对象之中就会感受到个人的喜悦，在对象里认识到自己的人格，认识到它是对象化的感性的可以观照的因而也是绝对无可置辩的力量。

　　二、你使用我的产品而加以欣赏，这也会直接使我欣赏，我因此认识到我的劳动满足了人的需要，对象化了人的本质，因此我的劳动创造了一种对象，适应某一旁人的人的生存的需要。

　　三、我对于你就会成为你和种族之间的媒介人，我就会为你认识和理解，为你自己的存在的延续和补充，为你自己的必需的不可分割的一部分——因此我就会认识到在你的喜爱的情感中我也肯定了我自己。

　　四、我就会通过我的个人的生活显现,直接创造出你的生活显现,而且在我的个人的活动中,我就会实现我的真正本质,我的人的社会的本质。

　　我们的产品就会同时是些镜子,对着我们光辉灿烂地放射出我们的本质。①

这段话说明了两点要义:第一,它说明了劳动生产的社会性。就生产者个人来说,他是作为种族或社会的一个成员而生产的,产品见出他的个性和社会性,而他的个性和社会性是统一的。就劳动产品来说,它满足了生产者个人的需要,也满足了旁人的需要,它体现了人作为社会人的社会本质,因此,它具有社会性。

　　其次,它说明了美感的社会性。生产者不但从自己的产品这面镜子里认识到它"光辉灿烂地放射出人的本质"而感到喜悦,而且在旁人欣赏自己的产品时,也在旁人的"喜爱的情感"中肯定自己为旁人的"必需的不可分割的一部分",因而感到喜悦。总之,劳动创造是对人的社会本质的肯定,美感是认识到这一事实所感到的喜悦。只有社会人才能劳动创造,所以也只有社会人对世界才能有审美的关系。在动物状态中,人对世界就只有满足直接肉体需要的那种原始的狭窄的实用关系;到了他能劳动创造成为社会人时,他对世界就多了一层关系,多了一种掌握方式:他超越了狭窄的实用需要而对世界取审美的态度。就对象那方面说,它也必然因成为劳动生产的对象而具有社会意义,在"放射出人的本质"之后引起美感,而还没有打下人的烙印的那种生糙的自然是无所

----

　　①　据苏联艺术史研究所编《美学问题》第九一至九二页所引的俄译。原注:见德文本《马克思恩格斯文献》第三卷第一部分,第五四六至五四七页。

谓美丑的。

由于劳动创造的结果,自然被"人化了",成为人所能支配的力量了,人支配自然和征服自然的工具和技术就日益增多而且改善了,生产力也就日益向前发展了,于是客观物质世界就日益丰富起来。这是劳动创造历史的一方面。另一方面就是人在改变世界中也改变了自己,人自己的"本质力量"和社会生活也随之日益丰富起来了。首先是劳动的双手在生产实践中得到不断的锻炼,炼得日渐灵巧。用恩格斯的话来说:"手变得自由了,能够不断地获得新的技巧。""手不但是劳动的器官,它还是劳动的产物",经过长期的发展,以至于"达到高度的完善","能仿佛凭着魔力似地产生拉斐尔的绘画、托尔瓦德森的雕刻以及帕格尼尼的音乐"①。

其次,生产实践须根据客观事物的"内在的标准",所以随着生产日益发展,就向人的感觉器官和人脑提出日益提高的要求。人的感觉器官,特别是眼和耳,因此通过不断的锻炼而得到不断的精锐化。更重要的是:在生产实践过程中,人的感觉器官也脱离了动物的自然状态,而变成具有社会性的东西,不但能察觉对象的物质性质,而且更重要的是能察觉对象所体现的"人的本质"或社会内容。所以恩格斯又说:"鹰比人看得远得多,可是人的眼睛识别东西却远胜于鹰。"②

懂得了人的主观方面丰富性和客观世界的丰富性二者之间互相依存的辩证发展关系,我们就可以理解马克思在《经济学—哲学手稿》里所说的关于美感起源的一段意义深刻的话:

---

① 《自然辩证法》第一三八页,人民出版社 1955 年版。
② 《自然辩证法》第一四〇至一四一页,人民出版社 1955 年版。

从主观方面来理解,社会人的感觉力①和非社会人的感觉力是不同的,因为只有音乐才能引起人的音乐感觉,因为最美的音乐对于不懂音乐的耳朵没有意义,不是一种对象——这是因为我的对象只能是我的某种本质力量的肯定,只有当我的那种本质力量本身作为一种主观能动力而存在时,对象对于我才能存在,因为一种对象的意义(它只有对于一种适应它的感觉力才有意义)能达到多么远,就要看我的感觉力能达到多么远。只有通过人类存在中对象方面展开来的丰富性,才能培养出或创造出主观方面人的感觉的丰富性,即懂得音乐的耳朵,能感到形式美的眼睛,总之,凡是能得到人的欣赏的感觉力,肯定自己为人的本质力量的感觉力。因为不仅是五官的感觉力,而且所谓精神方面的感觉力(如意志,爱之类),总而言之,人的感觉力,各种感觉力的人的性质,只有通过人的对象的客观存在,通过人化的自然,才能逐渐形成。五官感觉力的形成就是以往整部世界历史的工作。困在原始的实用需要里的感觉力只能具有有局限性的意义。对于挨饿的人,人所用的那种形式的食物并不存在,所存在的只是作为食物的一种抽象的东西,纵使是最原始的形式也行,不能说这种吸收营养的活动和动物的有什么不同。忧虑重重的穷人对于最好的戏剧也没有感觉力。矿物商人只看到矿物的商业价值,看不到矿物的美和特有品质,因为他没有对矿物的感觉力。从此可见,为了要使人的感觉力变成人的,为了形成一种人的感觉力去适应人类本质和自然本质的一切丰富性,通过理论和实践去达到人的本质的对象化都是必要的。

----

　　①　德文 Sinn 和英文 sense,当作可用复数的名词,指感觉器官的功能,既不同于感觉的活动,也不同于感觉所得的印象,故译"感觉力"。

用简单的话来说,客观对象对于人的意义在主观方面取决于人的本质力量(其中包括人的感觉力)。理论认识和实践都是人的本质力量的对象化过程。人的感觉器官是马克思所称呼的"理论家",职掌认识,但是感觉力却是生产实践的产品。生产实践所展开的客观世界(人化的自然)愈丰富,人的感觉力也就愈丰富,也就是说,人认识客观世界的能力就愈精锐。分析起来,这段名言包括四点互相关联的要义:一、认识与实践的辩证关系,认识随着实践生展,实践又随着认识生展;二、人与自然(即主观与客观)的辩证关系,人借自然"对象化"他的本质,自然因此得到"人化",二者互相依存,互相影响,因而彼此逐渐丰富起来;三、由自然人到社会人的发展过程,通过理论和实践,使人的感觉力具有人的性质;四、由单纯的自然到具有社会意义的自然的发展过程,例如由动物形式的食物发展到人的形式的食物。马克思用这四点要义来说明美感的产生和发展,其次也就说明人对世界的艺术掌握的产生和发展。这里最基本的还是用劳动生产来改变世界的实践活动。

马克思还另有一段名言也与此相关:

> 生产不仅对需要供给物资,而且还对物资供给需要……。一件艺术品,就像其他产品一样,还创造出一个了解艺术和欣赏美的群众。因此,生产不仅为主体造成对象,而且还为对象造成主体。①

这种主体与对象、作品与群众之间的辩证关系,也正说明了"对象方面展开的丰富性"(艺术品)创造出主观方面人的感觉力的丰富性(群众),同时,这也说明了艺术改造人的教育功用。

---

① 《〈政治经济学批判〉导言》,据《马克思恩格斯论文学》所选的俄译。

人对世界的实践精神的掌握和艺术的掌握这两种方式是既密切相关而又有区别的。以上所述只着重它们密切相关的一方面，以下还要略谈它们的区别，来说明一般物质生产劳动如何过渡到一般人所了解的艺术创造以及艺术创造在历史发展中所经过的曲折变迁。概略地说，这个过程经历了以下几个阶段：

一、像上文所述的，原始人从进行生产劳动之日起，一方面他自己就进入社会生活，成为社会的人，另一方面自然经过了"人化"而具有社会性。人从他的产品里不仅得到实用需要的满足，而且得到精神需要的满足，因为产品体现了他的"人的本质"，即人作为社会人所有的愿望和实现愿望的能力。人认识到这一点，就感到喜悦，对它的产品加以欣赏。这就是美感的起源。这也就是人对世界从单纯的实践精神的掌握，发展到艺术的或审美的掌握。

劳动生产的产品最初是生产工具和日用器具，所以最初形式的艺术是手工艺，手工艺是"美的艺术"的萌芽。马克思常把手工艺生产叫做"半艺术式的活动"。高尔基也说："艺术的奠基人是陶匠、铁匠、金匠、男女纺织工、石匠、木匠、木骨刻匠、铸造武器的匠人、油漆匠、男女裁缝，一言以蔽之，手工艺者。"[①]

手工艺的首要目的在解决实用物质的需要，但是由于它的产品"对象化"了人的本质，从而也可以满足审美的精神需要。塔沙洛夫举过一个浅近的例子来说明这个道理：

> 桌子应该首先是桌子，但是作为艺术品，它同时也可以是人的愿望的体现：它可以是轻巧、沉重、文雅、高贵、严肃的节制之类品质的形象。[②]

---

① 《高尔基论文学》第七八八页，1953 年莫斯科版。
② 苏联艺术史研究所编《美学问题》第一○一至一○二页。

但是手工艺毕竟还只是"半艺术式的活动",手工艺品虽具有若干审美性,审美性毕竟是次要的,主要的还是它的实用性。手工艺品的形式首先要服从实用方面的功能,还不能充分自由地发挥体现人的社会本质的作用,像塔沙洛夫所说的,它们"表现对象的本质,较多于表现人的本质",为着充分自由地表现人的本质,满足精神需要的一方面便须提到首要的地位乃至于独立的地位,满足物质需要的一方面便须降到次要的地位乃至于完全消失。塔沙洛夫这样总结了这个转变:

> 创造和制作的过程仿佛脱离了狭窄的物质功用,转变为专为人肯定社会自觉的丰富性这一个目的,虽然这个目的也还是在"实用的关系网"里实现的。这就是艺术的萌芽。①

应该指出,这里所说的艺术"脱离狭窄的物质功用",专以"肯定社会自觉的丰富性"为目的,与资产阶级所宣扬的"艺术无用"论和"为艺术而艺术"的口号毫无共同之处。"为艺术而艺术"是要艺术脱离人生,我们这里所说的是要艺术体现人生的丰富性。马克思主义创始人始终强调人的全面发展,真正人的需要不是满足片面的直接的利己的欲望,而是自我的全面实现,艺术正是自我全面实现中的一个重要环节。

随着客观世界的丰富性日益展开,人的主观方面的丰富性也日益展开,认识逐渐提高,实践能力也逐渐加强,不但人手"变得自由"了,人的一切生活活动的能力也变得自由了。人便逐渐从"必然王国"跳到"自由王国",超越直接的实用的物质需要,而愈来愈多地要求满足马克思所说的"丰富的具有人性的需要",即精神需

---

① 苏联艺术史研究所编《美学问题》第九八至九九页。

要。人开始凭抽象化和概括化的活动,把在生产实践中所发现的一些引起美感的形式,例如节奏、平衡、对称、整齐、变化之类,加以总结,得到一些抽象的"美的形式",把它们运用来制造一些与直接实用需要无关或关系不大的,主要为满足审美要求的,多少带有独立性的产品,例如器具的花纹、着色、装饰、文身之类。① 这些就是艺术的萌芽。

一般所谓"美的艺术"如音乐、舞蹈、图画、雕刻之类,在起源时大半也以实用为主,例如原始的音乐大半是调节劳动节奏,祭神(祈祷丰收等),或是提起战斗的勇气;原始的舞蹈大半是演习耕作、狩猎或战斗的动作;原始岩洞所发现的壁画所画的大半是狩猎的对象。到后来文化日渐进展,这些艺术才逐渐超越它们原来的实用目的,变成主要为满足审美要求的对象。②

二、艺术一开始就是社会意识的"对象化",就是一种属于上层建筑的意识形态。一般地说,艺术必然反映当时的现实社会基础,即生产力与生产关系的发展。在资本主义社会以前,代表欧洲文化两大高峰的时代,即雅典时代和文艺复兴时代,都表现出物质生产发展和文艺发展之间的不平衡,如马克思在《政治经济学批判》序言里所指出的。但是这种不平衡不但不能否定,而且正足以证实经济基础与上层建筑之间的密切关联。例如希腊文艺的高度发展正是由于物质生产的不发达,当时人控制自然的能力还很薄弱,才产生希腊文艺所依为宝库的神话。人不能支配自然,才"在想象里并借助想象以征服自然力,支配自然力,把自然力加以形象化"③。神话正是马克思所说的人"对世界的宗教掌握"。在资本主

---

① 参见苏联艺术史研究所编《美学问题》第八三至八六页、九八至九九页。

② 普列汉诺夫论艺术的公开信中第二、三、四信,讨论原始民族艺术很透辟,可参看。

③ 《马克思恩格斯列宁斯大林论文艺》第六四页,人民文学出版社1956年版。

义社会以前,神话的势力很强大,"艺术的掌握"总是与"宗教的掌握"密切联系在一起的。在欧洲,这个时期从古希腊起一直绵延到文艺复兴。

资本主义社会以前这个长时期的经济基础的特点,像马克思所指出的,是小生产方式,小农业生产和小手工业生产。这种小生产方式对于艺术发展的作用有消极的和积极的两方面。就消极的方面来说,它的规模狭小,活动限于局部,还不能充分"对象化"人的本质力量,而且如上所述,由于支配自然能力的薄弱,小生产方式总是与宗教的幻想和迷信联系在一起的。马克思把这种情况总结为一句话:资本主义以前的"一切阶段都显得只是人的局部的发展以及自然的神化"①。就积极方面来说,小生产方式还不需要过分细密的分工,每个劳动者还可以成为多面手,像马克思所说的:

> 每个劳动者须会做整系列的工作,须会做假定用工具所能做到的一切……每个人要想成师傅,就须全面掌握他那一行手工艺。因此,中世纪手工艺者对于自己本行工作和完成这行工作的技能,还有一种可以提高成为原始艺术趣味的兴趣。②

正因为这个道理,小生产方式的劳动者在有局限性条件下,还可以发挥自己的人格。马克思在《德意志意识形态》里明确指出:"小生产方式对于社会生产的发展和劳动者本身的自由个性的发展曾是必需的条件。"这个道理恩格斯在《自然辩证法》的导言里发挥得更详细,他把文艺复兴时代称赞为"巨人的时代",说他们"还未成为

---

① 1857 年至 1858 年《经济学手稿》。
② 据苏联艺术史研究所编《美学问题》第一七三页所引俄译。

分工的奴隶",还未受到"分工之限制人的、使人片面化的影响",能"在时代运动中和实际斗争中生活着和活动着","因此有了使他们成为完人的那种性格上的完满和坚强"。① 马克思和恩格斯把"小农业经济和独立的手工业生产"看作"古典社会在它最繁荣的时期的经济基础",它允许劳动者有机会发展"自由个性",达到"性格上的完满和坚强",所以有利于文艺的繁荣。过去黑格尔也曾用"英雄时代"的人格的"独立自主性"来说明古典艺术的繁荣。② 不过黑格尔是从客观唯心主义的"理念"的实现来看这问题,而马克思主义创始人是从历史唯物主义的经济基础与上层建筑的关系来看这问题,二者是迥乎不同的。

三、到了资本主义时代,人对现实世界的实践精神的掌握方式和艺术的掌握方式之间便发生了深刻的矛盾。从积极方面来看,资本主义发展解放了生产力,使生产达到空前巨大的规模,理应给人以充分的机会,去发挥"人的本质力量"。同时,由于科学技术随着生产的需要而达到空前的发展,"随着这些自然力之实际上被支配,神话就消失了"③,因此人对现实世界可以得到比较正确的认识。这些条件照理都应该有利于文艺的繁荣。但是从艺术发展看,资本主义生产的消极方面却远远超过它的积极方面,因为它造成了劳动的异化以及由此而起的资本主义的私有制、货币和市场贸易。

马克思在《经济学—哲学手稿》里天才地阐明了"劳动异化"④

---

① 《自然辩证法》第五页,人民出版社 1955 年版。

② 参见黑格尔《美学》第一卷,第二二三至二三六页,人民文学出版社 1958 年版。

③ 《马克思恩格斯列宁斯大林论文艺》第六四页,人民文学出版社 1956 年版。

④ "异化"的德文原文为 Entfremdung,原是黑格尔哲学中的一个术语,马克思借用来指劳动体现于产品之后,对象从劳动者那里脱离出去。有时亦称"疏远化",近似汉语的"脱节"。

概念。这个概念对于美学之所以极端重要，还不仅在于揭示了资产阶级文艺乃至一般文化日趋腐朽的根源，而且在于指出消灭劳动异化以后共产主义社会文艺乃至一般文化的伟大远景。劳动的异化是分工制的结果。马克思从三方面来考察这种现象。首先是从劳动者和他的劳动产品的关系来看，产品本是劳动者的本质力量的对象化，本应供应他自己的生活需要，但是在资本主义制度下，产品被资本家剥夺过去，成为他的私有财产，他的商品，他的资本，也就是他的支配劳动力的手段。对于工人来说，产品成为一种外在的敌对的力量。"工人制造的商品愈多，他自己就变成愈廉价的商品"。他的劳动随着产品"异化"（即离开他）了之后，就造成一种社会关系，"其中不生产的人却统治着生产和产品"。这是一种使工人不但无法控制而且反被它压抑得死死的社会关系，逼得他在饥饿线上过着非人的生活。所以他的产品（他的异化的劳动）就成为他铸造来束缚自己的镣铐，他的仇敌，用马克思的话来说：

> 工人在他的产品中的疏远化不仅意味着他的劳动变成一种对象，一种外在的东西，而且还意味着那对象作为一种对他是疏远的东西在他身外独立地存在着；它自成一种势力，和他对立着；这也就是说，那对象本来是由他付给生命的，现在却作为一种敌对的疏远的东西跟他对立起来。

这就是说，工人所造的产品成为他自己的敌人。

其次，从劳动者和他的生产活动本身来看，"产品毕竟只是生产活动的总和"，产品既遭到异化，它所体现的生产活动当然也就遭到异化，成为"反对他（劳动者），既不依存于他，也不属于他的一种活动了"。

劳动对于劳动者成为外在的,这就是说,劳动不是他的本质存在中的一部分,因此他在工作中不是肯定他自己而是否定他自己,不是感到满意而是感到痛苦,不是自由地发展他的体力和脑力而是摧残他的身体,戕害他的心灵。……所以他的劳动不是自愿的而是勉强的,是一种强迫劳动。因此,劳动不是一种需要的满足,只是满足劳动以外的一些需要的手段……

　　所以结果就是:人(劳动者)只有在他的动物功能例如吃、喝、生殖、居住、衣着等等之中,才感到自己在自由地活动,而在他的人的功能之中,他就感到自己简直不比动物强。

这就是说,劳动的异化使劳动者作为人所特有的东西也从他那里异化出去,他从此失其人之所以为人的功能,只在进行动物式的活动了。

　　最后,从人对他的种族的关系来看,劳动的异化也"使种族从人那里异化出去",使他不能再成其为社会的人。人的种族特性在于他能进行"自由的自觉的活动",劳动的异化把这种表现种族特征的活动降低到只是维持个人肉体生活的一种手段,当然也就丧失了它的自由性与自觉性,而人的种族特性也就从他那里"异化"出去了。

　　总之,劳动异化的结果导致人的"非人化",不但体力劳动和脑力劳动脱了节,物质需要和精神需要脱了节,劳动者和他所创造的世界脱了节,劳动者和他自己的人的社会本质也脱了节。人"失去了现实",也"失去了自己",只是造成资本家的私有财产和与劳动者为敌的社会关系。本来生产劳动是人对世界的实践精神的掌握,也是人对世界的艺术的掌握;但是在资本主义制度下,由于劳动的异化,劳动对于劳动者变成只是维持动物式生活的手段,就既不是对世界的实践精神的掌握，更不是对世界的艺术的掌握了。劳动不是自由的活动，只能使劳动者痛苦，所以就不能有所谓美或令人起美感了。劳动从此就割断了它和艺术的长久的血缘关系了。因此，劳动的异化是资本主义经济基础的病根，因而也是资本主义文艺与一般文化的病根。

物质生产在分工制下既然与精神活动脱了节，于是精神活动，包括文艺在内，就转化为"特种生产"，并且也须服从资本主义生产与交换的一般规律。艺术也变成一种商品，艺术家制造艺术品，也是供给市场，替资本家积累资本。所以马克思说：

> 一个作家所以是生产劳动者，并不是因为他生产观念，而是因为他使出版他的著作的书商发财，即是，他之所以是生产劳动者，充其量不过他是某一资本家的雇佣劳动者而已。[①]

既然是资本家的雇佣劳动者，艺术家就得听资本家的指使，投合资本家的唯利是图的趣味，结果就是人们所看到的在资本主义世界流行的一大堆海淫海盗的肮脏东西。有一部分艺术家不满意这种现实，但是看不见正确的出路，退守到所谓"象牙之塔"，"为艺术而艺术"，而他们的作品既与生活脱节，又与群众脱节，也终于走上了颓废的道路。这一切都是势所必至的。所以马克思下了这样一句断语："资本主义生产对于某些精神生产部门是敌对的，例如对于艺术和诗歌就是如此。"[②]

四、马克思把私有制看作劳动异化的必然结果。共产主义革命的任务在消灭私有制，所以归根到底，也就是消灭劳动的异化。

---

① 《马克思恩格斯论艺术》第一卷第二七八页，人民文学出版社 1959 年版。
② 同上书，第二七八页。

马克思在他的早期许多著作里，特别是在《经济学—哲学手稿》、《政治经济学批判》和《德意志意识形态》里，替消灭劳动异化以后的共产主义社会生活以及文艺在其中所占的重要地位，描绘出一幅光辉灿烂的远景。到了共产主义社会，劳动成为每个人的生活需要，因为人要借劳动来实现自己的全面发展。马克思说：

> 政治经济学所说的富裕与贫穷要让给丰富的具有人性的人和丰富的具有人性的需要。丰富的具有人性的人同时也就是需要完全表现人的生活活动的人，对于这样的人，自我实现是作为内在必然性，作为需要，而存在的。

自我实现或自我全面发展，也就是自我全面解放，所以实现自我全面发展的劳动成为真正自由的表现，用恩格斯的话来说：

> 生产劳动供给每人以全面发展并运用自己一切体力智力的可能，它不再是奴役人的手段，而是解放人的手段，因此，生产劳动从一种重负变成为一种快乐。①

劳动之所以变成一种快乐，正因为它实现了人的全面发展，"解放"了人，肯定了人的本质力量，表现了真正的自由。这种快乐便是艺术创造和欣赏中的美感。因此，在共产主义社会里，在生产发展的更高的水平上，劳动又恢复到成为人对世界的艺术掌握，又成为一种广义的艺术创造活动。

在这种情形之下，人才真正成为"完全人"，才有真正的个性和真正的自由，才真正地成为自己的主宰。用马克思的话来说："人

---

① 《反杜林论》第三一〇页，人民出版社 1956 年版。

作为完全人,全面地占有他的全部本质。"这时候人不但从一切外在的桎梏中,从一切剥削制度及其罪恶中,解放出来,而且也从一切内在的精神的桎梏中,从愚昧、自私、残酷和庸俗中,解放出来。这时候,人也才真正地成为自然的主宰,自然才真正地是"人的本质力量的对象化"和人的"无机的身体"。个人与社会也处于统一,"个人就是社会的存在","社会在实体上成为人与自然的完满化的统一"。"因此,需要或享受失去了原有的利己性,自然也失去了它的单纯的功利性,因为它的用途变成了人的用途"。①

在这种情况之下,人在他的劳动中证实他是历史创造者,也是艺术创造者,"就在他所创造的世界中观照自己",见到自己本质力量"对象化"为丰富华严的生活,因而加以欣赏,享受到高度的美感。这时候艺术已不再是少数职业艺术家的专利品,而变成为每个人在实现全面发展过程中一个不可缺少的组成部分。人人是劳动创造者,也就是人人是艺术家。人人不仅在劳动领域里成为多面手,而且在艺术领域里也成为多面手。马克思和恩格斯在《德意志意识形态》里说得很清楚:

> 艺术天才完全集中在一些个别人身上,以及由此而来的在广大群众身上遭到压抑,这是分工制的结果。如果在某些社会情况下连每个人都可以成为卓越的画家,这就决不排除每个人都可以成为有独创性的画家,所以在这方面,"人的"劳动与"专业"劳动之中的分别也就变成荒谬了。无论如何,在共产主义社会组织里,完全来自分工制的使艺术家受支配的那种地方的和民族的狭隘性,以及艺术家禁闭在某一门艺术范围里只专门作一个画家或雕刻家等等的情况,都要消灭;因

---

① 零星引文都译自《经济学—哲学手稿》中《私有制与共产主义》篇。

为单是这种根据一种活动来称呼人的办法就足以表明他的职业发展的狭隘性以及他对分工制的依存性。在共产主义社会里，没有专业的画家，只有人，而人在许多活动之中，也从事画画①。（重点是引者加的）

以上所述只是马克思主义美学的实践观点的一个简赅的轮廓。马克思主义创始人没有留下专门的美学著作，他们的美学观点只零星地散见于一些政治经济学、哲学和历史学的专著，但是从这些零星散见的言论中就可以理出一套完整的美学系统来，其中包括今后美学所必依据为出发点的基本原则。这套美学系统意义的深广，还有待于美学家们不断地辛勤地钻研和发掘。现在只能就本文作者目前的肤浅的见解，约略说明它对美学的重大意义。

如前所述，过去美学家所持的都是直观观点，只把艺术或审美事实看作单纯的认识的对象，一些产生重要影响的美学家们，例如柏拉图、普洛丁、康德、叔本华、尼采乃至于克罗齐，都彰明昭著地把"观照"（即马克思所说的"直观"，也有人译为"静观"）悬为审美的最高理想。持这种观点，就必然把艺术或审美活动看作一个独立自足的领域，也就必然只看到它的孤立的静止面。他们之中固然也有些人注意到社会对文艺的影响和文艺对社会的功用，但是单是注意这种影响和功用，并不能算是采取了实践观点。实践观点就是唯物辩证观点，它要求把艺术摆在人类文化发展史的大轮廓里去看，要求把艺术看作人改造自然，也改造自己的这种生产实践活动中的一个必然的组成部分。过去注意到艺术的社会功用的人，像柏拉图，只是从主观愿望出发，来替理想国拟定艺术教育纲领；过去注意到社会对艺术的影响的人，像法国的泰纳，只是标榜

---

① 据《马克思恩格斯论文学》第六五至六六页所选的俄译。

一些未经科学分析的模糊的概念，即所谓"种族、时代和环境"。他们都不免用形而上学的眼光看问题，所以看不到问题的本质。

马克思主义创始人对于美学所造成的翻天覆地的变革，就在于把美学从过去单凭主观幻想或单凭模糊概念，只看孤立的静止面的那种形而上学的泥淖中拯救出来，把它安放在稳实的唯物辩证的基础上，安放在人类文化发展史的大轮廓里，这样才有可能从全面、从发展去看艺术，才能看出艺术的外在联系、内在本质和发展规律。人类文化发展史，归根到底就是政治经济发展史，就是经济基础与上层建筑交互作用和交互推进的历史。这部历史是从生产劳动开始的。从生产劳动一开始，人由动物生活进入真正人的生活即社会生活，人和自然由浑沌时代的混整进入矛盾对立以至于统一，自然由生糙的自然转变为"人化的"即带有社会性的自然。这生产劳动本身是社会实践，同时也是人对世界的艺术的或审美的掌握，因为生产劳动的产品"对象化"了人的本质力量，"人在自己所创造的世界中观照自己"，因而感到喜悦。因此，人对世界的艺术掌握包括一系列的矛盾的辩证统一。首先是人与自然（即主体与客体或对象）的对立和统一，人在自然中"对象化"了他的本质，而自然也就因此得到"人化"。其次是个人与社会的对立和统一，艺术掌握体现了个人的本质力量，而这力量之所以是本质的，正因为它是"种族的"，即社会的，马克思常用"普遍性"来称呼它。第三是认识与实践的对立和统一，认识与实践互相因依和互相推进的道理，毛泽东同志在《实践论》里阐述得最透辟，应用到艺术掌握，即马克思所说的"人还能按照美的规律制造事物"以及"只有通过人类存在中对象方面展开来的丰富性，才能培养出或创造出主观方面人的感觉的丰富性"（"展开"是实践的结果）。

这里就牵涉到一个极端重要的问题：关于艺术对现实世界的关系，马克思在同一部1857至1858年《经济学手稿》里有两种提法。一种提法就是上文所说的人"对世界的艺术的,宗教的,实践精神的掌握方式",马克思明确地指出这种掌握方式不同于科学的理论的掌握方式。很显然,除了形象思维和抽象思维的分别以外,这里主要的分别还是理论认识与实践的分别。马克思在《经济学手稿》和《经济学—哲学手稿》里所再三强调的就是生产实践本身就是艺术掌握,所以"用艺术方式掌握世界"这句话可以理解为重点在实践,而艺术本身就是一种实践。另一种提法是在手稿导言里阐明意识形态与现实基础的关系时,把艺术作为意识形态的一种形式。这就产生了一条马克思主义美的基本原则:艺术是对于现实基础的一种意识形态式的反映。这句话有时被简化为"艺术是现实的反映"或"艺术是社会意识的反映"。很显然,这里的重点在认识。从马克思主义的认识与实践的辩证统一观点看,上述两种提法虽各有侧重,却是可以统一而且必须统一的。《费尔巴哈论纲》第一条所要说明的正是对于现实事物,既要从客观方面加以理解,又要从实践或主观能动的方面加以理解,美学对于艺术或审美事实当然也不是例外。但是这些年来很有一部分美学家对于马克思主义美学观点作了片面的理解,单提"艺术是现实的反映",而不提艺术是人对现实的一种掌握方式,侧重艺术的认识的意义而忽视艺术的实践意义。这就是仍旧停留在美学的直观观点。直观观点只注意到片面,所以必然是形而上学的;形而上学的直观观点既然忽视艺术的实践的一方面,所以在一些具体的美学问题,例如美学对象,艺术对现实的关系,美的性质,美感的性质,艺术美与自然美的关系等等问题上面,也就必然导致片面性的甚至完全错误的结论。要纠正这些毛病,就要从学习马克思主义创始人的美学的实践观点开始。

(载《新建设》四月号,1960 年 4 月)

美学的新观点不能是"主观和客观相分裂"的观点

——答蔡仪同志

在《新建设》1960 年 4 月号上读到蔡仪同志的《朱光潜先生旧观点的新说明》。事情仿佛有些凑巧,那篇文章之后接着登载的就是我介绍马克思主义美学的实践观点一文,这篇文章就足以答复蔡仪同志的"批驳的意见"。因为蔡仪同志的美是客观事物的一种属性的看法,正是直观观点,正是和实践观点相对立的观点,而他对于我的批评也正是从直观观点出发的。这个观点,从他出版《新美学》以来一直在坚持着,恐怕也还是属于"旧观点"的范畴。

蔡仪同志过去在《人民日报》发表过一篇文章,埋怨批评他的人"歪曲"了他,读到蔡仪同志批评我的这篇文章,使我想到责人容易责己难,歪曲之过,贤者似乎也在所不免。

他的文章一开始就进行歪曲,说我"首先说到要界定美学的研究对象和范围，才能解决问题，而过去几年的美学讨论，大家都纠缠在'美'这个概念上，没有明白对象，也就不能解决什么问题"。这里我加了重点符号的一句话就是"栽赃"。

接着他说："他提的虽是美学对象问题，却没有认真论证美学对象，没有认真论证关于这个问题的任何一个论点。倒是主要谈了美的问题。"我的那篇文章企图从三个观点即美学史观点、实用观点和方法论观点来论证美学对象主要是文艺。在这三点之中，我只是在美学史观点那一节掺杂了一点自己的意见，连这一点意见也还是受了苏瓦洛夫的启发。在实用观点上我完全采取了苏瓦洛夫的话；在方法论观点上我完全采取了巴甫洛夫院士的话。如果说我只援引苏联和保加利亚的美学家的话而没有"独抒己见"，就是不认真，就是罪过，我理当承认。在看到蔡仪同志指责我"没有认真论证……任何一个论点"时，我满怀希望地期待着蔡仪同志来"认真论证"，但是读完了他的文章，我的希望却落了空。他对我论证美学对象的三点却避而不谈。究竟那三点是正确的还是错误的呢？如果是错误的，我欢迎指正；如果是正确的，那么，美学的对象就首先是艺术，"只有通过艺术的媒介，美学才研究现实现象中的审美性质"（这是我完全同意的苏瓦洛夫的话），这个结论就必然连带地把蔡仪同志美是客观事物属性的看法推翻。但是蔡仪同志对那三点避而不谈，而要找另一个小辫子来抓，说我那篇文章"倒是主要谈了美的问题"，说我只是对旧观点作新说明。我的原文长七千字左右，提到"坚持着形而上学的看法，以为自然本身原来就已有美这个属性"的一段话不过二三百字。为什么在七千字文章里用二三百字提到美不是自然属性，就算"主要谈了美的问题"呢？我想道理很简单，这二三百字正触动了蔡仪同志《新美学》的"新观点"的基础，于是在蔡仪同志的眼里这二三百字就放大起来了，放大到把七千字的全文都掩盖起来，获得了我原来意料不到的重要性。这是不是还有些主观唯心论的思想方式在作祟呢?

蔡仪同志的批驳是按照这样一种推理方式来进行的:朱光潜过去从主观唯心论出发,说美不在物而在心与物的关系上;他现在坚持美不纯粹是客观的而是主观与客观的统一,那就是还认为美是在心与物的关系上,因此,那就还是坚持主观唯心论。

按照同样的推理方式,人们也在争辩:黑格尔从客观唯心论出发论证了思维与存在的统一,马克思主义是唯物辩证的,就不可能承认思维与存在的统一;如果现在马克思主义者还说思维与存在的统一,那就是回到客观唯心论。

近来哲学界关于思维与存在统一的辩论是触及哲学上基本问题的。解决了这个问题,也就解决了形而上学的思想方法与唯物辩证的思想方法的区别;同时也就会解决总题目下的一个枝节问题,即美是否为主观与客观的统一;这也就是说,会解决蔡仪同志和我的争执。

不错,我始终坚持美不单纯在物而在心与物的关系上,从前如此,现在还如此。但是同一抽象的论断,由于基本出发点不同,在具体内容上就可以有本质的不同,正如思维与存在统一这一论断在黑格尔哲学里和在马克思主义哲学里有本质的不同,一个是从客观唯心论出发,一个是从辩证唯物论出发。

我过去说美不在物而在心与物的关系上,是从克罗齐的主观唯心论的直觉说出发,实质上是根本否认物的存在,而肯定物是由心造的。这个荒谬的看法曾得到蔡仪和其他同志的批判,这些批判都是正确的。

我现在的出发点在一系列的文章里已经再三阐明过,是根据下列几个论点:

一、美是统一的,艺术美和自然美在有区别的同时,应有基本的共同性,不能是截然不同而且互不相关的两个范畴。

二、艺术是一种社会意识形态，属于上层建筑；因此艺术美就是社会意识形态的属性，而不是自然物的自然属性。

三、对立统一的唯物辩证的道理也适用于人对现实世界的意识形态的反映，也适用于人对现实世界的艺术掌握或审美的关系。就其反映社会基础来说，艺术作为一种意识形态，必然有它的在现实世界的客观基础；就其透过主观意识来说，艺术也必然有它的主观的一方面。艺术既如此，它的属性之一的美，也就必然如此。这就是我所理解的主观与客观的统一。

四、人从客观现实中发现美，也还是意识形态的反映，世界观、人生观、阶级意识等也在起作用，所以不同时代、不同民族、不同阶级的人对于所谓"自然美"各有不同的看法。因此自然美与艺术美在是意识形态反映这一基本点上是相同的，也还是主观与客观的统一。

五、意识形态随社会基础转变，所以文艺标准乃至美的标准也要随社会基础转变，没有什么普遍永恒的标准或纯粹客观主义的标准（亦即蔡仪同志所标榜的那种形式主义的标准）。我认为只有这样看，才能解释文艺发展史的事实，才能说得上文艺有阶级性、思想性。

请问蔡仪同志：我的这些论点除了肯定美的统一性以外，有哪一点在我解放前的论著中可以找得到呢？蔡仪同志如果严肃地对待问题而不是拚命维护《新美学》的"新观点"，他就应该对我的这几个基本论点进行批判。因为这些论点如果驳不倒，我的主客观统一的基本看法也就驳不倒，而他的美是现实事物属性的看法也就站不住。蔡仪同志却逃避了问题的中心。

最后，我还要从毛泽东同志的《实践论》里摘引几句话，供蔡仪同志和研究美学的人结合美学问题进行深入的思考：

唯心论和机械唯物论,机会主义和冒险主义,都是以主观和客观相分裂,以认识和实践相脱离为特征的。以科学的社会实践为特征的马克思列宁主义的认识论,不能不坚决反对这些错误思想。……我们的结论是主观和客观、理论和实践、知和行的具体的历史的统一……

蔡仪同志的美学观点究竟属于这里所说的三种认识之中的哪一种呢?

(载《新建设》六月号,1960 年 6 月)

从美学讨论中体会"百花齐放、百家争鸣"的政策

　　我想就过去五六年来参加学习美学讨论的情形,来谈谈关于百花齐放、百家争鸣政策的一些粗浅的体会。

　　美学讨论是在党的领导下由《文艺报》在 1956 年开始组织的。讨论一开始就很热烈,参加讨论的人很多,其中有一大部分是青年。到了 1958 年《文艺报》把这些讨论美学的文章印成四辑,还有许多未发表的稿件没有收进去。1958 年以来,讨论还一直在进行,文章的质量也越来越高。美学过去是一个冷门,很少有人过问。由于党对文艺理论的重视,这几年之中有大批的青年对美学抱有很浓厚的兴趣,写了一些很有独到见解的文章,在讨论中得到了锻炼,为形成一支新的美学队伍打下了基础。这是近几年美学讨论的一个值得重视的收获,这个收获证明了党的百花齐放、百家争鸣

政策的正确性。

　　美学讨论还没有到做总结的阶段,但是各派观点摆出来了,问题弄得比较明确了。把问题弄明确,是解决问题的一个先决条件。提出的问题很多,主要都围绕着一个基本问题:美究竟是什么? 有三种看法。第一种看法以为美是主观判断或心灵活动创造的结果,这是主观唯心论的看法,也就是我过去的看法。第二种看法以为美是纯粹客观存在的现实事物的属性或典型性,"物的形象的美是不依赖于鉴赏的人而存在的",这是蔡仪同志的看法,附和他的人比较多。第三种看法以为美是主观与客观的辩证的统一,现实事物必须先有某些产生美的客观条件,而这些客观条件必须与人的阶级意识、世界观、生活经验这些主观因素相结合,才能产生美。美是文艺的一种特质,文艺是一种社会意识形态,所以美必然带有意识形态性或阶级性,它不是绝对的而是相对的。这是我现在的看法。这三种看法之中,第一种在讨论之中已遭到相当彻底的批判,现在已没有人在主观意图上还坚持主观唯心论。现在的分歧主要在第二种美是纯然客观属性的看法与第三种美是主客观统一的看法。姑拿国旗为例来说明这个分歧。依第二种看法,国旗的美是在带有五星徽的那块红布的物质属性上,是客观存在的,有人欣赏它,它是美的,没有人欣赏它,它也还是美的,人的主观因素(如世界观,阶级意识,生活经验等)对人所欣赏的国旗的美不起任何作用。依第三种看法,国旗的美不只在那块带有五星徽的红布的物质属性上,而主要地在于它体现了新中国人民对于社会主义的新中国的理想和情感。这种主观方面的理想和情感不是不起作用,而是起着决定性的作用。我们的国旗对于我们自己、我们的朋友和我们的敌人不可能是一般美。因为不同的人带着不同的世界观和阶级意识来看这块同一的带有五星徽的红布。我认为如果不把美看成主客观的统一,我们就很难说美具有阶级性或思想性,也就很难说革命的现实主义与革命的浪漫主义的结合。

因为我主张除了客观因素之外，主观因素对美也起作用，有些参加美学讨论的人就说我的这种看法和过去附和克罗齐的还完全是一样，还是主观唯心论。这个帽子是否合适，我自己不敢断定，但是如果我说这个帽子我戴着感到很舒服，那也未免是违衷之言。有时我对这个帽子是感到很不舒服的，因而不免有打退堂鼓开小差的思想，心想收起这个美学摊子，不再写美学文章，岂不少惹些是非？不过这种落后思想并没有得势。党的百花齐放、百家争鸣的政策支持了我，给了我坚持自以为正确的意见的勇气。我觉得在斗争中开小差，就是没有很好体会党的百花齐放、百家争鸣的政策，就是辜负党要求旧知识分子在学术批判中彻底改造自己的深切的期望。所以从1956年起，我一直积极参加了美学讨论，自问经过这番讨论，在思想上还是有所提高，对过去主观唯心主义的美学观点的错误有了进一步的认识。

就美学讨论来看贯彻百花齐放、百家争鸣政策中所存在的问题，我的体会主要有两点。

一、像在任何其他科学领域里一样，在美学里马克思列宁主义和毛泽东著作的学习是基本而又基本的思想武装。参加美学讨论的人，连我自己在内，在主观上都自以为是从马克思列宁主义出发，但是所得到的结论却彼此相反，这就说明我们对马克思列宁主义和毛泽东著作的理解不可能都是正确的，否则同一前提就不可能导致相反的结论。对马克思列宁主义和毛泽东著作如果理解不正确，就不可能对任何美学问题达到正确的结论。事实上，美学讨论的一些分歧，归根到底，都要归到对马克思列宁主义的一些基本原则的认识上的分歧。例如大家都从反映论出发，究竟什么才是能动地反映现实？在认识过程中，主观世界和客观世界是怎样既对立而又统一的，怎样既有区别而又有联系的？社会意识形态式的反映（世界观与阶级意识起作用的）和一般自然现象的反映（世界观和阶级意识不大起作用的）有无分别？分别何在？比如说，我们感觉一件东西是红的，和感觉这件红的东西是美的，这两种反映是否没有分别？在这些马克思列宁主义的基本问题上大家认识还不一致，还没有共同的语言，就很难在美学问题上达到一致；如果看法都不正确，也就很难望对美学问题有正确的看法。从美学讨论中我深深感到马克思列宁主义和毛泽东著作并不那么容易学习和运用。我们对马克思列宁主义和毛泽东著作还没有学好，不仅表现在对基本原则的误解上，而且也表现在思想方法上。我们的思想方法基本上还是形而上学的，还不会使理论结合实际，就具体问题作具体分析，还不会从全面从发展去看问题，只会从概念出发，作一些形式逻辑的分析，仍归结到概念。有些人连形式逻辑也还不会运用。这种情况如果不改变，美学讨论的质量就很难提高。所以我热烈拥护几位领导同志关于学习马克思列宁主义和毛泽东著作的号召。

二、党的百花齐放、百家争鸣政策是党的群众路线在文艺和科学领域里的应用，就是群众搞文艺，群众搞科学。如果没有正确的群众观点，就不可能站在人民一边，不可能站在党一边，也就不可能站在革命和真理一边，也就不能很好地贯彻党的百花齐放、百家争鸣政策。在这方面，我们参加美学讨论的人大半还是有问题的。"先求诸己"，姑以我为例来说，我有很严重的狂妄自大的权威思想，往往轻视批评我的人对美学没有足够的知识；进行批评时，不完全是采取与人为善的态度，碰到批评时不完全是采取欢迎的态度；爱挑剔对方的小毛病，对对方论点的正确部分没有足够的重视；自己怕戴帽子，却爱给旁人戴帽子；勇于坚持自己的意见倒还容易，勇于承认错误和纠正错误就不那么容易。这一切毛病都说明我还没有正确的群众观点，我的世界观基本上还是资产阶级的。

这些毛病就阻碍我从学术批判中得到理应得到的益处，或是对于贯彻百花齐放、百家争鸣政策做出理应做到的成绩。在这几年美学讨论中，如果能说我思想上有所提高，那也主要在于认识到自己这些毛病而在努力自觉地加以克服。

我在检查自己的同时，也注意参加美学讨论的其他同志们的思想方法和态度。我发现以上所说的两点——对马克思列宁主义和毛泽东著作还没有正确的理解以及群众观点的薄弱——还不是什么个别的现象。我的毛病和缺点在不同程度上在许多人身上也可以见到。我认为我们知识分子，不论是青是老，都应该正视自己的这些毛病和缺点，认真地学习马克思列宁主义和毛泽东著作，努力建立正确的群众观点，在贯彻百花齐放、百家争鸣政策中锻炼自己，改造自己，以求更好地响应党的号召，为我们的共同的崇高的为无产阶级政治服务的学术事业而奋斗，为树立高度科学性和高度革命性相结合的无产阶级的新学风而奋斗！

（载《新建设》1 月号〔总第一四六期〕，1961 年 1 月）

了解了艺术美,有助于了解现实美

　　我基本上赞成马奇同志的美学对象应侧重文艺理论的看法。在过去讨论中,并没有人认为美学应抛开艺术,姚文元同志也并不这样看,也没有人认为美学应抛开现实生活,我自己也从来没有这样主张过。问题只在于轻重先后的摆法,即重点应摆在现实生活还应摆在艺术。

　　这问题在历史上是个老问题。已往美学家就大致可分两派,一派侧重对一般审美活动的研究,例如康德,一派侧重艺术,例如黑格尔。我同意马奇同志的看法,在历史上侧重文艺的一派占多数;我也同意他对我所说的美学中侧重文艺的传统是"比较进步的传统"这句话的批评,这句话实在是太笼统。

　　这问题在苏联也还在争论,可参看 1956 年《哲学问题》编辑部所召开的会议纪录。1958 年苏联哲学研究所出版的《美学问题》，刊载了苏瓦洛夫的一篇文章，全面讨论了美学对象问题，也主张美学应侧重文艺，并且说苏联大多数美学家是这样看的。但是在苏联意见也并没有完全一致。

这问题在我们国内引起讨论是从 1957 年才开始，目前距作结论的阶段还很远，多摆出观点，多虚心地、细心地讨论和分析，不忙下结论，对于问题的合理解决是有帮助的。

我的看法在《美学研究些什么？怎样研究美学？》一文中[1]已经摆出，现在只补充一点：这就是美学对象问题谈到最后，必然要和美学中一些基本问题（如艺术是什么？美是什么？）的看法分不开的。

先谈"艺术是什么"的问题。我们习惯于只把图画、雕刻、音乐、文学之类看作艺术，把它们和现实对立起来，其实艺术不但反映现实，它本身也还是一种现实，二者既有分别也有联系，不应把二者的对立加以绝对化，不能说艺术里没有现实，研究艺术就抛开了现实，也不能说现实里没有艺术，研究现实就抛开了艺术。其次，从马克思主义美学观点看，是否只有图画、雕刻、音乐之类才算艺术呢？这是一个基本而又基本的问题。马克思和恩格斯在论文艺的著作里，特别是在《经济学—哲学手稿》里，很明确地指示出，人的生产劳动是人改变世界，体现主观理想、需要和能力的实践活动，同时也就是人"对世界的艺术掌握"，它所伴随的愉快也就是美感。到了阶级社会私有制起来以后，特别是在资本主义社会，劳动"异化了"，和劳动者自己对立起来了，成为一种沉重负担了，它才开始不产生美感，劳动和艺术才脱节，人的实践活动才开始不复同时是人对世界的艺术掌握。马克思认为这种劳动与艺术脱节的现

---

[1] 《新建设》1960 年 3 月号。

象将随阶级社会私有制的消灭而消灭；到了共产主义社会，每个人都成为劳动者，同时也都成为艺术家，人改变世界的实践活动从此又会恢复到同时是"人对世界的艺术掌握"。这就是说，解决人与自然的矛盾（生产斗争）以及人与人的矛盾（阶级斗争）的实践活动本身就产生无穷的美感，而生产斗争和阶级斗争本身也要看作一种艺术。我认为，如果我们真正理解了马克思主义美学的实践观点，我们对于"艺术"的习惯看法就须有所改变，对于美和美学对象的看法也须有所改变，不能和已往那样把艺术和实践活动对立起来。就是根据这一点认识，我体会到将来的美学对象必须大加扩充，把现实生活中许多实践活动当作艺术或美的对象来研究。在目前阶段，我们的实践活动还是生产斗争和阶级斗争，所以我觉得姚文元同志的"研究环境布置、生活趣味、衣裳打扮、公园设计、节日游行、艺术创造、风景欣赏以至挑选爱人等等的美学问题"[1]的提法，尽管代表侧重现实这一个正确方面，却把"现实"了解得太狭窄了。这中间一些问题美学也可以研究，但在目前不能说就是美学所要迫切解决的问题。

其次，美学应该研究什么，这问题与"美是什么"的问题是密切相关的。过去讨论中对这问题的意见分歧归纳到最后，基本上只有两派。一派持"美为客观存在"说，以蔡仪同志为代表，尽管他和这派中其他人在某些次要问题上意见有所不同。依蔡仪同志看，美是客观事物的一种属性或典型性，"不依鉴赏的人而存在"，也就是说，不依存于人的认识和实践活动。因此，"并不能说美感的对象一定是社会的，或美的观念内容一定是社会的"，这就是说，美不一定有社会内容或阶级性。另一种是我所主张的"美是主客观的统一"。我认为"美感的对象"必须包括艺术，必然具有社会内容、

---

① 《照相馆里出美学》，1958 年 5 月 3 日《文汇报》。

意识形态性和阶级性；"美的观念内容"既是观念内容，就必然是社会意识形态性的。艺术是一种社会意识形态，这是马克思列宁主义美学的一个基本原则，因此，作为艺术特性之一的美也就必然是社会意识形态性的，不能与主观因素无关。有些人认为我混淆美与美感，其实美与美感的关系是辩证的，美产生美感，美感也反过来影响美，人改变世界，要把世界变得更美些，就要凭他的美的理想和美感，人创造艺术，对现实材料加以集中、典型化和理想化，经过"改造制作工夫"①，在这"改造制作"过程中，他的全部意识形态都要影响他的美的理想和美感，因而也就要影响到作品以及作品的美。所以美一定是意识形态性的，不但艺术美如此，现实美也是如此。不过艺术美与现实美究竟有一点不同，它比现实美"更高，更强烈，更有集中性，更典型，更理想，因此就更带普遍性"②。由于把艺术美看作最高发达形式的美，由于马克思主义的科学方法论明确指示"人的解剖使我们有可能去理解猴子的解剖"，对高级现象的分析，有助于对低级现象的认识，因此我认为美学对象应该主要的是艺术美。了解了艺术美，就有助于了解现实美。不过应附带说明两点：（1）艺术与现实既不是对立的，研究艺术美就必然也要涉及现实美；（2）说艺术是主要对象，并不等于说它是唯一对象，并不排除对现实美的研究。

趁此再对姚文元同志的美学观点提一点意见，他强调现实生活美是对的，但是把"环境布置、衣裳打扮、挑选爱人"之类和"艺术创造"并列起来，而在《论生活中的美与丑》一文中③，只提到毛主席所说的社会生活为文学艺术的唯一源泉的原则，而把文艺所反映

---

① 《毛泽东选集》第一卷，第二八〇页。
② 《毛泽东选集》第三卷，第八六三页。
③ 1961 年 1 月 17 日《文汇报》。

的生活比现实生活更高、更理想、更带普遍性那一段话抛开不提，这未必是妥当的。

最后，就马奇同志反对把美学看成"美的科学"的意见提一点意见。如果把美看成没有社会内容的，与真和善割裂开来的，马奇同志的反对就有理由；如果认为美是意识形态性的，有社会内容的，与真和善是既有分别而又有联系的，说美学是"美的科学"也不见得就有多大错误。当然，这不等于说我就主张给美学下这样的定义。

（载《新建设》第二、三月合刊，1961 年 3 月）

从姚文元的美学观点谈到美学中理论与现实的结合

姚文元在 1958 年 5 月 3 日的《文汇报》上发表的《照相馆里出美学》里，曾经建议美学界"来一番马克思主义的大革新"，希望美学家"具体地研究生活中各种美和丑的事物，研究各种审美观点及其相互联系和发展变化，研究环境布置、生活趣味、衣裳打扮、公园设计、节日游行、艺术创造、风景欣赏以至挑选爱人等等的美学问题"。1961 年 1 月 17 日的《文汇报》上，姚文元又发表了《论生活中的美与丑》一文，重申美学应从实际出发，并从实际生活中举出大量事例，来说明他所发现的美的规律：新生的发展的事物是美的，腐朽的阻碍发展的事物是丑的。"从这个美的概念出发"，他看出美有几种特性：发展性、新鲜性、生动性、多样性和统一性。

近年来的美学讨论虽然不能说是毫无成绩，但确实存在脱离实际、在概念里兜圈子的毛病。这个问题是值得分析一下的。我想"实际"应该包括现实生活中生产斗争和阶级斗争的实践以及文艺创作的实践两项。就第一项来说,美学界人士多半是长期守在书斋里脱离实际斗争的知识分子,在我们身旁尽管有大量的面貌新鲜而意义深刻的现实资料足资研究,而我们由于还没有真正掌握马克思主义的立场、观点和方法,对着丰富的现实生活竟不知从何着手,甚至熟视无睹,所以跳来跳去,跳不出概念。其次,就文艺创作实践来说,美学家们在这方面大半都没有足够的知识,我自己是颇知此中苦楚的。对文学和造形艺术,我虽有些粗浅的接触,但是也非常片面,对音乐、舞蹈、歌剧、电影等等就简直是聋盲哑俱全。为共产主义教育服务,谈到最后,还是要通过文学艺术("环境布置"、"衣裳打扮"等等含有与"自然"对立的"人为",恐怕也要看作艺术),如果对于文艺实践完全是门外汉,当空头美学家,就绝对不能推动美学前进。文学家、艺术家和美学家之间的这一堵墙必须赶快拆掉,这也是"从实际出发"这个基本原则所要求的。

但我想对姚文的一些具体见解,提出一些不同的看法。唯物辩证法除从现实出发之外,还有一个基本要求:从全面看问题。在这一点上,我们多数人都不大容易通得过考验,姚文元似乎也不是例外。我在这里不想把注意集中到姚文元一人的美学观点上,而是结合到他的两篇论文,来谈一般存在着的问题。为了针对过去在概念里兜圈子而强调从现实出发,这是扭转方向的重要步骤;但是我们也要谨防另一偏向,就是对现实作过于狭窄的理解,一方面把现实和概念或理论对立起来,另一方面又把现实和文学艺术对立起来。从近来关于美学对象的讨论看,这种偏向是存在的。

先谈现实与概念或理论的对立。单纠缠在概念里不行,脱离概念而只是纠缠在现实里恐怕也还是不行。看现实,不可避免地要从一定的立场、观点和方法出发;对于美的现实,可能有唯物辩证的看法,也可能有唯心和形而上学的看法。在美学讨论中,对于一些具体美学问题的意见的分歧,最后都要归结到对马克思主义哲学中一些基本原则的认识的分歧。对于这些基本原则(例如存在与意识的关系、文艺与现实的关系、唯心主义与唯物主义的分别、形而上学与辩证法的分别之类)正属于概念范畴。美学讨论已充分显示出我们对于这些基本概念并没有弄得很清楚。例如在讨论美学对象时,有人认为美学"从存在出发"便是唯物的,"从意识出发"便是唯心的,这在主观意图上是在运用"存在决定意识"这一条马克思主义的基本原则,可是正是在运用中把"存在"和"意识"割裂开来,忽视了马克思主义美学的出发点是反映论;而反映论既不是单从存在出发,也不是单从意识出发,而是从"存在决定意识"这个关系出发。再例如我们说"美学应从现实出发",什么叫做"现实"? 我们通常假定"现实"这个概念没有人不了解,但是一过问起来,答案可能显出很大的分歧。在讨论美学对象中,有人认为现实只指社会经济基础或存在,而上层建筑、意识形态、艺术等都不包括在内。姚文元在《照相馆里出美学》里说美学要研究现实,就是要"研究环境布置、生活趣味、衣裳打扮、公园设计、节日游行、艺术创造、风景欣赏以至挑选爱人等等的美学问题"。这样看现实,全面不全面呢? 抓到主要环节没有呢? 马克思和恩格斯是从生产劳动实践来看美学问题的,所以生产斗争是美的现实中一个主要环节。其次,与实践观点密切相联系的是马克思主义的上层建筑(包括社会意识形态,包括文艺)为经济基础服务,在阶级社会中为一定阶级服务的原则,因此,美的现实中另一个主要环节是阶级斗争的实践。毛泽东同志也指出生产斗争和阶级斗争是人类知识两个大部门,文艺要为工农兵服务,这也就是要为生产斗争和阶级斗争服务。姚文元所说的橱窗陈列、衣裳打扮、节日游行、挑选爱人之类当然也是现实,甚至于可以说成与生产斗争和阶级斗争有关,但是把那些项目摆在一起来看,他所理解的现实显然包含一些不是马克思主义实践观点所着重的东西,一些甚至于带有偏重消费者欣赏享受的东西。美学当然也可以研究这些。但是从姚文元所规定下来的美学的重大任务来看,这些项目是不是美学的当务之急呢?归根到底,这与对"现实"概念的看法是大有关系的。应该指出:姚文元在最近的《论生活中的美与丑》里没有再提美学应该研究上述那些项目,但是对于一些基本概念还是相当模糊的,"美"就是其中之一。例如说:"绿色的植物是自然美的根本内容之一,因为绿色是代表向上发展的生命。"颜色所产生的快感首先只是一定光波的物理刺激在生理上所生的结果,这是动物性的反应,与美学所讨论的社会的人对美的事物所生的美感不能混为一谈。姚文元所举的许多自然美的例子大半属于动物性反应,由于生理组织大致相同,动物性本能大致相同,不同时代、民族和阶级的人们对于某些事物都感到共同的喜爱或厌恶,他们也往往用"美"或"丑"的字样来形容这些事物,但是这种"美"与"丑"既只是动物性反应所生的感觉,就不带社会意识形态性,就没有阶级性。资产阶级所吹嘘的共同的"人性"分析到最后,就不外是这种共同的动物性反应。美学研究美或丑,不是把它当作动物性反应的结果,而是把它当作社会人反映现实的结果。作为社会的人对事物所感到的美与丑是有具体社会内容的,是社会意识形态性的,是受一定的世界观和阶级立场决定的。许多谈自然美的人在概念上没有把这个分别弄清楚,因而造成许多关于自然美的错误见解,例如美没有社会内容或不带社会性的看法。作为社会人对事物反映的结果,美与真和善是既有分别而又紧密联系的。姚文元所举的美的四个特性,除掉"发展性"可能与"善"有关以外,其余三个——新鲜性、生动性、多样性和统一性——都主要地是形式问题。如果应用到艺术美,它能不包括"真实性"吗?它和"思想性"就毫不相干吗?概念上的模糊有时是可以导致严重后果的。

姚文元所举的自然美例证多半属于动物性反应，但是就他的说明来看，他倒不是就动物性反应来判断美丑，而是就社会人对现实的反映来判断美丑。例如说"绿色代表向上发展的生命"，狮虎等代表"强有力的生命"，所以美。这里主观方面的社会意识形态就起了作用，因为说某事有某种意义，这意义不是对它本身来说的而是对人来说的；人从某种立场观点出发，才能见出他的意义，意义是不能脱离人而存在的。因此，自然物本身虽有如姚文元所说的"形成美的条件"，却还不能说这一方面的美的条件就已经是美了，这美在人见到以前已经是一种客观存在了。事实上姚文元所举的大量事例都说明美是意识形态性的，是需要主客双方美的条件来形成的，而他却否定了"主观与客观统一"的说法。由于他不大爱在概念上揣摩，他大概没有意识到他的自相矛盾的地方。

姚文元《论生活中的美与丑》全文的重点在论证生活中和自然中凡是新生的向上发展的就是美的，衰老死亡的阻碍发展的就是丑的。这个"美的规律"以往黑格尔和车尔尼雪夫斯基也已一再论证过，蔡仪同志也论证过，现在姚文元又重新论证一遍。应该承认，这个"规律"可以说明自然界相当大一部分的美的事实，但是它是否就是全部真理呢？至少是运用到文艺方面，它就要遭遇到一些困难，它要牵涉到反面人物、悲剧题材、感伤诗、过去文艺的价值等一系列的值得讨论而在这里不能讨论的问题。姑举《红楼梦》里的刘姥姥为例，假如现实中有那样的老妇人，她无疑是丑的，但是作为艺术作品，她是一个写得淋漓尽致的逼真的人物，能否产生美感呢？荷兰人物画家伦勃朗所画的一些老态龙钟的画像能不能算美呢？中国的诗词中许多表现没落阶级哀怨情绪的作品是否一律都是丑的呢？一个阶级在衰亡时期——例如奴隶社会在罗马帝国时代，在中国东周时代——是否就一定不能产生美的文艺呢？有关美的事实是相当曲折的,复杂的,姚文元的"规律"未免有些简单化了。所谓"简单化"就是不从全面看问题,对"美"所存的概念是片面的。

以上所说的是,我们不宜于把现实和概念看成绝对对立。离开现实而空谈理论,那会流于教条主义;离开理论而专谈现实,那也会流于经验主义。我们要从现实出发,但是也不能轻视理论或概念。毛泽东同志指示得很清楚,感性认识是基础,理性认识是提高,二者是互相推进的。在美学里和在其他科学领域里一样,正确的方针还是两条腿走路:理论结合现实。我着重地谈了这一点,因为美学讨论中在概念中兜圈子的情况,一方面引起"从现实出发"的呼声,这是好的;另一方面在一部分人心里也产生了厌恶理论和概念的情绪,这就未必是好的。钻研一门科学是要经过一些困难的。就美学来说,除掉研究现实以外,还有研究马克思主义创始人论文艺的著作这一项艰巨的工作。如果以厌恶理论和概念的心情来对付这项工作,我敢说,那是不易做好的,这项工作如果不做好,想建立马克思主义的美学,恐怕也是很难的。目前美学讨论处在停滞阶段,原因有两个方面:一是脱离现实;二是很大一部分讨论者对马克思主义理论基础的忽视或轻视。

其次,还要谈一下现实与文学艺术的对立。姚文元所理解的美学对象虽是侧重现实,却并没有排除文艺,他说得很明白,要"详细分析生活中和艺术作品中各个方面"。但是从近来一些讨论美学对象的文章和座谈会发言看,受到姚文元影响的一部分人,由于强调现实,却把现实和文艺也对立起来了,主张美学只应研究现实,认为主张把艺术看成美学的主要对象就是把艺术看成唯一对象,就是"用抽象的'艺术'布成'疑阵'"①。

---

① 参见庞安福《艺术美的实质及其它》,《新建设》1960 年 12 月号。

这里涉及两个问题：一是文艺与现实关系问题，一是美学对象应该侧重文艺还是侧重现实生活问题。在这两个问题上姚文元的概念似乎都不大明确，受他影响的人们走到否定文艺的极端，他也不能完全辞其咎。先谈第一个问题。在《照相馆里出美学》里，他把"艺术创造"和"衣裳打扮"、"节日游行"、"挑选爱人"之类活动并列起来，就是把艺术和现实生活以至于生活细节摆在同一个平面上。在《论生活中的美与丑》里，他谈到了毛泽东同志的人类社会生活是文学艺术的唯一源泉的思想，对于文艺所反映的生活比现实生活"更高，更强烈，更有集中性，更典型，更理想，因此就更带普遍性"的思想却扔到一边不提。这些事实都说明他多少也有些由于要强调现实，而就把文艺和现实对立起来，把重点摆在现实上的倾向。其实，文艺不仅反映现实，而且它本身也还是一种现实，从现实出发，就不能不重视文艺创作的实践。

关于第二个问题，姚文元说："生活中的美是艺术美的源泉，把生活中的美与丑弄明白了，就为进一步研究艺术作品中的许多美学问题打下了基础。"这里问题的关键在于对艺术与现实的关系以及艺术美与现实美的地位的看法。如果认为艺术美就是把现实美移植过来，现实美和艺术美地位平等，或是比艺术美还更高，姚文元的方法程序就是对的。如果不是这样，如果艺术要在现实上进行"改造制作工夫"，如集中化、典型化、理想化等等，如果艺术美高于现实美，那么，姚文元的方法就只能作为次要的、补充的，而美学的对象主要地还是文艺实践这方面的现实。马克思谈到科学方法论时，曾指出"人体的解剖使人有可能了解猴子的解剖"，而他自己研究货币与资本也是从近代发达的形式去回头看过去各时期的初级形式。关于美学应以文艺实践为主要对象（这也并不排除对现实美的研究），我已写过一两篇文章，这里就不再详谈了。在这里只消打一个浅近的比喻：房子是砖瓦水泥等材料做成的，单研究砖瓦水泥等材料,对了解房子,虽然不是毫无帮助,但是要真正了解房子,还是要把房子作为房子来研究才行。这个比喻能不能应用到现实生活与文艺的关系上去呢? 我姑且提出这么一个疑问。

(载《文汇报》,1961 年 3 月 17 日)

美学中唯物主义与唯心主义之争

——交美学的底

　　经过这几年的讨论，一般人对过去是冷门的美学兴趣越来越浓厚了，这是大好形势。讨论中有在概念中兜圈子的毛病，群众表示不满，要求多从现实出发，这是正确的。不过对现实的研究也不能排斥对根本性原则的研究，因为无论谁去研究现实，都不能没有某些原则做标准，例如唯物主义与唯心主义的分别就不能不弄清楚。如果离开这种带有根本性的原则而片面地强调研究现实，则在现实中仍然可能是在"兜圈子"，甚至不能绝对保证不堕入唯心主义。正确的方针恐怕是两条腿走路，理论结合现实。

　　参加美学讨论者在主观意图上都是想从马克思列宁主义、毛泽东思想出发，分歧起于对这方面一些基本原则的认识。人人都把"马克思列宁主义美学"招牌背在自己身上，把"唯心主义"的帽子扔给对方,这不是实事求是的态度。我认为参加美学讨论的各派代表,最好先把自己对有关美学的一些马克思列宁主义哲学基本原则的认识,怎样运用这种认识来解决美学中具体问题,以及在这种认识和运用上自己和旁人的分歧,很明确地交代出来,然后在这个基础上深入讨论。这样做,也许可以避免对于一些基本原则和概念人各一解,没有共同语言,很难真正交锋的毛病。在本文里我先作出这样一种交代。

一　对反映论中几个问题的认识和分歧

马克思列宁主义的文艺理论和美学有一个总的出发点,那就是反映论:文艺是客观现实的反映。反映论与"存在决定意识,而意识又反过来影响存在"的辩证唯物主义的基本原则是分不开的。这个基本原则肯定了物质第一性,也肯定了人的主观能动性与创造作用,揭示了存在与思维、客观世界与主观世界、自然与人是既对立而又统一的辩证关系。这个辩证关系具体表现于一个事实:客观世界是人的实践和认识的对象,人从实践中对客观世界获得了认识,然后又根据这种认识,进行改变客观世界的实践活动,来实现自己的要求和理想。就在这改变世界的过程中,人也在改变自己,发展自己,改进自己的认识和实践能力以及生活状况。历史的发展就是"存在决定意识"和"意识影响存在"反复交互推进的过程,这也就是认识与实践反复交互推进的过程,客观世界与主观世界反复交互丰富化的过程。毛泽东同志在《实践论》里说得非常透辟,在这过程中实践是最基本的。

这个反映论的基本原则应用到文艺理论和美学,问题发生在哪些地方呢?

问题首先发生在认识与实践的关系上。艺术与美是只涉及

"存在决定意识"，还是也要涉及"意识影响存在"呢？是只涉及人的认识活动，还是也要涉及人的实践活动呢？是涉及认识世界，还是也涉及改变世界呢？这几个问题在实质上只是同一问题的不同提法。我认为艺术与美的问题不仅仅涉及"存在决定意识"所产生的认识，而且要涉及"存在决定意识，而意识又反过来影响存在"这一个完整的不可分割的辩证发展过程，不仅仅涉及认识活动，而更加重要的是涉及实践活动，我之所以把艺术美放在首要地位，把自然美放在次要地位，而在这两种美之中都强调主观能动性与创造性，就是基于对反映论的这种着重实践活动的看法。

　　我的反对者彼此意见也不尽一致，但是可以看出他们的一个共同的思想倾向：认为美是"不依人的意志为转移"的绝对独立的客观存在。所谓"不依人的意志为转移"，就是说不受人的实践活动的影响。美仿佛只是认识的对象，与人改变世界的实践活动无关。客观世界原有美，人才能反映这种美；客观世界原无美，人就不能产生美。反正人类从石器时代进入社会生产后这几千万年来的历史成就和文化遗产之中如果有什么可以让人感觉美的东西，因为它们都是客观存在，人的账上就登记不上任何功劳。如果认为主观因素对美能起作用，那就是坚持主观唯心主义！这是我与我的反对者的分歧之一。

　　其次，问题还发生在对人（指社会人）与自然（即我与物，意识与存在，主观与客观）的关系上。人与自然是截然分开的两个绝对的对立面，还是人里面也有自然，自然里面也有人呢？马克思列宁主义的对立统一的普遍的基本的辩证原则能不能也适用到人与自然的关系上去呢？这就是近两三年国内学术界所热烈争辩的思维与存在的同一性问题。我在学习马克思列宁主义中所得到的认识是这样（我的认识难免有错误）：人自从进行生产劳动成为社会的人之日起，就在自然上面打下了人的烙印，自然便变成了"人化的自然",体现了人的"本质力量"(能力、愿望、理想等),这就是说,自然里面也有人。另一方面,人的活动不外认识与实践,脱离自然,这认识与实践便没有对象,自然毕竟"对象化"了人的"本质力量",人是社会关系的总和,社会关系便是客观存在而且本身由物质基础决定。所以人里面也有自然。总之,人与自然这两对立面是互相依存、互相渗透、互相转化的。对立统一的辩证原则既适用于人与自然的关系,也就适用于审美过程即创造与欣赏过程中主观与客观的关系。就是根据这个认识,我提出了"美是主观与客观的统一",认为一些主观因素如世界观、阶级意识、生活经验、文化修养等等能影响人对于美的感觉,对于美的理想;由于人改变世界(包括艺术创作在内)要根据这种美的理想,所以美不但是客观世界的反映,也是主观世界的反映。这就是说,美是社会意识形态性的,有时代性,有民族性,有阶级性的。社会意识形态是反映社会基础的;肯定了美的意识形态性,并不等于否定美的客观现实基础,像我的反对者根据他们的奇怪的逻辑所论断的。

我的反对者大半把人和自然的对立绝对化起来,认为美是"不依人的意志为转移"的客观存在。美既"不依人的意志为转移",那就只能由客观存在片面决定。在这里,他们的形而上学的思想方式显得最突出。这种美由客观存在片面地决定而且机械地决定的看法有什么逻辑后果呢?很显然,这种看法势必否认对立统一这个马克思列宁主义的普遍的辩证原则可以适用于审美过程中主观与客观的关系,势必否定审美者的主观能动性和创造性;势必否定美的意识形态性和阶级性,因此,艺术性(美)也就势必与思想性割裂开来;势必堕入形式主义,抹煞文艺的社会内容,(蔡仪同志说得很明确:"并不能说美感的对象一定是社会的,或美的观念内容一定是社会的。")而单从"和谐"、"匀称"、"曲线"之类"自然属性"或形式因素上去找美,如蔡仪同志在《新美学》里所做的。

除掉蔡仪派之外，我的反对者之中还有李泽厚派。这派以"社会性"代替了蔡仪派的"自然性"，说美不在自然事物的自然性而在自然事物的社会性。从总的美学观点看来，这派要比蔡仪派高明，单就肯定美的社会性这一点就可以看出。不过"社会性"一词在李泽厚派的文章中是极不明确的。首先，他们把"自然性"和"社会性"绝对对立起来，排除了自然性而单取社会性，这就足见他们对人与自然的关系的看法还是形而上学的。自有人类社会以来，凡是成为人类认识和实践对象的事物之中没有哪一件不具有社会性，单是"社会性"不一定就能保证事物美；如果能，则一切事物既都有社会性，就应该都是美的。其次，李泽厚派也认为形成美的社会性是一种"不依人的意志为转移的客观存在"，这就毕竟跟蔡仪派一样肯定美由客观存在片面地决定，因此也就难逃上文所说的那些逻辑后果。第三，把"自然性"看成单属客观事物，还可以说得通；把"社会性"也看成单属客观事物，"不依人的意志为转移"，就很难说得通了。因为事物的社会性只能指事物对社会人的意义和价值，把人（主观方面）抛开而谈事物（客观方面）的社会性，那岂不是演"哈姆雷特悲剧"而把哈姆雷特抛开？那究竟是什么社会性？

　　总之，我认为美是主客观的辩证的统一，而我的反对者，无论是蔡仪派还是李泽厚派，都认为美是由客观存在片面决定的。这是我与我的反对者的分歧之二。

　　第三，问题还发生在对反映过程的认识。我所理解的主客观的对立统一，有两种虽相关而究竟有分别的意义。第一个意义是主观世界反映了客观世界，主观认识或多或少地符合客观现实。这是就关系对应上肯定主观世界与客观世界既对立而又统一。在这个意义上，镜子所摄的物影与物体本身也存在对立统一的关系。如果说镜子也起了"主观"作用，那只是一种机械的作用。但是我所说的主客观对立统一虽包含这个意义，却还有另一个更重要的意义，就是在反映过程中，主观世界与客观世界由于对立而发生着矛盾，须经过一番斗争以及这斗争的克服，才达到统一，这里克服矛盾的方式不是机械的，而是要发挥主观能动性和创造性的。应用到艺术活动与审美活动上，反映虽根据现实，但由于主观能动性和创造性（社会意识形态、文艺修养和创作劳动等）发挥了作用，却对现实有所改变，而不是被动地抄袭；反映的结果是现实而又不只是原封不动的现实。

我的反对者虽然口头不会承认他们认为反映只是照相式的被动抄袭，而他们的美学思想体系却必然是这种被动抄袭式的反映论所产生出来的。姑举蔡仪同志的基本美学观点为例来说明。据他说，美就是客观事物的一种属性或典型性，而典型性就是"优势的种类属性"（说干脆一点，就是突出的种类共性或同种类事物的常态），这种典型性（等于美）是"不依赖于鉴赏的人而存在的"，这个看法除掉没有人类以前就已有美那个荒谬的逻辑结论以外，还有一个更严重的致命伤，那就是：典型性既然"不依赖于鉴赏的人而存在"，它在艺术作品或鉴赏人的意识里的反映，就只能是和原来在客观世界里存在的一模一样，不增不减。这就是说，艺术家或鉴赏人把客观世界中原已存在的典型性原封不动地搬到他的艺术作品或是他的意识里，这就叫做"反映"。这种典型说是否正确是另一问题，在这里不讨论。现在只谈对反映过程的这种理解。这一点有必要特别提出来讨论，因为蔡仪同志的这个看法代表大多数参加美学讨论者的看法，而正是这种看法使许多人在美学观点上走入迷途。

首先应该指出的是：在客观世界里并不独立存在着什么种类共性。按照一般与特殊统一的原则，种类共性存在于个别具体事物里面。在个别具体事物里体现的共性和人在意识里或艺术作品里所反映出来的共性或典型性之间，存在着一种极其重要的分别。

这个分别在于前者是结合到某个特殊的一般,与抽象的一般(共性)只能近似而不能完全相同;后者则是从许多特殊中所抽象出来的一般,是经过人脑加以概括化和理想化的。前者确实存在于客观世界,后者虽是根据客观世界,而在客观世界里并不独立存在;但是它在人的意识里却可作为概念而独立存在,在艺术作品里却可作为典型形象而独立存在。举个具体的例子来说,在客观世界里只存在着见出"果性"的个别具体的苹果、樱桃、梨,并不独立存在着"果性",而在人的意识里却可独立存在着"果性"的概念。在客观世界里只存在着个别具体的勇敢而鲁莽的人,并不独立存在着许多这样人的"复合照片",而在艺术作品里却可独立存在着罗贯中的张飞和施耐庵的李逵那样的典型形象。

从此可见,无论意识反映现实还是艺术反映现实,虽然都是根据现实,却不因此就等于现实,反映与被反映者之间毕竟存在着分别①。这也说明了错误的思维与存在之间还是有同一性。正是这种分别是蔡仪派美学家们所忽视的,也正是这种忽视导致了他们的美学上的许多错误观点。

是什么因素造成反映与被反映者的分别呢? 如果单就认识来说,造成这种分别的就是毛泽东同志在《实践论》里所说的由感性认识上升到理性认识的过程中所必有的"飞跃","主观能动性的作用",或"将丰富的感觉材料加以去粗取精、去伪存真、由此及彼、由表及里的改造制作工夫"(重点引者加)。如果就艺术形象来说,造成这种分别的就是毛泽东同志《在延安文艺座谈会上的讲话》里所说的"把这种日常的现象集中起来,把其中的矛盾和斗争典型化"

---

① 关于认识和所认识的对象不完全一致,参看马克思在 1857 至 1858 年的《经济学手稿》里所指出的科学所综合起来的整体与原来客观世界中的具体的整体之间的分别,以及毛泽东同志在《实践论》里所指出的相对真理与绝对真理的分别。

（重点引者加，请注意这个"化"字）。我所坚持的主客观统一说也不过是说：客观方面的"丰富的感觉材料"，人类社会生活这个"文学艺术的唯一源泉"与主观方面的"集中"、"典型化"和"改造制作工夫"这两对立面的统一。而我的批评者说我这就是否定现实美，"否认现实生活是文学艺术的唯一源泉"，"实质上就是认为美是主观决定的，主观创造的"（蔡仪语），总而言之，还是坚持主观唯心主义！这是我与我的反对者的分歧之三。

第四，问题还发生在对社会意识形态的认识。美是艺术的一种属性，而艺术是一种社会意识形态。所以要认识艺术和艺术美的性质，必须先认识社会意识形态的性质，而要认识这个，也必须先辨明社会意识形态与一般反映自然现象的意识形态之间的分别。在说明这个分别以前，我应该趁此就我在《论美是客观与主观的统一》一文里说明这个分别时所犯的严重错误，进行我在目前思想水平所能做到的自我批评。在那篇文章里，为了要强调这两种意识形态的分别，我提出一个看法，认为列宁在《唯物主义与经验批判主义》里所用的反映论只适用于一般自然现象的反映，只适用于感觉阶段，到了正式美感阶段，就要用马克思主义关于社会意识形态的原则。这个看法是极端错误的。第一，把"感觉阶段"割裂开来，无论对一般认识来说还是对艺术或审美活动来说，都是违反感性认识与理性认识统一原则的。反映论应该适用于整个反映过程。其次——这一点是更严重的——列宁的反映论正是发展马克思和恩格斯的意识形态的学说，而且列宁把反映论应用到文艺领域（例如论托尔斯泰的几篇文章）里，也正是指社会意识形态的反映；不应该把反映论和社会意识形态的学说分割开来，对立起来，这样做，是对马克思列宁主义的歪曲。从此我也认识到马克思列宁主义不是那么容易学习和运用的。

这并不等于说，肯定社会意识形态与一般反映自然现象的意识形态之间的差别就是错误的，像有些批评者所论断的。首先这个分别是马克思主义创始人所明确指出的。他们在"存在决定意识"之外，还另指出"社会存在决定社会意识"，这就说明了一般意识形态涉及"社会"这种特殊存在时，就具有一种特殊性，即社会性。列宁在《唯物主义与经验批判主义》第二章指出"科学的意识形态"与"宗教的意识形态"的不同（马克思主义创始人历来把"宗教的"、"艺术的"、"伦理的"等意识形态列在一起，正因为它们都是社会意识形态，都属于"实践精神"），在于"科学的意识形态符合客观真理或绝对自然"，从此可知，社会意识形态就不一定如此。所以马克思和恩格斯在《德意志意识形态》里说："在全部意识形态中人们和他们的关系就像在照相机中一样是倒现着的"，其所以如此，"是从人们生活的历史过程中产生的"。① 列宁也说"意识形态都是受历史条件制约的"（马克思主义创始人在不拿两种意识形态作对比时，一般把"社会意识形态"统名之为"意识形态"）。历史条件是指经济基础与上层建筑的发展情况。在阶级社会里，社会意识形态是有阶级性的。人们从阶级利益出发，对社会现实的认识掺杂有主观成见，所以往往是不能"符合客观真理或绝对自然的"、"倒现着的"反映。科学的意识形态本身是没有阶级性的，所以一般较符合真理。这两种意识形态的分别当然也只是相对的，但也是不容否认的。

运用到美学问题上，这两种意识形态的分别可以澄清许多混乱的思想。例如我认为"花是红的"和"花是美的"是两种不同的反映，而我的反对者认为这两种既同是反映现实，就没有什么不同；"红"和"美"同是花的属性，都"不依鉴赏的人而存在"。说"红""不依鉴赏的人而存在"，我认为是理所当然的，说"美""不依鉴赏的人

---

① 《马克思恩格斯全集》第三卷，第二九至三十页，人民出版社1960年版。

而存在"，我认为是很难说得通的。这个问题我过去提过多次，我的批评者至今还没有作出既合乎事实又合乎逻辑的答复。这是分歧的症结所在。不把这个问题彻底弄清楚，我的思想疙瘩就不能消除。所以我在这里向我的批评者提出一个诚恳的呼吁：请你们认真仔细考虑一下这个问题，在这个问题上多对我进行帮助。我现在且把我的思想疙瘩暴露出来。

疙瘩之一：花的"红"可以用物理学和生物学分析出来，说它是若干速度的光波刺激眼球网膜所产生的印象，可以定成一个规律，普遍适用于一切可以叫做"红"的事物。花的"美"是怎么样一种"属性"呢？这却是物理学和生物学所分析不出来的，而且在这个对象上的"美"（例如花）和在每一个其他对象上的"美"（例如人、国旗、一部小说或是一曲乐调）是不像"红"那样到处皆同的。因此，我疑心"美"不像"红"那样同是客观事物的客观属性，而是一种社会现象，是与"鉴赏的人"大有关系的。要科学地解释"红"，只消把它当作一种单纯的自然现象，加以物理学和生物学的分析就行；要科学地解释"美"，单把它当作一种自然属性似无济于事，它要涉及"鉴赏的人"的人生观、阶级意识、生活经验、文化修养等主观因素，因此就要对它进行科学的分析（例如阶级分析）。由于这个分别，我把"红"看作反映一般自然现象的意识形态，"美"则是社会意识形态；前者受主观的影响较小，后者受主观的影响较大。如果说我这个看法不对，不对在哪里？

疙瘩之二：你过去这样反对过我："人生观、阶级意识、生活经验等等主观因素只对美感起作用，对美并不起作用，你朱光潜是在混淆美与美感！"我且反问一句：人生观、阶级意识、生活经验等等主观因素对艺术起不起作用？如果说起作用，它们也就该对艺术的美起作用。如果说不起作用，那么，"否认现实生活是文学艺术的唯一源泉"的倒是你而不是我。至于说美感，我看这在心理活动中不是孤立的,不是可以和人生观、阶级意识、生活经验等等割裂开来的。问题在于承不承认毛泽东同志说的"改造制作工夫"。我承认这种"改造制作工夫",美感影响美的问题并不难解决。我并不是说有一种孤立的美感来影响美,而是说有和人生观、阶级意识、生活经验等主观因素打成一片的美感,在进行"改造制作工夫"时,能影响作品或印象,因而也就影响作品和印象的美。美感影响美的问题对于你确是无法解决的,因为你不敢承认"改造制作工夫"。我这个看法错误又在哪里?

疙瘩之三:是红谁也感觉到红,只有色盲除外。为什么有些东西这个时代、这个阶级或这个民族感觉美,而另一个时代、另一个阶级或另一个民族就不感觉美,甚至感觉到丑,例如封建社会中妇女裹的小脚,对于我,如果不承认主观因素对美起作用,这问题就无法解决。我认为美是有阶级性、民族性乃至时代性的。我想你也承认艺术有阶级性,而为什么你否认艺术的美有阶级性?难道封建地主有阶级性而他的剥削性就与阶级性无关吗?

疙瘩之四:从你肯定美为"不随人的意志为转移的客观存在"或是像"红"一样的属性来看,在逻辑上你就不得不否定美的阶级性,只能承认美感有阶级性。你的推理只能是这样:美是"不依鉴赏的人而存在的",有人鉴赏,美在那里;无人鉴赏,美也还在那里;美总是在那里,我感觉到而你感觉不到,我感觉得深而你感觉得浅,这是由于我正确地反映了美而你却没有,所以毛病在你不在美。我认为如果按照这种逻辑推演下去,古今中外的无数的人尽管感觉到形形色色的美(从艺术美、自然美乃至穿鼻纹身),却都是不正确的反映,都没有达到而且也永远无法达到你所肯定的那种客观存在,和"红"一样是自然属性的"美"。凡是过去人所感觉到的美都只能是美的假象。这就难免使我想起你的"美"很类似柏拉图的永恒理念。而且你这个看法在实质上等于否定错误的思维与存在的同一性。

疙瘩之五：蔡仪同志责备我"还要坚持从意识活动中去找美"。这句话也对也不对。对，因为我确实主张美离不开意识活动；不对，因为我从来没有否定客观条件的重要性，从来没有说单从意识活动里就可以找到美（这是我解放前的错误的看法），而且明确地说，美是主观与客观的统一，是人根据客观现实进行"改造制作工夫"所得的结果。老实说，我最关心的是"找"艺术，其次才是"找"美。我相信马克思的话，艺术是一种社会意识形态。我看不出否定了"意识活动"，否定了世界观、阶级意识、生活经验等等对于艺术的作用，这个社会意识形态如何钻进艺术作品里去。我认为这样做，就等于否定艺术的社会意识形态性，否定艺术的社会内容。蔡仪同志不是说吗："并不能说美感的对象一定是社会的，或美的观念内容一定是社会的。""美感的对象"似应包括艺术在内，艺术不是社会的，是什么呢？是自然的？艺术美（姑且暂不谈自然美）的"观念内容"不是社会的又是什么呢？是自然事物的"和谐"、"对称"、"比例"、"直线"、"曲线"之类形式？否定"意识活动"的作用，或是认为艺术和美都可以离开"意识活动"，就势必剥夺艺术和美的社会内容，堕入形式主义，所以蔡仪同志否认"美的对象"和"美的观念内容"的社会性，在"和谐"、"对称"、"曲线"之类形式上去"找美"，这是很符合他的逻辑的。可是这样一来，就要在我的思想上引起一些疙瘩。"美的观念内容"既可以不是社会的，凭什么标准去衡量艺术和艺术美？是不是用社会标准或阶级标准就不大恰当？一种"不依鉴赏的人而存在的"无社会内容的绝对客观的美，是不是就要有一种它所特有的"不依鉴赏的人而存在的"，不考虑社会内容的绝对客观标准？这是蔡仪派的逻辑所不可逃避的结论，而这个结论就意味着：（一）政治标准和艺术标准的割裂；（二）思想性和艺术性的割裂；（三）内容和形式的割裂；（四）对社会历史发展决定文艺发展这个原则（即基础决定上层建筑的原则）的否定。我看这不像是马克思列宁主义。

由于思想上有以上所说的和其他不能在这里说完的许多疙瘩，所以在我的反对者帮助我消除这些疙瘩之前，我还是坚持主客观统一说。我拿美为单纯客观存在的看法去考虑一些美学问题，才有我所说的那些疙瘩；我拿美是主客观统一的看法去考虑同样的问题，就碰不见那些疙瘩。如果你举出充分的理由证明我的那些疙瘩都是"主观唯心论者的诡辩"，我愿意改正我的看法，乃至放弃主客观统一说。我等着你的。

二　直观观点与实践观点的分别

在上文第一节里谈认识与实践的关系时，也已大致涉及实践观点。这里有必要重提一下，一则因为实践观点对美学的重要性，二则因为有些人对实践观点还存在着一些误解和抗拒。

马克思在他的一些早年著作里，特别是在《经济学—哲学手稿》里，建立了美学的实践观点，即人类美感起于改变世界因而实现自我的劳动实践的观点。人类自从进行生产劳动之日起，才开始成为社会的人；人与自然的对立才开始被认识到，也才开始被克服，人开始在改变世界中改变自己。美感和"人对世界的艺术掌握"也是从此开始的。美感不是别的，它就是人在外在世界中体现了自己的本质力量时所感到的快慰和欣喜。马克思把美感叫做"能获得人的（只有人才有的不是动物性的——引者）那种欣赏的感觉力，肯定自己为人的本质力量的感觉力"。美感是发展的，它的发展是通过物质世界的发展来实现的。用马克思自己的话来说："只有通过人类存在中对象（客观）方面展开来的丰富性，才能培养出或创造出主观方面人的感觉的丰富性。"这种发展必须通过人的劳动实践。用马克思自己的话来说:"为了使人的感觉力变成人的,为了形成一种人的感觉力去适应人类本质和自然本质的一切丰富性,通过理论和实践去达到人的本质对象化都是必要的"("人的本质对象化"即"人化的自然",人在客观世界中体现他的主观力量和理想)。

马克思在这里所建立的美学的实践观点,我在《生产劳动与人对世界的艺术掌握——马克思主义美学的实践观点》一文里已详加阐述。这里只消指出两点。第一,马克思不是把美的对象(自然或艺术)看成认识的对象,而是主要地把它看作实践的对象;审美活动本身不只是一种直观活动,而主要地是一种实践活动;生产劳动就是一种改变世界实现自我的艺术活动或"人对世界的艺术掌握"。其次,马克思在这里深刻地阐明了在生产劳动及审美过程中主观世界和客观世界既对立而又统一的辩证原则:人"人化"了自然,自然也"对象化"了人。这个辩证原则是适用于人类一切实践活动(包括生产劳动和艺术)的。

要理解这个实践观点的深刻的革命意义,我们有必要回顾一下马克思主义以前西方美学(包括唯心的与唯物的)所采取的基本观点,那就是与实践观点对立的直观观点。首先建立这种直观观点的是柏拉图。他在《会饮篇》和《斐德若篇》对话里,都把凝神观照永恒普遍的美定为美感修养的最高境界。亚理斯多德虽然在许多问题上背叛师说,而在《伦理学》里还是把"直观"或纯粹认识活动定为人类最高幸福,在《政治学》里设计教育制度时,只允许希腊贵族青年在音乐、图画等方面作鉴赏家,却反对他们自己创作或演奏(柏拉图在《法律篇》里也只允许希腊人看戏,而演戏就得找奴隶和外国人),因为艺术实践活动要涉及他们所鄙视的生产劳动和职业技巧。接着在中世纪基督教统治欧洲文化的一千多年中,通过新柏拉图派的宣扬,这种直观观点和"与神感通"、"受神的灵见"那些神学教条相结合,就形成欧洲知识界中一个相当广泛的根深蒂固的信念。但丁虽是文艺复兴时代的晨星,而《神曲》的基本思想还是:人生最高境界就是对天堂那个极乐世界的凝神观照。在美学中近代欧洲的首要权威是康德,他就很明确地把审美活动界定为"无所为而为或不计利害的观照"。叔本华的"意象世界说"和尼采的"日神精神说"都是直观观点的辩护。在帝国主义时期,西方资产阶级美学界影响最大的是克罗齐,他的"艺术即直觉说"把直观观点推演到荒谬的极端。

直观观点与实践观点的基本分别在于前者是从单纯认识活动来看美学问题,而后者则是从认识与实践的统一而实践为基础的原则来看美学问题的。苏联美学史家阿斯木斯把直观观点叫做"消费者"的观点,实践观点叫做"生产者"的观点。我们也可以说:前者是旁观者的观点,后者则是参加实际斗争的创造者的观点;前者把美的对象看作与自己对立的静止的只关认识的形象,加以观照和享受;后者则把审美的或艺术的活动看作人改变世界从而改变自己或"实现自我"的一种创造性的活动,看作整个社会和每个人的生命脉搏的跳动,看作人生第一需要。从这个对比中,直观观点的社会根源是不难看出的,它正反映着阶级社会中剥削制和分工制所产生的对生产劳动和产品分配的不合理的安排。统治阶级不劳动,劳动变成被统治阶级的沉重负担,自己劳动的果实被统治阶级剥夺去,反成为欺压劳动者的资本,劳动者的劳动就成为自造枷锁,于是本来和艺术活动是一体的劳动就和艺术活动脱了节,劳动者就不能在自己的劳动中见到美(请洪毅然先生和其他否认劳动就是艺术活动的人注意这一点)。这种情况起于马克思所说的"劳动的异化"(=私有制的产生)。马克思主义的共产主义理想就是要根本铲除这种"劳动异化"的现象,要社会全体成员都参加改变世界的劳动,使劳动和艺术活动由在阶级社会中的分裂回到二者之间理所应有的统一,使每个人在自己的劳动中都体会到美。"劳动成为人生第一需要"的原则就是从这个角度提出来的。德意志民主共和国的杰出的导演布莱希特有一段话很可以说明马克思的理想:

> 在将来,劳动可以使我们的生存条件得到如此重大的改善,并且当它一旦摆脱了一切的羁绊而成为自由的劳动的时候,它本身就会是一种最大的乐趣,于是,艺术将直接从那种完全新型的、创造性的、生产性的劳动中找到娱乐的泉源。①

马克思所建立的美学中的实践观点是朝着共产主义社会的未来着想的,是把劳动与艺术的统一当作一种美好理想而提出的。马克思和恩格斯说得很清楚:"在共产主义的社会组织中……个人局限于某一艺术领域,仅仅当一个画家、雕刻家等等,因而只用他的活动的一种称呼就足以表明他的职业发展的局限性和他对分工的依赖这一现象,也会消失掉。在共产主义社会里,没有单纯的画家,只有把绘画作为自己多种活动的一项活动的人们。"②这就是说,每个人都是多面手劳动者,同时也是艺术家。

这是美学观点的一个翻天覆地的转变。随着这个大转变,许多文艺问题和美学问题都得从这个角度重新加以考虑,而这种考虑的结果必然要推翻或改变我们过去的许多看法。我们美学界大多数人都是脱离生产劳动的知识分子,原有的美学知识装备,如果有的话,也都是继承过去直观观点的,所以对于向实践观点的转变,不但没有足够的思想准备,而且有时还表现出顽强的抗拒,以

---

① 《戏剧理论译丛》第五集,第七九页。
② 《马克思恩格斯全集》第三卷,第四六〇页,人民出版社 1960 年版。

为艺术和审美活动与劳动实践仿佛有些"风马牛不相及",把它们等同起来就仿佛是一种奇谈。在当前美学讨论中有些人对于主观创造活动带主观唯心主义嫌疑的畏惧,就是顽强抗拒实践观点的一种表现。这种情况是必须改变而且一定会改变的。

我们应该学习从毛泽东思想和党的文艺方针政策的角度,来考虑美学问题。我们的党是一向努力从主客观统一这个马克思主义的基本原则出发来制定方针政策的,是一向看重人的主观能动性和创造性的,是主张既要见物又要见人,并且把人的因素看作比物的因素还更重要些,是不讳言主观可以改变客观和主观理想可以化为客观现实的。我们的文艺创作方法基本原则是革命的现实主义与革命的浪漫主义的结合,这也正是客观现实与主观理想的统一。能说这样给主观能动性和创造性的作用以充分的估计,就犯了主观唯心主义的嫌疑吗?能说上文所提到的毛泽东同志所说的"改造制作工夫"和集中化、典型化、理想化对文艺作品的美就不起作用,如果承认起作用,就是"在意识活动中去找美"吗?

脱离劳动实践而且在思想方法上形而上学的病根很深固的美学家们,要想体会到艺术和审美活动与劳动实践之间的血肉联系,以及主观能动性和创造性在其中所起的作用,确实是不大容易的。没有出过力,就不知出力的苦,也就不知出力的甘。

我们的劳动人民在歌唱"太阳太阳我问你,敢不敢和我比一比"时的豪情胜概不是充分表现出劳动人民对于劳动的高度美感吗?乡下姑娘们在打夯筑坝中每打几下夯,就跳转身来唱一个调子,使劳动显出节奏和优美的姿势来,显出生动活泼的气象来,她们的劳动不正是艺术活动,她们的快乐不也正是美感吗?在这时候美学家们插进来说:"你们是在反映不依你们的意志为转移的客观现实的美呀!"我总感觉到这种话与当时的客观现实有些不太调和!

在阶级社会中分工制起来以后,才开始有各种专业的文学家和艺术家。他们的创作活动虽然由于脱离了生产劳动,只保存生产劳动的一点稀薄的影子,但是毕竟还是一种变相的生产劳动。从实践观点来看,我们就要从他们的创作过程来看他们的艺术的性质,就要充分估计到现实是要透过他们的思想情感(即他们的意识形态)和辛勤的劳动,才反映到他们作品中去的。像一般社会意识形态一样,文艺的反映是一种"折光的"反映,而文学家和艺术家的主观因素就是一种折光机。其实,主客观的关系不能看得太死,对我是主观的情感思想,对我以外的一切人也还是客观现实。这部分客观现实也理应得到反映。这是怕提主观思想情感的人们所容易忘记的一个事实。

说艺术作品的美并非不依创作的人而存在,这个道理还比较容易理解;说欣赏者所见到的艺术形象和自然印象的美也并非"不依欣赏的人而存在",许多人就觉得这话离奇。所以他们老是纠缠在自然美或现实美的问题上,而他们对我所提的批评也大半集中在这一点上。他们责备我否认自然美或现实美。我从来没有否认过自然美或现实美,有案可稽。我所否认的只是"不依人的意志为转移"的单靠自然本身就已具有的那种所谓"自然美",我说这只是美的客观条件。换句话说,我只是肯定自然美和艺术美一样是意识形态性的,欣赏者也要"各尽所能,各取所需",也要发挥一些主观能动性和创造性的。我在1960年第六期《文学评论》中的《山水诗与自然美》一文里已说明了我为什么这样看,不必复述。现在只就马克思关于希腊神话所作的总结来说明这个问题。马克思说神话是"艺术的土壤",是"人民幻想中经过不自觉的艺术方式的加工过的自然界和社会形态"(重点引者加)。原始神话并不是写下来的作品,而只是口头流传的对自然界的幻想式的反映。能不能说我们在欣赏自然美时所得的印象也或多或少地具有这种神话式的幻想性质呢？它是否也"经过不自觉的艺术方式的加工"呢？因此，能不能说它也和神话一样是一种社会意识形态，而它的美也还是意识形态性的，这就是说，也还是反映出欣赏者的世界观、阶级意识等主观因素呢？我的答复是肯定的，所以我认为自然美是雏形的艺术美，都是"艺术加工"的结果，在加工过程中，都一样要受到当事人的世界观、阶级意识等主观因素的影响。因为艺术美是高度发展形式的美，按照马克思所指示的"人体的解剖使人有可能了解猴子的解剖"这个科学方法上的原则，我认为如果彻底解决艺术美问题，自然美问题也就可迎刃而解。要说现实重要，难道艺术就不是现实？

由于我主张"美是主观与客观的统一"，我的批评者说我这就"不仅否认了客观现实本身的美，而且也否认了现实生活是文学艺术的唯一源泉"（蔡仪语）。由于我坚持美的意识形态性和阶级性，我的批评者说我这就是"从意识活动中去找美"（蔡仪语），我的美学观点"不管他如何用马克思主义经典作家的词句来掩饰，但实质上却仍然是唯心主义的"（洪毅然语）。由于我宣传马克思主义的实践观点，特别是"人化的自然"的原理，我的批评者说我这就是没有"分清审美认识与生产实践的界限"，"滚入唯心主义移情说"（洪毅然语）。由于我从科学方法论观点主张把文艺看作美学的主要对象，较有利于解决现实美问题，我的批评者说我这就是"用抽象的艺术布成疑阵"（庞安福语）。

我的交代在此，我的批评者对于我的判词也在此，留待公平的群众慎重地研究了案情，作出最后的定论吧。

三　唯心主义与唯物主义的界限和转化

美学讨论中有时出现一种不大健康的现象，就是玩弄或卖弄自己也不大了然的概念，例如说我所说的"美的客观条件"就是康德的"物自体"，主客观的统一就是马赫的"原则同格"，我所了解的"人化的自然"有唯心主义的"移情说"的样子。就连对天天在受批判的"唯心主义"的概念，恐怕也还有些人并不见得了解清楚。我在过去曾指出过有人把"客观唯心主义"说成"一概只能取决于人们主观意识的裁夺"，对于"主观唯心主义"的了解是否就比较明确些，也还值得置疑。唯心主义是与唯物主义对立的，如果不了解什么是唯心主义，恐怕也就很难了解什么是唯物主义。

　　我对于唯心主义与唯物主义界限的了解也不敢说就是正确的，但应该趁此交代一下，以便得到纠正。我认为这个界限是划在承认物质第一性、精神第二性与否认这个原则二者之间的。唯物主义的基本原则是"存在决定意识，而意识又反过来影响存在"，并且各种意识形态之间也发生交互的影响。从美学讨论中可以看出，有些人仿佛认为"存在决定意识"才是唯物主义，而"意识影响存在"和意识形态之间的交互影响便是唯心主义，所以他们认为如果承认社会意识形态对艺术以及艺术美的影响，便是"从意识活动中去找美"，便是主观唯心主义。我不知道他们怎样看待毛泽东同志所说的"集中"、"典型化"、"理想化"以及"改造制作工夫"。这中间也还牵涉到对"存在"的理解。我认为美是反映的结果，是主客观统一的结果，自然界虽必具有美的客观条件，而这反映结果的美，由于是主客观的统一，不能说在反映以前就已存在（尽管美的客观条件已存在）；他们则认为美无论是在反映前还是在反映后都是单纯的客观存在。他们先假定自己的"美为单纯客观存在说"的绝对正确性（我认为这个假定还有待商讨），便以为我认为社会意识形态对美能起作用，就是肯定"意识决定存在"，所以就是唯心主义。问题的关键在于社会意识形态对美是否起作用。要击破我的主客观统一说，就必须从这个关键问题上下手，就必须证明社会意识形态对美并不能发生影响（这样才能消除我在上文所说的那些疙瘩），而我的反对者却不从此下手，以为只须在"社会意识形态对美能起作用"与"意识决定存在"的唯心主义之间划一个等号就行了。世间恐怕没有这样的捷径可走。

在反对我的"美是主客观统一说"的人们之中还流行着另外一个论调，说主客观统一是无法否认的，只是我所说的统一是"统一于主观方面"，所以仍是主观唯心主义的。叶秀山先生早已提出过这个论调，洪毅然先生最近又把旧话重提。什么叫做矛盾对立"统一于主观方面"？据我的理解，这只能是客观方面转化到主观方面，如果这个理解是正确的，我就可以作两点回答。第一，就"存在决定意识"来说，那是由客观转化为主观；就"意识影响存在"来说，那是由主观转化为客观。我在上文已交代过，我认为艺术与美涉及"存在决定意识，而意识又反过来影响存在"这一个完整的不可分割的辩证发展过程，所以说我把矛盾对立只"统一于主观方面"，就是歪曲。其次，唯物主义并不否认客观的可以转化为主观的，所以单是把矛盾对立"统一于主观方面"也不一定就是主观唯心主义，如果说是，那就对"唯心主义"和"唯物主义"都作了曲解。

关于唯心主义与唯物主义界限的问题，如果反对者允许的话，我还想再用一次马克思主义经典作家的词句。列宁在《唯物主义与经验批判主义》第三章里谈到"物质与意识的对立"时，说它"仅仅在承认什么是第一性和什么是第二性这个基本的认识论问题的界限之内才有绝对的意义。在这些界限之外，这一对立的相对性是毫无疑问的"。照我的理解，这段话的意思是在承认物质第一性、意识第二性这个大前提之下，可以承认这二者之间的交互转化；承认主观能影响客观，也不一定就是唯心主义。

关于唯心主义与唯物主义转化问题，篇幅只能允许我很简略地提出这几点：

（一）在美学方面，这种转化是个历史事实，马克思和恩格斯的美学思想有很大一部分是由黑格尔的客观唯心主义美学思想转化过来的，所以对黑格尔的美学如果有些理解，对理解马克思和恩格斯的美学思想是颇有帮助的。这个转化问题实质上就是批判继承问题。马克思和恩格斯把黑格尔的原来的"首尾倒置"（精神决定物质）的美学翻转过来，使头朝天，脚站地，就是把它从客观唯心主义的转化为辩证唯物主义的。在这一转变之中，黑格尔的许多旧命题和旧概念（如矛盾的对立统一、否定的否定、劳动实践与艺术的关系、"人化"、"对象化"、"异化"、"自我实现"等等）都经过根本的质变而成为完全新的东西。所以这里要防止两种偏向，一种是把新说牵强附会到旧说上去，说新说古已有之，没有什么新的东西；第二种是根本否定旧说对新说的启发作用。在这里我不妨提一提我自己的美学观点与过去唯心主义美学的关系。我原有的一套美学家当完全是唯心主义的。这几年我虽努力在学习马克思列宁主义，来铲除自己思想里的唯心主义，唯心主义却不是那么轻易就能铲除干净。我对自己的美学思想仍不免带有唯心主义色彩的可能性是有些清醒估计的。困难在于把这唯心主义色彩辨别出来，而自己总不免有一些先入为主的局限，这就要靠旁人帮助，而这种帮助也必须通过足以说服我的事实和逻辑。这是问题的一方面。但是另一方面，每个人都不免从过去历史里学习一些东西，如果这是经过批判的继承，过去的东西一方面会保存着一部分，另一方面也必然是已转化成为新的东西。列宁在《马克思主义的三个来源和三个组成部分》里最透辟地说明了这个真理。所以我的批评者只在我现在的看法和我过去的看法之中找出某些表面上的类似，我觉得这也未必就能够解决问题。这种类似在任何人的思想体系里都是俯拾即是的，因为新的总是由旧的发展出来的。

（二）不但唯心主义可以转化为唯物主义，唯物主义也可以转化为唯心主义,这就是思想的"蜕化"。在美学里,机械唯物主义就很容易转化为客观唯心主义,例如我在上文已提到的,蔡仪同志所理解的那种"不依鉴赏人而存在的",不一定有社会内容的单纯客观存在的"美",在实质上就很近于客观唯心主义的"理念"。洪毅然先生所说的与第一个字母小写的英文字 the beautiful(美的东西)应当分开的,第一个字母大写的英文字 Beauty(美的抽象概念)是客观存在的,就是不折不扣的客观唯心主义。

(三)一个人的思想百分之百地是唯物主义的,这只是一种理想,而事实上往往是唯物主义与唯心主义并存。这种并存的情况在我们目前的知识分子身上显得特别突出。并存(对立)是转化的基础。认识不到自己思想中有唯心主义与唯物主义并存,就不可能发生自觉的转化。

(载《哲学研究》第二期,1961 年 3 月)

整理我们的美学遗产,应该做些什么?

 在近来的美学座谈会中,有人提到美学应该民族化,这个提法很好,这也就是使美学结合现实的一端。美学本身也是一种社会意识形态,反映一定的社会基础,并且为一定的社会基础服务。从历史看,美学或文艺理论都不外是总结过去创造和欣赏方面的实践经验,得出一些原则,结合社会基础的需要,作为下一阶段的创造和欣赏的指导。这过程之中即寓有批判继承的道理。美学思想的发展就是这样进行的。

 因为美学就是这样与一定的社会基础、一定的历史环境、一定的民族和一定的阶级密切联系的,我们不能希望有一套放之古今中外而皆准的美学。各时代、各民族以及各阶级的美学都各有它的特点。例如西方美学中有一些概念我们不一定有,希腊的悲剧概念,基督教的美由上帝放射出来的概念以及康德的"无所为而为的观照"的概念在西方都曾经统治过整个时代,在我们的过去美学思想里就不存在;反之,我们过去的美学思想中也有一些影响整个时代的概念,如"言志"、"载道"、"温柔敦厚"、"风骨"、"气势"、"神韵"、"性灵"、"境界"等等,在西方美学思想里或是不存在,或是不完全相同。其所以有这种差别,就是这些不同的美学思想所反映的社会基础不同,要它来服务的民族和阶级不同。

因此,认为美学是一种新科学,我们自己仿佛还没有,必须由外国搬过来的看法是不正确的。首先应该明确的是:由于我们民族具有二三千年持续不断而且高度发展的文艺创作实践方面的传统,过去的文艺理论和美学思想是极其丰富的。从周秦诸子一直到明清,涉及诗文书画音乐各门艺术的论著真可以说是"浩如烟海"。在希腊毕达哥拉斯学派还在就数量关系来探索音乐原理时,我们就有总结在《乐记》里的那样博大精深的音乐理论;在中世纪天主教经院派学者们还在设法把新柏拉图派美学附会到基督教义上去时,我们就已有刘彦和的《文心雕龙》那样的系统严整、论与史密切结合的文艺理论论著。认为我们自己没有美学未免是"数典忘祖"了。

其次应该明确的是,西方美学由于涉及文艺对现实的关系、文艺的社会功用以及文艺技巧修养之类带有普遍性的问题,对我们也有很多可借鉴之处,自然,这种借鉴要和我们的具体需要和创作实践相结合,是不能取勉强硬搬形式的,纵然勉强搬过来,也决不能解决我们的问题。我们要建立我们自己的美学。这就要牵涉到两方面的考虑。首先是要考虑到我们的社会主义的文艺路线,要新建立的美学能为这个路线服务,这也就是说,要能反映我们现在的社会基础,这就不但不同于西方过去的美学,而且也不同于我们自己过去的美学。其次是要考虑到文化历史持续性与对文化遗产批判继承的问题，我们可以批判地吸收一些西方美学中的优秀传统，但是更加重要的是批判地继承我们自己的丰富悠久的传统，因为历史持续性的原则只能使我们在自己已有的基础上创造和发展。总之，我们在建立我们自己的美学的过程中，民族化和社会主义化是应当紧密结合在一起而不可分割的。这就规定了我们的任务在于根据马克思主义的指导原则，总结我们自己过去与现在的文艺创造和欣赏的实践经验，并且适当地借鉴外国的优秀美学遗产，得出一套适合我们社会主义文化建设需要的美学理论。

在发扬我们已有的美学传统方面，首先要做的是资料的搜集和整理工作。这方面的工作过去也有人做了一些，但做得还不够，特别是在诗文以外的各门艺术方面，我们宜按照艺术的门类和历史的次第，把各门艺术方面的理论加以搜集和整理，弄一套资料丛书出来（诗论资料、画论资料、乐论资料等等），然后在这个基础上编写出各门艺术理论的发展史和一部综合性的美学史。

在整理资料的过程中要做的工作很多，其中有两项特别重要。头一项是厘定词义。过去中国文艺理论中有一些常用的概念，如"风骨"、"气势"、"气象"、"神韵"、"气韵"、"格调"、"性灵"、"兴趣"、"情致"、"意境"之类，在过去本来不都具有公认的明确的含义，对于现代读者更是困难。要厘定这类词义，首先要弄清楚它们的历史背景，例如"风骨"、"神韵"、"性灵"、"格调"、"义法"之类概念在初次提出时往往是作为某一宗派的信条，要用来作创作的指导原则和批评的标准。我们如果脱离它们的历史内容，而孤立地"望文生义"，就不免发生误解。其次，要把一些常用词的意义弄明确，还不能离开它们所涉及的具体作家和作品。"清新庾开府，俊逸鲍参军"所指的"清新"与"俊逸"究竟是怎么回事，只有在读过一些庾信和鲍照的诗之后，才能有些具体的体会，否则这两词对于我们就是空洞的，尽管就字面上已解释得很清楚。经过厘定词义的工作之后,就可以编写一部"中国文艺理论常用词典",这对于阅读原始资料,可以解决一些困难。这是一种普及工作。

其次一项是提高的工作,就是以问题为纲,搜集一些原始资料,分类整理,追溯同一问题的不同看法在历史上的渊源和影响,作出专题论文。刘彦和在《文心雕龙》里已经为这项工作提供了范例。过去还有些"类书"如魏庆之的《诗人玉屑》之类,也有些可效法之处。我们进行分类整理工作,总要运用辩证唯物主义和历史唯物主义的观点和方法,从古为今用的原则出发,设法使过去的美学思想和我们今天要建立的美学接得上头,这样才可以使过去的美学思想对今天的文艺创作实践和理论建设,发挥它所应有的作用。有一些我们今天所特别关心的问题,例如文艺对现实的关系、文艺的社会功用、作家的世界观与创作方法、文艺修养与创作技巧、典型、媒介之类问题,过去中国文艺理论家并不是没有注意到,但是过去编类书的人大半侧重形式技巧的一些烦琐方面,对文艺中关键性的问题反而从略。这种偏向是应该纠正的。以往写历史,大半以时代为纲,把同时代的许多问题或事件摆在一个平面上去看,例如已经出版的几部中国文学批评史都是这样写的。此外,还应该有些专题史,例如"山水画的理论发展史"、"言志派与载道派的思想斗争史"、"关于炼字的理论史"、"儒道佛三家思想对文艺理论的影响史"之类。这类专题史对于创作实践和理论建设的启发作用比一般"通史"所能起的或许还会大些。

以上只是就已有的文艺理论或美学思想来说。此外,我们还有很大一部分丰富的创作实践经验还没有经过系统的分析和总结,特别是在诗文以外的各门民间艺术领域里。例如绘画、音乐、雕塑、戏剧、曲艺等方面都有些老艺人根据悠久的传统作出卓越的成就,却没有足够的条件把他们的经验和体会写出来,以供理论建设的参考。姑举戏剧为例,自从毛泽东同志提出百花齐放、推陈出新的方针以来，全国各地已发掘和整理出大量的旧剧种和旧剧目，这中间蕴藏着极其丰富和极其珍贵的戏剧实践经验。如果把这些经验搜集起来，加以比较、分析和总结，就可以得出一套很完整的关于戏剧方面的美学理论，作为提高我们民族戏剧艺术的借鉴。其他艺术也可以由此类推。近年来中医所作的工作是很可以供我们学习的。中国艺术一向具有高度的综合性，最明显的是歌舞乐以及诗书画的密切联系。因此，单就各门艺术孤立地进行整理工作，有时会行不通，组织各门艺术理论工作者之间的协作是很必要的。例如要研究戏剧理论，就不能不取得诗歌、音乐、舞蹈乃至于造形艺术各方面的协作。

（载《文艺报》第七期，1961 年 7 月）

怎样理解艺术形式的相对独立性

　　凡是可以认识的事物没有是无形式的,通过它们的形式,我们才能认识它们;既然能够认识,它们对于我们也就必有意义,必有内容。凡是有形式有内容的事物不一定都是美的,驼子跛子也都有他们的形式,一幅很坏的图画也还是有它的形式。形式的存在并不能保证一件事物美。事物要显得美,一定要在内容和形式上都符合某些条件。形式和内容的统一是一个重要条件,但是只有这个条件也还不能保证事物美,自然界事物,例如一头猪或一只老虎,很少不是内容与形式统一的,但不一定都美。艺术反映现实,总要经过一番提炼或创造的功夫,而这提炼或创造,就是在内容和形式上同时提高的功夫。坏的形式不能表现出好的内容,坏的内容也不能得到真正好的形式。艺术不但是内容与形式的辩证的统一，而且是内容与形式经过辩证发展后的提高。形式与内容的问题是艺术的基本问题，因而也是美学的基本问题。近来艺术界和美学界对这问题都很关心，进行热烈的讨论，这是值得欢迎的。

很多人谈到"形式美有相对的独立性"。这话是否正确呢？

问题的关键在于怎样理解形式。在美学史上，"形式"这个名词有过几种不同的意义。在西方，长期存在着一种传统的看法，认为美就是和谐，而和谐就是杂多的统一，具体表现于全体与部分之间数量上的关系，例如大小、比例、平衡、对称等等，这些就是所谓"形式"。这是希腊毕达哥拉斯派的看法，它在很长时期里占着优势，例如文艺复兴时代阿尔伯蒂、达·芬奇、杜勒等艺术大师都穷毕生之力研究比例对称之类问题，搜求"美的线形"。还有一部分思想家（例如温克尔曼和莱辛）认为这些形式只有物体才有，因而只有物体才能美，只有描绘物体的绘画、雕刻才能表现美，不以描绘物体为主要任务的诗和一般文学就不宜于表现美。这种看法排除了精神美和内容意义的美，酿成了艺术上的形式主义。形式主义的主要发言人是康德。他认为一不涉及欲念或利害计较，二不涉及理性概念，三不涉及意志或目的而只涉及对象形式的美才算"纯粹美"或"自由美"，按照康德的这种理论，属于纯粹美的只有简单的花卉、螺壳、无意义的图案画、没有目的地交织在一起的线条等等，而文学和造形艺术的美都只算"依存美"。康德固然没有说"纯粹美"是最高的美，但是在近代西方艺术和美学中片面强调这种形式美的看法成为主要的潮流，例如印象主义、"纯诗运动"、超现实主义、达达主义、未来主义、结构主义之类不胜枚举的新流派，在实质上都是形式主义。这种"为形式而形式"的主张也就是"为艺术而艺术"，实质上是为资本主义社会中艺术脱离现实生活的实际情况辩护。这是一条走不通的路。我们要谨防对形式作这种片面的狭义的理解，来强调这种形式美有相对的独立性。如果作这种理解,所谓"相对的独立性"就会变成绝对的独立性,就会走到形式主义。

其次,形式(form)在西方语言里还有"理式"或"模型"一个意义。亚理斯多德把事物的成因分成物质因(或材料因,例如泥土砖瓦木料)、形式因(建筑师的房子图样)、创造因(建筑师)、目的因(达到房子之所以为房子的目的)四种。依这个看法,物质或材料可以本无形式,而形式须经过创造者的意志经营,作为一种模型,把材料纳入这模型里一铸,然后作品才具有形式。这个看法表面似乎符合事实,但是它忽视了材料(砖瓦木料等)本来就各有形式,在造成作品的过程中,材料的形式和内容都同时经过了改变,并非先有无形式的内容(材料),而后拿本无内容的形式嵌合上去。克罗齐的表现说其实也就是用直觉活动("心灵综合")来把本来割裂开的对立的物质材料和心灵形式嵌合起来的看法。对形式的这种理解和上文所说的那一种理解殊途同归,把形式提高到赋予生命于物质的地位,实际上还是一种变相的形式主义。这也还是一条走不通的路。我们也要谨防对形式作这种唯心主义的理解,来强调形式美的相对独立性。如果作这样理解,艺术创造就不是反映现实,而是由心灵创造现实。

此外,形式还有第三种意义,就是把被表现的理性意义看作内容,把表现者感性形象看作形式。这就是黑格尔的看法。他对美所下的定义是"理念的感性显现"。理念即理性内容,感性显现即具体形象。他对这个定义作了如下的解释:

> 遇到一件艺术作品,我们首先见到的是它直接呈现给我们的东西,然后再追究它的意义或内容。前一个因素——即外在的因素——对于我们之所以有价值,并非由于它所直接呈现的;我们假定它里面还有一种内在的东西——即一种意

蕴,一种灌注生气于外在形状的意蕴,那外在形状的用处就在指引到这意蕴。①

　　艺术作品提供观照的东西,不应只以它的普遍性(理性内容——引者)出现,这普遍性须经过明晰的个性化,化成个别的感性的东西(具体形象——引者)。②

用他所举的荷兰画来说明。荷兰画的题材大半是些当地的自然风景和日常生活,这种平凡的自然并不是因为它本身有价值才画在那里,而是因为它反映出荷兰人民对自己经过英勇斗争,战胜自然和敌人,因而获得自由和繁荣生活的快慰和自豪的感觉③。总之,画的是自然风景和日常生活,而表现的是荷兰人民的情感,前者是形式而后者是内容。黑格尔的这种看法颇近似中国过去文艺理论家们所说的"形神一致"。依这种看法,形与神,感性形象与理性内容,在艺术作品中是处于辩证的统一体中,不能分割开来的。所以就形式的这种意义来说,就不能说形脱离神而依然美,或是形式美有什么独立性。

　　各种艺术所用的媒介不同,因而在形式与内容的关系上也就不一致。有些艺术在表面上好像是比较侧重形式的,例如音乐比起文学来,形式因素显然较突出,内容因素显然较不易捉摸。因此,有些音乐理论家(例如汉斯力克)就认为音乐没有内容意义,它的美完全是形式美。其实音乐是最能表现情感和打动情感的艺术,这是一般人都可以从经验中体会到的。亚理斯多德早就指出音乐能表现道德品质。因为音乐节奏的运动形式直接摹仿人的动

---

① 黑格尔《美学》第一卷,第二二页。
② 黑格尔《美学》第一卷,第六〇页。
③ 参见黑格尔《美学》第一卷,第二一〇至二一一页。

作和内心活动的运动形式,例如高亢的音调直接摹仿激昂的心情,低沉的音调直接摹仿抑郁的心情,不像其他艺术要绕一个弯从文字意义或表象上间接去摹仿事物,所以亚理斯多德说音乐是最富于摹仿法的艺术。这就是说,音乐还是有所表现,还是有其内容,所不同于其他艺术者,在于音乐里形式和内容达到最高度的统一。所以音乐美只是形式美的看法是错误的。

再举我们中国的书法为例。中国的字是由直竖撇捺勾点一些抽象的笔划构成的。照表面看,书法的美仿佛像图案画一样,是典型的形式美。其实中国书法就美来说,最近于音乐,可以说是有形的音乐,它最能直接表现一个人的胸襟气度和品格。一看到颜真卿的字,你就立刻体会到他的刚劲;一看到赵孟頫的字,你就立刻体会到他的韶秀和妩媚。你所体会到的便是书法的"神"或内容,而这种"神"是和"形"处在不可分割的统一体中。所以中国的书法是一种很高的艺术,而它的美也决不只是一种形式美。音乐和书法的道理也多少适用于一些仿佛没有内容的花纹或图案画。康德所说的纯粹的形式美实际上是不存在的。

因此,我认为"形式美有相对独立性"的提法是不正确的。但这并不等于否认艺术形式有些共同因素,或是否认这些共同因素可以学习和批判继承。这些共同因素是存在的。首先是艺术的种类和体裁。例如要反映现实中某一事物,就要考虑到用哪一种类艺术较好,是图画、雕刻、音乐、文学,还是其他? 假如用文学,用韵文还是用散文? 假如用韵文,用叙事体、戏剧体,还是抒情体? 用五言、七言、杂言,还是词曲? 这些种类和体裁在每个民族中都是为了适应内容的需要和历史情境的发展,在长期实践中逐渐摸索出来的。任何一个艺术家都不能不凭借这一项传统的形式因素。其次是艺术的法则。凡是艺术都有些共同的法则,例如通过具体感性形象表现思想和情感,要达到艺术所应有的真实,在形式上须是完整的有机体,寓杂多于整一之类。每门艺术又有各自的特殊法则,例如中国画中所传的谢赫的六法,西方戏剧中所传的亚理斯多德和贺拉斯等人所总结出来的一些戏剧法则。过去文艺创作家和理论家对于这类法则以及体积大小、比例、平衡、对称之类形式因素加以辛勤的探讨,就是因为实践证明它们对于艺术是重要的。它们是从长期经验中摸索出来的客观规律,有它们的普遍性,因而有它们的相对的独立性。虽然只懂得它们不一定就可以保证作品美,有许多讲究平衡对称的作品是很呆板的,但是不懂得它们或是违反了它们,却一定要破坏作品的美,不能想象一座上重下轻或东倒西歪的建筑可以产生美感。掌握它们是艺术家的重要的业务训练。与此相关的还有一些艺术处理手法或创作技巧,例如画家须掌握运用工具和驾驭媒介的技能,知道怎样用笔墨,怎样画线条,怎样着颜色。每门艺术都在长期实践中,积累了一些"窍门"。这些窍门本身不是形式,但是要懂得它们,才可以意到笔随地把所要达到的形式画出来,才有可能做到"形神一致"。

以上这些共同形式因素组成艺术的民族形式。就它们是共同财产,个别具体作品不管内容如何独特,都要利用它们来说,它们确实有相对的独立性。就它们应用到具体内容时必须剪裁合式,不能作为刻板来硬套来说,它们的相对的独立性也不宜过分夸大。传统的形式因素是重要的,但都不是一成不变的或随时可以如法炮制的,都是要适应时代的变迁和具体内容的独特性,加以剪裁锻炼,才能造成每个具体作品所应有的与内容统一的独特形式。例如毛泽东同志的《蝶恋花》,这个词牌是古今无数词人都用过的,如果拿它来和古人(例如周美成或苏轼)所填的任何一首《蝶恋花》作比较,就会发现所要表现的内容大不相同,毛泽东同志的《蝶恋花》所表现的那种伟大胸襟和悲壮情调不是过去词人所能有的,但是他的独特的精神内容还是可以借传统的词牌表现出来。在这个意义上,传统的民族形式有相对的独立性。但是能否说毛泽东同志的《蝶恋花·答李淑一》那首词的形式就只是《蝶恋花》这个词牌呢? 恐怕不能这么说,如果这么说,那就要根本否定内容与形式统一的原则。所以毛泽东同志的这首词的独特形式还应另有所在。在这里我们就应体会到黑格尔把感性形象看作表现内容的形式,是很有道理的。毛泽东同志的《蝶恋花》一词的真正形式就是纳入这个词牌里去的那些感性形象,如吴刚捧酒,嫦娥舒袖,人间曾伏虎等等所组成的整体,而真正的内容是毛泽东同志当时的思想情感。就这个意义的形式来说,每件艺术作品的形式都是独特的,不能与内容分割开来的。有人说"形式美有相对的独立性"是什么意思呢? 是不是《蝶恋花》这个词牌本身就已经美,不管填进去的是什么内容? 我看不能这么说,只能说传统的形式(不是形式美)有相对的独立性,而且这还不是每件具体作品的独特形式,这个独特形式是不能有独立性的。

许多人爱用"旧瓶装新酒"来比喻艺术上对传统的民族形式的运用。我看这个比喻是十分不恰当的。因为第一,"旧瓶装新酒"是一个机械的事实,而艺术创造却不是;其次,艺术形式有上述共同的和独特的两种,独特的形式决不是"旧瓶"。我时常想到关于运用民族形式的一系列问题,单举其中之一即大家所常讨论的山水画为例。山水画的形式可以有几种意义。第一是山水画这种体裁本身就是一种共同的形式;其次,山水画中所运用的一些技巧法则如体积、比例、对称、平衡、阴阳向背之类形式因素;第三是每幅山水画的独特的感性形式,即黑格尔所理解的形式。我认为问题在于山水画这种体裁还不像《蝶恋花》词牌只是纯然形式的音律安排,而是在有山有水的意义上具有一定的内容。这种体裁的产生有它的独特的历史根源,它是封建士大夫阶级为了表现他们所特有的精神内容（如清高、隐逸、旷达之类）而出现的。我们能否运用这种体裁来表现现时代中国人民的精神内容呢？如果能，怎样去根据这个传统形式去创造具体作品所应有的独特形式呢？山水画之需要革新或有胜于词谱。如果在这里过分强调山水画作为体裁形式的相对独立性，就怕要造成有形无神或是形神脱节。山水画只是一例，其他艺术领域恐怕也有类似的情形。这问题还值得大家作进一步的讨论。

（载《光明日报》，1962 年 1 月 12 日）

怎样学习美学?

——答青年同志们的来信

　　最近一两年以来，我经常接到全国各地的青年同志们来信，提出一些关于学习美学方面的问题。这些问题可以归纳成两项：一项是怎样学习，一项是学习些什么，读些什么书。有些人还托我代购美学书籍或函索我的讲稿。对于这些来信我总是尽量抽工夫回答，但是信来得多，我的工作有时很忙，也有搁下来就忘记作复的。至于作复的也大半在匆忙中不能详细地说，恐怕也不能满足来信者的要求。对于这种情形，我一方面看到同志们要求学习美学的热情很高而且很广泛，为我国美学发展的光明前途感到喜悦；另一方面也觉得我应该多帮助这些不耻下问的朋友们，而我的工作条件又不容许我有问必答，不免辜负他们的期望，心里也觉得是一种沉重的负担。因此我想就我所知道的来作一次总的回答。这封回信大半从个人有限的经验出发,说的很难周全,仅供参考而已。

先谈第一项怎样学习的问题。

很多青年同志们向我表白心情,说自己对美学有很浓厚的兴趣,但是自觉基础不好,知识有限,恐怕难学得好,美学好像是一种高深莫测的学问。我看首先要打破这种顾虑,树立信心。欣赏文艺,爱好一切美好的事物,这愈来愈多地成为我们日常生活中的一项重要的活动。我们对于审美,每个人都有一些亲身的经验。一部电影,一部小说,一场戏,一朵花,一把茶壶,一个英雄人物,或是一个微小的举动,诸如此类的事物经常引起我们的美感。我们也经常不满意或是嫌厌一些其他事物,嫌它们丑。这就是我们学习美学所必有的而实际上也都有的感性基础。所谓美学并不是什么高深或神秘的学问。它所要做的事就是把感性经验提高到理性认识,从知其美进到知其所以美,从亲身经验的美感现象进一步追求美的本质或规律,例如说从感觉到一朵花美,进一步分析这种感觉有什么特点,这朵花和旁的花或旁的事物比较起来,何以特别显得美?一朵花的美和一首咏花诗的美或一幅以花卉为题材的绘画的美是否是一回事?究竟是哪些条件使得一件事物美?为什么同是一件事物,某些人觉得美,某些人觉得不很美甚至于丑?美的本质究竟是什么?它和真与善有什么联系又有什么区别?人为什么爱美?美对于人有什么意义?怎样才能把事物弄得更美一点,把生活弄得更美一点?我想,对这些问题如果得到圆满的答复,美学就算学得不坏了。回答这些问题,就是把感性认识提高到理性认识,就是建立美学观点。每个人都是一个审美者,每个人在这个基础上进行一些比较、分析和综合的思考工作,每个人就可以成为一个美学家。

照这样看,美学是不难学的。可是许多美学论文和美学书籍为什么那样难懂?这里过错有时在作者,他们研究美学是单从书本出发的,单从概念出发的,他们没有把理论建筑在亲切的感性经验的基础上；他们自己没有想清楚，就说不清楚，当然也就无法叫旁人听清楚。过错有时也在读者，对于比较、分析和综合的思考工作，或是基本知识不够，基本技能训练不够；或是耐心不够，虚心不够，诚实不够；或是兼而有之。

在这里我只向读者或初学美学者谈一些基本要求。刚提到的耐心、虚心和诚实，是一切科学研究工作者所必具有的美德，但是这是提高思想觉悟的问题，在这方面不必由我来谈。我只谈基本知识和技能的问题。

关于美学方面的基本知识，首先要注意的是感性认识范围的逐渐扩大。美学的主要对象是文艺。在我们的百花齐放的国家里，可接触到的文艺现实是极其丰富多采的，应该抓住一切可能的机会，多看文艺方面的作品、演出和展览，细心玩索体会，要求自己辨别好坏美丑，培养自己的审美能力。如果有可能，自己在某一两门艺术里进行一些创作，对创作有一些亲身的体会，那就远比只知欣赏强，而且会大大提高欣赏的能力，也会大大提高对艺术本质的认识，会在其中发现一些美学问题。在广泛接触现实文艺的基础上，我们下一步就应该选择自己比较熟悉和比较爱好的一门或两门艺术，进行顺历史发展次第的研究。这一方面是为了在亲身学习经验中培养历史发展的观点，这不但会扩大研究资料的范围，更重要的是因为历史观点是研究社会科学的唯一正确的观点；另一方面是为了古典遗产的批判继承，吸收一些有用的旧的东西，以便更好地建立新的东西。这种顺历史发展的线索研究文艺作品的工作，首先当然要从本国的入手，然后设法顺序学习这一两门文艺在西方主要国家里的发展概况。

在设法逐渐扩大对于文艺的感性认识范围之中，我们就会逐渐发现一些问题，举诗为例来说吧，诗的语言何以和散文的语言不同？这不同在多大程度上决定于内容？在多大程度上决定于传统的民族形式？诗的形式何以经常在变？诗所产生的美感究竟是来自形式、内容，还是内容与形式的统一体？何以有些诗在社会基础彻底变革了之后仍为广大人民所共同爱好？何以有些诗只是某一时期或某一阶层的人才爱好？如此等等。这些问题都要牵涉到美学上的基本问题。美学像其他科学一样，是为解决问题的。有问题待解决，一门科学才有存在和发展的基础。如果你心中对审美活动没有任何问题，你对美学就还没有真正的需要，也就不会真正感觉到兴趣。你之所以没有问题，并不是客观方面真正没有问题，而是因为你还真正是"一窍不通"；你之所以还是"一窍不通"，不是因为你书读得少，而是因为你是懒汉，对许多摆在眼前的事物根本不加思考，因而也就还没有培养起独立思考的能力。我认为学习美学或是任何其他科学，首先就要打通这一关：扩大眼界，发现问题，并且力求自己解决问题。这就是说，在阅读美学书籍之前，你最好心里有了一系列问题，而且对这一系列的问题多少已有了自己的看法（尽管是不成熟的），在这个基础上去读书，书就容易读得进去，书对于你才是有的放矢，才能有所启发。结合书中的看法来比较你原有的看法，看看有哪些类似，有哪些不同，有哪些看法是你从来就没有想到的，这样进行比较分析，你就会发现愈来愈多的问题以及你原来还不知道的解决问题的角度和方法，你的思考就会逐渐深入，你的美学水平也就会逐渐提高。

学美学单靠自己思考是不够的，当然也要阅读一些书籍。美学不是一门孤立的学问，单靠阅读美学书籍，也决不能学通美学。这就要牵涉到读者来信所询问的第二项问题：学习些什么？读些什么书？

我不打算在这里开出一个庞大的书目。这不但是不必要的，而且对于初学者是有害的，因为它会使人望洋兴叹。我在这里只提出最基本的要求。根据我自己的经验，多读第二手资料（即原著的转述或发挥)往往不但是浪费时间,而且容易造成思想的混乱。因此,我所提的大半限于最重要的经典性的原著,只偶尔涉及转述性或阐明性的书籍。

关于理论基础的训练,首先是对马克思列宁主义的掌握,因为只有根据马克思列宁主义的立场、观点和方法,才能建立起正确的美学观点。我假定我们的读者都已学过马克思列宁主义的哲学,只谈马克思主义创始人关于文艺理论和美学的著作。我们已有了几种马克思、恩格斯论文艺的选本。最近曹葆华同志译的一种《马克思恩格斯论艺术》是比较有用的。每个学美学的人都应该找到一部,作为长期细心钻研的经典性的指示。不过这部书也有些毛病,例如在编排方面很庞杂,大半是割裂原文,断章取义,看不出与上下文的联贯,而且一段同时涉及许多问题的文章被勉强纳在某一类的鸽子笼里,也会限制读者的思路;译文也有生硬或错误的地方,有待改进。我认为学习马克思列宁主义的美学观点,必须从经典原著里去学习。在这方面真正重要的首先是马克思的 1844 年的《经济学—哲学手稿》(其中论劳动异化和共产主义远景两章是马克思主义美学思想的奠基石);其次是马克思在《〈政治经济学批判〉导言》里以及马克思和恩格斯在《德意志意识形态》里关于基础和上层建筑以及社会分工所建立的一些原则;第三是列宁的《党的组织和党的文学》和评论托尔斯泰的几篇文章;第四是毛泽东同志的《在延安文艺座谈会上的讲话》。对这几种经典著作必须掌握全文,熟读深思,不应满足于选本中的一些割裂开来的段落。特别是马克思的早年著作一般是很难懂的,但是如果就全书上下联贯起来看,有些难懂的地方是可以经过反复思考而真正弄懂的。读割裂开来的段落就难做到这一点。

其次应该学习的是美学史。美学作为一门独立的科学,虽然还不过两百年左右,但是美学思想在中国和西方都有很长久的历史。

学习美学史，我们就会认识到美学思想的发展，就会知道我们现在所碰到的和要解决的一些美学问题已经由过去许多思想家摸索过，争论过；他们走了一些弯路，也走了一些正路，积累了许多有益的经验。这些知识对解决我们当前的美学问题是大有帮助的。我们要当美学的家，就要理清美学的家当，不必一切都凭空起炉灶，或是再走前人所已走过的弯路。中国美学史正由有关院校在整理资料，计划编写中。西方美学史我所看过的还是克罗齐和鲍申葵所写的两种，根据比较确凿，自己也有些见解，尽管这些见解有时很偏，但都不难读，特别是鲍申葵的。比较近的基尔博特和库恩（Gilbert and Kuhn）的《美学史》，材料搜集得不少，但是介绍得很杂乱，分析很差（这书原著用英文，有俄文译本）。有些美学教科书里也留出一部分来讲美学史，我看过两三种，都嫌简略，很少能把问题讲透。我自己在针对中国初学者的需要，编写一部《西方美学史》，附带编选一部《西方美学史资料》，希望在 1962 年秋季完成。不过学习美学史，最重要的途径还是通过经典著作来学。在西方，美学著作虽是浩如烟海，真正的历史上起重大影响的只有几部著作，例如柏拉图的《文艺对话集》、亚理斯多德的《诗学》、康德的《判断力的批判》和黑格尔的《美学》。康德和黑格尔的著作都比较难懂，特别是从译文去理解，困难更大。因此，对有志在美学方面深造的人来说，学习一两种西方语言，能达到自由阅读的程度，是非常必要的。多学会一种外国文，就等于多长了一副眼睛，有多占领一块土地的可能。

　　以上所举的四种马克思主义的文艺理论和美学的经典著作和四种西方美学史的经典著作是学习美学者所必须掌握的"当家书"。此外当然还有一些次要的富于启发性的书，例如贺拉斯的《诗艺》、布瓦洛的《诗艺》、狄德罗的论美和论戏剧的著作、莱辛的《拉奥孔》、车尔尼雪夫斯基的《生活与美学》、普列汉诺夫的《艺术与社会生活》等等，或是已出单行本，或是散见于《文艺理论译丛》

和《译文》及其后身《世界文学》里,读者宜设法搜来作为经常阅读和参考的资料。

美学要牵涉到一些其他科学。其中最重要的有两种。一种是哲学史,因为美学过去一直是隶属于哲学的,要了解一个思想家的美学观点,就必须知道他的哲学出发点。苏联科学院出的《哲学史》一、二两卷可以参考。其次是心理学,因为美学要研究的审美活动的欣赏和创造两方面,都涉及心理学的问题,可以说,不懂得心理学,就不可能懂得美学。这方面近来出的书不少,究竟哪一种比较合适,还要请教心理学专家。我过去学的都是西方资产阶级学者写的,也想不出哪一本较好。在我学习的年代,美国伍德华兹(Woodworth)写的《心理学》和英国麦独孤(McDougall)的《变态心理学大纲》是比较流行的,现在恐怕已经过时了。法国里波(Ribot)论形象思维的《创造的想象》和德拉库瓦(Delacroix)的《艺术心理学》虽都是几十年以前的老书,却都还值得学习。

无论是谁,无论学的是哪一种科学,在前进的途程中都会经常感觉到由于这门或那门知识的缺乏,造成这样或那样的困难。这是一般规律。各人应该根据自己的需要和条件,努力随时填补自己所必须填补的空白点。在学习上不可能等到万事俱备,再乘东风。每个人的基础都不是生来就有的,都是由日积月累来的。只要有上文所提到的耐心、虚心和诚实,旁人能积累得来的我们也就能积累得来。稳扎稳打,就一定会成功。"望洋兴叹"的怯懦心情以及希望"一蹴而就"的急躁情绪,对学习是有害的。

我敬祝无数热情学习美学的青年同志们再接再厉,勇猛前进,每个人争取在我们行将建立的美学大厦里放下一块奠基石或是砌上一块砖瓦!这就是我对诸位的新春祝贺!

(载《新建设》一月号,1962 年 1 月)

美感问题

　　美学所涉及的问题很多,其中每一问题都势必涉及其他所有问题,分题研究有它的必要,但不能因此就认为每个问题都可以孤立地看。看不见所有相关的问题,就不可能深入地研究任何一个问题。先窥全貌,后剖析部分,剖析了部分之后,再检查对全貌的认识,这个程序必须反复进行。

　　问题也有主次之分。从美学思想发展史看,基本问题只有一个。这一个问题可以从两方面看:从客观对象看,这是内容与形式的关系问题;从主观心理活动看,这是感性认识与理性认识的关系问题。

　　这个问题可以从不同角度去研究,其中一个重要的角度是美感的角度,因为美感最突出地涉及内容与形式、理性与感性这两对立面之间的关系问题。

"美感"这一词在流行的用法里很含糊，如不弄明确，就会造成许多思想上的混乱。"美感"可能有两个不同的含义。一个指审美的能力，其用法和"道德感"、"正义感"相类似。另一个指审美的情感。在英文里前者叫做 the sense of beauty，后者叫做 the aesthetic feeling，分别是很明显的，粗略地说，这二者之间的关系是因与果的关系。因与果总是既有区别而又有联系的。

为明确起见，"美感"的第一意义应一律称为"审美的能力"，第二意义应一律称为"审美的情感"（即快感或不快感）。这二者之中，有关审美能力的问题是更为基本的，也更为困难的；因为解决了它，有关审美情感的问题也就会迎刃而解。事实上美学史可以证明：不同的美学派别对第二个问题的不同看法大半取决于对第一个问题的不同看法。

"审美的能力"在西方从罗马时代以后一向叫做"趣味"。有一句拉丁成语说："谈到趣味就无可争辩。""无可争辩"就是说不出一个能说服人的道理。十七八世纪西方人爱谈"趣味"，谈来谈去，找不出它究竟是什么，于是就替它取了一个称号："je ne saisquol"（法文，意谓"我不知道是什么"）。这种流行很长久的不可知论说明了这个问题是困难和复杂的。

柏拉图和亚理斯多德早就对这个问题进行过一些初步的心理学的探讨。但是真正把美感问题研究指引到心理学的方向去，却要归功于十七八世纪英国经验派思想家，从培根、霍布斯、洛克到休谟和博克。这派进行过两方面的工作。一方面是对观念联想的研究。从一切认识都起源于感觉的大原则出发，他们设法说明感官印象（"观念"的本义）如何经过分离和结合，形成人的一切知识和思想。结合到审美问题，他们看出关键性的心理活动在想象。想象是在感觉的基础上进行，用感性材料来形成形象。他们还看出创造的想象既不同于记忆或观念的再现(想象可根据旧"观念"形成新的形象),又不同于幻想或梦境的观念的偶然结合,它是有控制,有目的意图的。这样,他们就对英国人用来称呼"趣味"或审美能力的 wit("巧智"),定下了比较明确的含义:审美的能力主要是想象力。他们还指出想象力不同于判断力或理解力,理解力是在同中辨异,想象力是在异中见同。这可以说是分析和概括的分别。

创造的想象既然是有控制的,控制的动力是什么呢?这就涉及经验派的第二方面的工作,即对本能或情欲(passions)的研究。人是根据情欲定出目的,来控制他的想象的。情欲是人性中一些基本冲动或要求,是它们在驱遣人进行各种实践活动,人是被它们推动的,所以这名词(passions)在词源上有"被动"的意思。情欲有些是动物性的生理方面的要求,例如人都有保持个体生命的本能,生命遭到威胁,就发生恐惧的情绪(与求生本能相应);人也都有保持种族生命的本能,即性欲,相应的情绪是爱。情欲也有些是社会性的,例如人与人之间的同情,对名位和权利的野心、欣羡和妒忌,对善或恶的爱或恨等等。所以情欲是人类在长期实践生活中所逐渐培养成的一些自然的反应倾向。它们在情感调质上有快和不快之分。引起快感的总是对生命有益的,引起不快感的总是对生命有害的。一般地说,英国经验派对情欲的研究基本上还是从生理学观点出发,他们对社会历史发展对人的情欲的影响,认识还是很模糊的。例如这派中最重要的美学家博克就把崇高感溯源到个体保存的本能与生命受威胁时的恐怖情绪,把美感溯源到异性间的爱以及一般人与人(或物)的同情。从这个观点看,审美的能力只是通过想象来满足某种根深蒂固的情欲,尽管经验派一般也强调审美活动的感性性质与直接性质,在意识中不涉及欲念。因此,审美的快感毕竟是一种满足感,与一般感官的快感没有分别。这个混淆曾遭到康德的批判。不过博克这一派把美感溯源到本能或情欲的看法对近代美学中各种各样的心理学派是有深刻影响的。例如立普斯派把审美活动看作一种移情作用，最后的根据还是博克所强调的同情和摹仿（近代美学家们有把移情作用叫做"同情的想象"的；移情作用依卡尔·谷鲁斯看，是与"内摹仿"相连的）；弗洛伊德派把艺术看作欲望的压抑和升华，欲望的中心是性欲；阿德勒派把艺术看作自我伸张或向上意志的表现；荣格派把艺术溯源到人类的外倾（侧重行动）或内倾（侧重思索）两种心理原型和种族记忆。这些心理学派的共同点在把审美的情感和快感看成一回事。另一个共同点是侧重内容而忽视形式。

在十八世纪英国，还有以夏夫兹博理和哈奇生为代表的和经验派相对立的一派。这派是接近新柏拉图派与大陆理性主义派的。他们认为审美不但有一种特殊的能力，还有一种特殊的感官，叫做"内在感官"（后来有人称为"第六感官"），和眼耳等外在感官同是感官，都是天生的。不过眼耳等外在感官只能接受简单观念，内在感官才能接受"美"、"和谐"、"秩序"、"比例"之类复杂观念。例如耳可以接受单一的音，接受有组织的乐曲则不能单靠耳，还要靠内在感官。这内在感官既管美感，也管道德感，所以美与善对于这一派是密切联系在一起的。这派既把审美能力看作一种感官，所以特别强调审美活动的感性性质和直接性质，反对审美情感等于欲念满足或感官的快感的看法。但是他们坚信内在感官具有先天的理性，所以尽管审美活动虽然是感性的，却不因此就成为没有理性的。像一般理性派美学家一样，他们特别看重审美对象的形式因素，例如哈奇生就企图定出"寓变化于整齐的比例"公式。这派的看法遭到了博克的驳斥。博克一方面论证美不在比例之类形式因素，一方面否认审美还另有所谓"内在感官"。审美所依靠的只是一般认识的功能，即感觉力、想象力和理解力三种（博克的"理解力"是受休谟的影响后加的，在《论崇高与美两种观念的根源》

里,他否认理智在崇高感和美感里能起作用)。

　　夏夫兹博理和哈奇生这派带有理性主义色彩的美学家都要比鲍姆嘉通早二三十年发表他们的美学著作。鲍姆嘉通属于更典型的理性派。他把美学和逻辑学看作两种关于认识活动的姊妹科学,逻辑学研究理性认识,美学则研究较低级的感性认识,特别是情感。因此,审美的能力被看成一种低级的认识能力。美的东西就是完善的东西。所谓"完善"是指一件事物的形体结构符合它本质所规定的目的,这也就是符合造物者的设计。发现一件事物"完善",符合目的,因而感到快感,这就是审美的情感,这种情感(快感)当然不是感官的满足或欲念的满足,而是有先天理性作基础的。理性派美学最基本的特色就在把美感建立在目的论或先验理性的基础上。

　　康德批判了博克的审美的快感与感官快感的混淆,也批判了鲍姆嘉通的审美的快感与审美目的快感的混淆。但是他在企图统一经验主义和理性主义的矛盾的过程中,自己也陷入很多的矛盾。他把夏夫兹博理的内在感官(原只限于美感和道德感)推广为人类的"共同感觉力",作为人类一切心理活动的基础,把鲍姆嘉通的目的论修改为"主观的符合目的性",即对象形式适合于想象力和理解力两种认识功能的自由活动,同时又吸收博克的恐惧说来解释崇高感,吸收博克的社会同情说来解释审美快感的"普遍可传达性"的社会意义。他的主要矛盾在于一方面把美看作只关感性形式的,另一方面又认为美是道德精神的象征,具有深刻的理性内容。审美的能力究竟只是感性方面的能力还是理性方面的能力呢? 他仿佛说两者都是,但是如何把感性和理性统一起来,这问题并没有解决。关于康德的美学思想,我已在另文里详论,该文载《哲学研究》1962 年第三期。黑格尔的"美为理念的感性显现"这个定义也是企图达到理性与感性的统一。在解释"理念"的过程中,他运用了前人所忽视的社会历史发展观点,说明一个时代的人生理想或精神方面的力量(理念)取决于那个时代的一般世界情况和具体情境。这是在康德的基础上迈进了一大步。但是他的理念说毕竟建立在客观唯心主义的基础上,在精神与物质的关系上首尾倒置,而且不能充分认识到社会实践(生产斗争与阶级斗争)对美感的形成的决定性的影响,因而不能从唯一正确的实践观点去考察美感问题。这种实践观点只有在马克思主义的基础上才可以达到。关于这一点我已在谈马克思主义美学的实践观点一文里讨论过。

近代资本主义国家中美学派别很多,对美感的研究也有很多新的发展,这里不能详谈。总的来说,美学家们在美感问题上可分两派。一派是上文已提到的发展博克的情欲观点或本能观点的弗洛伊德派、阿德勒派、荣格派以及立普斯和卡尔·谷鲁斯(内摹仿说的代表)等心理学派,这派侧重审美对象的内容与某种情欲的关系。另一派是发展康德美学中形式主义一方面的。最明显的是实验美学派,他们绝大部分是专从审美对象的形式着眼,原因很简单,它反映资本主义社会里艺术走向形式主义的总的倾向,同时就实验来说,也只有形式才便于在实验室里用一些机械的方法去测量和统计。克罗齐的直觉说坚持直觉先于理智,艺术是赋予形式于物质,所以实质上仍是形式主义,尽管他口头上也强调内容与形式的统一。柏格森的直觉说把审美中心理状态比作梦境,这时理智欲念和意志都被催眠了,心灵可以聚精会神地欣赏形象。此外如闵斯特堡的"孤立绝缘说",布洛的"距离说"以及克来夫·柏尔和罗觉·弗拉依的"有意义的形式说",都强调扫空对象的一切与其他事物的联系,也扫空主观方面观照以外的一切其他心理活动,以孤立的直观方面的主体对孤立的仅存形式的对象。这两派表面上分歧像是很大,实际上有一个基本共同点,都片面地强调感性,都否认理性在审美活动中起任何作用。弗洛伊德、阿德勒和荣格等心理学派尽管重视审美对象的内容，而那内容却仅涉及动物性的或极端原始的本能欲望或倾向。这种对理性内容的排斥反映出垂死的资本主义社会在精神方面的腐朽和空虚。

总观上面的简略的历史回溯，我们可以看出，关于第一个意义的美感（审美的能力），有下列几个待继续研究的问题：

一、审美的"内在感官说"在生理学和心理学里都找不出证据，是不能成立的。但是有没有审美的能力或是一种决定人爱好什么和不爱好什么的总的心理结构或心理倾向？假如有，它是怎样形成的？先天的还是后天的？是资禀还是修养的结果？还是资禀和修养都有份？如果都有份，究竟哪一个是主要的？

二、假如有一种总的心理结构或倾向，它包括哪些组成部分？应不应考虑到生理方面的动物性的情欲或本能？应不应考虑到社会实践对本能或情欲所造成的改变？本能的部分占着什么地位？社会环境影响的部分占什么地位？例如阶级意识所占的比重，文化修养所占的比重，以及个人生活经验所占的比重等等。

三、这种审美的能力或总的心理结构在具体场合是怎样起作用的？它完全是感性活动呢？还是也包括理性活动呢？感性活动和理性活动是否可以在同一阶段里进行呢？如果能，这种结合究竟取什么方式？如果不能，它们是否有先后的关系？如何理解这种关系？再就感性来说，是单纯的感觉在起作用？还是也牵涉到创造的想象？欣赏和创造究竟有什么区别，有什么联系？此外，在审美活动中，意识占什么地位？是否有下意识的作用存在？如果有下意识的作用，它是怎样起的？

四、谈到审美能力在具体场合起作用，还有一系列的关于审美对象或客观存在方面的问题。究竟是对象的哪一种或哪些性质会引起审美的情感？是否对象原已有"美"这种属性？如果有，它究竟如何界定？它反映到人脑里是否和对象的其他属性一样？例如花的红和花的美是否同是一种感官的反映？有人说不同，这不同究竟何在？是否可以理解"美"为一种估价？如果是一种估价，它是否可以单凭客观属性而不必考虑到主观理想与需要？这就牵涉到主客观的关系问题，也要牵涉美与真和善的区别和联系的问题。此外，对象还有内容与形式的关系问题。对象是否可以凭单纯的空洞的形式引起美感？是否有康德所说的"纯粹美"？如何理解内容与形式的统一？如果审美涉及对象的内容意义，它是否真正既不涉及概念，又不涉及欲念，如过去许多美学家所主张的？

　　过去西方美学家们在长时期里都把美限于有形可见的物体，不考虑到诗和一般文学作品可以也用"美"来形容，到莱辛还没有摆脱这个狭隘的看法，这是西方美学长期侧重形式的根源之一。另一个根源就是过分强调审美活动的感官性与直接性。既然是直接的，纯然是感性的，不涉及概念和欲念的结论就成为当然的事。如果考虑到一切艺术，包括不是直接呈现物体的文学作品在内都是审美的对象，如果文学作品离开内容意义就谈不上美，那么，过去西方美学家的许多关于美和美感的看法就得重新审查。美表现于不同的对象，就各有它的特殊性，造形艺术、音乐和文学的美当然各有不同，前二者形式的比重可能较大，后者内容的比重可能较大，但既都称为美，它们在美这一点上毕竟须有一种共同性，这共同性究竟是什么？美学必须设法解决这个问题。如果从这方面多考虑，我们就会见出：一切美都必须表现在内容与形式的统一以及理性与感性的统一上。一般人所认为纯然的形式美，仔细分析起来，总会发现某种显露的或隐含的内容意义。例如建筑里平衡对称、上轻下重，可能表现稳重、安全、庄严之类感觉；红的颜色可能满足某种生理要求（这就是内容意义），也可能象征热情、炽烈的生命乃至共产主义理想。从这个角度看，美也必然表现在主观与客观的统一上,客观形象对于审美者获得内容意义,是离不开审美者的主观条件(如世界观、阶级意识、个人生活经历和文化修养等)的,尽管它在形式上,经过科学的分析或测量,可以见出客观的一致性(例如平衡对称人人都可以看见,但情感上的反应却不一致)。从这个角度看,自然美和艺术美尽管表现得不同,美之所以为美的道理总是一致的,都必然是内容与形式的统一,理性与感性的统一,客观与主观的统一。这是我个人的一种看法。我之所以得出这个看法,有一部分也是由于上文所说的关于美感问题的一些考虑,所以趁便提出,供关心这类问题的人们讨论和批评。

我在开头就说过,解决了第一意义的"美感"(审美的能力)问题,关于第二意义的"美感"(审美的情感)问题就可迎刃而解;由于对第一类问题有不同的看法,对于第二类问题也就有不同的看法。事实上审美的情感(快感或不快感)乃是关于审美能力在具体场合如何起作用那一类问题中的一个项目,即审美能力起作用时所伴随的情感效果的调质。就这一个问题加以分析,又可得以下几个问题:

一、审美的快感与一般感官的快感(例如饮酒食肉的快感)有无区别?区别何在?从中世纪圣托马斯,经过康德一直到现在,多数美学家肯定有区别,区别在于不涉及欲念。但是也有一部分美学家,从博克到顾约(法国近代美学家)以及上文提到的弗洛伊德派、阿德勒派等等,却把这两种快感看作一回事。区别应该有,但是在审美活动那一顷刻意识不到欲念是一回事,说审美活动的根源或动力与欲念无关(即与实践活动无关),却另是一回事。

二、审美的快感是否在不同场合里本身还有区别?它是否也有一般性与特殊性两方面?西方美学家历来大半忽视了这个问题,他们只谈通套的审美的快感。但是亚理斯多德早就提出了这个问题,他说悲剧应引起悲剧所特有的快感,即恐惧和哀怜两种情绪得到净化的快感。从心理学看,每种情绪都伴有不同的情感调质,例如欣喜一般伴着快感,恐惧一般伴着痛感。审美对象一般不仅是引起一种单纯而空洞的快感或不快感,而是要打动情绪,快感或不快感只是作为所打动的情绪的一种情感的调质,所以理应随情绪不同而有所不同。崇敬英雄人物的情绪所伴随的快感不能和爱慕美丽女人的情绪所伴随的快感完全等同起来。崇高感都伴有恐惧的情绪(如多数美学家所承认的)和对人类尊严崇敬的情绪(如康德所主张的),所以情感的调质就不单纯是痛感或快感,而是二者的化合,这也和一般美的事物只引起快感不同。这方面有待研究的问题还很多。

三、审美的快感是否在人与人之间有所谓个别差异? 如果有,在个别差异之中是否还毕竟有些一致性? 这就涉及审美的标准问题,古典文学作品在社会基础几经变革之后何以还有普遍吸引力的问题,也就是近来文学界所讨论的"共鸣"问题。这与如何理解阶级性与人民性的问题也有关。在这方面分歧是很多的,绝对的绝对主义者片面强调文艺标准的普遍性与永恒性(如某些古典主义者),绝对的相对论者片面强调个别差异的否定标准(如印象主义者)。但是大多数美学家以及大多数群众都认识到个别差异之中有一致性,审美有标准,但标准也并非绝对的。过去一般思想家都根据"普遍的人性"或"共同的感觉力"(康德)来解释这种相对的一致性。人性论问题近来曾经过热烈的讨论和批判,但必须承认,这个问题是一个难问题,还不能说它已得到最后的合理的解决。

从以上简略的叙述可以见出,美感(无论是第一意义还是第二意义的)问题要牵涉到美学领域里所有的基本问题,不能孤立地看待。这些问题都是有长久历史的老问题,大半还没有一致的意见,足见它们是复杂的,困难的。它们都还有待于进一步深入的研究。

（载《光明日报》,1962 年 7 月 16 日）

表现主义与反映论两种艺术观的基本分歧
——评周谷城先生的"使情成体"说

周谷城先生从 1957 年以来发表了一系列的美学论文①,其中《史学与美学》和《艺术创作的历史地位》两文比较完整地陈述了作者的美学思想体系,曾引起美学界的评论。周先生的"使情成体"的基本观点显然就是"表现主义"的观点而不是马克思主义的反映论的观点。究竟"表现主义"和反映论有无分歧? 如果有,分歧究竟何在? 这是美学中有关基本原则的问题。趁讨论周先生的美学

---

① 《美的存在与进化》载 1957 年 5 月 8 日《光明日报》。

《史学与美学》载 1961 年 3 月 16 日《光明日报》。

《礼乐新解》载 1962 年 2 月 9 日《文汇报》。

《艺术创作的历史地位》载 1962 年 12 月号《新建设》。

《评王子野的艺术论评》载 1963 年 7、8 月合刊《文艺报》。

《评茹行先生的艺术论评》载 1963 年 9 月号《新建设》。

观点的机会,美学界如果把这个问题辩论清楚,那对马克思主义美学在我国的进展就会起一些推动的作用。

周先生所持的"使情成体"说是旧说,但是他也作了一些新的发挥,其中最突出的是他企图把马克思主义的矛盾统一和转化的辩证发展的理论,附会到"表现主义"的艺术观上去,从而对马克思主义的辩证发展观点和毛主席的《矛盾论》、《实践论》进行了大胆的歪曲。这种歪曲是根据对黑格尔的唯心主义辩证法的曲解和错误的心理学观点而进行的。现在我们就从这一点说起。

一 周先生对马克思主义的矛盾论的歪曲以及他的"无差别境界"运用到美学上所造成的混乱。

1、先说周先生根据对黑格尔的唯心主义的辩证法的曲解来歪曲马克思主义的辩证法。

周先生对辩证法或矛盾论的看法是在《史学与美学》里提出来而后来又一再运用的,原文如下:

> ……历史若不是成于无数的阶段,不是断而相续,也将没有发展变化可言,……一切斗争都有阶段。每一阶段的斗争过程都是辩证的:即由"在自"到"外自",由"外自"到"为自"是也。拿"土改"来说吧。……私有的现实为"在自",则公有的理想为"外自"的,即外化其自身,使自身变为非自身的。公有的理想为"外自",则公有的新现实为"为自"的,即复返于其自身,使自身成为较高一级的。

读过毛主席的《矛盾论》的人都会感到毛主席把辩证发展过程说得多么清楚,而周先生却把辩证发展过程说得这么玄秘;"在自","外自”，“为自”和“复返于其自身”这些名词都是从黑格尔来的。周先生为什么不用“矛盾的各方面”，“同一性”，“斗争性”，“对立”，“转化”这些人所熟知的名词和道理，而偏要用黑格尔的一套玄秘的名词和道理来说明辩证发展呢？是否周先生对毛主席的《矛盾论》尚嫌意犹未足，要用黑格尔的唯心主义的辩证法来加以修改呢？马克思主义的唯物辩证法虽是由批判黑格尔的唯心辩证法而发展出来的，这两种辩证法由于唯心与唯物的出发点不同，和强调调和与强调斗争的本质不同，是不能杂糅在一起的。何况周先生对于黑格尔的辩证法的理解也离奇得出人意外。例如他把“自在”和“自为”由黑格尔原意所指的“不自觉的存在”和“自觉的存在”理解为“旧的现实”（“外自”）和“新的现实”（“为自”）；黑格尔的“自在”和“自为”由对立而统一为“自在又自为”那个特殊辩证式，只适用于“有自意识的人”，周先生却把它理解为可以普遍应用到任何事例，包括土改。土改的矛盾是地主与农民的矛盾，而不是什么私有制“外化其自身”，私有制无论怎样“外化其自身”，也决不能“外化”出公有制的理想，倒是公有制的理想可以“外化”为公有制的客观存在。周先生竟认为公有制的理想是私有制“外化其自身”，而在公有制的较高一级存在里，按照周先生的辩证式，私有制也还“复返其自身”，这岂不是滑天下之大稽？这里所要说明的只有一点：周先生想把不甚理解的黑格尔的唯心辩证法和同样不甚理解的马克思主义的唯物辩证法杂糅在一起，这种企图是荒谬的，危险的，这样拼凑起来的东西决不是什么辩证法，也决不可能作为正确的美学观点和历史观点的基础。

2、还不仅此，周先生还认为“辩证的过程反映出来的精神状态有知，意，情”，“理智的活动主要在由‘在自’到‘外自’之交，意志的活动主要在由‘外自’到‘为自’之交，情感的活动主要在‘为自’的完全实现"。① 艺术是情感的表现,而情感则是斗争成败的结果。斗争的起点是个人"与现实不能相安","主客观不统一","心身相违",因而感到"痛苦难安",这就是周先生所理解的矛盾。在这种情况之下,当事人要思考,找出路,制定方案,这是理智的活动,是科学的阶段。方案就是理想,努力使理想实现,这就是实践或意志的活动,也就是道德的阶段。实践成功,理想实现,主客观恢复统一,心身一致,心情舒畅,这就是情感的活动,也就是艺术的阶段。用中国美学概念来说,这种"由理智而意志而感情,由科学而道德而艺术"的过程就是"由礼到乐"的过程,因为礼代表矛盾对立而乐代表矛盾统一。矛盾对立据说是"差别境界",而矛盾统一则是"无差别境界"或"绝对境界"。② 这是周先生所理解的辩证发展过程。

应该指出:周先生在这里根据一种不正确的心理学观点,拿知意情的三段发展来修改马克思主义的实践→认识→实践的发展。先说他所根据的是不正确的心理学观点。周先生对构造派心理学者温德(Windt)的关于知情意关系的看法的批评完全没有搔着痒处,因为构造派的错误不在认为知情意三种活动构成心理活动的全体,各司其事,而在于没有看出这三种活动的有机联系,把每种活动都看成独立的,然后又企图把这三种各自独立的活动机械地拼凑成为整体。周先生对于资产阶级学者的批判往往是采取"做贼的喊捉贼"的办法(可以举出很多的例)。他自己所采取的知情意各自独立的看法正是构造派旧心理学的看法。照有机的辩证的看法,人的每一个有意识的活动都有"知"的因素,如果这"知"(认识)与实践有联系,也就都必或多或少地带有"意"和"情"的因素,特别是意志和情感从来就是可区别而不可分割的。怎么能说心理

① 《史学与美学》。
② 《礼乐新解》。

活动的发展就是沿着"由理智而意志而情感"这一条直线呢？周先生往往爱打自己的耳光，接着他又承认"三者彼此相续而不能分割的，……而且彼此常是交错的"，例如"我们摄取艺术源泉时，不能说只有情感的活动，毫无理智的分析或意志的支持"。① 这样，周先生自己就证明了"由理智而意志而情感"的三阶段发展的线索是不符合客观事实的。特别是周先生把这一直线发展又配合到"由科学而道德而艺术"那一条直线发展上去，错误就更明显，周先生作为一个历史家，难道就不知道，无论就个体发展看，还是就民族发展看，科学先于艺术的提法是不符合史实的吗？难道艺术就成为历史辩证发展的最高峰吗？知就是认识，意就是实践，情则为艺术。在周先生的公式里，认识是先于实践的，而艺术处在"无差别境界"，则超然独立于认识和实践之外。而且周先生所理解的认识对象也不是客观世界的规律和本质，而是"身心相违"时的"痛苦难安"，这就是"行动的先兆"，②也就是实践的先兆，所以周先生的"认识"对象只是主观世界。"行动"既以"痛苦难安"为"先兆"，则实践也还只是首先从主观出发。这既违反毛主席的认识来自实践的原则，也违反毛主席的认识对象是"客观外界的规律性"的原则。

3、周先生对《矛盾论》的窜改突出的表现于他所谓"无差别境界"和历史"断而相续"的观点。他说"问题或矛盾的解决，生活上必有无差别的境界出现"，这无差别的境界又叫做"绝对境界"，其特征在于"精神与身体完全统一"，"主观与客观没有区别"；③"不断的历史实成于一段一段的斗争，换句话说，是断而相续的"；"不是断而相续，将没有发展变化可言"；④"由对立斗争到矛盾解决，由差

---

① 《史学与美学》。
② 《评茹行先生的艺术论评》。
③ 《艺术创作的历史地位》。
④ 《史学与美学》。

别境界到绝对境界,由科学境界到艺术境界,亦断而相续"。① 总之,在历史发展中,每一个矛盾由对立斗争而获得解决,都自成一个独立的段落,到了段落的终点,矛盾解决了,就有一个"无差别的境界",这也就是周先生所说的"断"。这样,历史发展就不是一条连贯的实线,而是一条"断而相续"的虚线。画虚线,断而相续是可以做到的,历史在"无差别的境界"既然"断"了,怎样还能"相续"却大成问题。因为矛盾是发展的推动力,"差异就是矛盾","无差别的境界"就是无矛盾的境界。据周先生自己说,"暂无差别,只是斗争的结果,不是斗争的原因",这句话的意思只能是:无差别的境界不能成为下一步发展的原因,那么,下一步发展究竟从哪里得到推动力或原因呢? 这不是口里谈斗争发展,而实际上却用"无差别境界"把历史的联贯发展割碎为许多互不为因果的独立的小段落,因而根本上否定了历史的辩证发展吗? 周先生说,"由差别境界到绝对境界断而相续,未有已时",②他想借此说明在无差别境界存在的条件下,历史仍可不断发展。其实谁都可以看出,这句话就是自相矛盾的,有断时即有已时。"未有已时"只能指不断地在断在续。

在遭到王子野和茹行诸同志提出异议以后,周先生一再援毛主席的《矛盾论》以自卫。毛主席说:"无论什么事物的运动都采取两种状态,相对的静止状态和显著的变动状态。……事物总是不断地由第一种状态转化为第二种状态,而矛盾的斗争则存在于两种状态中,并经过第二种状态而达到矛盾的解决。"(重点是引者加的)周先生说:"我所谓无差别的境界,亦即相对的静止的矛盾解决了的状态。"③这是对毛主席的意思的恶劣的歪曲。毛主席所说的

---

① 《礼乐新解》。
② 《礼乐新解》。
③ 《评王子野的艺术论评》。

"相对的静止的状态"，还是就事物的运动来说的，既是运动，其中就还存在着矛盾的斗争，只是比起第二种状态来，还不那么显著，所以只说"相对的静止"，并没有说完全的静止或"断"，毛主席明明说到不断地转化。矛盾解决了的状态也不能就是"无差别的境界"，因为它又成为下一步发展的起因。恩格斯说，"运动本身就是矛盾"，所以毛主席发挥这个意思说，"没有什么事物是不包含矛盾的，没有矛盾就没有世界"。这话难道还不明确吗？怎么能把"无差别的境界"（即无矛盾的境界）硬栽到毛主席的《矛盾论》里去呢？

"无差别的境界"和马克思主义的唯物辩证的历史观毫无共同之处，这个概念正是从他自认为自己已和它的界限"划得很清楚的"资产阶级学者的思想那里偷运过来的，正是叔本华的取消了意志的"意象世界"，尼采的与酒神（代表生命运动）相对立的"日神精神"（不分是非善恶的静观）以及克罗齐的不作分别想和不加肯否的"直觉"。我自己对这种"无差别境界"的思想过去颇有所接触，所以它对于我倒不很陌生。周先生说，"这境界哲学家很羡慕"，对于颓废时期资产阶级哲学家来说，这话倒是对的。我不敢冒充哲学家，但是也曾羡慕过这个境界，回想当时的心情是想享"清福"，厌恶斗争。周先生自己是否也有一点羡慕这种"无差别境界"呢？周先生在每篇文章里"斗争"这个字眼说的特别多，他似乎早已准备好了反驳批评者的武器。但是在很多地方他终于露出了马脚。无差别的境界是"身心统一"，"主客观统一"，"自自在在，无罣无碍"，"心情舒畅"，"消魂大悦"，"动静皆定"，"大乐与天地同和"的境界，还不算是理想的境界吗？所以他一则曰："绝对的平衡统一，平静无波，可能是我们热烈以求的"（接着他惋惜"但不是事实许可的"），①再则曰："无差别境界似为生活的正面"，"历史前进云云，即

---

① 《史学与美学》。

斗争过程中的矛盾一次一次地获得解决,无差别境界一次一次地获得接近。"①这些话的涵意是什么呢？无差别境界是生活的正面,是我们热烈以求的,而矛盾斗争则是生活的反面,是终于要消灭的,历史的进程是一步又一步地走向无差别的境界,即无矛盾无斗争的境界。周先生的话是说得很清楚的:"我们可以说前人栽树,为的是后人乘凉,我们却不必说前人栽树,为的是后人栽树。一切斗争手段都是取消斗争之自身的。"②换句话说,前人栽树,为的是后人不用再栽树而只乘凉,前人斗争,为的是后人不用再斗争而只享受"无差别境界"的清福。王子野同志说:"差别是什么时候也不会消灭的",周先生却认为"这是一种悲观绝望的看法"。③ 很显然,周先生的充满希望的乐观的看法就是前人栽树,后人就无须栽树而只乘凉的看法。这也就是周先生所说的"由礼到乐","由劳到逸","由差别境界到绝对境界","由科学到艺术"的发展。艺术摆在精神发展的最高峰或终点,也正因为"艺术生活是超越差别,进入绝对的"。

茹行同志说:"无差别境界乃是周先生这篇文章的起点和终点,也是周先生的艺术观的哲学基础。"周先生却说:"茹行先生这里恰恰看错了,我周某某这篇文章的起点,终点和基础,都是斗争。"我在上面一段里企图说明周先生的"终点"却不是斗争而是"无差别境界"。至于"起点",周先生前后所说的有些自相矛盾。照表面看,他认为艺术表现情感,而情感则起于斗争,仿佛他的"起点"真是"斗争"。但是周先生的"断而相续的历史观容许在历史发展中有相当于"断"的"无差别境界"。这"无差别境界",据周先生

---

① 《艺术创作的历史地位》。
② 《评王子野的艺术论评》。
③ 《评茹行先生的艺术论评》。

自己说，"不是斗争的原因"，那末，"断"之后的"续"或"斗争"就只能是凭空而起，无中生有了。周先生明明说过矛盾斗争是由于"身心相违"，"主观客观由浑然一体达到两相对立"，所谓"主观客观浑然一体"正是无差别境界，所以说周先生的"起点"是"无差别境界"，并不见得就是"恰恰看错"了。问题的关键在于"浑然一体"的"无差别境界"如何产生"两相对立"和斗争，这是周先生迄今尚未肯正视的一个问题。他让一段又一段的无差别境界把完整而连贯的历史发展过程割裂为无数断片，这样就使历史发展过程始于空无，中间插入无数短暂的空无阶段，这就否定了历史发展，也否定了周先生时常挂在口头上的"斗争"，因为斗争和发展都不能以本无矛盾的空无为起点或终点的。我们只能说，周先生的哲学基础是摆在空无上面的。

这种哲学与马克思主义毫无共同之处。马克思主义者"把事物的发展看做是事物内部的必然的自己的运动"，这个运动虽可分阶段，但是上一阶段的矛盾就已在内部必然潜伏下一阶段的矛盾发展的原因，所以两阶段之中决不可能有所谓"断"或"无差别境界"。运用到革命上，这就是毛主席的"不断革命论和革命发展阶段论"相结合的理论，例如民主主义革命和社会主义革命是革命的两个不同的发展阶段，但是这两个阶段是相衔接的，中间并不曾"断"过。毛主席说："民主主义革命是社会主义的必要准备，社会主义革命是民主主义革命的必然趋势"，[①]就简赅明确地说明了不断革命论和革命发展阶段论相结合的道理，也说明了矛盾不断转化的道理。按照周先生的"辩证法"，他就要错误地理解革命阶段论而否定不断革命论。请问周先生，你我这辈子人都亲眼看到过民主主义革命和社会主义革命，而这两阶段的革命又可各分为若

---

① 《毛泽东选集》第二卷，第六四六页。

干段落,在哪两个段落之间,你认为革命运动曾经断过? 现在社会主义革命将来是否还要"断"一下,然后才达到共产主义社会呢?

4、周先生的"辩证法"应用到艺术,就显得异常混乱。如果把他的"在自","外自"和"为自"的发展线索和"精神状态"中知,意,情,以及科学,道德和艺术的相对应的发展线索排列在一起,可得下表:

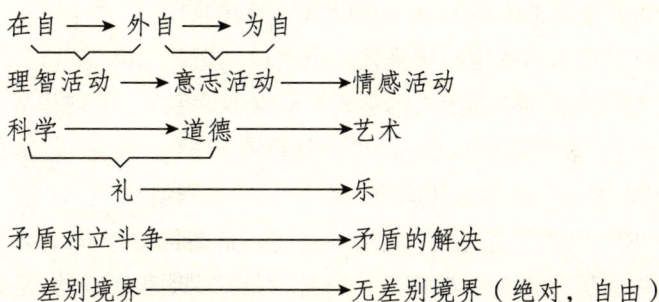

在自 —→ 外自 —→ 为自

理智活动 —→ 意志活动 —→ 情感活动

科学 —→ 道德 —→ 艺术

礼 —→ 乐

矛盾对立斗争 —→ 矛盾的解决

差别境界 —→ 无差别境界 (绝对,自由)

在这个表里,"艺术"是与"情感","矛盾的解决","无差别境界"相对应的,即处于同一发展阶段的。周先生说,"艺术生活是超越差别,进入绝对的"。但是他又认为"艺术创作活动"不同于"艺术生活",艺术生活属于"无差别境界",而艺术活动在于"无差别境界"过去之时或未来之时,可排列成下表:

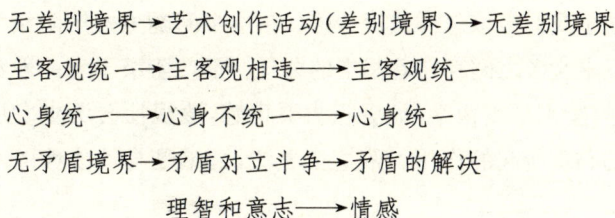

无差别境界 —→ 艺术创作活动 (差别境界) —→ 无差别境界

主客观统一 —→ 主客观相违 —→ 主客观统一

心身统一 —→ 心身不统一 —→ 心身统一

无矛盾境界 —→ 矛盾对立斗争 —→ 矛盾的解决

理智和意志 —→ 情感

就这两个表略作比较,就可以见出周先生的混乱,姑举几点比较突出的。(1)把"艺术创作活动"排除在"艺术生活"之外,只把欣赏看成艺术生活,仿佛欣赏与创造是截然两回事,欣赏没有任何创造因素,创造中也没有任何欣赏因素,这最少可以引起一些值得讨论的问题。(2)在第一表中"艺术生活"列在"无差别境界",与"情感"相对应;在第二表中"艺术创作活动"属于"差别境界",却又与"理智"和"意志"相对应,处在"情感"阶段之前了,而周先生却又明明白白地说,"美或艺术或艺术品是以情感为其源泉的","斗争过程及斗争结果所引出的情感则是艺术家据以创造艺术品的",艺术"只诉诸人的感情而不诉诸人的理智"。① 依这一说,艺术创作活动也就要摆在"情感"阶段,也属于"无差别境界"了。究竟"艺术创作活动"在周先生的思想体系里,应该属于"差别境界"还是"无差别境界"呢? 我看周先生自己也没有想得很清楚。(3)如果艺术无论在创作还是在欣赏中都离不开情感,"情感"本身是激动,是失去平衡,是矛盾状态,这里决没有所谓"无差别境界",周先生把情感看作与"无差别境界"相对应,这也不符合心理学的事实。

二 从周先生的生物学观点,"时代精神"说 和"真实情感"说论证他的超阶级观点。

参加讨论的同志们谁也没有否认情感在艺术中的重要性。问题在于我们应该怎样认识情感。在这个问题上资产阶级学者与马克思主义者之间存在着基本的分歧。资产阶级学者一般都从自然科学(特别是生物学)的观点去看情感,蔑视社会历史发展对社会人的心理所起的作用。依这个看法,情感是与动物性的本能冲动

---

① 《史学与美学》。

或生理要求密切相联系的。最基本的情感是快感和痛感。它们是一切"情绪"的共同调质。情绪则是本能冲动在接触到所关对象时的生理和心理上的波动。例如性爱是保存种族生命的本能,接触到对象,爱的情绪就会发作,表现为生理和心理上的种种变化,成功就会欣喜,挫折就会焦虑,遇到敌手就会妒忌和怨恨,失败就会痛苦,如此等等。这种"情绪"(周先生所说的"情感"往往实指"情绪")据说伏源于天性或生理心理的自然结构,带有普遍性和永恒性,后天的经验对它们的影响很微弱,所以既与理智的活动相对立,又几乎超然独立于社会历史发展之外。这就是所谓普遍人性论。过去文艺理论家大半把这种普遍人性论应用于艺术,认为艺术如果抓住这类普遍永恒的天性,它就会有永恒普遍的吸引力。说得最明确的是法国自然主义文艺理论家泰纳①。这种从自然科学观点把人只看作自然人的普遍人性论,抽去人的一切社会性以及一切社会历史发展对人的影响,结果只剩下一些最原始的动物性的东西。从马克思主义者看,这是一种荒谬的观点。因为人从很古就进行劳动生产以来,已由"自然人"转化为"社会人",人的"本性"(包括情感)都在不断地随着社会历史发展而发展。社会人在历史发展影响之下所形成的情感已决不是原始自然人的情感。同时,社会人的情感也决不是和理智或思想相对立的。情感和思想共同组成一个人的社会意识,它们都是客观世界在人脑里的反映。在阶级社会里,人的思想和情感都反映出一定历史时期和一定阶级的社会基础,都打下阶级的烙印。剥削阶级和被剥削阶级的喜怒哀乐爱恶等等是不一样的。阶级斗争是阶级社会历史发展的主要推动力,文艺反映阶级社会的现实生活,就必须根据阶级观点来看人物性格乃至于情感。如果抽去情感的阶级内容而谈抽象

---

① 参看泰纳的《艺术哲学》第五编,第二、三章。

的或动物性的情感，那不但是歪曲现实，而且会模糊阶级意识，不利于革命斗争。

在这两种对立的观点之间，周先生究竟站在哪一方面呢？从表面看，周先生在每篇文章里都强调阶级斗争，并且承认"情感之生，又因阶级而异"，他好像是赞成阶级观点的。但是细加考察，外表就不符合实际。他的全部思想都是阶级和论。上文已提到他的"无差别境界"实际上否定了矛盾斗争和历史发展，从而使周先生不可能有真正的阶级观点。他所理解的矛盾只是心身的矛盾，主观和客观的矛盾，从来不是客观事物本身的矛盾，包括阶级矛盾。他从三方面否定了阶级观点，即从生物学出发的人性论，"时代精神"和"真实情感"。现在分述如下：

1、普遍人性论：周先生在口头上并没有提普遍人性论，但是他讨论人的精神活动所采取的主要是普遍人性论者一般都采取的自然主义的观点，就是把生物学和生理学的考虑放在首位，因而把人的社会性和阶级性都抽掉，只剩下一个动物性的人。他把矛盾统称之为"生活上的波澜"，他所举的例子是婴儿在摇篮里享受慈母的抚爱，是处在"无差别境界"；阳光刺了他的眼睛，他便要叫起来，这时他就进入矛盾，等到慈母作了一番调整，矛盾解决了，他就又回到"无差别境界"。再如肚子饿了是矛盾，吃饱了，矛盾就解决了，就回到"无差别境界"，如此等等。足见周先生所理解的矛盾是自然人的动物性的生理的矛盾。在他的一系列的"辩证"发展的互相对应的线索里，他特别加上一条心身统一→心身相违→心身统一的线索，可以说是"生理机能的辩证法"。他强调斗争，究竟他对"斗争"是怎样理解的呢？在论证知意情"更与生理情况分不开"时，他下了一句结论："我们的斗争，首先依靠我们自己这个具有生理情况的有生之物。"①。这就是把人归原到纯然动物性的人(即"这个具有生理情况的有生之物"),而且肯定斗争首先要靠这种纯然动物性的人,"由斗争中引出的知情意等精神状态"当然也就首先是就这种纯然动物性的人来说的。这种人在原始时代前也许存在过,当时当然还无阶级和阶级情感,可是我们讨论艺术时所涉及到的人竟首先是这种"自然人"吗?上引一句结论并不是孤例。在讨论"理想的由来"时,周先生为"思维"找到这样的生理学的解释:

> 心身统一的活动受到阻挠,生活陷入困境,这是不好受的!于是心理的活动从身心不分的统一中,分别显现,跳出来独立活动。这种活动就是为着要摆脱困境的。独立的心理活动,在这时已成了一般所谓思维。……其实思维的任务,首先在缓和生理的活动,接着消除当前的障碍;然后恢复身心的统一。②

这段话实在有些玄奥。心理活动怎样从身心的统一中"跳出来独立活动"就成为思维,思维又怎样"缓和生理的活动"?凭我的一点肤浅的生理学和心理学的知识来左思右想,竟想不出此中妙理来!我于是重翻一下毛主席的《实践论》,看认识和实践的关系在那里是怎样讲的,把它和周先生的这段话对照了一下,更觉得牛头不对马嘴。从此我敢断定,周先生的这种认识论不可能是马克思列宁主义的。从他又把生理学观点摆在首位来看,我也敢断定,周先生是普遍人性论的信徒,他谈那么多的阶级斗争,并不能掩盖这个基本事实。

---

① 《史学与美学》。重点引者所加。
② 《艺术创作的历史地位》。重点引者所加。

周先生的普遍人性论的观点还见于他对艺术不朽的看法。他说:"只要作品所体现的情感还是人类中可能有的,其感人的作用亦必随着存在,是曰不朽";①"朽与不朽,完全取决于所表现的情感是否还存在,所要引起的情感是否还引得起来"。古典文艺作品的普遍吸引力问题是有待于进一步研究的复杂问题。过去持普遍人性论的资产阶级学者一般都认为作品能否有普遍永恒的吸引力,就要看它是否表达了人性中普遍永恒的东西。周先生的看法与这个看法是一致的。世界上一些伟大的作品古代人读,受到感动,现代人读,也还受感动,这是一个不可否认的事实。是否从此可以得出结论:同一作品在古代人心中所引起的感情就仍然是它在我们现代人心中所引起的感情呢?依周先生的提法,这似乎是不成问题的。依我们的看法,社会历史在不断变化发展,人的思想和情感作为社会基础的反映,也就必然随之变化发展,例如不同社会和不同阶级的人不可能共有一种"普遍永恒的情感"。因此,我们不相信艺术的持久性完全取决于它所表现的情感的持久性,并且认为拿情感的持久性作为衡量作品价值的主要或唯一的标准,是一种超阶级观点。

2、其次是"时代精神"问题。周先生说艺术创作"要有超出模仿的东西"。"超出模仿的东西,就一方面说,虽属于创作,然就另一方面说,却是广泛流行于整个社会的时代精神。"时代精神是同一时代中不同阶级的思想意识的汇合,一种"不同阶级的不同思想意识所构成的统一整体"。例如"资本主义时代有各种思想意识,汇合而为当时的时代精神。"②茹行同志指出周先生所理解的"时代精神"是"抽象的超阶级的东西"。周先生则仍坚持"时代精神不是

---

① 《艺术创作的历史地位》。
② 《艺术创作的历史地位》。

超阶级的",理由是"不同的部分自始就构成统一整体",并且反诘一句:"请问祖国的文化遗产是不是统一整体?"

时代精神是存在的。在这一点上我和周先生没有争执。争执在于对时代精神的涵义我和周先生有不同的理解。为着避免抽象,姑且以我们的这个时代精神为例来说明。我们的时代有资本主义的垂死阶段帝国主义社会制度和资产阶级的意识形态,有正在蓬勃发展的社会主义制度和无产阶级的意识形态,这是我们这个时代的基本矛盾,这个基本矛盾正在激烈地发展和转化中,按照历史发展的规律,帝国主义的制度和资产阶级的意识形态必然终于消灭,而社会主义制度和无产阶级的意识形态必然终于要在全世界范围建立和巩固起来。这样一个时代的精神究竟以什么为其内容呢?依周先生的看法,我们时代的精神是由资产阶级的思想意识和无产阶级的思想意识两部分所汇合成的统一整体。我不同意这个看法,因为我想不出剥削阶级的思想和反剥削阶级或无产阶级的思想怎样能汇合成为一个统一整体;以及汇合的结果会成为什么样的一个统一整体。那岂不是既有剥削思想又有反剥削思想和平共存的统一整体吗?依我的看法,我们现在所处的,是一个两种对抗性的对立面的矛盾斗争的局面,是全世界无产阶级联合起来打倒帝国主义和剥削制度的局面,并不是无产阶级思想意识和资产阶级思想意识"汇合成为统一整体"或平分秋色的局面。在这场对抗性的矛盾斗争中,无产阶级所代表的是新生力量,是矛盾的主导方面,而资产阶级所代表的是垂死力量,是矛盾中终于要被消灭的方面。我们的时代精神正是全世界无产阶级进行社会主义革命打倒帝国主义而终于要建立共产主义的精神。说我们的文艺要表现时代精神,所要表现的也正是无产阶级革命的时代精神,而不是周先生所幻想的无产阶级思想和资产阶级思想合流(即"汇合")的那种阶级调和或阶级合作的时代精神。其它历史时期的时代精神也应由此类推。

周先生对"时代精神"之所以有这种错误的看法,病源恐怕正在于他和资产阶级思想界线并没有划得像他自己所自信的那样"很清楚"。同时,这也牵涉到他对辩证法的不正确的理解。毛主席在《矛盾论》里说:

> 然而单说了矛盾双方互为存在的条件,双方之间有同一性,因而能够共处于一个统一体中,这样就够了吗? 还不够。事情不是矛盾双方互相依存就完了,更重要的,还在于矛盾着的事物的互相转化。……
>
> 有条件的相对的同一性和无条件的绝对的斗争性相结合,构成了一切事物的矛盾运动。

周先生有时没有认识到矛盾斗争正是在两对立面的统一体中进行(矛盾同一性的第一个意义),认为"矛盾的解决"就是"矛盾的统一"(例如说矛盾解决了,就是主观客观统一,心身统一,达到了"无差别的境界"),在这里谈到"时代精神"时,他仿佛又认识到两种对立阶级的思想意识又可以处在统一体,但是他在这里又忘记了"更为重要的"转化和斗争(矛盾同一性的第二个意义),而认为两种对立阶级的思想意识在这统一体里"汇合",就足以构成"时代精神"。他把部分加部分构成整体那个机械律窜改了矛盾斗争的辩证法。他这种看法倒有一点类似黑格尔的唯心主义的辩证法,因为黑格尔讲辩证发展,一般总是以对立两方面的"调和"(或"和解")而达到较高的统一体,在这统一体中两方面虽经过互相否定而仍各自存在;他从来不认为一方面消灭另一方面是矛盾的解决。这正反映出他那德国庸俗市民害怕革命的阶级意识。周先生的这一点和黑格尔的类似恐怕也不是事出偶然。

如果对时代精神有正确的理解,周先生所提的"祖国文化遗产是不是统一整体"的问题也就不难迎刃而解了,一国文化在历史发展过程中是处在列宁所说的"两种文化"的既处在统一体而又对立斗争和转化的过程,而不是"两种文化"始终处在"汇合"或"调和"的状态。这牵涉到文化遗产继承问题。祖国文化中有精华也有糟粕,我们要吸其精华,弃其糟粕,并不是要把它作为"统一整体"而继承过来。这继承本身就是一种辩证发展过程,也要经过对立斗争,也还离不开阶级观点。例如说"古为今用",我们想回问周先生一句,这个"今"如何了解?是否像时代精神一样,也指无产阶级利益与资产阶级利益"汇合"而成的统一整体呢?还是只指无产阶级工农兵利益呢?片面强调统一整体,就和强调普遍人性一样,其结果只能否认或模糊阶级观点。

总之,时代精神是存在的,它不是抽象的超阶级的,它有很具体的阶级内容,但是周先生所理解的那种由敌对阶级的思想意识"汇合"而成的时代精神却是超阶级的,因为它在实质上就是西欧社会民主党所鼓吹的"阶级调和"和"阶级合作"。

3、真实情感:周先生不但鼓吹以阶级合作思想为基础的时代精神,而且也鼓吹超阶级的"真实情感"。他说,"艺术作品,只要是体现了真实情感,都是可以动人的"。王子野同志提出了异议,指出情感也有阶级性,主张用阶级感情代替真实感情。周先生反对提阶级感情,其理由有三:(1)"阶级感情四字太无一定,是资产阶级对无产阶级的仇恨?是无产阶级对资产阶级的仇恨?……这样含糊的名词……倒不如不用";(2)"斗争并不止于阶级,还有人对自然的斗争";(3)"真实感情范围大于阶级感情;我们讲艺术理论,当取范围较大者。……个人作品所表现的感情是具体的,决不是含糊笼统的阶级感情所能代替"。①

  周先生在这里用真实情感来反对阶级情感,用心良苦,可惜又把他的逻辑忘掉了。(1)阶级感情四字太"含糊",难道"真实感情"就不那么含糊?在"无产阶级对资产阶级的仇恨"中把"无产阶级对资产阶级的"这个状词去掉,单剩下"仇恨"二字,难道就更具体更明确些?(2)阶级斗争之外还有人对自然的斗争,不错,自然斗争的存在难道就是取消阶级斗争的理由吗?当前文艺所表现的主要是阶级斗争,对自然的斗争往往也还有阶级斗争的意义。(3)"真实感情范围大于阶级感情",这里所谓"大于"只能指"更抽象"。讲艺术理论,当取"更抽象"的东西吗?接着周先生就自打耳光,说艺术理论还应把范围缩小到个人,个人情感不是阶级情感所能代替。真实情感由于"大"可以提,"个人情感"由于"小"也可以提,只有这不大不小的阶级情感处在中间,就活该凌迟处死!让我再说一遍:周先生用心良苦呀!

  究竟情感要不要真实呢?谁也没有说艺术所表现的情感应该不真实。问题在于怎样才算"真实"。在阶级社会中,情感必然带有阶级的烙印,这也是周先生口头所承认的。是资产阶级的情感就把它表现为资产阶级的情感,是无产阶级的情感就把它表现为无产阶级的情感,这是一种办法。把资产阶级情感和无产阶级情感皂白不分,"汇合"之为"情感"(例如爱和恨),取消其阶级内容,这是另一种办法。请问周先生,在这两种办法之中,究竟哪一种才算"真实"呢?

---

  ① 《评王子野的艺术论评》。

三 表现主义与反映论的基本分歧

就周先生对辩证法的曲解以及他的"无差别境界",普遍人性论,"时代精神"和"真实情感"之类基本概念进行了一些分析,我们现在就有条件来讨论他的"使情成体"说以及作为本文标题的表现主义与反映论两种艺术观的分歧了。

我过去和周先生一样,也是表现主义的信徒。解放后我才接触到马克思主义的艺术反映客观社会现实生活的理论,感觉到不提表现情感,似乎有些片面。所以有一度我曾主张要把反映论和表现主义结合起来。我当时的想法是:"艺术反映现实"是现实主义的信条,"艺术表现情感"是浪漫主义的信条;前者侧重艺术的客观性,后者侧重艺术的主观性。既然由辩证观点来说,客观与主观必须统一,由创作方法来说,现实主义和浪漫主义必须结合,所以反映论也必须容纳表现主义。我现在看到,这种想法的错误有三点。第一,我用过去的"艺术摹仿自然"说来理解"艺术反映现实",没有认识到反映不是被动地摹仿,而是客观世界在人头脑里的反映,是一种能动的反映,在这里面要发挥人的主观能动性,人的意识(包括思想和情感)当然要起作用,所以反映现实并不排除表现思想情感。其次,我没有肃清哲学上主观唯心主义的残余以及文学上浪漫运动的长期影响,在思想上虽不完全否定反映客观,却还是把表现主观看得更重要。第三,我还没有建立起历史发展观点和阶级观点,多少还站在普遍人性论上看文艺问题,没有认识到表现主义和反映论这两种艺术观的不同的历史根源和阶级根源以及不同的哲学思想基础。现在对这几点我多少有了一些新的认识,因此我感到反映论并不排除情感思想,而且很重视情感思想在反映过程中的作用,而单提表现主义,就会取消反映论,把艺术引回到资产阶级的主观唯心主义和个人主义。下文要谈一谈这个看法的依据。

从周先生的一系列的美学论文可以看出,他和我过去所受的教育可能有些类似,所读的书可能有一部分叠合,因而思想方式(形而上学)和思想路线(唯心主义)也可能有某些接触点。打开窗子来说亮话,周先生和我都是受过西方资产阶级教育的旧知识分子。作为这样一种身份的一个老年侪辈中的朋友,我愿意向周先生交一交心,尽管我们这些年来受到了党的教育而且自己也还是在认真地学习,"我与任何资产阶级学者的思想界限,都是划得很清楚的"这种包票还是不容易打的。我不敢打这种包票,我看周先生也未必就打得下这个包票,因为客观事实很明白地摆在那里。反映论和表现主义可以说是马克思主义者和资产阶级学者在美学和文艺理论中一个基本的分界线。这场纠纷对于我来说,这些年来一直是一个难关,或则说,最后一道防线。所以周先生在这个问题上把门关得很紧,我是能理解的。我现在把我的看法提出来,像西方学者所常说的,和周先生"比一比笔记"(compare notes)吧。

还得搬出来我们的那一套老笔记。"使情成体"说从何而来?周先生已经指出,他的本师是新黑格尔派的鲍申葵。鲍申葵在《美学史》里是个折衷主义者,依他的看法,西方古代美学思想都沿着形式主义一条线索发展,到近代浪漫运动以来却沿着表现主义一条线索发展,他基本上赞成表现主义,却企图把形式主义包括进来,来一个妥协。他的"使情成体"说主要是在英国哲学刊物《心》(Mind)1894 年 4 月号发表的《审美情绪的本质》一文以及 1915 年发表的《美学三讲》里提出来的。周先生并没有采取鲍申葵的折衷主义,只借来"使情成体"这个名词和它所包涵的概念。"使情成体"在鲍申葵的论著里用的是"情绪的表现或体现"(expression or embodiment of emotions),所以这基本上仍是表现主义的观点。

不知道周先生为什么缘故,不用人所熟知的"情绪的表现"而用望来有些深奥的"使情成体"。大概是为着要避免近似克罗齐的"直觉即表现"说的嫌疑。其实这个嫌疑是很难避免掉的,因为他或鲍申葵和克罗齐的差别只在对"体"的了解,克罗齐把"体"了解为作品在心中完成的或直觉到的"意象",而周先生和鲍申葵则认为把这意象表达为有物质实体(媒介)可捉摸的作品才算"体";而在艺术的任务就只在表现情感这个基本观点上,则鲍申葵,克罗齐和周先生却完全是一致的。鲍申葵和克罗齐一致,这是理所当然的,因为他们都是新黑格尔派。

　　这种表现主义也不是新黑格尔派的创见,他们不过把十八、九世纪的西方文艺界的"常识"打扮成哲学的形式。说起来有一段很长的历史。原来在古代西方,文艺理论家和美学家们虽然承认情感在文艺中的重要性,却从来不提"艺术表现情感",而只提"艺术摹仿自然"。等到十七世纪法国新古典主义起来以后,口号仍然是"艺术摹仿自然",不过"自然"的意义扩大,既指外在自然,尤其重要的是指人的内在自然即"人性"。当时是理性主义哲学鼎盛的时代,所以"人性"主要指的是"理性",说"艺术摹仿自然"就主要指"艺术摹仿人的理性",他们不大提"想象",虽偶尔提到"情感",却并不把它摆在很高的地位。布瓦洛的《诗艺》——所谓"新古典主义的法典"——可以为证。"理性"口号的提出与新兴资产阶级的反封建的运动有关。等到十八世纪后期一直到十九世纪三十年代左右,西方资产阶级力量得到进一步的发展,就进一步要求个性解放,个人主义的思想便日渐突出,这在文艺乃至一般文化思想上表现为"浪漫运动"。浪漫运动的领袖们嫌十七、八世纪新古典主义的理性的要求太狭隘,作为一种反抗,他们提出了"想象"和"情感","艺术表现情感"说从此就甚嚣尘上。所以在浪漫运动时期,西方的抒情诗特别发达,而在其它类型的作品里抒情的色彩也特别浓厚。在消极的浪漫派那里,片面地强调情感往往流为反理性主义,从而发展到后来的颓废主义。这种抒情主义或表现主义起自浪漫运动,但并没有随浪漫运动的衰落而消逝,在现在西方资产阶级文艺思想中仍在占优势,克罗齐的表现主义的《美学》之所以风行一时,就是因为这个缘故。不过还应该提到自从十九世纪三十年代浪漫运动衰落,现实主义运动起来以后,"艺术表现情感"说也曾遭到现实主义派的攻击。例如法国帕尔纳斯诗派提出了"不动情感"(impassibilité),小说家福楼拜提出了"取消私人性格主义"(impersonalism),都要把作者的主观方面的东西(包括情感)一笔勾销掉,车尔尼雪夫斯基也有类似的看法,这当然只是走到另一片面的极端,也不足为训。

这是表现说在西方的历史发展的一个极其粗略的轮廓。我翻出这些老"笔记",用意只在把周先生的"使情成体"说引回到它的老家。像"浪漫运动"本身一样,它所宣扬的表现主义只是西方资本主义社会发展中一个历史时期的产物,它是资本主义社会基础的一种上层建筑,它是与当时德国唯心主义特别是主观唯心主义哲学结成不解缘的。表现主义的思想基础是个人主义和主观主义,其极端发展则流为反理性主义和形形色色的颓废主义。上文已指出周先生的"无差别境界"可以溯源到叔本华,尼采和克罗齐。现在还须指出他在对情与理的关系的看法上,也还是和一般表现主义派一致的,这一点留到现在才说,因为它和周先生反对反映论有关。表现主义派(特别是克罗齐)是把艺术的形象思维与理智方面的抽象思维看作绝对对立的,从而论证艺术不可能有思想性。周先生的看法与此颇类似。

周先生也说过一些艺术不排斥理智的话,但是这些话是和他把理智摆在科学阶段,情感摆在艺术阶段的基本观点自相矛盾的。

他一则说，"真正的艺术作品，不是以理服人的，而是以情感人的"，①再则说，艺术所表现的情感能"独立感人"，②三则曰，艺术品在"借助于理智"时（如加说明注解），"已近乎科学说理之作，艺术意味将随说理的明白而淡薄起来"。③ 这些话难道还不明确，还有躲闪的余地吗？由于在艺术中排斥了"理"，周先生就必然要排除艺术的思想性和认识作用。这一点从他对于艺术如何感人的看法中也可看得很清楚。艺术欣赏，按照周先生的看法，属于"无差别境界"，亦即"直觉"境界，原话如下：

> 以情感人，被感动者全人格受到震动，而不自知其所以然。如读一首好诗，看一幅好画，常常拍案叫绝，曰好、好、好；然而说不出所以好的理由来，是即全人格受到震动的明证，颇近乎一般所谓直觉。④

这里有几个问题：（1）艺术欣赏确有"一见钟情"的时候，当事人虽不知其"所以然"，说不出好的理由来，这并不能证明艺术作品的好就没有所以好的理由；（2）好的作品愈读愈觉其好，欣赏的程度加深，正由于理解的程度加深，周先生完全忽视了这方面的事实；（3）周先生自谓他所用的"直觉""原意并不含糊"，实际上是很含糊的，它一方面就是"无差别境界"，用克罗齐所用的"直觉"的意思；照过去中外古今的用法，这种"直觉"从来没有指"全人格的震动"的，既是"全人格的震动"，就有激烈的矛盾，那怎么能说是"无矛盾境界呢"？"全人格"不等于"情感"，怎么能就把"理智"排斥于"全人格"

---

① 《艺术创作的历史地位》。
② 《评王子野的艺术论评》。
③ 《艺术创作的历史地位》。
④ 《艺术创作的历史地位》。

之外呢？实际上周先生所说的"不知其所以然"的"震动"指的并不是"直觉"，也不是"全人格的震动"，而是一种不自觉的或无意识的生理心理反应。这种反应主要是原始的动物性的东西在起作用。

　　谈到这里，就要涉及周先生和弗洛伊德的关系。周先生倒还不是一个彻头彻尾的弗洛伊德主义者，但是他和弗洛伊德主义思想界限也不能说就是划得像他所自信的那么"很清楚"。这是势所必然的。因为把理智活动从艺术活动中排除出去，把艺术活动同情感活动等同起来，就势必把艺术活动看成无意识活动。历史的事实所揭示给我们也正是如此，近代资产阶级文艺理论家和创作者也正是由于片面强调情感，反理性，才把弗洛伊德派的心理分析奉为他们的理论基础。弗洛伊德把艺术看作原始情欲或无意识中的欲望的"化装的实现"（disguised fulfilment of the un-consicious wish），实际上还是表现主义艺术观的一个变种。"化装的实现"正是"虚构的实现"，事实上采用弗洛伊德理论的普列斯考特确把这种"化装实现"的过程称为"象征的虚构"（symbolic fiction）。普列斯考特把弗洛伊德的理论概括如下："我们总是忙着满足我们的欲望，此外别无营求。我们部分地获得欲望的实际的满足；在得不到实际的满足时，我们假想它们得到满足。假想的满足在某种程度上是实际的满足的代替。诗和梦一般都代表这种假想的满足。"①"假想的满足"正是虚构的实现。我不敢说，周先生的看法就和弗洛伊德的看法完全相同；但是我也不敢说，这二者之间就毫无共同之处。

　　"无意识"在艺术创作中的作用是一个复杂的问题，别林斯基和车尔尼雪夫斯基都曾经在这个问题上摇摆过。记忆在人脑里的留痕在潜伏的阶段，一个人长期在客观世界的影响和自己的主观

---

　　① 　普列斯考特（F. C. Prescott）：《诗的心理》（The Poetic Mind）一二七页。

能动性之下所形成的人格包含着极其复杂的内容,不是在一切意识活动中都能全部复现于意识的。在这个意义上,"下意识"或"无意识"可能是存在的,不过它不像弗洛伊德派或荣格派所说的那么神秘。问题在于文艺创作主要地要凭无意识活动,还是要凭有意识的或自觉的活动呢? 对这个问题,现代资产阶级学者和马克思主义者都有很明确的答复。资产阶级学者大半采取弗洛伊德派的"无意识说",而马克思主义者则肯定了艺术的自觉性,即艺术是有目的的活动。马克思自己就从这一点上看出人与动物的分别:

> 本领最坏的建筑师和本领最好的蜜蜂从一开始就有所不同,这就在于人在用蜡制造蜂巢之前,先已在头脑里把蜂巢造好。劳动所要达到的结果先以观念的形式存在于劳动者的想象里。劳动的人之所以不同于蜜蜂,不仅在于他改变了自然物的形式,而且在于他同时实现了他自己的自觉的目的。①

这几句话就是马克思主义的艺术创作的基本原则。蜜蜂无意识的营巢,所以蜂巢不是艺术品;劳动的人为着"实现他自己的自觉的目的"而建筑,所以他的建筑才是艺术品。恩格斯在给拉萨尔的信里就德国戏剧谈到三大理想的结合,即"巨大的思想深度,意识到的历史内容和莎士比亚式的情节的生动性和丰满性的三者的结合。"很显然,马克思主义创始人都不但没有把理智排除到艺术领域之外,而且强调了思想意识对于艺术的重要性。他们没有提到情感,当然也不能从此就得出结论,说他们就排除了情感,在旁的地方马克思提到过劳动的快慰就是美感的起源。马克思主义创始人把艺术看成社会意识形态的一种,而社会意识形态是社会基础

---

① 《资本论》,卷一,第五章,按原文新译,重点引者所加。

的反映。社会意识形态是包括思想与情感在内,思想与情感并不是彼此对立的,它们同是客观现实社会生活的产物,而且在能动的反映过程中都必然显出作用的。

毛主席所提的"一切种类的文学艺术的源泉……都是一定的社会生活在人类头脑中的反映的产物","人类的社会生活是文学艺术的唯一源泉",正是发挥了马克思主义的以反映论为基础的艺术观。周先生对《在延安文艺座谈会上的讲话》当然是熟读深思过的。尽管如此,他却提出"使情成体"说即表现主义来对抗反映论,当然是不满意毛主席的提法。没有人能禁止周先生不满意,但是每个人都会希望周先生说出不满意的理由来。周先生说出他的理由了,其言如下:

> 人的生活可能不一定都有情感,但美或艺术作品,却是以情感为其源泉的。①

经过王子野同志的批判,周先生又举出一套理由来:

> 我们可以说艺术源泉是生活,但不能说生活就是艺术源泉。这道理太简单了,正如我们可以说人是动物,但不能说动物就是人。如果生活就是艺术的源泉,那么毛主席……讲的"比普通的实际生活更高,更强烈,更有集中性,更典型,更理想,因此就更带有普遍性"云云,还有什么意思?②

周先生在这里又玩弄他的形式逻辑。(1)前一段引文的涵义是:他

---

① 《史学与美学》。
② 《评王子野的艺术论评》。

之所以不赞成以人的生活为艺术的源泉，是因为"人的生活可能不一定都有情感"，也就是说，因为生活大于艺术。但是周先生也应承认人的情感也可能不一定都是艺术，情感也大于艺术，为什么情感可以为艺术的源泉，而生活却不可以为艺术的源泉呢？这在形式逻辑里叫做什么？是不是"自相矛盾"？（2）在后段引文里，周先生认为如果说"生活就是艺术的源泉"，那就无异于说"动物就是人"。如果艺术有许多源泉，周先生倒是把王子野同志难倒了，但是生活是艺术的唯一的源泉，按照形式逻辑的同一律，主宾词的互换是完全合法的。毛主席提的也正是"人类社会生活是文学艺术的唯一的源泉"，周先生似乎忘记了。（3）在后段引文里，周先生还认为如果生活就是艺术的源泉，毛主席所讲的"比普通的实际生活更高"等等就没有意义，这真是牛头不对马嘴，说生活是艺术的源泉，并非说生活就等于艺术，或是说汲来的水无须经过提炼。

　　总之，周先生想尽方法来论证生活不是艺术的源泉而情感才是艺术的源泉（即反映论不对，表现主义才对），真可谓用心良苦，可惜也是白费苦心，因为找出来的理由没有一条是能成立的。

　　周先生有时替自己制造幻觉，以为他自己经常谈矛盾斗争，偶尔也谈艺术反映客观世界，承认艺术具有思想性，因此自己的思想也就是马克思主义的，"与任何资产阶级学者的思想界限都是划得很清楚的"。茹行同志从马克思主义观点来分析周先生的美学思想，周先生在回答的结尾说，茹行的思想"竟与我周某某的意见完全雷同"。我想除周先生自己以外，对马克思主义稍有常识的人不会感觉到这中间有"雷同"。资产阶级学者，口头上也谈矛盾斗争，也谈艺术反映客观世界，也谈艺术要有思想性，这并不能就证明他们是马克思主义者。观察一个人的思想，不能只就他的某些孤立的言论着眼，而是要就他的总的思想体系着眼。应该承认，如果拆开来看，周先生也说了一些正确的话，但是他的总的思想体系，即肯定"无矛盾境界",历史"断而相续"的哲学体系和"使情成体","艺术以情感为其源泉"的美学体系却是反马克思主义的。在错误的总的思想体系之内,零散的正确的言论就失去它的效力,而且往往形成一种烟幕弹。

我们在上文已零星接触到反映论的艺术观与表现主义的艺术观的基本分歧,现在再把这种分歧归结为下面几点:

1、从历史发展的观点来看,美学上的表现主义是西方资本主义社会在浪漫运动时期的产物,它的哲学思想基础是德国唯心主义,特别是主观唯心主义。它是一种资产阶级的意识形态,在早期反映出上升资产阶级对进一步的个性解放的要求,起过积极作用,后来随着资本主义社会日趋腐朽,它就日益反映出个人主义,反理性主义以至于颓废主义,号召为艺术而艺术,对十九世纪后期的工人阶级革命斗争起了麻痹的作用,所以得到帝国主义的庇护。反映论则是近代无产阶级革命运动和社会科学发展的产物,它的哲学思想基础是马克思主义的辩证唯物主义和历史唯物主义。它把艺术看作既反映社会基础而又为社会基础服务的上层建筑,所以艺术既是一种认识活动,又是一种实践活动,在正确地反映客观世界之中,它起了教育人类,改造社会和推动历史发展的作用。这是最基本的分歧,其它分歧都是由此派生的。

2、从主观与客观的关系来说,表现主义把个人主观情感看作艺术的源泉,反映论则把客观现实社会生活看作艺术的源泉。表现主义从个人主观情感出发,蔑视客观现实,把艺术禁闭在孤立的个人内心世界的窄狭的圈子里,所以表现主义的艺术作品片面地信任主观情感幻想,以主观反映主观,否定艺术的思想性,其结果是歪曲现实,引人脱离现实,对社会历史发展起阻碍作用。反映论则从社会客观现实出发,把艺术看作是认识世界从而改造世界的活动中的一个项目,所以要求艺术家首先要投入现实社会生活,参加火热的生产斗争和阶级斗争,从实践中认识现实社会生活,能动地把它忠实反映出来;在这反映过程中,他的世界观和人生观,他的思想和情感都起作用,并不像自然主义那样被动"摹仿自然"。这样,他的作品才显出思想性和倾向性,对进一步改造客观世界的人们起着指导的和鼓舞的作用。所以反映论的艺术观是实践与认识的结合,是客观与主观的辨证的统一,也是革命的现实主义与革命的浪漫主义的结合。

3、就情与理的关系来看,表现主义把情感抬到独尊的地位,认为艺术只以情感人,不以理服人;同时它也把艺术创作活动局限于形象思维而排除抽象思维(这是克罗齐的全部美学的基础),因此,它就排除了艺术的思想性,倾向性,认识作用和教育作用。这样,它就把艺术引导到反理性的无意识的深渊里去,叫人无法理解,无法欣赏。表现主义的文艺作品一般不但是蔑视现实,歪曲现实的,而且也是蔑视群众,脱离群众的。反映论则坚决肯定艺术的目的性和自觉性,思想性和倾向性,认为世界观是创作方法的决定因素,所谓世界观是情与理的统一体,是意识形态的总的倾向。所以情与理在反映论不是绝对对立的而是密切联系在一起的,形象思维与抽象思维也是如此。此外,情感和思想对于表现主义和对于反映论,在性质上也大不相同,表现主义所理解的情感不但是脱离思想而孤立的情感,而且也只是作者个人的情感;反映论所理解的情感不但是与思想融成一体的,而且是革命作家与群众密切相结合的思想情感。所以毛主席谆谆教导艺术家们和作家们要培养成劳动人民的思想情感。

4、从阶级观点来看,表现主义是排斥阶级观点的。它或是通过范围较大的"普遍人性","统一的时代精神"和"真实的情感",或是通过范围较小的"个人"和"个性特征",来否定艺术的阶级性。反映论则认为艺术所涉及的人不是自然人而是社会人,社会人是在历史发展过程中,在对社会的认识与实践中形成的,他的世界观,他的思想情感,都决不能脱离历史发展中各方面的影响,在阶级社会中就必然打上阶级烙印。艺术家是作为一定阶级的人而创作,观众也作为一定阶级的人而欣赏,创作和欣赏就必然具备阶级性,作品的意义和价值就必然要从阶级观点来评定。所谓"人性","时代精神"和"真实情感"之类概念也必然要按照阶级观点来理解。这个分歧本身就有它的阶级根源。否定阶级观点者的用意是要歪曲现实,模糊阶级意识,缓和阶级斗争,鼓吹阶级调和与阶级合作。肯定阶级观点者的用意是要正确地反映现实,提高阶级意识,推动前进阶级的革命斗争。

5、就美学方法论来看,表现主义的艺术观单从情感的角度去看文艺,只是用意识去解释意识形态,把社会基础的根一刀砍掉,这种美学观点必然是主观唯心主义的。反映论的艺术观则从社会生活的历史发展来看文艺,既照顾到上层建筑或意识形态的交互影响,更重要的是显示出社会存在的决定作用。这种美学观点才能是辩证唯物主义和历史唯物主义的。

很显然,这中间决无所谓"雷同"或"调和"。在这些分歧的对立面中,周先生究竟站在哪一方面,难道还不明白吗?

这里所提的一些意见难免有错误或不妥的地方,希望周先生和美学界其他同志们批评。

(载《文艺报》第十期,1963 年 10 月)

读周谷城《评朱光潜的艺术论评》[①]书后

周先生这篇文章给我上了很生动的一课。原来写"评周先生的使情成体说"那篇文章时,我发现到周先生的美学观点和我自己过去的美学观点都是表现主义,趁研究周先生的几篇文章之便,我检查了自己过去的思想,对这种思想的错误,比前此有进一步的认识,以为如果把这些认识说出来,对周先生或许有些帮助。我的动机是善意的,并且估计到近来在贯彻百家争鸣的方针中一般学术水平日益提高了,学术讨论中所表现的学风也日益端正了,我的意见对周先生或许能产生一些良好的效果。但是现在发现周先生认为我的"动机值得怀疑","无的放矢","荒唐绝伦","以荒谬的说法

①　见《文艺报》1964 年第 4 期。

有意识地向青年宣传,是危险的",如此等等,我原来的估计又犯了主观唯心主义的毛病,它太不符合客观事实了。这对于我是一个很好的教训。

在评论里我提出过三个主要论点:(一)论证周先生根据误解的黑格尔唯心主义辩证法,提出所谓"无差别境界"和"断而相续"的历史观,去歪曲毛主席发挥马克思主义唯物辩证法的《矛盾论》;以知意情的循环论去歪曲毛主席的《实践论》;(二)论证周先生的生物学观点,"时代精神"和"真实情感"诸说所表现的超阶级观点;(三)论证周先生以"艺术以情感为源泉"说反对毛主席的"人类社会生活是文学艺术的唯一源泉"这个以反映论为基础的文艺原则,而周先生的"使情成体"说实来自西方资产阶级的表现主义。

周先生是怎样反驳这些论点呢?他对"无差别境界"只图蒙混过关,对超阶级观点则完全避而不谈(其实这是问题的关键所在),只着重地论证"对毛主席的著作予以讥讽"的倒不是他而是我,突出了"艺术无冲突说、表现主义、心物二元的艺术理论",去反对反映论的艺术观的也不是他而是我。利用这种王婆骂街的战术,周先生仿佛以为就可以驳倒我而挽救住他自己的权威了。

关于我自己在评论里是否"对毛主席的著作予以讥讽"以及突出了"艺术无冲突的表现主义"而反对反映论的艺术观之类问题,我不想在此置辩,读者自有公评,我愿虚心倾听大家的意见。周先生指责我"以荒谬的说法有意识地向青年宣传,是危险的"。我相信现在的一般青年乃至于老年的思想水平大半不会在周先生和我之下,他们在浅而易见的错误观点方面,不至于受我的蒙蔽。恐怕也不至于受周先生的蒙蔽。所以我对于周先生许多浅而易见的错误观点(例如第一大段关于土改的妙论以及对黑格尔辩证法的卖弄),也不想跟着他转,——加以批驳,现在暂且就"无差别境界"和"不能说生活就是艺术源泉"两个关键性的问题,来检查一下周先生对我的评论的答辩。

"无差别境界"问题涉及对辩证法看法的问题,历史发展的动力问题,革命阶段论和不断革命论相结合的问题以及文艺表现矛盾斗争还是追求无差别境界的问题,所以检查周先生的美学观点,就必须先检查他的"无差别境界"和历史"断而相续"的哲学观点。我在评论第一部分第三节里着重地批评了这个观点。认为历史发展不能有"无差别境界"的"断",如果"断"了,就"续"不起来,因为就没有发展的推动力了,原文要点如下:

> 无差别的境界就是无矛盾的境界。据周先生自己说,"暂无差别,只是斗争的结果,不是斗争的原因",这句话的意思只能是:无差别的境界不能成为下一步发展的原因,那么,下一步发展究竟从哪里得到推动力或原因呢?

周先生引了这段话,作为我"以为没有矛盾,还可以有斗争"的根据。实际上我的这段话正是要论证他自己"以为没有矛盾('无差别境界'),还可以有斗争"(即"无差别境界"之后的矛盾发展),他用偷梁换柱的办法,把这种荒谬的见解栽诬到我身上。同时,他自己还坚持这种荒谬的见解,其辩解如下:

> 从普通常识讲,我们只能说矛盾没有解决,才是下一步发展或斗争的原因;矛盾完全解决了,下一步发展或斗争的原因当别有所在,决不是原来已经解决了的矛盾。(重点是引者加的)

从此可见,在周先生认识中,历史发展中每一个矛盾都是孤立的,前一个矛盾解决了,这一笔账就算结清了,就到了"无差别境界",

历史发展就暂时"断"了。可是周先生以为"断"后还可再"续",这下一步发展的原因"决不是原来已经解决了的矛盾",所以它就势必凭空("无差别境界")而起,使得前一个矛盾和后一个矛盾被"无差别境界"隔断,而彼此毫无联系。周先生的错误核心就在于此。我在评论中曾指出这种"断而相续"的历史观与毛主席的革命阶段论与不断革命论相结合的理论根本相反,想借此帮助周先生认识他的错误。我引了毛主席的两句极能说明问题的话:"民主主义革命是社会主义革命的必要准备,社会主义革命是民主主义革命的必然趋势"。如果周先生虚心一点,仔细体会这两句话的意思,就应该明白在历史发展中,前一个矛盾(例如民主主义革命所解决的矛盾)尽管解决了,而在这个过程中却就已产生一个矛盾(例如社会主义革命所要解决的矛盾),这中间决无所谓"断"。可惜周先生把维护自己的权威看得比学习认识真理还更重要,对我建议请他思索的革命阶段论与不断革命论相结合的道理简直没有理睬。周先生在这篇文章里劈头就来一个"认真学习马克思主义理论"的大标题,他的事例值得我们每一个人为自己警惕,"认真学习马克思主义理论"做起来并不像说起来那么容易。

回到我向周先生所提的问题:无差别境界之后的发展究竟从哪里得到推动力或原因呢?这是问题的关键所在,而周先生却说:"这疑问实在是可笑的",并且认为我提出这个问题就是主张"为着继续斗争,把矛盾保留下来"。我想反问一句,为着继续斗争,就要来一个"无差别境界"吗?周先生觉得我的问题可笑,显然以为它很容易回答,而且他也实在回答得很轻易:"唯一的原因从历史发展中来。历史无限发展,不断提出新的矛盾,就是我们继起斗争的原因。"周先生,你把你的大前提忘了,你原来认为历史发展到了一个矛盾的解决,就进入"无差别境界"了,就"断"了,我的问题就在"断"之后的"续"从哪里得到推动力,也就是矛盾如何从无矛盾境界产生,而现在你却说"从历史发展",这是以"历史发展"来偷换"无差别境界"或"断"。我说这是偷梁换柱,想蒙混过关!要知道,阶级社会的历史发展的推动力就是阶级斗争,而阶级斗争则像一条红线贯穿着我们的历史,它是有阶段性的,却从不间断的。从周先生的"不断提出新的矛盾,就是我们继起斗争的原因"这句话还可以看出周先生对于历史发展的另一个错误的认识:仿佛历史发展中的一切矛盾都是主观与客观的矛盾,都是"我们的继起斗争",他根本没有认识到客观事物本身的矛盾对立的发展。他的"无差别境界"也正是主观精神方面的"无差别境界"。这也足见他的哲学基础是主观唯心主义的。

　　接着周先生就问我:"朱先生,看来很想凭主观愿望,把历史发展停止下来,停止于矛盾的解决,停止于无差别境界。这样,自己已先走入了绝境,还问什么斗争的原因?"周先生认识到这是"绝境",倒是有了进步,但是请问周先生,你的全部"无差别境界"哲学基础不正是"凭主观愿望,把历史发展停止下来(先生所谓'断'),停止于矛盾的解决(先生所谓'无差别境界')"吗?我不正是指出从这种"绝境"就不能找到什么矛盾斗争的原因吗?你现在把这种罪状栽诬到我身上,你以为自己就可以因此脱身了吗?周先生,你的枪法乱了,在自打耳光了!

　　周先生还有一个论点:"我们可以说前人栽树,为的是后人乘凉,却不必说前人栽树为的是后人栽树。一切斗争手段都是取消斗争之自身的。"王子野同志提出反对意见,认为"矛盾是永远存在的"。我赞同这个批评,认为周先生的看法实质上就是"前人斗争,为的是后人不用再斗争而只享受无差别境界的清福"。周先生说我没有指出他的"错在何处",不但讥讽了他,而且也讥讽了毛主席的《矛盾论》。真正没有指出错处吗?错处就在取消矛盾斗争!就在向往"无差别境界"!究竟我是怎样讥讽了毛主席的《矛盾论》

呢？罪状有二，第一是我"以为斗争不可能解决矛盾"，这就讥讽了《矛盾论》的"巩固无产阶级的专政或人民的专政，正是准备着取消这种专政，走到消灭任何国家制度的更高阶段去的条件"那一段话；其次是我"更以为矛盾永远不能解决"，这就讥讽了《矛盾论》里"用不同的方法去解决不同的矛盾"以及事物经过矛盾斗争而达到矛盾的解决那一段话。例如由巩固无产阶级专政，经过取消无产阶级专政而达到消灭任何国家制度的"更高阶段去的条件"，正说明矛盾经过斗争而解决，而同时就产生下一步发展的种子，即"更高阶段去的条件"，亦即共产主义社会的条件。到了共产主义社会，矛盾的性质变了，但是矛盾仍旧存在，因为历史还要向前发展。这并非说一切矛盾都已经解决了，或是说，就已达到一个暂无矛盾的"无差别境界"。具体的矛盾是一个接着一个解决的，但是社会历史的矛盾则是从不间断的。这就是革命阶段论与不断革命论相结合的道理。前人栽树，是要解决前人所面临的矛盾，对于后人固然有一定的好处，但并不是前人栽了树，后人便可以只乘凉，不必再去栽树，去解决他们所面临的新的矛盾。一句话，这个具体矛盾的解决不能代替另一具体矛盾的解决，因而就取消了以后的矛盾。周先生的"一切斗争手段都是取消斗争之自身的"那句话如果理解为这一次斗争只是为着取消这一次斗争所要解决的矛盾，那就是正确的。但是周先生不是这样理解的，这有三点证据。第一，他明明用前人栽树，后人就不用再栽树而只乘凉的具体事例，来说明他的论点。这就是要用这个具体矛盾的解决去代替另一具体矛盾的解决，因而取消了以后的矛盾。其次，他援引毛主席的巩固无产阶级专政正是准备着取消这种专政的例子来证实他的论点，也可以说明他要取消矛盾斗争的看法，因为他的推理线索是无产阶级专政既是准备着取消无产阶级专政，某一历史阶段的斗争就可以准备取消另一历史阶段的斗争。这是比拟不伦，无产阶级专政到了共产主义社会就会一去不复返,历史的矛盾斗争到了某一具体矛盾的解决,也就同样一去不复返了吗? 第三,"无差别境界"只有在否定矛盾的普遍性这一前提下才可以出现。因为我坚持了矛盾的普遍性,周先生所下的罪状就不只是"悲观绝望的看法"了,什么"以为斗争不可能解决矛盾"呀,"以为矛盾永远不能解决"呀,"对我讥讽,我不在乎,但对毛主席的著作予以讥讽,则大不可"呀之类罪状都来了。周先生,在否定矛盾的普遍性和坚持"无差别境界","历史断而相续"之类论点上,不能用曲解毛主席的著作来作辩解。你竟再三援用毛主席著作以自重,说讥讽了你,就是讥讽了毛主席的著作,这是对于毛主席著作的极大侮辱!

周先生还在为他的阶级调和论辩解,说我对他的超阶级观点的批评中"最荒唐之处"在于"认矛盾解决为阶级调和",并且说这"对《矛盾论》是极大的诬蔑"。接着他又引了毛主席的"不同质的矛盾,只有用不同质的方法才能解决"一段话,用"六经注我"的办法,来洗刷他的阶级调和论。谁都可以看出这里的穿凿附会。承认矛盾可解决,并不一定就能保证不相信阶级调和论;资产阶级特别是社会民主党提出阶级调和论,也正是为着要麻痹工人阶级,妄想解决资本主义社会所面临的资产阶级与无产阶级之间的矛盾。我从来没有说周先生走到阶级调和论是由于他相信矛盾可以解决,而是主要根据两个论证。第一,他的"无差别境界"否定了矛盾的普遍性,取消了作为历史发展的推动力的阶级斗争。其次,他认为"时代精神"是"不同阶级的不同思想意识所构成的统一整体",例如我们这个时代的时代精神就是无产阶级思想与资产阶级思想的汇合和总和,这就是百分之百的阶级调和论。周先生对这两个论点以及评论第二大段批评他的超阶级观点的文章都避而不谈,却把"认矛盾解决为阶级调和"的罪状凭空杜撰出来,栽诬到我头上,然后把它当作草人靶子来打。这种辩论方式不但是"恶劣"的

（借用周先生的字眼），而且也是拙劣的。

　　周先生避开我对他的阶级观点的批评，为着辩解他的"无差别境界"，才附带地提到阶级调和论，却又"王顾左右而言他"，文不对题，这是值得特别注意的。说来说去，归根到底，周先生的问题正出在他的阶级观点。揭露他的阶级观点，正是击中他的要害。击中他的要害，他就躲躲闪闪。尽管躲躲闪闪，却掩盖不了他在辩论中所表现的立场坚定。尽管理屈词穷，他还是硬着头皮强词夺理地辩下去。但是周先生所站的究竟是哪个阶级的立场呢？这个立场的实质是旁人一目就可了然的，周先生自己最好也检查一下。

　　现在来检查一下周先生对我对他的艺术观的批评的答辩。我在评论中反复说明了他的"使情成体"说的艺术观是资产阶级文艺中的表现主义，是与马克思主义反映论的艺术观相对立的。周先生在答辩中，一方面把表现主义转嫁到我身上，一方面又企图论证他自己的艺术观正是反映论而不是表现主义，而且在一个大标题中大书特书"反对艺术无冲突的表现主义"！这就是说，"反对朱光潜的艺术无冲突的表现主义"。如果我还是站在艺术无冲突的表现主义立场上，我应当欢迎他的反对，一则这会对我有益，二则这就说明周先生已改正错误，站到反表现主义的立场上去了。关于我自己的现在的艺术观，我不想在此置辩，愿意倾听更多的意见。关于周先生的艺术观，它是否就是反表现主义的反映论呢？请看答辩中的这段话：

　　　　生活是艺术源泉，出自生活的感情，更是艺术的决定因素。……我颇重视感情，朱先生竟因此谓我只承认感情为艺术源泉，不承认生活为艺术源泉，在先生看来，好像情感不出自生活，而在生活之外！

首先，我说周先生"只承认感情是艺术源泉，不承认生活是艺术源泉"，并不是因为周先生"颇重视情感"，谁也没有否认情感在艺术中的重要性，而是因为周先生在《史学与美学》里明确地说过："人的生活，可能不一定都有情感，但是美或艺术或艺术品，都是以情感为其源泉的。"而在他答复王子野同志的文章里，更明白地指出："不能说生活就是艺术的源泉。"因为他在一系列的文章里发挥他的"使情成体"说，因为从他答复王子野同志的文章一直到现在他答复我的文章里，他都在力图证明生活不就是艺术源泉。这些都是有目共睹的客观事实，不是我朱某"谓"出来的。

周先生现在怎样把反映论这件外衣居然披在他自己身上呢？他指责我把表现主义安在他身上安得不恰当，"在朱先生看来，好像情感不出自生活，而在生活之外"。这句话就是他钻进反映论外衣里的借口。他的推理线索显然是这样：反映论的艺术观主张艺术反映客观现实生活，情感既然"出自生活"而不"在生活之外"，那么，说"情感是艺术的源泉"，也就是名正言顺的反映论的艺术观了。换句话说，说"情感是艺术的源泉"就等于说"生活是艺术的源泉"，表现主义艺术观就等于反映论艺术观；这样一来，鲍申葵和克罗齐之流的艺术观就可以冒充马克思主义反映论的文艺思想了！周先生，你蒙混不过去！生活是客观存在，情感是主观意识，前者是第一性的，后者是第二性的，艺术通过人的头脑（主观世界）去反映客观现实与艺术脱离客观现实去表现主观情感两种艺术观之间的分别，也就是唯物主义与唯心主义的艺术观的分别，这个分别不是周先生所能轻易取消掉的。

弄清楚了周先生的"出自生活的情感，更是艺术的决定因素"这个大前提的涵义，我们才可以更好地理解他为什么要再三就反对"生活是艺术的源泉"进行狡辩。我们不妨回顾一下对于艺术源泉问题辩论的经过。周先生在一系列文章里发挥他从鲍申葵借来的"使情成体"说,反复论证"情感是艺术的源泉"要比"生活是艺术的源泉"提法较妥当。王子野同志嗅出了这里气味不对,就提出异议。周先生在答辩中所提的论点之一是从形式逻辑出发的。他说:"不能说生活就是艺术的源泉。这道理太简单了,正如我们可以说人是动物,但不能说动物就是人。"我指出他的这种逻辑站不住,因为毛主席说的是人类社会生活是"文学艺术的唯一源泉"。既是唯一源泉,在逻辑上主词宾词就可互换。周先生在这次答辩中声称他运用形式逻辑,"应该得到学者的尊重",而我却没有尊重他,说他卖弄形式逻辑。没有人说运用形式逻辑,就不该尊重。我说他"卖弄",是因为他是在运用错误的"逻辑"来蒙混人。他还不服气,说我也把形式逻辑玩弄错了,理由是"主宾词互换,限于彼此的'外延'相同,亦即概念所包括的事物数量一样多。人与动物两个概念的外延并不相同生活与艺术生活两个概念的外延并不相同"。必须指出,周先生又在这里玩弄形式逻辑,而且又玩弄错了。"生活"与"艺术"两个概念的外延不相同,"生活"与"艺术的唯一源泉"两个概念的外延在"生活是艺术的唯一源泉"这个定义里却是完全相同的。周先生又用偷换的手段,把"艺术的唯一源泉"换成"艺术"或"艺术生活"了,仿佛大家所争论的是"生活是艺术"而不是"生活是艺术的唯一源泉"。

生活不就是艺术,谁都知道,周先生说生活与艺术两个概念的外延不相同,仿佛也认识到这个道理,而其实不然,下面一段话可以为证:"如果说生活就是艺术的源泉,那么,毛主席在延安文艺座谈会上讲的'比普通的实际生活更高,更强烈,更有集中性,更典型,更理想,因此就更带普遍性'云云,还有什么意思?"这个非难正是从"艺术就是生活"的观点出发的。毛主席的这句话的意思之一正是艺术不等于生活;但是生活毕竟是艺术典型化的基础,所以他说生活是艺术的唯一源泉。在前一事例中周先生根据"生活不就是艺术"来反对"生活是艺术的源泉",在后一事例中却根据"生活就是艺术"来对毛主席的话提出疑问。这岂不是信口雌黄？原因不只在周先生的那套形式逻辑很不高明,尤其在他的阶级本能逼得他非得死乞白赖地把"生活是艺术的源泉"这个命题驳倒不可。你看,他时而又说毛主席的上引一段话只能"从质上去理解"不能"从量上去理解",时而又说"生活是艺术源泉云云,并不等于生活'就是'艺术源泉"。毛主席的生活是"艺术的唯一源泉"的原则果真只关质而不关量吗？艺术在生活中当然应有所选择,不能把生活中的一切都纳入作品中,但是它所根据的生活仍然应该是尽量全面的,而不是片面的;如果它真做到了典型化,作品所反映的生活也必然是尽量全面的而不是片面的。毛主席所说的"一定的社会生活"指的是一定历史发展阶段或一定社会类型的社会生活,而不是在量上有所限定,我们不应当把"一定的社会生活"理解为"一部分的生活",如周先生的"外延"或"范围"说所暗示的。周先生原来说"不满意""从量上去理解"毛主席的话,现在却又"从量上去理解"了,出尔反尔,这就是周先生的逻辑。"是"与"就是"之争更近儿戏。说"周谷城先生是周谷城先生"和说"周谷城先生就是周谷城先生",在具体谈话中语气或有不同,在逻辑涵义上却不能是两回事。现在周先生把这种把戏也搬出来,作为推翻"生活是艺术的源泉"原则的武器,我又要用上回说过的一句话了,周先生用心良苦啊！

（载《文艺报》第四期,1964 年 5 月）

中国画史提要(残稿)^①

中国造型艺术达到最高成就而为世人所熟知的是绘画。像俑一样,最早的绘画大半是放在墓穴里为死人服务或纪念死人的。这种画可以采取各种形式,最常见的是壁画,其次是墓志碑上的"造像"浮雕,也有用笔涂水彩画在帛上的死者生平事迹,铺在棺材上,例如近来发掘出来的长沙马王堆林侯墓的帛画就是这样。墓穴之外,一些著名的宫殿和庙宇也常用壁画作为雕饰,纪念神佛或表相功勋。此外像上文已提到的敦煌莫高窟以及麦积山、榆林、辽阳之类的石窟是专门凿制出来,为宣传佛教用的。

综合这些壁画和造像来看,中国早期绘画都侧重仙佛人物和

---

① 本文为新发现的残稿,约作于 1977 年。——编者

他们的事迹，往往采取连环画的形式。这种画艺到隋唐时代在顾恺之、陆探微、阎立本、吴道子、周昉一系列大画师手里已达到高度成熟。隋唐以后一直到明清，中国画就由侧重人物事迹转到侧重山水风景，也就是由专业画师的画转到"文人画"。这是一个重要的转折。自东晋陶渊明、谢康乐以后，一般文士多以隐逸和怡情山水相标榜，为的是逃避尘世纷争或自慰穷途失意（应记住当时是个兵荒马乱，社会矛盾日趋剧烈的时代）。陶渊明的《桃花源记》，王羲之的《兰亭诗序》和孔稚珪的《北山移文》都透露出此中消息。这多少也受到佛教的影响。这些文士大半与僧徒有来往，中国向来是"天下名山僧占多"，他们"入山惟恐不深"，于是也的确尝到"世外桃源"的乐趣。陶谢以后中国诗转到侧重歌咏自然，中国画也转到侧重山水风景，道理是一样的。这个大转折有两个明显的结果：其一是诗与画开始密切联系起来，其次论画的理论著作也日渐多起来，绘画领域的美学从此诞生了。这方面的资料有人民美术出版社的《画论丛刊》和《宣和画谱》等书可以参考。

关于诗画结合一点，唐王维（摩诘）最足以说明问题。他是山水画的开山祖，也是伟大的自然诗人。宋苏轼（东坡）称赞他的作品说，"味摩诘之诗，诗中有画；观摩诘之画，画中有诗"。宋画论家赵孟𫖯也说过："诗为有声之画，画为无声之诗"，和希腊诗人 Simonides 的著名的格言几乎一字不差。罗马诗人 Horace 也说过，"画如此，诗亦然"。从此可见诗与画有共同点，这是古今公论。但是这个看法和德国诗人莱辛（Lessing）在《Laokoon》里所论证的诗画异质，诗写动态而画写静态之说却显然是对立的。不过莱辛并不否认诗可以用"化静为动"和"化美为媚"的办法去描述特宜于画的静态。他举荷马史诗描写特洛伊元老们在危城上接见海伦后为例。我们为便于说明，可以举中国《诗经》中一段描写美人的名句：

手如柔荑,肤如凝脂,领如蝤蛴,齿如瓠犀,螓首蛾眉;巧笑倩兮,美目盼兮!

这段诗头五句用油脂,蚕蛹,瓜子和灯蛾之类杂凑在一起,费了许多笔墨,终写不出美人的美;到了最后两句"巧笑倩兮,美目盼兮!"美人便一跃而出,活灵活现,这便是"化静为动","化美为媚"。读王维的《辋川诗集》歌咏自然的短诗,就经常碰见类似的事例。

关于画论,晋唐以来这方面的论著是美不胜收的,这里只能举意义深长影响深远的三种为例。

一、顾恺之的"以形写神"说

形(体躯)与神(精神)是画艺中两个重要概念。中国画家历来强调"神似",文人画往往轻视单纯的"形似"。顾恺之是东晋擅长人物画的大画师,他的《仕女箴图》仍存大英博物馆。他的主张是通过"形似"进一步去求"神似"。《宣和画谱》举过他的一些实践事例来说明他的主张,现在姑选其中四个事例:

……恺之每画人成,或数年不点睛。人问其故,答曰:"四体妍蚩(美丑),本无关于妙处,传神写照,正在阿堵(此,即睛)。"尝图裴楷像,颊上加三毛,观者觉神明殊胜。又为谢鲲像在石岩里,云:"此子宜置在丘壑中。"欲图殷仲堪,仲堪有目病,固辞。恺之曰:"明府(仲堪)正为眼耳。若明点瞳子,飞白拂上,便如轻云之蔽月,岂不美乎?"……

这里几个具体事例说明了画艺中几个重要原理。第一个点睛例说明了画艺首先要求"神似",而"神似"首先表现于眼睛,西方美学家黑格尔也曾提过类似的论点（见《美学》①），从上引"美目盼兮"句也可以见出这个道理。第二个"颊上加三毛"例说明了为着达到"神似"，画者可以借助于虚构夸张，颊上本无三毛，加上三毛，观者就觉得"神明殊胜"，也就是说，牺牲浮面的"形似"有时可以加强"神似"。第三个置谢鲲像于丘壑中，说明了"典型环境下的典型性格"的道理。谢鲲是一位好《老》《易》，善歌唱和弹琴的高人雅士，尝自谓"一丘一壑"胜于当时宰相庾亮。第四个画殷仲堪像用"轻云蔽月"的例说明了画家可以凭艺术手腕把"形似"方面的短转化为"神似"方面的长，也就是说艺术转化"第一自然"为"第二自然"。

二、荆浩《笔法记》中的六要

荆浩是五代梁朝的一位著名的山水画家，他的《笔法记》讨论山水画的要素和表现方法，是用对话体写的。对话者为洪谷子和一位老叟（实际上是荆浩一人自问自答）。老叟问洪谷子是否懂得画法，洪谷子谢不知；叟曰："……夫画有六要：一曰气，二曰韵，三曰思，四曰景，五曰笔，六曰墨。"

下文叟又对六要进行如下的说明：

> 叟曰……图画之要，与子备言：气者，心随笔运，取象不惑；韵者，隐迹立形，备仪不俗；思者，删拔大要，凝想形物；景者，制度时因，搜妙创真；笔者，虽依法则，运转变通，不质不形，如飞为动；墨者，高低晕淡，品物深浅，文采自然，似非因笔。

---

① 朱光潜没有注明黑格尔观点的具体出处，估计应是《美学》第 1 卷里这段话："把每一个形象的看得见的外表上的每一点都化成眼睛或灵魂的住所，使它把心灵显现出来。"（黑格尔：《美学》第 1 卷，朱光潜译，商务印书馆 1979 年版，第 198 页。）——编者

这段文字艰晦,参考后来画家的论述,略作如下的解释:

气:气随笔运,即意到笔随,摄形(客观景象)必同时立意(主观情思),才胸有成竹,意到笔随,画出正确的形象(取象不惑)。

韵:隐迹立形,删削浮面细节,突出要表现的形象;备仪不俗,仪即宜,具备必要的法则而不落俗套。

气韵二要即谢赫的"六法"中的"气韵生动"。

思:相当于"六法"中"经营位置",包括构图方面的构思,删拔大要,即去粗取精,概括集中;凝想形物,即聚精会神地构造艺术形象。

景:景即情境。"制度时宜,搜妙创真",即衡量具体情境而作适合时宜的处理,使作品既妙而又真实,"搜"与"创"才见出苦心经营,"笔夺造化之功",是创造而不是单纯摩仿。

笔:即画笔的运用,依法而不拘于法,运转自如,"不质不形"指不粘滞于外形和质朴粗糙的末节,这样才可见游龙流水之妙。

墨:相当于着色渲染烘托,浓淡深浅都符合对象的自然本色,像是自然生出来而不是画出来的。

笔墨两要是中国画的特色,作者在文中还提到"吴道子画山水有笔而无墨,项容有墨而无笔"。明画家董其昌在《画旨》里解释说:"但有轮廓而无皴法,即谓之无笔;有皴法而不分轻重,向背,明晦,即谓之无墨。"

《笔法记》除标出六要之外,还谈到"华"与"实"和"真"与"似"的分别和关系。洪谷子听到老叟提到六要之后,就提出疑问:

> 曰:"画者,华也(画是一种有文采的花)。但贵似得真,岂此挠矣!"(只要画得像,见出真相就行了,何必讲这些诀窍?)叟曰:"不然。画者,画(刻画)也。度物象而取其真(衡量事物形象,取出它的真实本质)。物之华,取其华;物之实,取其实,

不可执华以为实。(是华就取华,是实就取实,不可以华为实)。若不知术(法),苟似(貌似)可也,图真(掌握精神实质,即'神似')不可及也。"

曰:"何以为似,何以为真?"

叟曰:"似者得其形,遗其气(即'神'或精神本质);真者气质(神形)俱盛。凡气(神)传于华(花的文采),遗于象(如果象没有神),象之死也(象就没有生气)。"

这里寥寥数语,说透了自然主义和现实主义的根本区别所在。荆浩是现实主义文艺的一个很早的而且自觉的拥护者,所以可贵。

三、谢赫(缺)

朱光潜还有这篇文稿的一个提纲:

人物　汉魏六朝成熟　山水　唐宋——明清

诗是无形画,画是有形诗　张舜民

顾恺之"以形写神"

为人画象,数年不点睛,人问其故,他说"四体妍蚩,本无关于妙处,传神写照正在阿堵(此－睛)中"。

六要

荆浩　笔法记

"画有六要:一气,二韵,三思,四景,五笔,六墨。"

六法　谢赫:《古画品录》

"一气韵生动,二骨法用笔,三应物象形,四随类赋采,五经营位置,六转移模写。"

唐　张彦远《历代名画记》"论画六法"章

南北宋　董其昌将唐以来山水画划分为南北两大宗"禅家有

南北二宗,唐时始分,画之南北二宗亦唐时分也,北宗则李思训父子着色山水,流传而为宋之赵幹、马(远)、夏(珪)辈,南宗则王摩诘始用渲淡,一变钩斫之法,其传为张璪、荆(浩)、关(仝)、董(源)、巨(然)、郭忠恕、米家父子以至元之四大家(黄公望、吴镇、倪瓒、王蒙)……而北宗微矣"。

展子虔　隋　青绿山水　小幅咫尺千里之势

《游春图》韩幹牧马图。

《谈美书简》写作提纲(残稿)①

怎样研究美学?

1、开场白

2、文艺作品　从文艺作品出发,还是从抽象概念出发?

3、谈人

4、哲学知识

5、马克思主义

6、感性认识与理性认识

7、认识观点和实践观点

8、批判与继承　学习

---

① 本文为新发现的残稿,约作于 1977 年～1978 年间。——编者

9、移情作用

10、距离说和想象

11、自然美和现实美　作者,评论者和读者

12、美感与联想

13、文艺与游戏　格律

14、文艺与情感　音乐美学

15、文艺与想象

16、天才与灵感　阶级性和人性

17、创造与深入生活　　中国画论

18、创造与摹仿

19、创始方法　现实主义和浪漫主义

20、收尾　人生与艺术、美育　遗嘱

美学与四个现代化

科技工作者与抒情诗人有矛盾吗？

人是有机体机械观与有机观

分析与综合

人的整体作为艺术对象

片面强调某一因素的危险性

全面发展的人道主义

一次美学演讲的提纲(残稿)^①

上层建筑和意识形态

一、《西方美学史》序论中的提法　　　P10—21

二、学术与政治的关系和分别,不承认关系和不承认分别同是错误的,问题实质基本论点现在未变。

1、有关文件的译文问题苏联辩论的经过,列宁 12 页

提出理由细节有错误处和不妥处

错误　P17　马克思主义创始人在较早的著作里也偶尔让上层建筑包括意识形态在内,反杜林论

人们的社会存在决定人们的意识

---

① 本文为新发现的残稿,约作于 1979 年。——编者

政权机构和措施是否属于社会存在　P19

批评者：只有经济基础才是社会存在，政权机构和措施不属于社会存在　P19

三、接受批评两种态度

1、真正认识到自己的错误，要公开承认，并且悔改。

2、没有被说服，表面上承认错误，不诚实。

疑团当在今后解决，不断地继续研究

人性论

1、毛主席"讲话"中并没有完全否定

2、马克思：经济哲学手稿

费尔巴哈论纲

资本论卷一"论劳动过程"

3、恩格斯：从猿到人

涉及"人道主义"

对克罗齐的看法

两次评介　单行本　和北大学报论文

国内对克罗齐的反应有变化。

意大利汉学家莎巴蒂尼的批评

折衷主义

《文艺心理学》在介绍外国主要流派不在建立系统。

移情作用　　　Vischer　　新黑格尔派

距离

具体问题具体分析

关于美学研究会

对今后美学研究的想法

一、拥护美学研究会的筹建，春节联欢会周扬同志提有组织才能使美学界有计划地分工协作。就接到来信看，青年人对美学有浓厚兴趣的人很多,全国各院校开美学课的也不少,过去讲文艺理论课的大半是中文系科,有偏向,公式教条的禁区还没有完全开放,有组织对美学课程也可以准备较好,布置较好。

二、目前美学界情况还相当落后,主要的缺点是资料贫乏,不能放眼世界,就很难解放思想,搜集和翻译美学资料是当前的头等重要工作。资料分两种(一)马克思主义经典著作,应自编一套选集,重新校定译文,略加注释,选择不宜用语录式,支离破碎。毛主席论文艺,较有基础,在新形势下是否要新编?有些重要文件尚未编选,编选译都应在研究讨论集思广益的基础上进行,应把这项工作当作头等大事来抓。

(二)西方美学经典著作还应译些,例如中世纪还是空白,黑格尔以后的译的也太少。

美学不是孤立的科学,与哲学,心理学,政治经济学,历史,文艺作品都有密切联系。

(三)接合当前文艺动态学习,拟定问题举行认真的讨论,文联在这方面应多做些工作。

《没有终结的戏剧美学》写作提纲(残稿)①

戏剧的重要性

戏剧的种类与历史发展

悲喜混杂剧

严肃剧与喜剧

综合艺术

电视剧

剧本的重要性

情节与人物

场面堂皇而内容空洞是一忌

剧之与政治倾向

剧场与观念

---

① 本文为新发现的残稿,约作于 1980 年前后。——编者

在全国美学会议开幕式上的发言

这次来,经过斗争,我的那个系里和我的家庭没有人让我来,怕我这条老命就要不行。我个人想,这么个盛会我不能不来。希望能和朋友们见见面,谈谈心。我八十三岁,剩下的时候不多了。

今天随便谈谈,没有什么准备。

今天开这个会,讨论美学教学与研究方面怎么进展的问题,也不妨回顾一下解放后一九五七年到一九六三年美学批判讨论,在座的人大半都记忆犹新。那场讨论,一个美学问题讨论了七八年之久,美学问题讨论集出了六集,那场辩论影响非常之大。回想解放以前,我在回国之后,没有听说人家对美学那样感兴趣,尽管蔡子民先生那样不断地号召。那次大辩论把美学推动了,那时候参加讨论的就有七八十人。由于那次辩论的结果，学校的领导认为有成立个美学专业的必要，一九六〇年我从西语系调到哲学系搞了个美学教研室，搞了两三年，各地方都有人来。"四人帮"上台后，这个美学室解散了。我就又回西语系，搞了两年联合国材料的翻译工作。

"四人帮"倒台以后，西语系招了研究生，我招了两名研究生。一九七七年我又开始写点文章。我几乎每天都收到信，有些时候整篇文章、整部的书寄来，这说明社会上人们对美学的兴趣是空前的。有的问美学怎么学，看点什么书；有的问我过去搞唯心主义，现在有什么改变没有？完全答复，我没有力量，要都回信我就什么也不能做了。上海文艺出版社约我写一个通俗的读物，说你过去写过《谈美》，你学习了马克思主义毛泽东思想之后，能不能用现在的观点，用从前那种笔调，写些通俗文章。我马上答应了，借此回复来信者的一些问题。不要小看通俗读物，为把道理说得通俗点，我花了半年功夫，写了《谈美书简》，书马上就要出来。

我来前一两天，一个不认识的日本人，写了封长信。他说，从大学时代就读你的书，近些年没看到你的文章，感到很奇怪。最近看到《西方美学史》很高兴。看到哲学研究所美学研究室编的《美学》第一期中我的那篇关于形象的文章，他不满意。说你为什么参加哪个讨论，你还是搞你的吧。他不了解中国的情况。我们国家一切都是群众路线，"双百"方针，都要讨论的。我准备回他一封信，向他讲一讲。以上是我去年做的工作，算是向你们汇报吧。

我的主要的工作是学习马克思主义，首先学《费尔巴哈论纲》，非常重要。我写了篇文章对原来的中译文提出了一些意见，并且根据原文把它重新试译过，以供读者参考。我觉得要搞马列主义不在读得很多很多，而在读得很透彻。《经济学—哲学手稿》、《资本论》关于劳动过程这部分，还有《从猿到人》，这是用通俗的语言，进一步发挥《经济学—哲学手稿》中马克思主义基本观点的,把这几部著作搞清楚,就可以知道马克思主义美学有个完整的体系。这完整的体系最基本的东西,就是辩证唯物主义和历史唯物主义这个最大体系,搞任何一门专业科学都离不开这个大体系。美学体系是马克思主义的大体系中的小体系。

关于美学讨论曾掀起过高潮,这点不要低估,这是第一点。第二点,我个人那时才认识到研究马克思主义的重要性,感觉到搞这个搞那个,首先要花点时间切实地认真地把马克思主义掌握。我指导的研究生,两个人都是北大毕业的,两个人底子都很好,外文基本上过了关。我对他们的安排和北大的一般对待研究生的办法不一致,我不同意开很多门课,把时间填得满满的,我想研究生都是三十四十几岁的人,就读那几本讲义有多大好处呢?我想训练专门科研人员,需要养成研究的习惯、研究的方法和研究的态度,要培养独立工作的能力,要训练独立思考。我让他们选课,首先选外文,懂英文的学德文,懂俄文的学英文,外语学的都不坏。真正认真研究外国资料最好外语要过关,我们要学好外语。现在不是闭关自守的时代,是要睁开眼睛看世界的时代。在家里抱着薄薄的小册子,搞来搞去搞不出什么名堂,应该多研究外国现代美学上的动态。外国的美学论著大部分没有翻译过来,不自己去看怎么行呢?凡是有力量能做到的都应该把外语学好。

美学现在主要有两个方面要注意,一是培养新生力量的问题;二是资料问题。最好能懂一种外语,是大有帮助的。我近来看到一篇美学论文,说马克思关于黄金白银具有 aesthetic attribute 那段,就足以证明美是一种客观存在的自然属性。在同一篇文章中对 aesthetic attribute 一词意有三种译法,美学属性、美的属性和审美的属性,这三种意思不能混同。这样的例子可能很多,外文没过关,要出问题,要出大错误。我在别的文章中也举过例子。

我对研究生要求读外文,我不讲课,我和他们一起研究马、恩著作的译文。例如《费尔巴哈论纲》、《经济学—哲学手稿》、《从猿到人》。《资本论》第一卷里论"劳动过程"部分,两个研究生我叫他们看一遍、两遍、三遍,要反复搞那两页三页书,要搞透。要养成认真研究的习惯,一个字不能苟且的习惯。对美学要进行扎实的研究,就要养成这个习惯。

我想今后我也不能招研究生了,从今年起,我还是做翻译资料的工作。翻译一本有价值的书,比我写一篇论文,那价值要高得多,需要也大得多。所以今年明年我要翻译维柯的《新科学》。过去我编《西方美学史》介绍过,我只看了一部分,回想,研究一个人不能只看一点,这样是很危险的,我只是介绍了他的关于形象思维这一点,在那本《西方美学史》里写得片面。维柯这部著作,法国一个历史家翻译了,这本书在法国历史学中间发生影响,形成一个历史学派,过去一般人认为阶级斗争这个观点是法国这些历史家说出来的,实际这些历史家都是受维柯的影响。他这部书是研究美学的书,但美学只占极小的部分,是研究人类社会的,从野兽变人,从原始人变为文化人,牵涉方面很广的。近来我看外国资料,他的地位逐渐往上升,他的主张渐渐发生影响,我准备谢绝一切应酬等,用全力来译这部著作,全书约四十万字,估计明年里可以译完。

(载《第一次全国美学会议简报》第二期,1980 年 6 月 5 日)

对《马克思恩格斯论文学和艺术》编译的意见

　　我们的理论基础是马克思主义。《马克思恩格斯论文艺》一书的编和译,都存在着一些严重问题:重新编辑和翻译是我们当前文艺界的一项重要任务。这项工作只有在认真研究讨论、集思广益的基础上才能做得好,单靠少数编辑人员闭户造车是不行的。我在内部刊物《译讯》1979年第四期所载的《谈翻译工作》以及待发表的两三篇短文里(其中有一篇就《费尔巴哈论纲》译文提出了商榷意见),和将在《美学》第二期上发表的《经济学—哲学手稿》两章的节译、注释和介绍文里也详谈了这个问题。现在有幸读到人民文学出版社新编的一部选集,看到编辑部同志在这方面已进行过艰巨的努力,付出了大量的辛勤劳动,这或许是新长征的开始,我为此衷心感到欢庆!

过去在东德、苏联、法国和英、美等国也曾出过几种类似的选本。它们好坏不等，但有一个共同的毛病，就是划了一个专题的鸽子笼（纲和目），把马恩论著整章整段地割裂开来，把上下文的次第也颠倒过来，而后东拣一鳞，西拾一爪，放进那些专题鸽子笼里去。由于搞得支离破碎，读者就见不到原著的整体和前后的内在联系。以往所见到的《马克思恩格斯论文艺》或多或少地都有些断章取义。曹葆华同志译的《马克思恩格斯论艺术》（中译本）和苏联国家出版社编的《马克思恩格斯论文学》（此选本简而精，未见中译本），法共编的由 Thorez 写引论的选本也还流畅易读。编得最坏的是俄文的四卷本（我国通用的中译本），一开始不提辩证唯物主义和历史唯物主义，便提"艺术创作的一般问题"，大量篇幅是关于"革命悲剧"、"现实生活中悲剧和喜剧"的，选目一般很错乱零碎，而且标题往往错误，例如把艺术起源于游戏说强加到马克思、恩格斯头上。看到这样的选本在我国竟广泛流行，以致一些美学著作据此发些荒谬议论，就不免令人叹息。这真是误尽苍生！因此愈感到我们有自编一部选本的必要，而人民文学出版社勇敢地承担起这项工作，是值得欢迎的。

有人认为马克思不曾写过专门的美学著作，便以为马克思主义没有一个完整的体系，甚至以为马克思的著作（例如《经济学—哲学手稿》）对美学的贡献寥寥可数，其实辩证唯物主义和历史唯物主义是一切科学的共同的理论基础，马克思和恩格斯从这个共同基础出发，检查了从古希腊到近代的一些文艺名著，从此可以看出一套史论结合的完整体系，为文艺史和文艺批评树立了光辉典范。这正是我们文艺理论工作者所要准确而全面掌握的对象，而一部《马克思恩格斯论文艺》也正应该能帮助我们达到这种准确而全面的掌握，以便我们运用它来解决我们自己所面临的现实文艺问题和文艺史编纂问题。

这并不是一件易事。首先我们对马克思主义的辩证唯物主义和历史唯物主义都还学习得不够,这些年来由于受到公式化教条化的影响以及"四人帮"极左路线的毒害,许多打着马克思主义招牌的人把马克思主义弄得面目全非。我们编辑《马克思恩格斯论文艺》选集时应正视自己身上可能有的这种影响和流毒。例如选目中单提历史唯物主义不提辩证唯物主义,在处理人与自然以及主观和客观对立面的统一问题时就会模棱两可或陷入形而上学。例如有些问题近来已引起了讨论:人性论、人道主义、共同美是否应一律排斥,而单讲阶级斗争和阶级性? 文艺是否在任何情况下都是为政治服务或都是阶级斗争的工具? 政治标准和艺术标准的位置究竟如何摆? 马克思主义创始人对这些问题没有任何指示吗?《马克思恩格斯论文艺》的编辑对这类问题决不能熟视无睹。

马克思主义美学观点和过去美学观点的基本差别在于:过去美学家大半都从单纯的认识角度看问题,而马克思、恩格斯则扳正了实践与认识的关系,认为实践才是认识的基础和衡量真伪的标准。实践首先是生产劳动,文艺是精神方面的生产劳动,它和物质生产有一致性和紧密联系。艺术不像过去美学家们所说的起源于游戏而是起源于劳动,劳动是人发挥他的肉体和精神两方面的"本质力量"去改造自然从而也改造自己,使人(主体)和物(对象)两方面都日益达到高度丰富的发展,直到共产主义社会,彻底的人道主义和彻底的自然主义携手并进(人尽其能,物尽其利)。没有人的本质力量的发展就没有物的潜能的发展,因此主体与对象都不可偏废。这道理也适用于艺术。这就是马克思主义美学的实践观点。马克思主义创始人不仅在早期著作《经济学—哲学手稿》、《费尔巴哈论纲》和《德意志意识形态》里,就在后来的《政治经济学批判》、《资本论》(论劳动过程)以及《劳动在从猿到人转变过程中的作用》里都不断地阐明过美学上主客观统一的观点也就是植根于实践的观点。这种观点已是常识，而我们的美学家中居然还有人在对美学的实践观点和主客观统一观点大张挞伐，仿佛这一切都只是一些唯心主义者骗人的鬼话。这种人也在援引《经济学—哲学手稿》乃至《资本论》中的论"劳动过程"，大半割裂原文，断章取义。我们自己编选的《马克思恩格斯论文艺》有这种毛病。其中也有些较好的，例如东德 Lifschitz 的选本和苏联国家出版社编的较简赅的《马克思恩格斯论文学》。反对实践观点（有所发的一套议论）正足以证明他们对这些经典著作根本就没有读懂。因此令人更感到弄通马克思主义是弄通美学的首要条件，而编译一部比较好的《马克思恩格斯论文艺》更是刻不容缓的一件大事。

从目前这部新选本中冠首的一篇长序文和第一卷的选目看，一些旧框框显然还在起束缚作用，特别表现在"艺术的起源"和"审美意识的发展"等部分，认识还似很模糊。例如既承认"艺术起源于劳动"这一命题"万分正确"，又认为"不应当仅仅限于劳动"，"还要估计到意识，语言和自然宗教多方面的因素"。请问：这些因素毕竟还是精神生产，离开劳动能讲得清楚吗？在"基本特征"下提出"人道主义"与"无产阶级革命"对立，应该"划清界线"。从《经济学—哲学手稿》在三十年代发表以来，这是国际马克思主义学中一个争论很剧烈的老问题。难道马克思自己不是表达得很清楚，彻底的人道主义与彻底的自然主义的结合正是无产阶级革命的前提吗？马克思心目中无产阶级革命的人道主义就那么可恨吗？值得进一步考虑和讨论的问题还不仅此。冠首的序文是带有指导性的，与其代马克思说话，不如多留些地位让马克思自己去说话，让读者自己去据实深思。

在选目方面，过去未选而实际极重要的文献还应添补一些，例如《费尔巴哈论纲》、《经济学—哲学手稿》第三稿论共产主义与私有制中关于彻底的人道主义与彻底的自然主义的结合等于共产主义一段。"异化"已成为国际热烈争论的问题,不应熟视无睹,可否选几段。《〈政治经济学批判〉导言》中"政治经济学的方法"一节不仅阐明了一般理论科学的方法,还明确指出了理论科学掌握世界的方式不同于艺术的、宗教的、实践精神的掌握世界的方式。近来美学界常只引这段话,而各作各的解释,似有必要举出原文见出真相。宁可少一个次要的选目,不可阉割一个首要的选目。各选本选了《资本论》中论劳动过程一段,这段本不长,何以把最后最关键的话任意删掉呀?恩格斯的《自然辩证法》中《劳动在从猿到人转变过程中的作用》一节是对马克思的实践观点进一步的最具体最鲜明的阐明和发挥,在《马克思恩格斯选集》第三卷中占十页左右,即使全选也不算浪费篇幅。能否重新加以考虑?选目应显出科学的纲目条理,见出有机整体。目前的选目有些零乱,迹近拼凑,宜尽量克服这种毛病。

选是一个问题,译的问题也是同样重要的。我在本文开头就已提到这个问题,平时也向党内领导同志呼吁过。张仲实同志在1979年《译讯》第四期里所发表的《学习〈马克思恩格斯论翻译〉》一文,对于一切翻译工作者都是切中要害的苦口良药。我建议把它公开发表,规定每个翻译工作者都应把它奉作指南。

(载《武汉大学学报》〔哲学社会科学版〕第五期,1980 年 9 月)

怎样学美学

——1980 年 10 月 11 日在全国高校
美学教师进修班上的讲话

先给大家说一段顺口溜：

不通一艺莫谈艺，实践实感是真凭。

坚持马列第一义，古今中外要贯通。

勤钻资料忌空论，放眼世界需外文。

博学终须能守约，先打游击后攻城。

锲而不舍是诀窍，凡有志者事竟成。

老子决不是天下第一，要虚心争鸣，接受批评。

也不作随风转的墙头草，挺起肩膀，端正人品和学风！

头一次见面同志们总是问我身体好不好。现在我身体还可以，没有什么大毛病，但毕竟八十三岁就要满了，身体很衰弱。在学校里干扰相当多，来信、来访、约稿，天天为这些麻烦，很想闭门谢客，自己做点工作。现在有这么个进修班，我非常高兴。因为我们这辈搞美学的人，大多老了，有的去世了，就是不太老的，头脑也有些僵化了，没有多大发展余地了。而美学又是个重要的科目，特别是搞文艺的人，总想了解些美学。国内自五十年代中期美学大辩论之后，关心美学、要学美学的人，越来越多，这是好现象。同时，我也感到，美学领域到现在为止，还是非常落后的，这个事实不要讳言。要摆脱落后状况，主要靠你们在座的中年一批人。你们将来再带动一批，这样美学一定会有一个健康的发展。因为我们国家大多数人爱好文艺，有接近文艺的机会；有的还在进行创作，这些人迟早会遇到一些理论性的问题。所以说，在我们国家，美学的前途是广阔的。我对今天在座的诸位，抱有很大的期望。今天我不是来上课，是来随便谈谈。我想谈的就是"顺口溜"里的那么几点：

第一点，搞文艺理论的人要懂得一点文艺。或者学点音乐，或者学点绘画，学点雕刻，或者学点文学，最好能动手创作。所以我那个"顺口溜"头两句就是："不通一艺莫谈艺，实践实感是真凭。"我以为这是首要的。没有在园子里栽过花、种过田，你谈什么植物学？学一行就要干一行，不干不行，发空论不行。美学，主要是艺术理论、文艺理论。你们提的问题中，出现最多的就是艺术美同自然美究竟是什么关系，这个问题我下边再说。但这个问题是怎么来的？根源是没有搞过艺术。没有亲身搞过艺术，欣赏的经验也不多，这种情况很危险，只能隔靴搔痒、套公式、搞概念游戏。任何科学家一走上这条路就没有前途。我看过现在的好多教科书，文学方面也好，美学方面也好，我总有个感觉，似乎这些作者对艺术没有沾过边，如果沾过边，他不会那么说。今天在座的有许多人是自己搞过艺术的,你们会理解我的意思。有好些文章我不太愿看,只有少数人,比如王朝闻,他的文章为什么读起来感觉有兴趣?就因为他懂得艺术,有些实践。当然还有其他人。所以我说学美学,最好懂得艺术。不懂得,现在从头学起也不迟。读小说、看电影、看戏,这些大家都会吧。

大家提出的问题,几乎都涉及到马克思主义,涉及到历史唯物主义、辩证唯物主义。马克思主义的基本问题解决了,你们的问题也就解决了。这里我先强调一下,近来不是说解放思想吗,那么是不是要从马克思主义这个思想里解放出来?我觉得这个论调是个荒谬的论调。任何科学,不论你是不是共产党员,不论是社会主义国家还是资本主义国家,不论搞社会科学还是自然科学,不懂马克思主义,走不上正道,这是一定的。马克思主义是非学不可的。应该坦白地说,我们美学处于落后状况,是情有可原的,而马克思主义的研究也处于落后状况,则是说不过去的。因为解放几十年了,毛泽东同志一直提倡学习马列,这个口号一直没有停过,今天还是"四个坚持"之一嘛。我觉得马克思主义、毛泽东思想还是要坚持,是"解放"不了的。你从马克思主义解放到哪里去?没有出路。

马克思主义研究在中国的落后状态,究竟是什么原因造成的?原因之一,是马列的著作大都是在革命战争年代翻译的。一些老同志在很困难的情况下,把马恩列的主要著作译过来,费了很大工夫。这些译者中个别的我还很熟悉,我觉得他们作了很大的贡献。不过也要看到,他们所处的是极端不利的环境,而且大半外语没有过关,所以我们出的马恩著作——列宁的可能好一些,因为懂俄文的多一点,翻译上的问题要少些——马恩经典著作的译文,如果仔细校对起来,几乎每一页都可以看到问题。我在有些文章中也零星指出过了。这里举几个简单的例子。比如《费尔巴哈和德国古典哲学的终结》,这本书在座的恐怕都读过,对这个书名,起过怀疑没有?大概怀疑的不多。书中最后一句话是说,继承德国古典哲学的是德国工人运动嘛,怎么说德国古典哲学到马克思就完蛋了呢?是这个意思吗?最近北大西语系德语专业一个学生给我来信说,根据德文大词典,"终结"是表示一个时间段落,这段时间完了就可以算终结。这个学生以为抓住了一点,就只有那么个解释。其实,那个词在词典中含义很多,其中有一个是"出路",译"出路"就说得通了,最近有个英文译本就是采用"出路"、"结果"这一类说法,这就对了。可见一个词的错译,会对整本书产生误解。再一个例子,列宁的《国家与革命》,"国家"这个词,俄文是государство,英文译成 state,既不是 country,也不是 nation。大家记得斯大林对于 state 的解释,他认为有几个条件:一定的疆域;有一个民族或几个民族;第三它有政权。如果译成政府的意思,包括不了疆域和人民的意思,只包含政权。这个问题为什么严重?因为牵涉到国家消亡论,到了共产主义,消亡的是什么呢?消亡的是政权,而不是人口,也不是疆域。所以译"国家"要不得。再如《一八四四年经济学—哲学手稿》(下简称《手稿》),其中说到眼睛这个感觉器官成了"theoretiker",过去译成"理论家",现在还是这样译法。眼睛怎么是"理论家"呢?这是因为有个很简单的词"theory",一般译为"理论",从这里弄出个重大错误。这个词源于希腊文,指的是看到的东西,思想也好,形象也好,都叫"theory",实际也就是认识,有理性认识,感性认识,这是常识,大家都清楚。译成"理论",就只看到理性,没看到感性。这个问题出在一个词,错得厉害。还有《费尔巴哈论纲》的头一段,说费尔巴哈认为理论能力是人的最基本的能力,原话记不得了,是这么个意思。你们有人搞过费尔巴哈,费尔巴哈是不是这么个看法?他的看法恰恰相反。他轻视理论,诉诸直观,直观就是知觉、感觉,属于感性。费尔巴哈强调感性认识,反对空议论,反对所谓理论。这和第一段的说法怎么对得起来呢?不是自打耳光吗?用这种译文怎么好正确地理解马克思呢?这是一个严重问题。这个问题大家会逐步认识,认识了就会解决。我想,美学也和其他社会科学一样,首要的工作是要准确地搞一套马恩列这些大师的著作的中译本。

马克思主义的研究情况有些落后,还表现在另一个方面,比如到现在为止,还是认为人性论、人道主义都是反马克思主义的,这个问题是值得讨论的。汝信同志八月底有篇讲人道主义的文章,这是我近两年看到的难得的好文章,介绍给诸位仔细看一看。看了这篇文章,我对马克思主义在中国的前途感到很乐观。将来会走上正轨的。怎样从马克思主义观点看人性论、人道主义,这个题目不久要在天津讨论,这是个基本问题,应该搞清楚。另一个国内争论的问题是,马克思主义美学是不是有一种实践观点?有文章表示怀疑,说这是苏联修正主义者和中国资产阶级知识分子捏造出来骗人的。这是个落后的现象,到现在还有人有这么个看法。有些提法,是出于大家对马克思主义缺乏研究。比如大家提出的问题中有一个是自然美与艺术美的关系问题。这在1957年美学大辩论时就讨论过,一直没有解决。这个问题必须解决。懂得马克思主义就能解决。马克思的《手稿》里不止一次提到,彻底的人道主义加彻底的自然主义就是共产主义。人道主义在书中见过两次。还有人性问题。马克思把人性叫做人的"本质力量"。他指的是哪一些呢?就是人的感觉能力、思想能力、劳动能力、交朋友的能力,等等,这些能力是生来就有的,具有自然的性质,这就是人性。我刚才说的那几句话非常重要,它要解决的是人和自然的关系问题,我们过去通常把人归到一个范畴,把人以外的一切东西归到另一个范畴,叫做自然,叫做现实世界。这个分法是有的,这个分别也是很鲜明的。但这个分别很误事,问题在什么地方呢?问题就出在我们这个美感是纯粹主观的，还是客观的，还是主客观统一的？有人问，实践与美、与人的意识是什么关系？这个问题提得很好。《手稿》就解决了这个问题。还有艺术的本质和一般规律、艺术对现实的审美关系和艺术与现实的关系在含义上有什么不同？都可以从《手稿》得到解答。"现实"就是马克思所谓的自然、社会。人是主体，人以外就是自然，就是现实世界。这个现实世界是怎么来的？和人有关系没有？马克思甚至把人也看成自然。比如北京城，大家都觉得很美，这个美是怎么来的？种种设施怎么来的？比如说，唐宋以前，有没有这样一个城市？我的历史知识很差，不了解北京城究竟起于何时，至少北宋中期以后，起码一千多年吧，当时北京是不是同现在一样美？是不是有所谓美？我想，依马克思主义的看法，人和自然的对立是有的，但应该统一起来。怎样统一？马克思说，彻底的人道主义就是尽量发挥人的本质力量，彻底的自然主义就是尽量呈献自然界的财富。中国有句老话，人尽其能，地尽其利。人尽其能，就是彻底的人道主义；地尽其利，就是彻底的自然主义。当然人尽其能、地尽其利是中国老话，是对太平盛世的一种向往，同马克思的看法还是有区别的。马克思认为，这两者要加起来，地不尽其利人也不可能尽其能，人不尽其能地也不能尽其利。开发自然需要发挥人的能力。马克思的看法，基本问题在劳动。而劳动是人改造自然从而也改造了人自己的过程。的确，我们现在的自然界和三千年前的自然界不是一回事了，人不同地也不同了。我们现在面临的自然界，不是凭空就有的，而是人的劳动创造的。自然美为什么毕竟还是个艺术品？因为经过人的劳动参与创造的优美形象，就是艺术品。研究马克思，就会发现，他是把人也摆在自然中间，人改造自然，也提高自己的认识能力、实践能力。彻底的人道主义，彻底的自然主义，如果你懂得马克思这两句话，就不会把现实美和艺术美对立起来，因为这样对立在马克思主义里没有什么根据。过去,只有社会主义国家、共产党或同情共产党的人才搞马克思主义,现在在哲学社会科学界,不论是哪一个社会科学家,哪怕是资产阶级,都在搞马克思主义,马克思主义成了一门科学,叫马克思主义学。这门科学引出了好几个流派。比如存在主义,它也自称马克思主义,发展了马克思关于异化的学说,至于对不对,那是另外一回事。这说明马克思主义重要。不了解马克思主义,不可能了解现代社会,当然也不可能了解过去的历史。所以马克思主义还是要搞的。过去有些错误的讲法,经过实践是检验真理标准的学习,应该清楚了。这个学习好几年了,搞清楚了没有呢?马克思主义的实践观点是马克思主义的基本观点,它肯定劳动创造世界,它的所谓实践,就是劳动。你怎么能把人和自然隔开,把自然美同艺术美隔开呢?说不通的。

我认为马克思主义研究相当落后,还有一个方面,那就是有人认为马克思主义美学从来没有一个完整的系统。我看责任不在马克思,而在持这种看法的人,在所谓研究马克思主义的理论家。马克思主义在美学方面有个完整体系没有?请大家想一想。这里基本的问题是什么?基本的问题就在它的出发点是否是历史唯物主义、辩证唯物主义。这个大前提要抓住。美学只是这个大前提下面的一个项目。其次,马克思对古代艺术,从古代希腊的神话、史诗、悲剧,到中世纪的但丁,一直到十九世纪的巴尔扎克,他对这些人都有非常重要的看法。同时,还有一些重要问题,我们现在还在研究的问题,如现实主义、浪漫主义,它们是什么关系?悲剧、喜剧、典型人物、形象思维,这样一些问题,在马克思主义有关著作中,散见各处,搜集起来是很完整的体系。说马克思主义美学没有完整体系的人,就是要人搞美学不要去学马克思主义,那怎么行?产生这个错误的原因之一,是没有较好的马恩论文艺的选本。马克思主义论文艺,选本很多,最早是德国立夫习兹编选的,这个选本较好。但是我们市场上流行的是苏联社会科学院搞哲学的人选的，那个选本荒唐透顶，我可以举很多例子。主要问题是，马克思主义的思想，在一篇文章中是有个上下文的，不能割裂。这个选本却把它搞得支离破碎，把整篇文章割裂开来，东扯一句，西拉一句，这是林彪"立竿见影"的办法。其实选本要选《手稿》、《劳动在从猿到人转变过程中的作用》（下简称《从猿到人》）。我觉得从美学角度学马克思主义，首先要从《从猿到人》读起。我刚才说的一套话，《从猿到人》里都有。近年来，国际上对《手稿》争论很多，我们也注意到了。一种说法是这篇早年著作过时了。我们认为不过时。另一相反的看法，就是原来编辑马克思著作的两个德国人，说《手稿》是马克思哲学思想到了顶峰，以后转到阶级斗争学说去了。这就糊涂了，因为《手稿》本身就讲阶级斗争，就是证明私有制不合理，这不是当时工人运动中间的一个基本思想吗？说"顶峰"也不对，因为马克思的思想还要发展、丰富。马克思后来在《资本论》中关于劳动过程那一节，就又对《手稿》作了进一步发展。说得最清楚、最通俗的是恩格斯的《从猿到人》。不要小看这篇东西，那也是《手稿》的进一步发挥。所以一个人的思想要从整体来看。上面说到的情况说明我们马克思主义研究的落后，这个情况我不止在一个场合说过。

中国社会科学和任何事业都落在中年这一代人身上，就是四十到六十岁这一代人。我刚才说了，如果不认真学习马克思主义，不但美学搞不好，"四化"也搞不好。

上面所讲的是"坚持马列第一义"。我有几篇文章同这个问题有关，大家看到的时候注意一下，一个是我关于《手搞》中的异化问题、劳动创造世界的问题，写了一篇长文，还摘译了《手稿》中的两章，在文章中说明了个人看法，发在《美学》第二期上。另外，我在《社会科学战线》上对《费尔巴哈论纲》原来的译文提了些意见，说明为什么译法不妥。我把《论纲》重新译了一下,大家可以比较一下,看看马克思主义实践观点究竟是怎么回事,《手稿》是否过时,它同《资本论》、《〈政治经济学批判〉导言》以及《从猿到人》有什么联系,我也都说了。我还把文章里的想法简单扼要地写在一本通俗读物《谈美书简》(上海文艺出版社出版)里,其中特别长的一篇,就是说的这个问题。最近我还在《武汉大学学报》发表一篇文章,说了自己对马恩论文艺的新的编选工作的意见,诸位有工夫也可以看看。

第二条是"古今中外要贯通"。这还是从马克思主义来的。马克思主义在欧洲哲学思想上的重大发展,就是树立了历史发展的观点。过去的著作大半拘泥于某个时代的论述,或者专门研究哪个时代,就从哪个时代来论述。而马克思树立了社会科学中的历史发展观点,叫做历史学派。历史学派在欧洲从意大利人维柯的《新科学》开始,他是社会学的开山祖,历史学派的开山祖。《新科学》中谈到许多文艺方面的问题,像语言学与美学的关系、形象思维和抽象思维,是谈得很好的。这本书我已译出五分之一。希望明年译完。我的用意,是在帮助我们了解马克思主义,了解辩证唯物主义、历史唯物主义,了解马克思主义的基本观点——实践观点。过去的看法就是认识在先,实践在后,知而后行嘛;马克思不完全反对这句话,但这句话不够,更重要的是行而后知这一方面,就是把实践论摆在认识论之前。马克思主义还有一个观点叫整体观点,对事物要整个地看,不是就某一点看。研究社会、研究任何科学是这样,研究美学也是如此。要树立整体观点。大而言之,宇宙是一个整体。宇宙不是把人同自然分成两片;人不是脱离自然而独立的,自然也不是脱离人而独立的。这两方面要摆在一起来看。学习马克思主义,要学基本观点。马克思主义的历史发展观点是怎么回事?其中一条是劳动创造世界,这就关系到审美观点。

人在改造自然中间改造自己。美学研究主体客体关系,人和自然的关系,是这个大项目下的一个项目。

"古今中外要贯通",诸位可以自己去体会。过去一般是把自然科学和社会科学分开,现在好多人还是这个观点,自然科学是一回事,社会科学又是一回事。现在看这也不妥。马克思在《手稿》里瞭望到将来自然科学和社会科学将合成一种科学,即"人的科学"。美学能不能脱离自然科学?很难哪。美学固然脱离不了历史,脱离不了哲学,也脱离不了某些自然科学。搞绘画、雕塑的人,也会从材料的角度、工具的角度、技术的角度提出这个问题,就是说艺术不能超于技术之外,不能超越自然科学(包括技术在内)的发展。所以不要把美学看成孤立的科学。大家说要下定义,美学定义下不了。过去下的定义多得很,后来就发现不顶用了。因为世界在发展,问题越来越多。现在的美学有些像自然科学。把它说成是社会科学,当然是对的,但不要以为它可以脱离自然科学。读一读《从猿到人》,就会懂得这个道理。所以不要把美学看成孤立的学问。起码要懂西方历史、中国历史,懂得"发展"这个意义,还要懂心理学。人道主义、人性论,都牵涉到哲学、心理学。特别是艺术欣赏、艺术创造、美感、审美态度中的心理过程究竟怎样,都要借助于自然科学中的心理学来研究。还有社会学、神话一类,也要学。一个人在开始的时候要学广一点。我劝诸位慢些转向专门搞美学。要放眼世界,上下古今都贯通才行。搞艺术也要懂艺术史,中国人至少要知道中国的艺术是怎么发展的,绘画、戏曲之类如何发展到今天这一步。至少要摸索一门艺术发展的历史线索。在这个过程中,要重视资料。任何一门科学,不搞资料、闭门造车不行。要放眼世界,看看人家在搞些什么,吸收经验、吸取教训嘛!而我们现在资料非常缺乏,有些人对资料的认识不很正确。我现在要向大家诉一下苦:大家问我现代西方美学研究情况怎样,我坦白地说，我毫无所知。四十年代以后，我就没有看新的外国书。"四人帮"横行时代，我没有办法看书，但我可以看马列的书，他们不能禁止。但多年以来，会议、来信、看稿很多，真是不胜其烦。希望大家重视资料，多看点资料。

要看外国文学资料，关键在于外文的掌握。现在多数人没有过关。诸位要认真学一门科学，包括美学，至少要搞一门外文。搞一门外文也就够了，但要搞好一点，要搞通。这也不是想象的那么难。我是解放后才学俄文的，办法是听广播，请一位俄国老太太教发音，搞了一个多月。用两年时间读了几本书：《联共党史》，托尔斯泰短篇小说，屠格涅夫的《父与子》，契诃夫的《樱桃园》、《三姊妹》，高尔基的《母亲》。每本书看四遍，第一遍粗读，看个大意；第二遍死啃，一字一句都尽可能弄懂，最花时间；第三遍从文学角度看，如人物、典型环境、典型性格等等；过些时候再看第四遍。两年后，我就抱着词典开始翻译。林彪、江青横行十年，我的俄文几乎忘得差不多了，现在看俄文确实有困难，但勉强还可以看。所以，既要认识到学外文的重要，又不要把学外文的困难夸张得太厉害。我快六十岁才学俄文，诸位都是四十多岁的人，为什么不能学？学中文的特别要学一种外文，而且要学好一点，这会大有好处。要看外国小说、戏剧，还是看原文比较妥当。

还有个基础问题，像金字塔，基础要广一点，才能逐渐在上层立出个尖顶，不能一下子搞个尖顶，那样搞出来也要倒塌。孔夫子说博学而守约。学要博，守要约。用毛泽东同志的话说，就是先打游击战，再打歼灭战，然后再攻城。攻城阶段要放得迟一点。你们现在恐怕还是要打些游击战，然后专攻美学。

刚才有同志问艺术的功用是什么，它在社会生活中的作用是附属于道德、教育、宣传等功利活动的呢，还是自有独立的价值？如果这种独立价值存在，它又是什么？

这个问题很重要,提得很好。写文章、搞电影、戏剧的人,没有不注意这个问题的。从去年文代会以来也一直在讨论。不能认为艺术无功用。人类有这么个东西,它就有它的功用,不然它不会存在。这是个老问题,从柏拉图、亚理斯多德起就在讨论。柏拉图说艺术没有功用,但他承认有坏影响。坏影响也是一种"功用"嘛。亚理斯多德不同,他是个医生的儿子,他从医学观点看这个问题,说悲剧对人的心理健康有好处。他用的是"katharsis",这个词可译为净化作用、升华作用、发散作用,说的是人一活动,把他的闷气发散掉就好了。从医学看有点道理。学美学也要学点语言学。中国话讲"苦闷",苦和闷联在一块;说"畅快",快和舒畅联在一块。一个东西积压在那里,阻碍自然流动就发病,发散掉就好了。发热、伤风咳嗽都是这样。亚理斯多德说的是悲剧,喜剧又不同了。柏拉图是从政治观点看问题的。他的《理想国》对艺术社会功能基本上是否定的。他要把诗人驱逐出境。

这个艺术功能问题,也就是艺术要为社会服务的问题,历代都在讨论。过去的看法没时间谈了,这里只讲当前的讨论。我认为艺术是有功用的,有时候它也会放毒,要肯定这一点。最近我掀起一场争论,就是意识形态与上层建筑的关系问题。过去有人说意识形态也适应于上层建筑的政权部门。斯大林在《马克思主义与语言学问题》中说意识形态适应政治的上层建筑,首次把地位摆错了。我指出来,大家还不肯相信,还在争论。我在继续注意这个问题。总之,社会上的一样东西,不管好东西坏东西,既然存在一个时期,它就有存在的道理,其中就涉及社会的作用问题。艺术是不是要为社会服务?从柏拉图到现在都肯定艺术要为社会服务。那么艺术是不是耳提面命那么一种情况?也不是。艺术还是有相对的独立性。是不是要附属于道德、伦理、宣传教育?说"附属"恐怕不妥,我不赞成"附属"的提法。艺术有自己独立的价值,这个独立价值就是它对人类起促进认识的作用,提高人的作用,提高文化的作用。这是个大问题,我回答不好,临时想了一下,就这么回答。这个问题值得大家继续研究。

（载《美学讲演集》,北京师范大学出版社 1981 年 10 月版）

朱光潜教授谈美学①

问：朱先生是中国美学界的老前辈，在你开始从事美学研究
　　时，中国学术界对美学了解的程度如何？

朱：在中国，美学作为一门独立的科学是在鸦片战争后从西方
　　介绍过来的。北大前校长蔡元培是老一辈中较早开始研
　　究美学的。他是留法勤工俭学的倡导者，接触到法国孔德
　　派实证主义，受了些影响。从法国回来他在灯市口办了个
　　孔德学校，中小学都有，还有个很好的法文图书馆，那些书
　　可惜后来都散失了。以后蔡先生又到德国，读了不少德文
　　美学著作，当时他提了一个很重要的口号："以美育代宗

---

① 这一篇专访的采访者署名冬晓。——编者注

教"。这是孔德派在法国的口号。那当然是片面的提法，但在当时还是有影响的。

另外一位就是王国维。王国维是汉学家，搞中国考据学的，清华大学研究院的教授，在中国学问方面是有些成就的。他的《人间词话》反映了不少尼采、叔本华的影响。他在美学中强调"有我之境"与"无我之境"的区别。

提起尼采，鲁迅也介绍过他。1929 年以后，还翻译了普列汉诺夫的《艺术论》和卢那察尔斯基的《艺术论》等书，介绍给中国读者。

还有一个人现在还在，就是吕叔湘的哥哥吕澂。

问：是搞佛学的那位吕澂先生？

朱：对，他早年也搞过一阵美学，有美学著作。此外，早期搞美学的人也就不多了。因过去到西方留学，学理工的多，学文科的本来就少。在我们那个时期如此，就是现在也还如此。近代美学的研究在德国最盛，一些重要的美学家都在德国，重要的学术观点也都是在那里起来的。

总的来说，当时国内美学研究基本情况是落后的，资料也不全。学美学也要学历史、心理学和社会学，我们在这些方面基础都很薄弱。

这是说专门研究美学的人，没谈到研究戏剧、电影及文艺理论等方面的许多人，但应当重视他们的工作。如茅盾、焦菊隐等人，他们做了很多很好的工作，周扬介绍过车尔尼雪夫斯基的《生活与美学》，是三十年代一部最有影响的美学著作，以后斯坦尼斯拉夫斯基在中国也是有影响的。

问：你对美学的爱好和研究是如何开始的？

朱：我原来是在武昌高师学国学的，中文系。可是那里的教师水平太差,我非常不满意,给教育部写信告状,当然没下文,一年不到我就想走。这时正巧武汉大学答应香港大学送二十名师范大学生去,我考取了教育系,在那里学英文,学教育学、心理学、生物学等等,对心理学我最感兴趣。

从香港回来,我就在上海和上虞教书。那时年轻,还是有点朝气,跟国民党校长争教育民主,不成,就和匡互生离开学校,同朱自清、夏丏尊、丰子恺几个在上海办起了立达学园,搞了个开明书店。只是学园刚一办起,我就考取了公费留英。

1925 年我到英国,先是在爱丁堡学习,那里哲学很强,我学了点哲学、英国文学和心理学。当时有一个跟我同一旅馆的英国历史讲师汤姆逊,他对克罗齐很有兴趣,经常跟我谈,我因而也学起克罗齐的美学。我在爱丁堡的哲学教授叫侃普·斯密斯,是研究康德的专家,列宁曾在《唯物主义和经验批判主义》里提到过他。他不赞成我搞美学,说美学是一潭泥,玄得很,不容易搞。

后来,我到了法国斯特拉斯堡大学,那是歌德的母校,有很好的文艺传统,那里哥特式大教寺是有名的建筑物。学校里课不多,主要去图书馆,也常听音乐会和看戏。我在那里呆了三年,又学了法文和德文。以后,我又跑到德国和意大利,接触了他们的文化,特别是我还一个人跑到意大利罗马地下墓道里考察过哥特大教寺和壁画的起源,参观过梵蒂冈和佛罗伦萨等地所作的著名雕刻和文艺复兴时代的建筑、绘画及雕刻,在艺术上得到一些感性认识。我认为这对研究美学是非常必要的。

问:你在《文艺心理学》中说,你是从研究文学、心理学、哲学而走向美学研究的?

朱：是的，美学是我所喜欢的这几门学问的联络线。我相信，研究文学、艺术、心理学的人们如果忽略了美学，那是一个很大的欠缺；而这些年我更进一步体会到，研究美学的人们如果忽略文学、艺术、心理学、哲学和历史，那就会是一个更大的欠缺。

问：朱先生的一些早期著作大多是在这段时期写的？

朱：我几乎所有较重要的著作都是当学生时候写的。最早的一部美学处女作是1936年出版的《文艺心理学》。文艺心理学当时法国巴黎大学文学院院长写过一本，现在苏联也有了。那是从心理学角度探索文艺创作的问题的，这部书稿是在爱丁堡写成，国内出版的。

　　《谈美》的信是《文艺心理学》的通俗叙述，也是在爱丁堡写成的。

问：这本书连同《给青年的十二封信》，当时在青年中影响很大，很多人至今还藏有这两本书。我手头的那本是第二十九版的。

朱：这两本书的销行数量是很特殊的。当时自己也是个青年人，思想上跟青年还是相当接近的。

　　接着我还写了一部《诗论》，对过去用功较多的诗这门艺术进行了一些探讨，用西方诗论来解释中国古典诗歌，用中国诗论来印证西方著名诗论。在我过去的写作中，如果说还有点什么自己独立的东西，那还是《诗论》。《诗论》对中国诗的音律，为什么中国诗后来走上律诗的道路，作了一些科学的分析。

　　在斯特拉斯堡大学，我用英文写过一篇博士论文，叫《悲剧心理学》，由大学出版社出版，寄了一百多本到中国，现在都没了，我自己也没有，大概只有科学院图书馆还留了一本。

问：最近看到一个英国汉学家麦独孤（B. S. McDougall）的一篇研究先生的论文，她主要研究的就是《悲剧心理学》。

朱：那是在新西兰工作的一个英国汉学家，她的资料工作做得很细。为了写这篇文章，我所进过的大学，她都去访问过，调查过有关档案；我早年的作品她也几乎都看过，而且提出很正确的意见。她也写过文章评何其芳，把何的诗翻成外文，并写了评介文章，我看她写得很客观。他们的资料工作比我们自己的还要好些。

　　还有一部《变态心理学》（商务版）和一部《变态心理学派别》（开明书店版），也是学生时代的著作，我手头也都没有了。最近我才看到台湾盗印了我在开明书店印的那个版本，已经盗印到第八版了。

　　其次就是一些零星小文章了。国民党时代在四川我写过《谈文学》、《谈修养》。《谈修养》还是给青年十二封信的调子。写《谈文学》时，都是白天办公，晚上回来等老婆孩子都睡了，在他们的鼾声中写的。

问：1949 年以后你有什么重要著作？

朱：建国以后，我唯一重要的著作就是《西方美学史》。五十年代的美学大辩论引起国内对美学的广泛注意，1961 年北京大学要求我在哲学系开美学专题，1962 年科学院教材会议指定我编一本《西方美学史》，同时中央几位领导同志又指名要我去中央党校讲课，我讲了三个月。就以北大和中央党校讲课的提纲为基础，我花了大约一年多时间，写出了《西方美学史》，1963 年在人民文学出版社出版。1971 年恢复工作后我首先把黑格尔的《美学》译完，接着译歌德的《谈话录》，以后又把《西方美学史》看了一遍，改了些，特别是绪论、结论部分改得很多,就是现在的这个本子。

今年百花文艺出版社又要我将八十岁以后这三年写的文章编成集子,有十篇文章,七八月就可付印。

实际上,我在美学研究方面,自己写的不算什么。美学研究方面如果还可以介绍的话,那主要是我摸资料摸得多,翻译了不少重要的书,如最近再版的柏拉图《文艺对话集》、过去译的莱辛的《拉奥孔》、克罗齐的《美学原理》、爱克曼的《歌德谈话录》、黑格尔的《美学》等等。我译的东西放在书架上,比我自己写的多得多。我有个想法:无论搞什么学问,没有资料不行,人家在搞些什么,走过什么路,哪些路错了,哪些还有可取的地方,这些都是重要的。

问:意大利沙巴蒂尼教授认为《文艺心理学》是你的代表作,你是怎么看的?

朱:我自己认为比较有点独到见解的还是《诗论》。《文艺心理学》主要是介绍当时外国流行的一些学派。

问:你在美学上的一些重要观点是怎么形成的? 克罗齐对你的思想有哪些影响?

朱:美学观点的形成,这是个大题目,不好回答,因为这些观点不只是从读美学书中得来的。我过去一向搞中国文学,搞美学比较迟。从外表看受克罗齐的影响较深,但沙巴蒂尼给我一个批评,说我不是克罗齐主义,他说我的那些不成系统,所介绍的那些人都跟克罗齐毫不相干。是的,问题在于当时我的目的是介绍欧洲一些主要流派,不是自成一个体系。当时中国需要的不是某一个人的体系,而是美学的一般情况,我主要是起这么个作用。所以沙巴蒂尼的批评是对的,我不是一个忠实的克罗齐的信徒,当时我也无意做他的信徒,从我写的《克罗齐哲学述评》就可以看出。

问：沙巴蒂尼说你的某些美学观点曾受中国道家思想的影响，是否正确？

朱：是这样的。不过说实话，像我们这种人，受思想影响最深的还是孔夫子。道家影响有一些，后来还受一些佛家的影响。在这一点上我和吕澂有些相似。有相当一个时期我搞佛学，佛学在中国还是有影响的。看中国《文心雕龙》这本书，这是中国文艺理论方面最好的著作，体系完整，过去我们还没有那么完整的东西。刘勰这个人是个佛教徒，他接受了印度文化的影响。

　　这个受影响是好事，是文化交流。闭关自守是危险的。马克思、恩格斯的《共产党宣言》就说过，世界市场出现以后，没有哪个可以闭关自守。这是实话，现在的世界文学，是世界共同的，闭关自守的状况不能再存在下去了。美学也一样，也不能再闭关自守了。

问：解放后国内几次美学界的争论，你是怎么看的？

朱：我觉得对我还是关心的。从1957年起就有些针对我的批评，这之前，周扬、乔木、邵荃麟都跟我打过招呼，要我正确对待。所以我还是积极认真地参加了这个讨论，有来必往，无批不辩。

　　一个人的思想总是不断在发展前进，不可能永远留在哪一点上。美学大辩论对我个人最大的收获，就是促使我认真学习马克思主义，从而认识到过去唯心看法的错误，这以后的三十年来，我的工作只搞马克思主义这一项，我没有啃别的东西。愈学我愈觉得马克思主义是抓住要害的，我相信无论搞哪种东西离开马克思主义不行。

　　五十年代的那场大辩论，有些题目是可笑的。但作用非常大，现在的青年人对于美学的兴趣就是从这场讨论引起的。我从那时起几乎天天接到他们的信,提这个那个问题,甚至托我买这本那本书,简直不得开交。哈哈。这对我个人是个沉重的精神负担,但从整个来说是好事,发生兴趣了嘛。1961年我在北大哲学系开了美学课,以后很多学校的文科都有了美学课,特别是在中文系。

同时,"四人帮"反面教育也很深,大家感觉到思想要解放,美学要发展,像那样搞是不行的。

问: 你主张的美是主客观统一说的观点是怎么形成的? 它与你以前的观点有什么关系?

朱: 这是个到现在还值得讨论的问题,有人认为美是客观存在的一个属性,这个东西无论有人感觉到还是无人感觉到,是不以人的意志为转移的。我从中国实际方面研究,感到这个说法不妥当。因为中国文学主要是抒情,要有情感才行,而美感还是一种情感,离开人是不行的。这使我相信在文艺活动中人要起很大作用,在当时这是我的一个看法。同是反映客观现实,但你反映的同我反映的不同,这一阶级同那一阶级反映的又不一样,是不是这样? 我过去一向着重人的心理作用,那肯定是片面的,后来现实主义的理论起来了,我接触到了,其实这也不仅是近代如此,古代亚理斯多德就说,文艺模仿自然,自然也应包括人的思想感情。我的观点形成,首先是受了过去中国封建时代思想的影响,后来是资产阶级思想的影响,但关键的是在美学大批判后,我认真研究马克思主义之后形成的。马克思的《经济学—哲学手稿》中的思想就是主客观统一的思想。他说历史是怎么前进、发展的? 人凭生产劳动改造自然,在改造自然过程中更清楚的认识自然,同时改造自己。《经济学—哲学手稿》有个著名的论断:共产主义就是彻底的人道主义加上彻底的自然主义。这个自然主义不是后来文学流派的自然主义，而是说人要开发自然，要尽量把自然财富开发出来，在这个过程中，人把他的能力他的本质力量也尽量发挥出来。只有达到了彻底的人道主义才能达到彻底的自然主义，而人呢？也只有尽量的发挥自然财富也才能彻底发挥自己的作用。两者联成一片，用中国的一句老话，这就叫"人尽其能，地尽其利"。历史就是这么个过程，这个"人"是要紧的。我们处在"人"的地位，把"人"都丢了，就做不成什么事了。我认为我提的这个问题，对于主客观统一说是个重要的说明，说明好多问题，也说明我的思想是怎么形成的。

问：那么你的人同自然的关系也就是主客观的关系了？

朱：对。马克思主义总是把主体和对象看成统一体，就是要从实践出发，先有实践后有认识，分析到最后都是劳动。这个劳动都是有目的的，一是改造自然，扩充物质财富，另一是人们改造自己，扩充他来自实践的认识。所以人同自然的关系也即主客观关系。认识与实践的统一，实践是基本的，就是说还是要劳动。因此我们讲美学不完全是个理论问题，这个理论问题必须以创作实践为根据。

问：现在我国有些理论，尤其是美学研究，基本上还是从概念到概念。

朱：是这样，好些理论的毛病就是把理论单纯当作理论，对作品本身没下功夫，实际创作的甘苦他毫不知道，所以公式化概念化都有。

　　在片面强调客观方面，我们也受了斯大林以后苏联文艺理论的一些影响，以后形成的公式化概念化都是从这时候开始的。当然这并不是苏联的唯一状况，苏联关于美学的教育情况我也摸了一下，那比我们还要强。问题在于从日丹诺夫那个大批判以后，都是只有客观现实单独一方面起决定作用了。我们受那个影响现在还没肃清，将来会肃清的。我是相信马克思主义的。

片面的唯物主义，马克思给他起了个名字叫"抽象唯物"，就是说单讲唯物主义那是抽象唯物，单讲唯心主义那也是抽象唯心，这二者都是不行的。

问：朱先生在《西方美学史》序言中提出上层建筑不等于意识形态这个重要理论问题后，引起了一些争论。是否请朱先生再进一步就这个问题发表一些意见？

朱：这个问题的提出，我主要根据经典著作上的三处论述：一是马克思的《政治经济学批判》一书中上层建筑同基础的关系的那一章；还有就是恩格斯致施米特的一封信和《反杜林论》；三是斯大林的《马克思主义和语言学问题》。我当时有点疑问，就是上层建筑同意识形态的关系和分别。我认为马克思原来的用语并不是经济基础，而是"经济结构"、"现实基础"，在这上面竖立着上层建筑。这上层建筑包括两项：政治的、法律的上层建筑，也就是说政权机构及其措施，比方我们的公安部门、军队等。马、恩提到政治观点、政治理论、政治思想的时候，同政治问题的提法是不同的。这是两个不同的提法，他们没有把两方面看作一回事。关于这问题，我是把斯大林《马克思主义和语言学问题》上的一段话，同马、恩、列所讲的加以比较后得出来的看法。我认为根据马、恩、列的提法，特别是列宁的说法，可以清楚地看到有三个部分：经济基础（原文是经济结构现实基础），在这基础上竖立着上层建筑，而上层建筑一方面是法律的政治结构，另方面是意识形态。这一点我不怀疑,我看大家都不会怀疑,的确是那么回事。问题是马克思原来提的上层建筑无论政治方面也好,意识形态也好,都要适应基础。后来斯大林的提法就不同了,我想这分别应仔细考虑,关系很大,问题就是从这里起因的。

这个问题的实质就是学术同政治的关系问题。现在大家提出学术、文艺要不要为政治服务,当然是要为政治服务,从古到今,不只是社会主义时代,学术、文艺一向都是为政治服务,而且一向是为统治阶级服务的,向来如此。但是不是这两者就可以等同了呢? 不能。这又回到马克思的英明论断,马克思认为,上层建筑,不论是政治的、法律的上层建筑,或是意识形态的上层建筑,都要为基础服务,这是很清楚的。但同时,它们究竟是两回事,不能等同起来。

问:你强调不能划等号,而不同意见认为意识形态就包括在上层建筑里,实际是可以划等号,距离是否就在这里?

朱:这个问题在于我们过去学的都是形式逻辑,我自己也是这样,辩证逻辑是解放后才学的。形式逻辑很简单,A 同 B 同属于 C,那个 A—C、B—C,都是部分同整体的关系,这个部分不能脱离整体,形式逻辑就是这样。我也是受了形式逻辑影响的。不过这个问题是不是就要划等号呢? 我看批评者也没这样明确的提过,但他们都认为我否定意识形态属于上层建筑,一般对我的矛头都对着这点。这些批评有一部分是对的,因为原来我的提法有点片面,有的前后不够一致,不过基本是说得很清楚的:政治也好,艺术也好,都同属于上层建筑。但我有时说的话有点使人感觉好像学术、文艺等意识形态的这些东西不属上层建筑,可能写文章的时候没写清楚,这是我的错误。另外,在社会存在决定社会意识问题上,我也有过错误的认识,有错误就应承认错误。当然,还有一些我想不通的,有保留的,这还要进一步研究。尤其是政治同学术、艺术的关系,这是讨论的实质,究竟怎么解决,大家要进一步研究,我自己更要进一步研究。

问:这个问题不但在中国讨论,国外这些年也在讨论。英国人伊格尔顿写了一本《马克思主义文艺批评》,他说得较多,而且引证了不少其他人的观点。另外在《马克思与世界文学》中,柏拉威尔也谈得较多,但他只谈马克思,不谈恩格斯,有时显得不怎样完整。

朱:我知道,斯大林时代就有这个辩论,我们翻译的材料也很多。

问:你提到过这个问题。

朱:提到过,苏联《哲学问题》杂志嘛。不过那时厉害,《论艺术在生活中的地位和作用》那篇文章一出来就鸦雀无声,我觉得当时苏联有点压力,要是讨论能深入下去,倒还好些。

问:今后还打不打算就这个问题再写文章?

朱:不写了,还是搞研究,多看点书。现在外国马列主义研究还是相当广泛的,无论赞成的、反对的意见我都要看看。

问:朱先生对中国美学发展的前景是如何估计的?

朱:看现在的局面,我对前途是非常乐观的,美学大辩论在国内将死水一潭的空气触动了一下,大家对这门科学感到兴趣,所以我是比较乐观的。不过我也认为美学的真正发展,还是要相当一个时期。首先要有资料,你不能闭关自守,要看看人家,放眼世界啊。所以要多介绍外国资料,无论是马克思主义、修正主义还是资本主义都应该介绍。人的思想都有偏差,但某些方面总还可能有些道理。我说好些问题都是这样。所以前途是光明的,但还要经过一番痛苦的斗争和努力才行。

问:除了资料问题,朱先生还认为存在着哪些主要问题? 应当如何使美学研究真正深入下去?

朱:学美学,第一件要学马列主义;第二要睁眼看看世界,看人家美学在搞些什么,自己搞了些什么;第三美学不是孤立的学问,不懂心理学不行,绝对不行。

将来美学要有前途,不只美学,还有其他一切科学,包括自然科学,都必须要学习马列主义。我们国家还要下大力搞一本比较精确的马恩全集的译本,现在不少经典著作的本子在选本和译文上都有问题。这个事情是相当困难的,但一定要做,必须要做。将来的美学发展要从这里搞起,译文不好,美学研究也不可能搞得很好。

问:朱先生的外文功力是闻名的。对一些著作:克罗齐的《美学原理》、爱克曼的《歌德谈话录》、莱辛的《拉奥孔》、黑格尔的《美学》等,先生能把非常复杂的问题用非常浅显的文字表达出来,这个功夫是一般人很难做到的。

朱:我是学中文的。搞翻译只懂外文不行。文字是无底洞,到现在我有的普通字还不会写,一方面忘记了,一方面有的根本不知道,这说明过去功夫还不够。第二,学外文首先要区别外文与中文的不同,分别在什么地方。现在很多人总是把中文的调子按到外文上,中国式的外文;译外文时也是把外文架子套在中文上,变成外国式的中文。这两种情况都很普遍。

问:你这是翻译心理学。

朱:哈哈——,这是通病。

问:在广博和精深的问题上,朱先生有什么见解?

朱：我教我的学生，年轻的最好多看，东看一点西看一点，但到一定阶段就要集中全力打歼灭战。

我学俄文很迟，快到六十岁了。在解放初期，听广播、请人教发音等，花了一年功夫。根据我的情况不能再这样读了，就直接挑了几本书啃。首先啃《联共党史》，斯大林的这本著作写得好，政治词汇大半都有，文字非常清楚。我把《联共党史》读了两遍，就把政治词汇掌握了。接着我又挑了四本书：契诃夫的《樱桃园》和《三姊妹》、屠格涅夫的《父与子》和高尔基的《母亲》，硬啃。头遍只求粗通大义；二遍是关键，要求懂透，逐字逐句的抠，要把每句话的语法辞义都搞通，这遍费时最多，而这段，搞外国语不下这功夫是不行的；第三遍整个看看前后脉络，文章结构安排，从文学观点看。以后搁下些时候再看看，看那么三四本后，我就抱本字典动手翻译了。

问：四十年代你很爱写对话体的文章，解放后好像不写了。这种对话体我是很爱读的。

朱：那是我受柏拉图的影响。柏拉图的文章确实写得好，深入浅出，举的例都是茶碗茶杯那些普通东西，从中引出很深刻的道理。当时我试写过几篇，希望将来有人写那个。我们在文字方面单调一些，尤其是理论文章。

问：国内的理论文章多半是长的，长篇小说也似乎已经不是一部二部三部，而是五、六部了。

朱：这风气要改。现在大多数人都非常忙，没多少时间看书，而真正想搞点东西则必须看书。所以我主张不要搞长篇大论，你有点道理，三五千字尽可以了，主要意思就可以写清了，小说有生活的写长点还好，没有生活硬写那么长的就不好。

问：这问题一时恐怕还难以扭转。

朱：也好解决，它自己会解决，没人看就解决了。

问：近年来你还搞点外国文学研究吗？

朱：没功夫了。

问：你对中国当代的文艺创作有什么看法？

朱：这是个重要问题，谈不好，主要是对当前文艺创作情况了解不够，看了一点都是零零星星的。

我看近年的相声发展得不坏，侯宝林很有办法，讽刺得那么厉害，但是以很愉快的方式说出来，使你听了很高兴。这很好嘛，哈哈。

电影也看了些，但好片子还是不多。

小说、报告文学只能看些短篇，我最欣赏的是刘宾雁的《人妖之间》，这是我所看的短篇中最好的一篇。这个人是有头脑的，他没有什么框框约束，敢说话。当然有的话不全对，但总的实在是篇好文章。我们新起的一些人，我看写文章还是有不少写得好的。去年的得奖小说大多我都找来看了，文字都不坏，都还有点修养，我很乐观，前途是大有希望的，希望在年青人身上。

在文艺方面，老年人思想僵化的不少，搞来搞去还是原来他那一套。有些不适当的吹捧很不好。

问：对所谓"伤痕文学"，从美学角度你认为应当怎么看？

朱：我想还是要百花齐放，不要一花独放。没有哪一派的美学家反对写伤痕，我没看到过。从另一个方面说，现实主义同浪漫主义要结合，这同刚才讲的主客观统一也有关系。这个浪漫主义偏重主观，现实主义偏重客观。年青作家的作品我看过一些，像北大《未名湖》等，我很欣赏。说老实话，我是很乐观的，下面一代还有人才。当然有一些不好的文章，但不能一概而论。

问：朱先生是否还准备再写一本谈美的新著？

朱：问题在于时间和精力。我有个打算：我现在正在译维柯的《新科学》，约五十万字，两年把它搞完，在这中间不搞任何事，是这么个决心。《新科学》译完，我写本介绍维柯的小册子，这可以办到。维柯这人我认为是很重要的，在《新科学》中他涉及的问题很多：古代社会、宗教、文学、语言等等，这是值得介绍的。如搞完这，老天爷还照顾我，身体还可以的话，再考虑别的计划。

（载《美育》第一、二期，1981 年）

关于马列原著译文问题的一封信

《中国社会科学》哲学编辑室负责同志：

　　承寄来张契尼同志的关于《〈黑格尔法哲学批判〉导言》的译文商兑的文章，忙乱中抽暇细读一过，对经典著作应有新的译本是个极重要的建议。我在《费尔巴哈论纲》、《一八四四年经济学—哲学手稿》试译和其他有关文章中，已多次作过同样的呼吁，所以读到张文，很感兴奋。张文是一篇好文章，有独到的见解。关于译文问题，有些确实不易解决，张解大半比原译较好，不过也有尚待商酌处。Part2 第一例，便是其中之一。略写几点一般性意见供参考。

　　作者据原文和俄、法、英各种译文提出对中文稿意见，是学有素养而又认真对待经典著作的。疑难如何解决，这涉及翻译工作方式问题。过去一般是需要译一书即指定一两个编辑去动手译,往往只凭个人见解,而译者对外文往往没有过关,而对经典著作又没有比较全面的正确认识,所以严重错误在所难免。鄙意认为在动手翻译之前应有个学习和讨论阶段,最好有一个三人到五人小组来进行,把原文吃透了,才由一人动手译,由小组讨论定稿,印行后要不断地广泛征求校改意见。例如这篇《商兑》就有几重作用:唤起对经典译文的重视,引起群众性的讨论,然后再由编纂处不断地重新校改,到相当时期之后,可望得到一个比较明确的译文。错误的发生大约不外在三方面:(1)对马克思主义本身的全面掌握不够;(2)对外文的掌握不够;(3)对中文的掌握不够。在不断公开讨论和重新校改的过程中,译者和学者在这三方面都可以不断地得到提高。所以作者的建议和示范是极端重要的。

张文主张对经典作家的主要作品应多出几种译本,但举出理由还不够明确周全。我想可分两层来说:(1)各时代的条件和需要不同,例如中译马列主义著作,翻译是在革命时期艰苦情况下进行的,能陆续译出全集,使人民对马列主义有初步认识,适应了革命时期的需要,译者的辛勤劳动是应受到人民衷心感激的。不过当时的条件很差,译文难免有些严重错误,这一点也应当正视。现在我们踏上了新的长征,已开始发现对马列主义的理解有些片面的乃至错误的认识。我们感觉到应该比过去更加认真地全面地正确地掌握马列主义,而过去的译文还不足以适应这种新的需要,所以应该有新的较正确的经典译文。《商兑》似有意回避这一点。(2)语言本身在不断地更新,不但文言已变成白话,而现在的白话和解放前的白话已大不相同。解放前白话译出的经典著作,现在读起来已有些别扭。例如"商兑"久已成古语,一般人不懂,流行语是"商榷"或"商讨"。经典著作及其翻译往往是语言规范化的一个重要的动力。英文和德文走上规范化,基督教《圣经》译文都起了举世公认的作用。今后马列经典著作是人人必读的。我们就不应忽视译文对汉语规范化所必起的作用。

《商兑》的作者提到我国过去佛典的翻译工作,说得很中肯。这种工作以玄奘为分水岭,唐以前的译经大半文章较简明易读,而内容却疏略,《四十二章经》便是著例。从唐玄奘起,白马寺才建立起大规模的翻译机构,不但有番僧与任其事,而且还有身任宰相的房玄龄等亲自润色译文,就内容说,大乘经论也日益得到重视。所以有这种变化,也可以用上述条件和需要以及语言本身的变更来解释。佛典翻译的经验尚待进一步作总结,它可以供我们今天借鉴的地方一定还不少。我临时想起马列主义经典译名统一问题。我们可否在总结经验的基础上,出一种像佛典中的《翻译名义集》那样的著作。

关于译文本身,建议的校改一般确实比原译较好。我原来虽也曾校过原文,但没有仔细斟酌过,有些地方还没有把握。读《商兑》得到不少益处,为此应感谢作者。但是有些句子也确实不易译,目前查原文和各种译本来仔细斟酌,时间和精力都不允许,所以不能妄参末议,只想就第一个例句略说几句。

我同意作者说的"比较来看,汉译是不错的",不过作者又说"日译本将拉丁文直译为祭坛……不足为法",又说汉译注云,oratio pro aris et focis"直译是'社稷和家园的辩护',自觉费解",似宁愿取俄、法两译本都注为"自我辩护",下文又引西塞罗所用的 aris et focis,都不取"宗教和故园"的"原义",而取一部普通英语词典所提到的"庇护所"一意,没有注意到"庇护所"在原始社会是强者收容逃难者的地方。庇护所往往就是祭坛,因为是宗教圣地,所以能庇护逃难者。这些逃难者就成了收容主的"家人"(即家奴),是后来平民的前身。所以祭坛和庇护所分不开,也都和宗教分不开。

作者引费尔巴哈的"黑格尔哲学是宗教的最后的庇护所"一句话，而下断语说"足见以庇护所喻掩盖一切不合理事物的宗教"，其实拉丁文 aris et focis 即直指宗教而不是喻宗教。原始人初定居时，先在大森林中，开辟一片隙地，这隙地往往就是祭坛所在，也是收容所所在。定居就要有简单的住房，其中首要的设备是炉灶，而炉灶也同时是家族以内的祭坛，aris 就指隙地或地基，focis 是灶或祭坛。这段古史，维柯在他的《新科学》里论证甚详，可参看。作者没有认清这段古史，所以认为日译祭坛不足为训，宁取俄、法译都错的自我辩护的意思。作为自我辩护，能肯定"谬误在天国的申辩一经驳倒，它在人间的存在就陷入了窘境"这句汉译不错吗？"谬误在天国的申辩"即谬误在宗教方面的辩护。它（谬误）在人间的存在，即在现实世俗间的存在。谬误在天国不能存在，在人间也就无法存在。这正是马克思在同时期写的《费尔巴哈论纲》中第四条的意见，那是举例说："自从世俗家庭中发见了神圣家族之后，世俗家庭本身就会在理论上受到批判，并在实践中被推翻"（校原文改译）。

这个例子说明了翻译中以下两个重要问题：

一、任何一篇文章或一个论点都不能就它本身孤立地看，要找到它的来龙去脉。《黑格尔法哲学批判》是马克思在"自我思想澄清"时期，在深受费尔巴哈的影响下，对黑格尔开始进行批判的，在这过程中既批判了黑格尔，也批判了费尔巴哈，并且初步认识到自己思想所应走的方向。关键问题在于宗教，对西方宗教起源和影响也应有一个大致正确的认识。这就要涉及古代社会的一般情况，知识面还要很广，要集思广益。

二、经典著作的各种译文不一定都很正确，本例俄、法、英译文都不很正确，应深入研究，作出自己的判断。在研究中应特别注意到上下文乃至前后文相关联的意义（contextual meaning）也绝对不能孤立地看。

　　拙见如此,是否有当,尚祈教正。此致

敬礼

朱光潜

1981 年 2 月 15 日

(载《中国社会科学》第三期,1981 年)

中国古代美学简介

　　作为文艺理论，美学一般是文艺实践的总结，反过来又成为文艺实践的指导。文艺在创作和欣赏两方面的实践都反映一定时代和一定社会类型的人民的现实生活和人生态度。我国历史悠久，文艺有长久的传统，人民对文艺的爱好也是源远流长的。散在各种经典文献中的有关文艺理论的资料极其丰富繁复，还有待进一步的搜集和科学整理，这里只能粗陈梗概。

　　西方从意大利维柯到克罗齐一派美学史家都认为语言文字本身就是艺术产品，所以美学和语言文字学分不开。这种看法从中国汉语文字的产生和演变可以获得充分的例证。汉朝文字学家许慎在《说文解字》的序言里，把汉语文字分为象形、形声、指事、会意、转注和假借六类，即所谓"六书"，其中前四类都是形象思维的产品。现在世界各国语言文字大半属于拼音系统,中国汉语文字几乎是极少数象形系统的文字中到现在还广泛应用的唯一的一种,因此就成了研究原始民族运用形象思维来创造文字的珍贵资料。继许慎《说文解字》而起的无数词书、韵书和字典都提供了大量关于美学思想的材料(丁福保编的《说文解字诂林》较详备)。书法在中国也早已成为一门独特的艺术。凡是读书人都要讲究书法,所以书法在受教育的人民中是得到最广泛实践的一门艺术。它和绘画和诗歌成为互相紧密联系的姊妹艺术。适用于一般艺术的一些原则也适用于书法,例如精神、气魄、骨力、风韵之类性格因素以及和谐、平整、匀称之类形式因素。这方面的美学理论资料也很多,例如唐朝孙过庭的《书谱》,宋朝的《宣和书谱》,近代包世臣的《艺舟双楫》和康有为的《广艺舟双楫》,都详谈过中国书法的美学理论。

马克思曾经指出:神话是希腊文艺的丰富土壤。神话在中国古代艺术中也是一个重要的资料源泉。神话是和原始宗教即原始民族的世界观和人生观分不开的。我国土生土长的原始宗教是巫教、道教和儒教,魏晋以后南亚的佛教逐渐输入中国,几有喧宾夺主之感。这些宗教思想及其神话在中国哲学和文艺领域里,从《诗经》、《楚辞》、汉魏乐府到近代的小说、戏剧和民间传说,都打下了深刻的烙印。鲁迅在《中国小说史略》里曾清理过历代神话传说和传奇志怪对中国小说发展的影响,可惜它们对建筑、雕塑、绘画乃至诗、乐、舞各方面的影响还有待专业研究工作者去清理。古代丝绸之路上有一个重镇叫做敦煌,那里有一系列已半埋在沙土下的"莫高窟",是由北魏到元明的中国艺术(特别是壁画和雕塑以及它们所描绘的古代诗、乐、舞和宗教仪式的情况)的一座大宝库,对研究中国艺术与宗教(特别是佛教)、神话传说的关系提供了极其丰富的资料。此外,中国考古工作者在安阳殷墟、陕西半坡村、湖南马王堆等地所进行的大量发掘工作,在不断地发现远比敦煌的收藏更古老也许也更珍贵的文物。这类文物不但是中国美术的第一手资料,也是中国美学的第一手资料,因为每一件真正的艺术作品都必有意或无意地流露出某种美学观点。离开具体的艺术作品而谈美学思想,不但会堕入抽象说教,而且也是一件极费力的事。此外,从文艺与生产劳动的紧密联系的实践观点来看,《周礼》中的《考工记》以及后来的《畴人传》和《天工开物》之类书籍也是研究中国美学史的重要资料。

　　自有史以来,汉民族主要是一个农业民族,而且长期处在封建社会形态。无论研究中国文艺还是研究中国美学,都不能忘记这两大特点。例如自然作为文艺母题,在西方只有在近代浪漫运动起来以后才逐渐突出,而在中国却从魏晋时代起就一直是诗和画的主要描绘对象。伦常观念特重忠君孝亲,尽管天灾人祸史不绝书,而一般人民的人生态度基本上是乐天安命,偏于保守。这些基本情况都是和封建社会的小农经济分不开的。意识形态方面,在中国长期占统治地位的是儒家思想,这也正是封建社会的小农经济的反映。儒家以礼乐立教。礼不但指各种宗教仪式,也包括政治、法律和典章制度。乐是各门艺术的总称,除声乐、器乐以外,还包括诗歌、舞蹈、传说故事和雏形的戏剧。中国最早的一部美学专著便是《乐记》,载在十三经中《礼记》一经之中。此书作者是谁,一说是公孙尼子,尚有争论,可能像先秦诸子的许多著作一样,是某一派师徒积累一些过去流传下来的思想资料而成的,并不是某一家之言。它是中国美学的开山祖,所以值得详加介绍。

　　从这部论音乐的专著看,礼与乐是包含宇宙间万事万物、集一切学与术之大成的。礼与乐两个概念相反适以相成,含着朴素的辩证思想。姑举几段引文为证:

乐者天地之和也，礼者天地之序也。和故百物皆化，序故群物皆别。乐由天作，礼以地制。过制则乱，过作则暴。明于天地，然后能兴礼乐也。

　　天高地下，万物散殊，而礼制行矣；流而不息，合同而化，而乐兴焉。

　　乐也者情之不可变者也，礼也者理之不可易者也。乐统同，礼辨异。

　　乐者敦和，率神而从天；礼者别宜，居鬼而从地。故圣人作乐以应天，制礼以配地。礼乐明备，天地官矣；天尊地卑，君臣定矣；卑高已陈，贵贱位矣；动静有常，大小殊矣。

　　礼节民心，乐和民声，政以行之，刑以防之，礼乐刑政，四达而不悖，则王道备矣。

从此可知，《乐记》的作者是从宇宙整体着眼，从中见出同与异、和与序、情与理、天与地、尊与卑这一系列的对立面，认为礼的作用在辨异、达理和巩固秩序，乐的作用在统同、通情和促成和谐。这两方面都各尽其职，恰如其分，就会国泰民安，万物各得其所。我们可以说，中国儒家是从礼、乐这两个概念，推演出他们的理想国（即所谓"王道"）。作者基本上是从政治观点来考虑美育的。在引文的最后一段里，礼、乐、政、刑四项并举，其实政、刑两项还是属于礼的范围，所以礼经包括《礼记》（礼的具体运用事例）、《周礼》（周朝的政治制度）、《仪礼》（吉、凶、军、宾、嘉五方面的宗教仪式），一般叫做"三礼"。《乐记》虽专谈音乐及其密切相联系的诗歌和舞蹈等艺术,却也列在《礼记》里。值得注意的是《乐记》的作者特别强调礼与乐相反相成、不可分割的关系,不但把乐看作艺术,实际上也把礼看作艺术,是王道必备的秩序与和谐两个方面。就人民来说,"礼乐皆得,谓之有德",有德才可以"平好恶而反人道之正",这是中国古代就已提出的"人道主义"。礼、乐不可互离,其真正含义是艺术反映政治而且为政治服务。政治本身就是一种广义的艺术,因为乐求和谐,礼求秩序,秩序与和谐都是艺术所不可少的。这种观点是对希腊柏拉图控诉诗人罪状的有力驳斥。

"艺"这个词在古汉语里和希腊文 tekne 一样,有"艺术"和"技艺"两个含义。诗人、艺术家和手工业者都一样是操"技艺"的。中国古代教育定"六艺"为必修科。所谓"六艺"就是礼、乐、射、御、书、数。礼、乐列在首位,但毕竟和射、御(武艺)、书(写字)、数(算数)同属于"艺"。从此足见中国古代教育文武并重,不但重视实用技艺,而且对艺术也着重实践方面,把它当作技艺来学习。不但求"知",而且求"能",也就是说,不但为提高认识,而且为促进实践。

音乐、诗歌和舞蹈在原始时代原是一种三位一体的综合艺术,随着历史向前发展,诗日渐脱离乐、舞,成为一种独立而且独尊的艺术。黑格尔曾把诗列在艺术发展的最高峰,而且认为各门艺术之中都必须有诗作为主要因素。诗的这种崇高地位在中国文艺发展中也很显著。周朝便设有专司采诗"观风"的史官。中国最古老而且影响也最深远的《诗经》就有很大一部分(《国风》)是由史官从各地区民间搜集来的。所谓采诗"观风",就是搜集各地民歌,把它作为测量各地民情风俗和政治气候的温度表。

中国古代文艺理论大半是围绕着《诗经》而作的评论和总结。上文所引的《乐记》便是其中最早的一种,它常引《诗经》来论证所提的论点,最后子贡向师乙问诗乐一段特别值得注意。师乙对诗歌作了如下的描绘:

歌之为言也，长言之也。说之故言之，言之不足，故长言
　　之；长言之不足，故嗟叹之；嗟叹之不足，故不知手之舞之，足
　　之蹈之也。

继《乐记》之后，经常为诗论家所援引的一篇论诗著作是汉初儒生
毛苌的《诗大序》，其中最重要的一段就援引了《乐记》的这段话而
加以发挥：

　　　诗者，志之所之也，在心为志，发言为诗。情动于中而形
　　于言，言之不足，故嗟叹之；嗟叹之不足，故永歌之；永歌之不
　　足，不知手之舞之，足之蹈之也。情发于声，声成文，谓之音。
　　治世之音安以乐，其政和；乱世之音怨以怒，其政乖；亡国之音
　　哀以思，其民困。故正得失，动天地，感鬼神，莫近于诗。先王
　　以是经夫妇，成孝敬，厚人伦，美教化，移风俗。

这里首先确定了诗的本质在于表达人的心情和志向，"情动于中而
形于言"，"在心为志，发言为诗"。诗表现"志之所之"，用近代话来
说，"志之所之"便是诗人的"倾向"，这"倾向"是由"情"发动的，它
会导致"厚人伦，美教化，移风俗"这些实践效果。"情发于声，声成
文，谓之音"，声须"成文"，即要表现出完整有秩序的形式，不是自
然的啼笑咆啸而是经过艺术化的。从此可见古代中国诗论的三大
特点：一是从整体出发，不像近代西方美学家往往把知、情、意三个
因素割裂开来而片面强调"知"（认识）中的感性阶段，而是三个因
素不偏废而侧重"情"，这对近代文艺中的公式概念化是一剂良药。
其次是艺术根据自然（现实生活）而不止于生糙的自然，而是经过
艺术加工（"成文"）的自然。第三是中国古代诗论一向特别重视文
艺的"厚人伦，美教化，移风俗"的实践效果，从来没有"为文艺而文

艺"的提法。

"声成文,谓之音","成文"便是艺术对自然加工所取得的形式。诗有六义,其中赋、比、兴三义便是汉儒毛苌在《诗大序》中分析《诗经》所得到的三种形式。《诗经》作者并不曾有意使某诗取比体或某诗取赋体或兴体。今本《诗经》中所注的"兴也"、"比也"、"赋也",都是毛苌的手笔。不过毛苌所分的类确实对诗论的发展有很大的功劳,它标出文艺所用的是形象思维这个基本原则,其中含有"情景交融"的道理。中国后来的诗论、文论乃至画论都是按毛苌所标的比、兴、赋加以引申和发展的。近来讨论这个问题的往往只谈比、兴而不谈赋,赋是"直陈其事"而不用譬喻,但是"事"是具体形象,赋所用的仍是形象思维。比、兴大半限于抒情诗,赋所用的"直陈其事"愈到近代愈重要,因为它是戏剧、小说、电影乃至一般叙事文的表现方式。

《乐记》和《诗大序》的作者都是儒家,他们的话大半可以和《论语》、《孟子》这些儒家经典著作中所表现的美学思想相印证,不过比《论语》、《孟子》中有关美学的零星语录较有系统。他们对于过去诗、乐、舞实况的总结,成了此后二千年的美学思想发展的基础。汉、唐之间值得研究的美学论著不胜枚举,特别值得注意的有《昭明文选》卷十七所载陆机的《文赋》和王褒、嵇康等人的关于诗、乐、舞的赋。受到梵文影响的永明声律运动是古诗转到律诗的关键(参看拙著《诗论》第十一章至第十二章)。在文艺理论方面受到佛典影响而叙述略见科学条理的有梁刘勰的《文心雕龙》,这是迄今为止中国文艺理论中最重要的名著。唐僧皎然的《诗式》和司空图的《诗品》,开无数诗话和词话的先河,其中影响较大的是严羽的《沧浪诗话》,标出"禅道在妙悟,诗道亦在妙悟"的基本原则。此后谈诗谈词者的主要话题是"意境"、"神韵"、"气象"、"风骨"这些比较抽象的范畴,其长处在结合具体作品,其短处在缺乏科学条理。

披沙拣金的工作还有待于将来。

总的来说，中国过去的美学传统是很丰富的，至今认真的搜集和研究的科学工作还不多见。好在最近思想解放，进行这种科学工作的苗头正在风起云涌。这是一个可喜的转机，祝愿美学工作者趁这股势头，大家同心协力地把这项工作做好！

（载《中国古代美学艺术论文集》，上海古籍出版社 1981 年 3 月版）

《外国学者论朱光潜与克罗齐美学》按[①]

此文的基本论点是说《文艺心理学》的作者企图移西方美学思想之花接中国文艺思想传统（主要是道家的）之木，结果陷入克罗齐所反对的"折衷主义"。沙巴蒂尼教授认为克罗齐的哲学前提是客观唯心主义，即宇宙全体事物都是从精神或心灵生发出来的，他所理解的"直觉"是精神的最初级的认识活动，而道家的哲学前提是混沌分化为万事万物，由太乙生发出全体宇宙的"道"，道家的"直觉"是对宇宙中的"道"的大彻大悟，不是认识的起点而是知行

---

① 罗马出版的《东方与西方》(East and West)新论丛第二十卷(1970年)第一、二期发表意大利汉学家马利奥·沙巴蒂尼(Mario Sabatini)的《朱光潜在〈文艺心理学〉中的"克罗齐主义"》,《读书》1981年第三期发表了该文的部分章节(申奥译),题为《外国学者论朱光潜与克罗齐主义》,这是朱光潜为之加的"按语"。——编者注

都起作用的修炼终点。所以朱光潜从这两种截然不同的哲学前提来谈"直觉"是不合适的。此外,克罗齐一向反对用经验主义的心理学观点来研究美学,而朱光潜既采取克罗齐的直觉说又兼收并容近代心理学(如费希纳、立普斯、谷鲁斯等等)所宣扬的移情作用,内摹仿和游戏等现象与文艺的关系,也是自相矛盾。

作者在后部分着重地答复朱光潜对克罗齐美学的批判,批判和答复都集中在三个问题上:

一、朱认为克罗齐把认识活动和实践活动截然分开,蔑视人格的完整性,这是机械观,而把艺术和直觉等同起来,也就是把艺术创作全部过程和瞬间活动的直觉等同起来,也不符合创作的事实。

二、克罗齐忽视了实际创作过程,因而也就忽视了艺术的传达问题,把艺术家叫作不计较功利和道德的"自言自语者",他就否定文艺所受的社会影响和文艺对社会的效用。

三、克罗齐的艺术与直觉同一说也忽视了直觉这种最初阶段的认识有是艺术的,有不是艺术的,因此他就没有评定艺术价值的标准而被迫承认艺术只有质的分别而没有量的分别,一句隽语,一首十四行诗和一部长篇史诗戏剧或小说,只要是艺术的,就不能再有高低之分,这也不符合常识和史实。

沙巴蒂尼对这三点批评的回答都是在为意大利唯心主义思辨哲学辩护。总的语气是:克罗齐既然从精神或心灵出发来推演出它的各种活动,那就不能像朱光潜那样运用经验科学方法,根据实际具体现象中事例去分析和总结出结论。例如朱光潜强调情感在文艺中的作用,而沙巴蒂尼却指出"对克罗齐来说,'情感'却不是一种心理范畴而是用直觉观察到的整个宇宙"。本来克罗齐否认我们一般人所理解的"物质",把物质看成"直觉以下"即认识不到的"情感",因为这情感是来自实践活动的,本身并不是认识活动,所以与本身是艺术活动的直觉无关。从此可见,沙巴蒂尼和朱光潜在进行两个聋人的对话,各说各的,走不到一起。

　　沙巴蒂尼指出过,朱光潜在写《文艺心理学》时对克罗齐的知识还是片面的,在 1936 年翻译了克罗齐的《美学原理》之后,"对克罗齐的知识逐渐加深了",一些观点"澄清"了。但是不能认为他纠正某些错误解释后就更接近克罗齐了,而实际上他"背离克罗齐的美学是更显著了","他更自觉地摈弃了克罗齐的某些基本命题"。最后他还提到朱光潜在 1958 年写的《克罗齐的美学批判》(发表在《北京大学学报》,转载在《美学批判论文集》)中"推翻了克罗齐的美学理论",所以"并不是受政治上机会主义的驱遣,而无疑是基本上从他自己的美学主张中得出的结论"。

　　这番话倒是很公平的。朱光潜对克罗齐的认识和批判确实有一个很长的而且相当曲折的过程。沙巴蒂尼提到朱的批判却没有提到当时中国美学界的批判讨论和马克思主义后来对朱的影响,他的最后两句话是有所顾忌,含糊其词的。

　　总的来说,这篇论文是在掌握资料和认真研究的基础上写成的。从作者的"意大利唯心主义传统"的立场上看,这确实是一篇很有分量的论文。作者的"移花接木"的说法是正确的,道家的直觉和克罗齐的直觉不是一回事,克罗齐的哲学与近代根据经验的心理学派的美学是水火不相容的。沙巴蒂尼在提出这些论点时都做得很出色。不过朱光潜把他的著作称为《文艺心理学》,就标明了他的出发点是经验科学的而不是思辨哲学的。他根本否定克罗齐的"直觉不是一个心理学范畴"的说法。他的目的并不是要建立一个以思辨哲学为基础的美学体系,而是想用通俗的方式介绍现代西方美学界的一些重要派别的思想,在中国美学界起一点"启蒙"作用。

　　　　　　　　　　　　　　　(载《读书》第三期,1981 年 3 月)

我学美学的经历和一点经验教训

　　我的第一部美学著作是 1936 年出版的《文艺心理学》。《谈美》的信是概括这部处女作的通俗叙述。接着我就写了一部《诗论》，对过去用功较多的诗这门艺术进行了一些探讨。这三部书都是我在英、法两国当大学生时写出初稿的。我还用英文写过一本博士论文，叫做《悲剧心理学》，由斯特拉斯堡大学出版社出版。

　　在《文艺心理学》的"作者自白"里我已简略地回答过一些报刊编辑部向我提出的这个问题，现在先把有关的一段话抄下来，然后稍作补充：

　　　　从前我决没有梦想到我有一天会走到美学的路上去。我前后在几个大学里做过十四年的学生，学过许多不相干的功课,解剖过鲨鱼,制过染色切片;读过建筑史,学过符号名学,用过熏烟鼓和电气反应机测验过心理反应,可是我从来没有上过一次美学课。我原来的兴趣中心第一是文学,其次是心理学,第三是哲学。因为喜欢文学,就被逼到研究批评的标准,艺术与人生,艺术与自然,内容与形式,语文与思想等问题。因为喜欢心理学,我就被逼到研究想象与情感的关系,创造和欣赏的心理活动以及文艺趣味上的个别差异。因为喜欢哲学,我就被逼到研究康德、黑格尔和克罗齐诸人讨论美学的著作。这样一来,美学便成为我喜欢的几门学问的联络线索了。我现在相信:研究文学、艺术、心理学的人们如果忽略了美学,那是一个很大的欠缺。

事隔半个世纪,现在来检查过去写的这段"自白",它还是符合事实的。不过要作两点补充。当时我也很喜欢历史,为着要了解希腊文学和艺术,我在爱丁堡大学曾正式选修了欧洲古代史。可是我考了两次都没有及格,为着遮羞,写"自白"时没有敢提到它。现在回想起来,这门不及格的欧洲古代史对我向往美学毕竟起了不小的作用。当时我还是一个穷学生,但是省吃俭用,还一个人跑到意大利罗马地下墓道里考察过哥特大教寺和壁画的起源,参观过梵蒂冈所藏的一些著名雕刻和文艺复兴时代散在意大利各城市的建筑、绘画和雕刻,体会到"耳闻不如目见"这句话的意义。

另一点须补充的是,"自白"最后一句后面还应加上这么一句:"研究美学的人们如果忽略文学、艺术、心理学、哲学(和历史),那就会是一个更大的欠缺。"这一点是我从参加国内美学讨论到现在所看到的美学落后状态中体会出来的。关起门来学美学,不知"天有多高,地有多厚",那是有害于己而无益于人的。

上文我提到"当时我还是一个穷学生",这对于我学起美学来也颇有影响。我在学生时代还编写过一部《变态心理学》、一部《变态心理学派别》（都出版过）和一部《符号逻辑》（稿交商务印书馆，在日本侵略上海时遭火灾焚毁了）。为什么一方面读书，一方面又写出那么多书呢？这就是因为我穷，不得不"自力更生"，挣点稿费来吃饭过活。在这样"骑两头马"的生活中，我也吸取了一点有益的教训，就是做学问光读不写不行。写就要读得更认真一点，要把所读的在自己头脑里整理一番，思索一番，就会懂得较透些，使作者的思想经过消化，变成自己的精神营养。根据这点教训，我指导研究生，总是要求他们边读边写。他们也因此取得了较好的成绩。不过要补充一句，光写不读也不行。

有些同志问我是"怎样研究起美学来的"，显然是问我怎样开始学美学的。这个"开始"我已交代清楚了，不过我觉得这还未免"有头无尾"。从前人说得好，"学无止境"，"活到老，学到老"。老实说，我一直在学美学，一直在开始新的阶段。解放后我有幸参加了几年之久的国内美学界的批判和讨论。我至少是批判对象之一。我是认真对待这次批判的，有来必往，无批不辩。从此我开始挪动了我原来的唯心主义立场。当时是我的论敌而现在是我的好友的一位同志，看到我在答辩中表示决心要学马列主义，便公开宣布"朱某某不配学马列主义！"这就激发了我的自尊心，暗地里答复了他，"我就学给你看看！"于是我又开始了我的新的美学行程。这三十年来我学的主要是马列主义。译文读不懂的必对照德文、俄文、法文和英文的原文，并且对译文错误或欠妥处都作了笔记，提出了校改意见。前几年，我看到世界各国马克思主义的学者们都在热烈讨论马克思的《经济学—哲学手稿》，这是我在五十年代就已读过而没有读懂的。于是又把它翻出来再啃，并且把其中关键性的"异化劳动"和"私有制与共产主义"两章重译过。虽不敢说我读懂了，毕竟比原来懂得多一点。这部经典著作受黑格尔和费尔巴哈的影响都很深。我对费尔巴哈毫无研究,预备补了这一课再回头去啃,但愿老天爷分配给我足够的时间和精力!

下面再谈点经验教训。和青壮年朋友见面谈心时,他们常问我,活到八十多岁了,一生都在学习和研究,有什么值得一谈的经验教训?

我首先谈到的,总是劝他们要坚持锻炼身体。从幼年起,我就虚弱多病,大半生都在和肠胃病、内痔、关节炎以及并发的失眠症作斗争。勉强读书学习,效率总是很低的。从此我体会到英国人说的"健康的精神寄托于健康的身体"那句至理名言,懂得劳逸结合的重要。所以我养成了不工作就出外散步的习惯。在"文革"中我被"四人帮"关进牛棚,受尽精神上和肉体上的折磨,一场大病几乎送了命。但我对国家和个人的前途是乐观的,于是,坚持慢跑、打简易太极拳和做气功之类简单的锻炼,身体就逐渐恢复过来了。就现在说,我的健康情况比自己在青壮年时期较好,也比一般同年辈的同事们较好,因此精神也日渐振作起来了,工作量总是超过国家所规定的。例如前年除参加许多会议和指导两个研究生之外,还新写过一部八万字的《谈美书简》,校了近百万字的书稿清样,还写了五、六万字的美学论文和翻译论文。这一点切身经验,一方面使我羡慕青壮年朋友们比我幸福,还有一大段光阴可以利用;另一方面也深感到劳逸结合的原则在各级学校,特别在小学里,没有受到足够的重视,课程排得满满的,家庭作业也太繁太重,这不是培养人材而是摧残人材。

从锻炼成健康的身体中来锻炼出健康的精神,这是做一切工作所必遵循的一条辩证唯物主义的准则。不过我是毕生从事美学理论工作的,青壮年朋友们希望从我这里吸取经验教训的当然不仅在这条一般的原则,而主要还是在美学研究方面。在这方面我是走过崎岖曲折道路的,大半生都沉埋在我国封建时代的经典和西方唯心主义的美学和文学的论著里。到解放后,经过五十年代国内的美学批判讨论的刺激和鼓舞,我才逐渐接触到社会主义的新生事物和马列主义、毛泽东思想。先是逐渐认识到自己过去美学思想的唯心主义的基本错误,后是马克思主义的历史辩证发展观点也使我逐渐认识到过去西方唯心主义美学传统毕竟不是无中生有,其中有些论点还可以一分为二,去伪存真,足资借鉴。我写《西方美学史》以及我译黑格尔的《美学》、莱辛的《拉奥孔》和《歌德谈话录》之类美学经典著作都是从这个观点出发的。成就和理想还有很大的距离。古话说得好:"前修未密,后起转精","补苴罅漏,张皇幽渺",只有待诸后起者了。

从我自己走过的曲折的道路和观察到的我国美学界现实情况看,应该谈的主要有两点:一是"博学而守约",二是解放思想,坚持科学的严谨态度。

所谓"博学",就是把根基打广些;所谓"守约"就是"集中力量打歼灭战"。先说博学,作为一个近代理论工作者,起码要有一般的近代常识,不但要有社会科学常识,也要有自然科学常识。在自然科学方面,美学必须有心理学的基础。多年来我们高等院校里根本没有开设心理学的学科;"文革"后虽是开设了,能教的人为数寥寥,愿学的人也不很多,而且教材和阅读资料都极端贫乏。学美学的人就没有几个懂得心理学的。要不然,在"反形象思维论"的论战中就不会闹那么多的缺乏心理学常识的笑话了。

美学所涉及的基本知识也包括对外文的知识。不准确的理解和翻译就会歪曲原义,以讹传讹,害人不浅。生在现代,学任何科学都不能闭关自守,坐井观天,必须透过外文去掌握现代世界的最新的乃至最重大的资料。

学外文也并不是很难的事。再谈一点亲身经验,趁便也说明上文所提到的"守约"的道理。我在解放后快进六十岁了,才自学俄文，一面听广播，一面抓住《联共党史》、契诃夫的《樱桃园》和《三姐妹》、屠格涅夫的《父与子》和高尔基的《母亲》这几本书硬啃。每本书都读上三四遍：第一遍只求粗通大义，第二遍就要求懂透，抱着字典，一字一句都不肯放过，词义和语法都要弄通，这一遍费力最多，收效也较大；第三遍通读就侧重全书的布局和首尾呼应的脉络以及叙事状物的一些巧妙手法，多少从文学角度去看它。较爱好的《母亲》还读过四遍。无论是哪本书，我有时还选出几段来反复朗诵，到能背诵的程度。这些工作都是在课余抓时间做的，做了两年之后，我也可以捧着一部字典去翻译俄文书了。可惜"文革"中耽搁了十多年，学到手的已大半忘掉了。

上文还提到"解放思想，坚持科学的严谨态度"。这首先是"做老实人，说老实话，办老实事"的人生态度问题。大家已谈得很多。我要谈的是一个人何以要不"做老实人，说老实话，办老实事"的道理。你也可以说这是由于思想不解放，不过思想何以不解放？怎样才能解放呢？据我这样老弱昏聩的人来看，外因或外面的压力固然也起作用，但是起决定作用的还是内因。内因主要是人自己的惰性和顽固性。其实这是两个同义词，都是精神服从物质，走抵抗力最低的路。这是一条物理学规律。怎样才能不走抵抗力最低的路呢？那就是要靠同时有较强的力量来牵制或抵挡最低的抵抗力，逼它让路。我回顾五十年代参加美学批判讨论中的一些朋友们，觉得有些人思想在发展，也有些人思想还处在僵化状态。我说他们思想僵化，并不是恶意攻击，而是一个逼他们脱离僵化的当头棒。

老化和僵化都是生机贫弱化的表现。要恢复生机，就要身体上和精神上都保持健康状态。要增强生机，就要医治生机贫弱化的病根，而这个病根正是"坐井观天"，"划地为牢"，"固步自封"。因此，我在做人和做学问方面都经常把姓朱的一位老祖宗朱熹的话悬为座右铭："半亩方塘一鉴开，天光云影共徘徊。问渠那得清如许,为有源头活水来。"关键在这"源头活水",它就是生机的源泉,有了它就可以防环境污染,使头脑常醒和不断地更新,一句话,要"放眼世界",不断地吸收精神营养!

（载《浙江日报》,1981 年 6 月 25 日）

关于我的《美学文集》的几点说明①

  上海文艺出版社考虑到广大群众对文艺创作及其理论研究的热情日益高涨,而同时文艺理论研究所必需的原始资料却仍嫌贫乏,特制定了一套规划,陆续印行一些美学专著和论文选集。现已出版的有王朝闻和李泽厚等同志的著作,接着要出版的就是我的这套多卷本文集。负责编辑广泛地搜集了这方面的资料,认真拟定了一个选目,向各方面征求了意见,并且把这些意见转给我看过。提意见的同志都赞成出版这套文集。这对我国美学的进一步的研究和讨论,或可起些推动作用;对作者个人来说,当然也是一

---

  ① 这是《朱光潜美学文集》(上海文艺出版社出版,共五卷)的"作者说明",曾发表在 1982 年《书林》第一期上,题为《关于我的〈美学文集〉的几点说明》。——编者注

个很大的鼓舞。在此,谨向上海文艺出版社和赞助完成这项计划的同志表示衷心感谢!

美学在我国有长久的光辉传统。《乐记》、《诗大序》、陆机的《文赋》、司空图的《诗品》、刘勰的《文心雕龙》、严羽的《沧浪诗话》之类名著,摆在世界美学文库中,是毫无逊色的。

从前我国虽长期闭关,接受外来影响较少,但是《诗品》、《文心雕龙》和《沧浪诗话》都显然有佛典的影响,而这种影响也显然是有益的。自从海禁大开以来,在新文化运动的推动下,西方美学思想就日益涌进来,把我国美学卷进世界美学潮流中去。特别是在全国解放以后,马克思主义美学思想在中国共产党领导下得到广泛的传播,大大地促进了我国文艺创作及其理论研究的繁荣。在吸收外来影响方面,我们应该感谢蔡孑民、鲁迅、王国维和吕澂这几位先驱,特别是马克思主义经典著作编译者诸前辈,"饮水思源",我们应珍视他们的贡献。

作者本人出生在旧时代,是在新文化运动中成长起来的。在新旧交替中我走过曲折的道路,经过反复的冲突,才终于走上美学这条路。少时受过封建私塾教育,读过一些中国旧书,培养了爱好文学特别是诗词的趣味。长成后长期留学英、法和游历德、意诸国,接触到西方科学、哲学、文艺和历史,可是对与这几门学问都有密切关系的美学,虽然特别感到兴趣,却没有正式选过美学课,但读的书多半是美学方面的。我可以说是从心理学走向美学的,读的美学书大半同时涉及心理学。我很欣赏当时英国大学的老办法,重启发不重灌输,重写论文不重上课。一年中一般只上四到五个月的课,其余的时间都由学生自由处理。我因此养成了按这种老方式学习的习惯,边阅读,边思考,边写作,一年中总要写出十几万字。

我在解放后的著译,《自传》里已经说了很多了。英、法留学期间,主要有《文艺心理学》、《变态心理学》、《谈美》和《诗论》几种,还有一本用英文写的《悲剧心理学》,此外,便是译出了克罗齐的《美学原理》,这是我的美学思想的最初的来源。《悲剧心理学》(The Psychology of Tragedy)一书,当时作为博士论文,曾在斯特拉斯堡大学出版社出版过。由于印数很少,国内很少有人知道,但在国外引起一些反响。出版社认为应该译出收入本文集,我同意了他们的意见,并在此向翻译的同志致谢。从回国后到解放前,最重要的一部论文,就是《克罗齐哲学述评》,在这里面我已开始澄清克罗齐对我的思想的影响。

1957年到1962年,在党的领导下,我积极参加了长达六年之久的全国范围的美学批判和讨论。这是我国美学思想发展的一个转折点,它的重要性我认为怎样强调也不为过分。就我自己来说,也是通过这次批判和讨论,初步认识到自己的美学思想的唯心主义的片面性,开始认真地学习马列主义。《西方美学史》就是在这次讨论后开始编写的,这是我回国后头二十年中唯一的一部下过功夫的美学著作。我译了莱辛的《拉奥孔》、柏拉图的《文艺对话集》、爱克曼辑的《歌德谈话录》、黑格尔的《美学》以及普洛丁的《九部书》第六卷、圣·托马斯·阿奎那的《神学大全》中有关美学的部分、但丁的《论俗语》和《给斯卡拉大公的献词》、达·芬奇的《语录》等等,《西方美学史》中绝大部分的引文,都是自己试译的。

除了成册出版的著译以外,我应报刊之约,也写过不少零星文章。比如1937年京派文人办的《文学杂志》发刊词,便出自我的手笔。文章主旨是说在诞生中的中国新文化要走的路宜广阔些,丰富多采些,不宜过早地作茧自缚,窄狭化到只准走一条路。我是在唱文艺独立自由的老调;实际上,是想争一块文艺小地盘。当时在《文学杂志》上发表文章的,确实也并不限于"京派"作家。这些零星文章,我自己大半都没有留稿,原想这种"鸡肋"弃之亦并不足惜。出版社认为既名为文集,也宜选些有代表性的短篇杂著,"聊备一格"。互商的结果,除《文学杂志》发刊词有一点历史意义之外,还向读者推荐了几篇,例如《看戏与演戏》,略可见我的人生观的矛盾以及尼采和叔本华对我的影响;《诗的实质与形式》,这是《诗论》中曾经谈过的一个问题,另用对话体的形式写出的,可见柏拉图的对话体对我的影响。我过去比较喜欢这种体裁,觉得它可以摆出各种不同观点,利于交锋争鸣。建国后写的《基督教与西方文化》是我在北大西语系"世界名著选读"课中讲授基督教《圣经》的基础上写的。我不是基督教徒,并无意要宣传宗教,只是凭我学习的体会,我认识到要理解西方哲学、文艺或是任何其他方面的历史发展,不接触到基督教的文献是不行的。基督教传到西方不久,朗吉弩斯在《论崇高》里就举《旧约·创世记》里"上帝说要有光,世上就有光"为"崇高"的例。到中世纪,一切学问都附庸于神学,美学家如普洛丁、阿奎那、弗朗西斯乃至但丁,近代新学院派、新柏拉图派乃至存在主义,都是在基督教影响之下形成他们的思想的。像我的全部美学观点一样,这类杂文各有可非议的一面,过去都曾在大庭广众中受到过批判。现在又捧出来,毫无"回潮"之意,只是认为既然出文集,作为历史资料,就不应歪曲历史,"丑媳妇终须见公婆"。所以,我不想为着遮丑而用今天的眼光对过去的文章大加修改或粉饰。要拿真相给人看,这是每个科学家应有的态度!

回顾自己美学思想的发展,大致可分解放前和解放后两个阶段。解放前我对当时西方流行的美学论著(从最古的到最新的)涉猎过一些,自己边阅读,边思考,边写评介文章,但从来没有自成一家言的奢望,只想不问什么流派,能投合一时兴趣的都尽力把它介绍到国内,希望起一些"启蒙"作用。来源当然是资产阶级的,立场基本是唯心主义的,大家看得很清楚,我也不用讳言。解放后特别是美学批判和讨论以后,我才开始认真地钻研马列主义,并且试图运用历史唯物主义和辩证唯物主义来探讨一些关键性的美学问题。《西方美学史》、《谈美书简》就是这种尝试的见证。从"敝帚自珍"的眼光来看,我自以为我的解放后实际上不到二十年的工作比起解放前大半生的工作远较重要。这也并非说这两个阶段可以割裂开来,没有前一个阶段,也就不能有后一个阶段,这就是所谓"不能割断历史"。我很满意地说,上海文艺出版社经过征求多方面的意见而制定出来的这套文集的选目很好地体现了这两个阶段的分别和联系。

谈到这两个阶段,我不妨趁便略提一下前阶段我的一些论著所引起的国际反应。比较重要的是瑞典诺贝尔基金委员会资助的讨论集(Nobel Symposium)第三十二集《近代中国文学与社会》中所发表的杜博妮博士(Dr. Bonnie S. McDougall,哈佛大学研究班毕业后即来我国外文局《中国文学》社任专家工作)的题为《朱光潜从倾斜的塔上瞭望十九世纪三十年代的美学和社会》的长篇评介文章,"倾斜的塔"(即汉语中的"危巢")是英国著名的女小说家吴尔夫(Virginia Woolf)用来指第二次世界大战后三十年代大半属于英国"近代派"的一些中产阶级作家(包括吴尔夫自己在内)所处的局面。这批作家们"先感到不安,接着是自怜,再接着就对造成他们不安的那个社会感到愤恨",最后分成左右两派。杜博妮说我的情况与这批英国近代派作家相似,处于中间偏右。我觉得这是一种清醒的估计,值得引起我的反省和警惕。她的注解中还提到另几位作者评介过我的论著,可惜我都不曾见过。

杜博妮还转赠给我英国格拉斯哥大学拉菲尔教授(D. D. Raphael)写的《悲剧是非两面谈》(Paradox of Tragedy)一书,其中对我的《悲剧心理学》颇赞赏,也表示了不同的意见。

另一种是由意大利汉学院院长直接寄给我的该院沙巴蒂尼教

授(Mario Sabatini)1970 年在《东方与西方》上发表的对我的长篇评介文章,题为《朱光潜在〈文艺心理学〉中的克罗齐主义》。沙巴蒂尼教授认为我是个折衷主义者而不是一个彻底的克罗齐主义者,把克罗齐所反对的许多流派和克罗齐拼凑在一起。他还说我是移西方文化之花接中国文化传统之木,这个传统之木便是道家。这番话有对的,也有不对的,明眼人自能判断。

这三种评介者,尽管观点不同,而动机却都在促进东西方文化交流。这也是对我个人的关心和爱护。我趁此向他们表示衷心感谢,同时我也感到一点遗憾,因为他们都只根据我在解放前的一些论著;希望他们将来能见到我在解放后的转变和发展,对我多提一些意见。

我想要说明的就是以上这几点。是不是我从此就和读者们告别呢? 王朝闻同志在一篇书评里替我作了回答。他说我是"春蚕到死丝方尽",可以说是"善颂善祷"。"做一天和尚就要撞一天钟"。只要我还在世一日,就要多"吐丝"一日。但愿我吐的丝凑上旁人吐的丝,能替人间增加哪怕一丝丝的温暖,使春意更浓也好。阿门!

朱光潜

1981 年春暖花开时节,时年八十有四。

(载《书林》第一期,1982 年)

读朱小丰同志《论美学作为科学》
一文的欣喜和质疑①

在读朱小丰同志此文之前,我曾读过叶林同志的《"人本学"和
"人本主义"——〈经济学—哲学手稿〉中几个概念译名考释》一文,
感到这是美学界中年同志里存在的一种表现,他外文水平有限而
谈译名的考释,马列主义水平尚待努力提高而去维护某些旧译文
的错误。此风不改,美学就难说有什么光明前途。

接着,我就读到社会科学院转给我看的一位在四川社会科学
院工作的朱小丰同志的这篇论文。当时我正在医院中治病。勉强
撑持着读了两遍,读后耳目为之一新。作者可能也属美学界的中

---

① 本文是作者 1983 年 6 月中旬在病中写就的,托钱伟长带给参加民盟中央
举办的"多学科学术讲座"(美学问题)听讲的全体同志。——编者注

年同志,而叶林的一切毛病似乎都没有在朱小丰身上复现。朱小丰对美学史以及文艺创作有过认真的研究,并且进行过认真的思索,立志要把美学放在科学研究的基础上,这都是难能可贵的。

欣喜之外,我仍有质疑和规劝之处,趁便提出来,供作者和美学界读者参考和讨论。作者强调要把美学变成实验科学,把美学基本现象看作审美现象、审美主体所发的信息和所引起的反应,把美学研究看作一种自然科学的研究。要通过科学实验,才可望得出一种科学的结论。这是朱小丰的这篇长文的正确内涵,这是目前美学界当务之急。他还以电影为例专写了一文说明他的主旨,这也反映出人民大众对于电影的迫切要求。这都是很好的。可是他把这个主题淹没在三十五页印刷页里,使读者费力摸索,才能勉强找出。所以,我劝他写文章要学会"一针见血"的方法。

朱小丰强调信息说,却对信息说的首要倡导人巴甫洛夫只字不提,这就像演丹麦王子的戏而不让哈姆雷特出场一样。这是不读书之过,还是思考不周密之过呢? 无论属哪种情况,都是一位研究人员所不能辞其咎的。

提到实验心理学,我自己在这方面的经验是很不愉快的,我在英国爱丁堡大学曾随班做过两年"实验心理学",只学会解剖青蛙和鲨鱼,做熏烟鼓的记录,在不同颜色、不同图案中挑出自己中意的,作为自己美感的凭据。这种玩意我认为大半是借科学之名玩反科学之实。在上海文艺出版社出版我的《朱光潜美学文集》中,我曾写下当初我对实验心理学的怀疑。不过从那时到现在这六、七十年中,自然科学在实验方面都发展得很快,我们能赶上现代水平,也就不坏了,做些实验总比不做好。

这些令我想起我们社会科学部门美学室应做的工作问题,应做出哪些集体讨论和具体指导才不会产生叶林同志的那种明显的毛病和帮助朱小丰同志去实现他雄心勃勃的愿望呢? 在这方面应做而未做的工作似乎还很多，培养研究员们打好基本功的基础是首先应注意的事，我认为首先学好马克思主义和精通一种外国语。三年前我就大声疾呼地提出了这个号召，至今还没有明显的成效，趁这次向美学界朋友们告别的机会，再提一遍，就算"人之将死，其言也善"吧！

党中央正在号召广大职工参加读书运动，我祝愿我的这番呼吁对读书运动也可以起一臂之助！

（载《美学和中国美术史》，上海知识出版社 1984 年 9 月版）

第九卷　编校后记

"欣慨室"是朱光潜先生的书斋名，来自陶渊明"欣慨交心"一语。本卷包括《欣慨室西方文艺论集》和《欣慨室美学散论》两部分。

全书共四十六篇文章，时间跨度超过半个世纪，见诸 1927 年至 1982 年间的各种报刊杂志。关于西方文艺的文章十四篇，对西方特别是欧洲的文艺思想进行了评介；关于美学的文章三十二篇，大部分发表在新中国成立后，主要是对美学问题的探讨和介绍自己学习研究美学的经验。

各文以发表的时间先后为序，文末注明出处。

本卷人名及书篇名索引

一、索引只收录本卷中所有以中文书写的人名及书篇名,不收以外文书写的人名及书篇名。

二、一页中同一人名出现多次者,只录一次页码。

三、索引采用笔画检字法编排。